西方人文论丛
Collection of Western Humanities

空间叙事理论视阈中的
纳博科夫小说研究

A Study of Nabokov's Fiction from
the Perspective of Space Narrative Theory

王安 ◎ 著

四川大学出版社
SICHUAN UNIVERSITY PRESS

图书在版编目（CIP）数据

空间叙事理论视阈中的纳博科夫小说研究 / 王安著. — 2版. — 成都：四川大学出版社，2024.1
（西方人文论丛）
ISBN 978-7-5690-6665-4

Ⅰ. ①空… Ⅱ. ①王… Ⅲ. ①纳博科夫 (Nabokov, Vladimir 1899-1977)－小说研究 Ⅳ. ① I712.074

中国国家版本馆CIP数据核字（2024）第051893号

书　　名：	空间叙事理论视阈中的纳博科夫小说研究
	Kongjian Xushi Lilun Shiyu zhong de Nabokefu Xiaoshuo Yanjiu
著　　者：	王　安
丛 书 名：	西方人文论丛
出 版 人：	侯宏虹
总 策 划：	张宏辉
丛书策划：	侯宏虹　张宏辉　余　芳
选题策划：	余　芳　张　晶
责任编辑：	余　芳
责任校对：	于　俊
装帧设计：	墨创文化
责任印制：	王　炜
出版发行：	四川大学出版社有限责任公司
	地址：成都市一环路南一段24号（610065）
	电话：（028）85408311（发行部）、85400276（总编室）
	电子邮箱：scupress@vip.163.com
	网址：https://press.scu.edu.cn
印前制作：	四川胜翔数码印务设计有限公司
印刷装订：	成都金阳印务有限责任公司
成品尺寸：	148mm×210mm
印　　张：	10.5
插　　页：	2
字　　数：	267千字
版　　次：	2013年4月 第1版
	2024年4月 第2版
印　　次：	2024年4月 第1次印刷
定　　价：	68.00元

本社图书如有印装质量问题，请联系发行部调换

版权所有 ◆ 侵权必究

前　言

弗拉基米尔·弗拉基米洛维奇·纳博科夫（Vladimir Vladimirovich Nabokov, 1899—1977）是享誉世界的、美国20世纪最重要的作家之一。他是一位高产作家，共有18部长篇小说，近70部短篇和大量诗歌、戏剧、散文、传记、翻译与文论问世。他多才多艺，兼小说家、蝶类学家、大学教授、诗人、翻译家、剧作家、文学评论家于一身，能熟练地用英、俄、法三种语言进行文学创作，还精通象棋、绘画与网球。夏皮洛（Gavriel Shapiro）认为，纳博科夫不仅是20世纪最伟大的作家之一，也是人类文明已知的最后一位最多才多艺的人。当然，纳博科夫之所以广为人知，主要源于其小说创作取得的巨大成就。《洛丽塔》《微暗的火》《阿达》《普宁》《防守》等已成为美国许多大学文学课的必读书目。数不清的现当代作家，包括厄普代克（John Updike）、品钦（Thomas Pynchon）、巴斯（John Barth）、阿尔比（Edward Albee）、怀特（Edmund White）、德里罗（Don DeLillo）、拉什迪（Salman Rushide）等都受其影响。

本书将在空间叙事理论视阈中研究纳博科夫小说的空间特征。20世纪下半叶以来，学术界经历了一场引人注目的"空间转向"，这一转向波及文学，便产生了空间叙事理论。从其发展脉络看，首先"空间"是一种认识论范式转向，与时间的关系密不可分。它强调脱离传统时空观，旨在探索新的凸显空间重要性的文学再现方式。其次，空间叙事探讨的范围既包括书写等传统上重时间的文本，也包括绘画、雕塑、建筑等重空间的文本，还包括电影、电视、动画等既重时间又重空间的叙事媒体。第三，诗学意义上的空间可从故事空间、文本结构与读者心理展开讨论，重心放在作家的空间书写与读者的空间心理建构上。

纳博科夫的小说有鲜明的空间叙事特征。空间叙事理论奠基人弗兰克指出，纳博科夫"视小说形式本质上是空间的，或换言之是共时而非历时的"。

首先，纳博科夫是少有的具有强烈时间意识与系统化时间观的作家。时间是贯穿纳博科夫所有小说中最重要的因素之一，其文学巅峰之作《阿达》便是一部述说时间的爱情故事。作家对时间的认识是空间化的。他用空间暗喻将自己对时间的复杂哲思折射在全部作品中，其中最重要的是记忆的魔毯与空间意象的显形、玻璃小球中的彩色螺旋、无时性与彼岸世界等。本书的第一章将结合作家的小说系统全面地梳理纳博科夫空间化的时间观，并在此基础上重点分析《阿达》中的时间。

其次，纳博科夫是有意识地将文学创作与空间艺术紧密结合的视觉的作家。视觉艺术，尤其是色彩、绘画与电影，与纳博科夫的小说水乳交融，密不可分。作家从小热爱绘画，有着异乎常人的色彩听觉天赋，"天生就是风景画家"。他对古往今来欧美各国的画家画作烂熟于心，视小说为适合看的空间艺术，像作画般熟练地用文字在纸张的画布上挥洒自己的灵感与才情，完美体现了"诗如画"的传统，被夏皮洛称为文学界前所未有的"文字的画家"。纳博科夫作品中的人物、主题、结构与风格大量借鉴了电影叙事。评论家早已注意到，几乎每部纳博科夫的小说都有电影的元素。本书第二章将结合空间叙事理论的视觉书写概念，从跨艺术的角度，分析纳博科夫作品中的色彩、绘画与电影元素。

第三，纳博科夫的小说具有典型的空间形式。自弗兰克提出空间形式的概念以来，尽管对其内涵的解读出现了各种不同理解，也在其基础上发展出了形形色色不同版本的空间形式概念，但其核心内容仍然围绕语言、结构与读者心理建构三个方面展开。纳博科夫的小说在上述三个方面都是空间小说的极佳范例。在语言上，作家有意消除文本的线性序列与因果关系，强调文本的同在性与文字的上下文反应参照，彰显作品自身的文本属性，突出作家本人的创作过程。在结构上，他强调图案（pattern）与细节，以及将这些图案与细节整合为有机整体的"宇宙同步"（cosmic synchronization）的综合认知能力。在章节安排上，纳博科夫通常采用空间化的构架，以减缓或弱化叙事时序，突出文本的视觉属性。在读者层次，他有意识地打破读者从左至右的阅读习惯，消除他们时间流逝的幻觉，强调在反复阅读的基础上，透过文本错综复杂的反应参照体系，建构一个意义的整体空间。作家反复强调，理想的创作与阅读如同绘画，冲破了时间的羁绊，不是从左至右的因果序列，而是作家与读者脑海中空间意象的同存与并置以及空间画面的瞬间整体重构。因此，好的作家在构思小说时便已看到了它的整体，然后将文字的颜料分布在书籍里，为读者设置重重迷宫。好的读者必须是反复的读者，在反复的阅读中，将散布在书中的画面片段重新组织成清晰的图案。本书第三章将从纳博科夫小说中的图案、作家的自我书写、读者的空间阅读展开讨论，重点分析《洛丽塔》中的语言与《微暗的火》中的空间结构与空间阅读。

最后，在小说主题上，纳博科夫强调多重空间，博伊德将其称为"世界中的世界中的世界"。这多重空间最核心的内容是作家对艺术与精神的另一个彼岸世界的追求。隐藏在纳博科夫小说形式后的空间主题，即对彼岸世界的追寻，是20世纪90年代以来评论家们的共识，这其中一个重要的源头是神秘的诺斯替主义思想。本书第四章将讨论纳博科夫小说中的空间主题，梳理纳博科夫作品中的多重世界、他对彼岸世界的追求以及诺斯替主义对其作品的影响，重点分析《斩首之邀》中的诺斯替主义。上述四个章节的内容，即空间化的时间、视觉书写、空间的形式与空间主题，构成了纳博科夫小说空间叙事的主要内容。

　　本书从一个新的研究视角，即运用空间叙事理论对纳博科夫全部长篇小说中的空间叙事特征进行了比较详细、系统的梳理。尽管目前探讨这一主题的论文已有一些，但尚无专著面世。本书分析了纳博科夫作品中的空间化时间、空间意象显形、绘画艺术、电影叙事与诺斯替主义主题等。本书的研究对象涵盖纳氏的全部长篇，包括2009年底面世的《劳拉的原型》，并对以前国内较少人论及的作品《阿达》与《斩首之邀》进行了详细的个案分析。本书在研究方法上首先强调文本细读。纳博科夫是公认的语言与文体大师，是"释惑者的挚爱，注释家的梦想，作家中的作家"，其作品多精雕细琢，处处皆有文字陷阱，理解起来颇为艰难。因此，要对这些作品进行分析，前提便是反反复复的细致阅读，在阅读中不断发现新的惊喜。其次，重视理论联系实际，以空间叙事理论的基本观点指导作品的分析。第三，注重总体与个案分析相结合。在全面考察作家的18部长篇小说的同时，有侧重地选择其中最具代表性的作品《洛丽塔》《阿达》《微暗的火》《斩首之邀》等进行细致的文本个案分析。

本书中的纳博科夫作品缩写

Ada	Ada or Ador: A Family Chronicle	《阿达》
BS	Bend Sinister	《庶出的标志》
DF	The Defense	《防守》
DS	Despair	《绝望》
EN	The Enchanter	《魔法师》
Eye	The Eye	《眼睛》
GF	The Gift	《天赋》
GL	Glory	《光荣》
IB	Invitation to a Beheading	《斩首之邀》
KQK	King, Queen, Knave	《王,后,杰克》
LATH	Look at the Harlequins!	《瞧这些小丑》
Laura	The Original of Laura	《劳拉的原型》
LD	Laughter in the Dark	《黑暗中的笑声》
LL	Lectures on Literature	《文学讲稿》
LO	The Annotated Lolita	《注释版洛丽塔》
LRL	Lectures on Russian Literature	《俄罗斯文学讲稿》
Mary	Mary	《玛丽》
NG	Nikolai Gogol	《尼古拉·果戈理》
PF	Pale Fire	《微暗的火》
PN	Pnin	《普宁》
RLSK	The Real Life of Sebastian Knight	《塞巴斯蒂安·奈特的真实生活》
SM	Speak, Memory: An Autography Revisited	《说吧,记忆》
SO	Strong Opinions	《固执己见》
TT	Transparent Things	《透明之物》

目 录

绪 论 …………………………………………………… 001
　第一节　纳博科夫研究概览 ………………………… 009
　第二节　空间叙事理论的发展 ……………………… 026
　　一、弗兰克的贡献 ………………………………… 027
　　二、后续批评家的讨论 …………………………… 029
　　三、对空间叙事理论的反思 ……………………… 034
　第三节　空间叙事理论与纳博科夫研究 …………… 036

第一章　空间化的时间 ………………………………… 043
　第一节　记忆的魔毯与空间意象的显形 …………… 045
　第二节　玻璃小球中的彩色螺旋 …………………… 057
　第三节　螺旋运动与无时性 ………………………… 067
　第四节　《阿达》：述说时间的爱情故事 ………… 076
　　一、故事梗概 ……………………………………… 080
　　二、记忆的魔毯 …………………………………… 083
　　三、时间的彩色螺旋 ……………………………… 086
　　四、螺旋与彼岸世界 ……………………………… 089

001

第二章　纳博科夫小说中的视觉书写 …… 097
第一节　纳博科夫的色彩听觉 …… 102
第二节　纳博科夫与绘画艺术 …… 113
 一、作家中的画家 …… 114
 二、"诗中之画"：纳博科夫小说中的绘画艺术 …… 118
 三、"画中之诗"：纳博科夫小说中的画中现实 …… 125
 四、"诗如画"：书写即绘画 …… 128
 五、小说中的绘画技巧：色彩与视角的艺术 …… 134
第三节　纳博科夫小说中的电影叙事 …… 139
 一、小说中的电影元素 …… 143
 二、电影的类型片大全 …… 153
 三、小说中的电影叙事技巧 …… 158

第三章　纳博科夫小说中的空间形式 …… 169
第一节　纳博科夫小说中的图案 …… 171
 一、"宇宙同步"：细节中的有机图案 …… 174
 二、细节之网 …… 179
 三、现实：外部细节的艺术虚构 …… 184
第二节　纳博科夫的自我书写 …… 190
 一、作家的姓名游戏 …… 192
 二、作家及其人生的书写 …… 195
 三、作家的日期与数字游戏 …… 198
 四、文本镶嵌的框架叙事 …… 201
 五、创作的过程与印刷排版的意象 …… 203
第三节　空间的阅读 …… 207
 一、纳博科夫的读者意识 …… 210
 二、纳博科夫的理想读者 …… 214
 三、互文的空间阅读 …… 218

第四节 《洛丽塔》：英语的盛宴 …………………… 227
第五节 《微暗的火》：文本的迷宫与空间的阅读 ……… 251
　一、文本镶嵌的迷宫 …………………………………… 255
　二、空间的阅读 ………………………………………… 264

第四章　空间的主题——纳博科夫的彼岸世界 ……… 269
第一节 纳博科夫的三重空间 …………………………… 270
第二节 纳博科夫的彼岸世界 …………………………… 278
第三节 纳博科夫与诺斯替主义 ………………………… 286
第四节 《斩首之邀》中的诺斯替主义 ………………… 294
　一、诺斯替主义的世界观 ……………………………… 297
　二、诺斯替主义的人类学 ……………………………… 299
　三、诺斯替主义的象征 ………………………………… 302

结束语 ……………………………………………………… 305

参考文献 …………………………………………………… 313

绪　论

弗拉基米尔·弗拉基米洛维奇·纳博科夫（Vladimir Vladimirovich Nabokov，俄文名字 Владимир Владимирович Набоков，1899—1977）是美国 20 世纪最重要的作家之一，是闻名世界的才华横溢的高产作家，其一生经历坎坷。他 1899 年 4 月 23 日[①]出生于俄罗斯圣彼得堡的一个权贵家庭，祖父曾是两任沙皇治下的司法部部长，父亲是著名的法官、记者、学者、反对党领袖与第一届杜马成员。1917 年十月革命后纳博科夫逃亡克里米亚，1919 年随家人前往柏林。在那里他的父亲负责编辑一份流亡俄罗斯人的日报，1922 年在一次政治集会上被保皇党人误杀。1919 年到 1923 年纳博科夫在英国剑桥大学三一学院学习法国与俄罗斯文学。在柏林（1923—1937）和巴黎（1937—1940）的 18 年间，他曾以翻译，为报纸设计棋局和填字游戏，教英语、网球等为生（SO，127），并开始以弗拉基米尔·西林（Vladimir

---

[①] 广为流传的认为纳博科夫出生于 4 月 23 日的说法或许有误。纳博科夫自己解释其出生日应是格里高利历的 4 月 22 日，对应于儒略历的 4 月 10 日；而其护照等资料上的出生日则为 4 月 23 日，与莎士比亚同日。见 Vladimir Nabokov, *Speak, Memory: An Autography Revisited* (New York: Pyramid Books, 1966), 10。另见 Brian Boyd, *Vladimir Nabokov: The Russian Years* (Princeton: Princeton University Press, 1993), 37.

Sirin）的笔名①进行俄语写作，在流亡俄罗斯文学圈中崭露头角。1940年纳博科夫携妻带子移居美国，先后在威尔斯利学院（Wellesley College，1941—1948）和康奈尔大学（1948—1958）任教。在威尔斯利学院教书的同时，他还在哈佛大学比较昆虫学博物馆研究蝶翅类昆虫。移居美国后纳博科夫开始尝试用英语创作。1955年小说《洛丽塔》的巨大成功使他放弃教学专事写作。其早期生涯按20年为单位大概分为三个阶段：头二十年在俄国，接下来的二十年在西欧，后二十年（1940—1960）在美国（SO，52）。在回顾自己的前半生时，作家总结道："我是一位美国作家，出生于俄罗斯，受教于英国，在那里我学习法国文学，之后在德国居留了15年。1940年我来到美国，决定成为美国公民并以美国为家。"（SO，26）1961年纳博科夫移居瑞士蒙特勒（Montreux），捕蝶的同时潜心从事文学创作，1977年去世。

纳博科夫是著名作家、学者、诗人、翻译家、剧作家、文体学家与文学评论家，也是世人公认的蓝蝶科［Lycaenid，或称蓝灰蝶（the Blues）］最权威的专家。除了在文学与科学领域同时做出了重大贡献外，他还精通象棋（曾受邀参加美国国家象棋队）②与绘画，擅长网球与足球。如果不是7岁那年的一场热病，纳博科夫极有可能还会成为一位数学天才③。他先后在俄、英、法、德、美、瑞士等国居住，能熟练地运用英、俄、法三种

---

① 关于纳博科夫笔名西林的由来与含义，请参见 Gavriel Shapiro, *Delicate Markers: Subtexts in Vladimir Nabokov's* Invitation to a Beheading（New York：Peter Lang Publishing, Inc., 1998），9 – 29.
② 参见 Brian Boyd, "Nabokov's Blues," Foreword, *Vladimir Nabokov: Alphabet in Color*, illustrated by Jean Holabird（Corte Madera：Gingko Press, 2005）unpaginated.
③ 作者在回忆录中仍清晰记得小时候学过的数字212的17次方是3529471145760275132301897342055866171392（SM, 27）。

语言进行文学创作，他说："我的头说英语，我的心说俄语，而我的耳朵说法语。"（SO，49）其作品在英语、俄语甚至法语文学中都占有举足轻重的地位。纳博科夫很早就开始文学创作，15岁时便出版了第一部诗集①，文学创作贯穿其颠沛流离的一生，持续 60 余年。他共有 18 部长篇小说、约 70 部短篇②和大量诗歌、剧作与翻译问世，出版过自传、散文、诗剧等。作为翻译家，他集 10 余年之功翻译并详细评注的普希金的《叶甫盖尼·奥涅金》（*Eugene Onegin*）是英语中的权威译本。其他重要译作有英文版的《伊戈尔远征记》（*The Song of Igor's Campaign*）、莱蒙托夫的《我们时代的英雄》（*A Hero of Our Time*）、《三位俄罗斯诗人：普希金、莱蒙托夫与丘特切夫译文集》（*Three Russian Poets: Translations of Pushkin, Lermontov, and Tyutchev*）及俄文版的《爱丽丝漫游奇境记》等。作为文学评论家，他著有传记《尼古拉·果戈理》（*Nikolai Gogol*），文学评论《文学讲稿》（*Lectures on Literature*）、《俄罗斯文学讲稿》（*Lectures on Russian Literature*）与《堂吉诃德讲稿》（*Lectures on Don Quixote*）。作为剧作家，他写有《洛丽塔：剧本》（*Lolita: A Screenplay*）、《沃尔

---

① 纳博科夫所创作的第一部无标题的诗集写于 1914 年在圣彼得堡的特尼谢夫书院（Tenishev Lyceum）求学期间。该诗集原稿已遗失，但作家本人在自传《说吧，记忆》第 11 章中对之有详细叙述（SM，159 - 168）。
② 短篇的数据来自 Maxim D. Shrayer, *The World of Nabokov's Stories* (Austin: University of Texas Press, 1999), 1。如果在纳博科夫之子德米特里·纳博科夫翻译整理的《纳博科夫的短篇小说》一书中收录的 66 篇基础上，加上单行本的《魔法师》，至少有 67 篇。帕克尔认为其短篇总计为 57 篇是 20 世纪 80 年代的统计数据，并不完整。参见 Stephen Jan Parker, "Nabokov Studies: The State of the Art," *The Achievements of Vladimir Nabokov*, ed., George Gibian and Stephen Jan Parker (Ithaca: Center for International Studies, Cornell University, 1984), 87。

茨的发明》(*The Waltz Invention*)、《苏联来客及其他戏剧》(*The Man from the USSR and Other Plays*)。此外,《诗歌与棋局》(*Poems and Problems*) 中收录的 18 个棋局充分展示了他在象棋上的专业造诣。作为科学家,纳博科夫一生最热爱的是蝶类学研究,著有 20 余篇学术论文,发现了许多新的蝴蝶种类①。"我重新界定了各种蝴蝶的分类,我的名字因为我首先发现并描述的这些微小生命而毫无悬念地收入各类生物学词典。"(SO,79)纳博科夫甚至认为,蝶类学研究带给他的乐趣比文学更多,如果不是俄国革命,他将毕生致力于蝶类研究,而不会写出一本小说来(SO,100)。曾在哈佛大学与其共事过的匈牙利昆虫学家巴林特(Zsolt Bálint)为纪念他为蓝蝶研究作出的重大贡献,用其小说中的人物,如亨伯特、洛丽塔、卢辛、普宁、金波特、谢德、阿达等命名在拉美新发现的蝴蝶品种②。这些辉煌的成就,即便他没有发表过《洛丽塔》,也足以使他青史留名。夏皮洛认为,纳博科夫不仅是 20 世纪最伟大的作家之一,或许也是人类文明已知的最多才多艺的人(Renaissance man)③。

当然,纳博科夫之所以广为人知,最重要的还是他在小说创作上所取得的巨大成就。其前期的俄语小说有:《玛丽》(*Mary*,1926)、《王,后,杰克》(*King, Queen, Knave*,1928)、《防守》(*The Defense*,1930)、《眼睛》(*The Eye*,1930)、《光荣》

---

① 以"纳博科夫"命名的蝴蝶种类,参见 Dieter E. Zimmer, "Butterflies and Moths Bearing Nabokov's Name," Zembla, 25 June 2010, http://www.libraries.psu.edu/nabokov/dzbutt6.htm。
② Jane Grayson, Arnold McMillin and Priscilla Meyer, eds., *Nabokov's World Volume 2: Reading Nabokov* (New York: Palgrave, 2002), 10.
③ Gavriel Shapiro, *The Sublime Artist's Studio: Nabokov and Painting* (Evanston, Illinois: Northwestern University Press, 2009), 27.

(*Glory*,1932)、《黑暗中的笑声》(*Laughter in the Dark*,最初发表时名为 *Camera Obscura*)、《绝望》(*Despair*,1936)、《天赋》(*The Gift*,1937)、《斩首之邀》(*Invitation to a Beheading*,1938)等。1940 年,纳博科夫改用英语写作,主要的长篇小说有《塞巴斯蒂安·奈特的真实生活》(*The Real Life of Sebastian Knight*,1941)、《庶出的标志》(*Bend Sinister*,1947)、《洛丽塔》(*Lolita*,1955)、《普宁》(*Pnin*,1957)、《微暗的火》(*Pale Fire*,1962)、《阿达》(*Ada or Ardor: A Family Chronicle*,1969)、《透明之物》(*Transparent Things*,1972)、《瞧这些小丑》(*Look at the Harlequins!*,1974)、《劳拉的原型》(*The Original of Laura*,2008)[①] 以及自传《说吧,记忆》(*Speak, Memory: An Autography Revisited*,1966)和访谈录《固执己见》(*Strong Opinions*,1973,又名 *Conclusive Evidence*)等。他的俄语小说绝大部分陆续由他本人或与他的儿子合作翻译成英语出版,作家自己也曾将《固执己见》与《洛丽塔》翻译成俄语。纳博科夫的许多作品还被改编成电影和电视剧搬上荧屏或以音乐剧、歌剧等艺术形式登上舞台。《洛丽塔》曾于 1962 和 1997 年两次被拍成

[①] 作家在去世前尚未完成该小说,并明确要求家人将原稿焚毁。这份包括 138 页手写卡片的稿件曾保存在一家瑞士银行里。小说最早的构思始于 1974 年,当时拟定的标题是《死亡之趣》。1976 年作家即已完成全部腹稿,但彼时健康已恶化。临去世前,作家仍在奋力写作,标题则先后更改为《劳拉的反面》与《劳拉的原型》。2009 年 11 月 17 日该小说的原稿经德米特里整理后与世人见面,并在评论界引起较大反响。英国广播公司(BBC)曾预测小说的出版将会是 2009 年文学界的大事。短短一年多时间,各类期刊上关于该书的评论文章已超过 30 篇,争议的焦点是德米特里是否应违背父愿整理出版尚未完成的书稿。参见"The Original of Laura," wikipedia 22 Feb 2011,http://en.wikipedia.org/w/index.php? title = The_Original_of_Laura&printable = yes。

电影。《黑暗中的笑声》《斩首之邀》《绝望》《玛丽》《王，后，杰克》《防守》等作品也先后被搬上银幕。《洛丽塔》与《斩首之邀》等作品还常以音乐剧、歌剧等形式与观众见面。这些事件充分反映了纳博科夫作品的强大生命力。

纳博科夫是公认的语言与文体大师，是"释惑者的挚爱，注释家的梦想，作家中的作家"[1]，其作品具有独特而迷人的魅力。纳博科夫的作品及其研究早已是美国大学教学与学术界评论的重要组成部分。在作家创作《阿达》时，《洛丽塔》《普宁》《微暗的火》《说吧，记忆》便已进入美国大学课堂[2]。1998年兰登书屋下属的"现代图书馆"编委会进行的一项20世纪最具影响力的英语小说调查中，《洛丽塔》排在第四位，《微暗的火》排在第五十三位[3]。而《说吧，记忆》则位列100部最佳非小说的第八名[4]。《洛丽塔》还被《时代》杂志评为1923—2005年间100部最佳英语小说之一[5]。安德鲁·菲尔德（Andrew Field）称《微暗的火》为"本世纪八大最杰出的小说之一"[6]。英国作家安东尼·伯吉斯（Anthony Burgess）将《微暗的火》与《防守》

---

[1] Jane Grayson, Arnold McMillin and Priscilla Meyer, eds., *Nabokov's World Vol. 1: The Shape of Nabokov's World* (New York: Palgrave, 2002), 3.

[2] Brian Boyd, *Vladimir Nabokov: The American Years* (Princeton: Princeton University Press, 1991), 510.

[3] Julian W. Connolly, *Nabokov and His Fiction: New Perspectives* (Cambridge: Cambridge University Press, 1999), 1.

[4] "100 Best Nonfiction," 25 June 2010, http://www.randomhouse.com/modernlibrary/100bestnonfiction.html.

[5] Lev Grossman and Richard Lacayo, "All Time 100 Novels," *Time*, 25 June 2010, http://www.time.com/time/specials/packages/completelist/0,29569,1951793,00.html.

[6] Daniel Hughes, "Review: Nabokov: Spiral and Glass," *NOVEL: A Forum on Fiction*, Vol. 1 No. 2 (Winter 1968) 181.

收录在自己的《现代小说：九十九本佳作》里①。《天赋》则被许多评论家称为 20 世纪最伟大的俄语小说②。阿佩尔（Alfred Appel, Jr.）指出，自亨利·詹姆斯之后，还没有美国作家写出过如此多的作品（LO, xix），他与博尔赫斯（Jorge Luis Borges）和雷蒙·格诺（Raymond Queneau）一道，是在世的最博学、最精雕细琢的作家③。亚历山大洛夫（Vladimir E. Alexandrov）将纳博科夫视为俄罗斯最伟大的三位作家之一④。埃德蒙·怀特（Edmund White）称纳博科夫为 20 世纪最具激情的小说家，"他是俄语大师，后来成为英语作家，并且是 20 世纪里最优秀的英语作家。他为自己树立了一座丰碑"⑤。评论家詹姆斯·伍德（James Wood）认为纳博科夫对细节的描写至少影响了其后两三代作家的创作，其中包括约翰·厄普代克（John Updike）与马丁·埃米斯（Martin Amis）；前者更称他是"当前拥有美国国籍的最伟大的英语小说家"⑥。托马斯·品钦（Thomas Pynchon）20 世纪 50 年代在康奈尔大学曾选修纳博科夫的课程，他的创作深

---

① 梅绍武译后记。弗拉基米尔·纳博科夫著，梅绍武译：《微暗的火》，上海：上海译文出版社，2008 年，第 363 页。本书中的部分译文参考了该书。

② Stephen H. Blackwell, *Zina's Paradox: The Figured Reader in Nabokov's Gift* (New York: Peter Lang Publishing, Inc., 2000), 1.

③ Alfred Appel, Jr., *Nabokov's Dark Cinema* (New York: Oxford University Press, 1974), 29.

④ Vladimir E. Alexandrov, *Nabokov's Otherworld* (Princeton: Princeton University Press, 1991), 21.

⑤ Edmund White, "Nabokov: Beyond Parody," *The Achievements of Vladimir Nabokov*, eds. George Gibian and Stephen Jan Parker (Ithaca: Center for International Studies, Cornell University, 1984), 5, 26 – 27.

⑥ James Wood, "Discussing Nabokov," *Slate*, 12 May 2010, http://www.slate.com/id/2000072/entry/1002666/. 另见 LO, xix。

受后者影响,其写实主义(actualism)风格与主题不少与纳博科夫类似,他的《拍卖第49批》第六章显然取材于《洛丽塔》的故事,小说《V》则直接借鉴了纳博科夫《塞巴斯蒂安·奈特的真实生活》[①]。从其影响看,美国、欧洲、俄罗斯都给予纳博科夫极高的评价。在纽约、伦敦、剑桥、巴黎、柏林、圣彼得堡、莫斯科、洛桑、蒙特勒、慕尼黑,经常有纪念纳博科夫的活动或学者聚会。数不清的现当代作家,不管来自美国还是欧洲,包括厄普代克、约翰·巴斯(John Barth)、爱德华·阿尔比(Edward Albee)、埃德蒙·怀特等都声称受到他的很大影响。纳博科夫在世期间,受其影响的作家还有赫伯特·戈尔德(Herbert Gold)、约翰·班维尔(John Banville)、唐·德里罗(Don DeLillo)、萨尔曼·拉什迪(Salman Rushdie)等[②]。20世纪末崭露头角的新生代作家里,迈克尔·沙邦(Michael Chabon)把《洛丽塔》与《微暗的火》视为影响其一生的作品[③]。杰弗里·尤金尼德斯(Jeffrey Eugenides)声称纳博科夫一直是其最喜欢的作家[④]。T. 科瑞赫辛·波伊尔(T. Coraghessan Boyle)、迦帕·拉希里(Jhumpa Lahiri)、玛丽莎·佩索(Marisha Pessl)、扎迪·史密斯(Zadie Smith)、凯·朗费罗(Ki Longfellow)等作家的创作均受到纳博科夫的影响。

---

① Susan Strehle, "Actualism: Pynchon's Debt to Nabokov," *Contemporary Literature*, Vol. 24 No. 1 (Spring 1983) 30.
② "Vladimir Nabokov," wikipedia, 12 May 2010, http://en.wikipedia.org/wiki/Vladimir_Nabokov#cite_note-27.
③ Michael Chabon, "It Changed My Life," 12 May 2010, http://web.archive.org/web/20061020211340/http://www.michaelchabon.com/archives/2005/03/it_changed_my_l.html.
④ Annabel Wright, "Q and A with Jeffrey Eugenides," 12 May 2010, http://www.fifthestate.co.uk/2008/01/q-and-a-with-jeffrey-eugenides/.

第一节 纳博科夫研究概览

如果以作家在自传《说吧,记忆》中提及的1916年对其诗集的争议算起,西方的纳博科夫研究已走过了近一个世纪的历程,经历了几次大的变迁。是年春,还是一名中学生的纳博科夫出版了一部爱情诗集。他的俄语老师、著名诗人希皮乌斯(Vladimir Hippus)将其带至课堂进行了猛烈嘲讽。而一位记者为了答谢纳博科夫的父亲,为其写了一篇500多行的赞誉文章。这是对纳博科夫作品的最早评论。从那时起,作家便开始对评论界产生了抵牾(SM, 176)。

20世纪二三十年代,纳博科夫流亡英、法、德等国,以"Sirin"(西林)为笔名在俄侨杂志上发表作品,这些作品的读者主要是为数不多的流亡欧洲的俄裔人士,对它们的评论总体上可谓不温不火。从20年代到1968年间,发表在俄罗斯流亡杂志上的纳博科夫评论文章总共仅有31篇。他最早翻译的两部作品是罗曼·罗兰(Romain Rolland)的法语讽刺小说《哥拉·布勒尼翁》(*Colas Breugnon*)与刘易斯·卡洛尔(Lewis Carrol)的《爱丽丝漫游奇境记》,但都没有引起注意。此后的两部诗集《天堂之路》(*Gornii put'*, *The Empyrean Path*, 128首俄文诗)与《一束》(*Grozd*, *The Cluster*, 36首俄文诗)被评论家视为"枯燥乏味之作"。自其《玛申卡》(*Mashen'ka*, 即《玛丽》)面世后,纳博科夫的作品才逐渐在俄罗斯流亡文人中产生较大影响[①]。对

[①] Ludmila A. Foster, "Nabokov in Russian Émigré Criticism," *A Book of Things about Vladimir Nabokov*, ed., Carl R. Proffer (Ann Arbor: Ardis, 1974), 42-43.

他的评价围绕其是否遵循俄罗斯文学传统分为两种截然不同的观点，一种认为其主题与风格都脱离了俄罗斯文学传统，另一部分人则对他的写作风格大加赞扬，把他视为俄罗斯流亡文学的希望①。批评者如格奥尔吉·阿达莫维奇（Georgy Adamovich）等认为他的小说形式上光彩夺目，而内容却空虚无物。辩护者则从其作品的文学性等角度对他在美学上的造诣大加赞扬。波波诺娃（Nina Berberova）等人便视纳博科夫为浴火中涅槃的凤凰，是伟大的俄罗斯作家②。这些评论多围绕其作品的俄国性与精致的形式两个方面展开，多数人的共识是他是一位"空虚的天才舞者"（a talented empty dancer），"脱离文学的艺术大师"（a virtuoso without a literature），"失去国度的国王"（a king without a kingdom）③，即在其作品完美的文体与风格后面，缺乏俄罗斯文学具有的与现实亲近的传统。在苏联国内，纳博科夫一直受到清算，其作品没有只言片语能在祖国大地上出版。他在苏联所受到的待遇，可以用前斯大林时期的绝对沉默（aggressive silence）、斯大林时期的完全沉默（total silence）与后斯大林时期的有限的沉默（cautious silence）来概括④。1988年戈尔巴乔夫准许出版

---

① Stephen Jan Parker, "Nabokov Studies: The State of the Art," *The Achievements of Vladimir Nabokov*, eds., George Gibian & Stephen Jan Parker (Ithaca: Center for International Studies, Cornell University, 1984), 81–82.

② Brian Boyd, *Vladimir Nabokov: The Russian Years* (Princeton, New Jersey: Princeton University Press, 1990), 343–344.

③ Vladimir E. Alexandrov, ed., *The Garland Companion to Vladimir Nabokov* (New York: Garland, 1995), 298.

④ Slava Paperno & John V. Hagopian, "Official and Unofficial Responses to Nabokov in the Soviet Union," *The Achievements of Vladimir Nabokov*, ed., George Gibian and Stephen Jan Parker (Ithaca: Center for International Studies, Cornell University, 1984), 99.

了纳博科夫的一套五卷作品集。1989年，他的作品在俄罗斯大地上全面解禁，这一年成了俄罗斯文学史上的"纳博科夫年"。但与此同时，先前对他作品的极端对立意见经过半个世纪的沉寂后又死灰复燃。直到苏联解体后，代表官方意识形态的现实主义文学观念渐渐式微，现代主义与后现代主义文学观念日益深入人心，纳博科夫在俄罗斯的文学地位才日趋稳固。

与在俄罗斯不温不火的接受不同，纳博科夫在欧美学术界受到热烈追捧，其中尤以美国的研究最为广泛深入。20世纪60年代以来，关于纳博科夫作品、影响与批评研究的成果可谓汗牛充栋，数不胜数，专著、文集、文章、硕博士论文、网络资源等数量极为庞大，用帕克尔（Stephen Jan Parker）的话说，要对纳博科夫研究的发展脉络进行清晰的梳理几乎是不可能完成的任务[1]。鉴于此，本书作者将立足于所掌握的文献资源，按时间顺序简要梳理纳博科夫研究中几个主要发展阶段及其特征。

欧美的纳博科夫研究热潮发轫于《洛丽塔》。小说出版后引来人们对其中性描写的关注与批评，一场"洛丽塔的飓风"（PF, 58）迅速席卷欧美，并进而波及世界，将纳博科夫的名声推向顶峰。此后，一些著名作家与评论家，如爱德蒙·威尔逊（Edmund Wilson）、格雷厄姆·格林（Graham Greene）、康拉德·布雷纳（Conrad Brenner）、玛丽·麦卡锡（Mary McCarthy）、西蒙·卡林斯基（Simon Karlinsky）、约翰·厄普代克等，开始

---

[1] Stephen Jan Parker, "Nabokov Studies: The State of the Art Revisited," *Nabokov at Cornell*, ed., Gavriel Shapiro (Ithaca & London: Cornell University Press, 2003), 266, 269.

逐渐发现纳博科夫的艺术天才,发表了颇有影响的评论文章[1]。其中,英国小说家格林是最早发现《洛丽塔》价值的人。玛丽·麦卡锡的文章《晴天霹雳》则对纳博科夫的文名鹊起起到了推波助澜的作用。在《微暗的火》出版后,她更撰文称其为20世纪最伟大的艺术品之一。威尔逊可说是他在美国最大的文学恩人,尽管二人最后交恶,但如果没有威尔逊的帮助、建议与文学交往,纳博科夫不可能迎来自己的文学第二春。布雷纳的《纳博科夫:反常的艺术》、卡林斯基的《作为文学批评的纳博科夫小说〈天赋〉》等对纳博科夫及其作品给予了很高评价[2]。为纳博科夫在美国文坛地位立下汗马功劳的还有著名作家厄普代克。他写有10余篇关于纳博科夫作品的书评,称誉他为"文学大师"(grandmaster)和在世的最伟大的美国作家[3]。

  随着作家的译作《叶甫盖尼·奥涅金》以及其他小说陆续出版,对纳博科夫的评论迅速多了起来。20世纪60年代中期两部重要著作的出现标志着纳博科夫研究开始步入了系统化的发展之路。当时几乎所有的知名评论家都讨论过其作品,研究其生平、作品、翻译与文学批评的文章大量见诸各种期刊,纳博科夫研究的书籍也不断出版。从60年代到80年代批评家主要关注的

---

[1] Conrad Brenner, "Nabokov: The Art of the Perverse," *New Republic 138* (23 June 1958) 18 – 21. Mary McCarthy, "A Bolt from the Blue," *New Republic 146* (June 1962) 21 – 27. Simon Karlinsky, "Vladimir Nabokov's Novel *Dar* as a Work of Literary Criticism," *Slavic and East European Journal 7* (1963), 284 – 290. John Updike, "Grandmaster Nabokov," *New Republic 151* (26 September 1964), 15 – 18.

[2] Simon Karlinsky, ed., *The Nabokov-Wilson Letters, 1940 – 1971* (New York: Harper and Row, 1979), 1 – 2.

[3] Vladimir E. Alexandrov, ed., *The Garland Companion to Vladimir Nabokov* (New York: Garland, 1995), 537.

是纳氏作品中炫目的形式技巧，多集中于讨论其结构、风格、语言等方面，代表人物包括佩奇·斯特格纳（Page Stegner）、阿尔弗雷德·阿佩尔、卡尔·普罗菲尔（Carl Proffer）等纳博科夫曾经的美国学生。1966年第一部纳博科夫研究专著、斯特格纳的《遁入美学：纳博科夫的艺术》（*Escape into Aesthetics: The Art of Vladimir Nabokov*）出版。它在美国开创了对纳博科夫作品进行美学研究的先河。作者通过细读纳博科夫的五部英文作品，指出其关注的核心是通过艺术创作寻求灵魂不朽的主题。次年面世的安德鲁·菲尔德的《纳博科夫的艺术生命》（*Nabokov: His Life in Art*, 1967）全面分析了纳博科夫已出版的所有作品，并将其作为一个有机整体进行解读。这是此时期纳博科夫研究非常重要的先驱作品，为后来的评论家们提供了极好的借鉴。10年后，菲尔德又出版了该书的姊妹篇《纳博科夫的生活断片》（*Nabokov: His Life in Part*, 1977）。邓波（L. S. Dembo）的《纳博科夫其人其作》（*Nabokov: The Man and His Work*, 1967）收录了这一时期纳博科夫研究知名学者的15篇论文。20世纪70年代初问世的阿佩尔的《注释版洛丽塔》（*The Annotated Lolita*, 1970）与普罗菲尔的《〈洛丽塔〉要义》（*Keys to Lolita*, 1968）一道成为研究《洛丽塔》的经典。后者另编有《纳博科夫面面观》（*A Book of Things about Vladimir Nabokov*, 1974），收录了该时期纳博科夫研究领域中最知名学者的20余篇文章。威廉·伍丁·罗伊（William Woodin Rowe）的《纳博科夫的欺骗世界》（*Nabokov's Deceptive World*, 1971）利用纳博科夫最反感的弗洛伊德理论分析其作品中语词后的象征，曾遭到纳博科夫的抨击。同时期出版的阿佩尔等人编的《纳博科夫：批评、回忆、翻译与献辞》（*Nabokov: Criticism, Reminiscences, Translations and Tributes*, 1970）则是纳博科夫研究学者的回忆与评论文集。1972年出版的茱莉亚·贝德尔（Julia Bader）的《水晶地：纳博科夫英语小说中的技巧》（*Crystal Land: Artifice in Nabokov's English Novels*）延续了美学研究的思路，以纳博科夫前六本英文小说为例分析了其创作中的艺术技巧问题。贝德尔认为，纳博科夫小说的意义始终与"艺术"主题相关，"映像、孪生、学究的乡愁、揶揄的认真、疯狂与堕落、死亡与永恒，所有这些虽然不能为艺术主题所涵盖，但都涉及这一主题"①。斯塔克（John O. Stark）的《枯竭的文学：博尔赫斯、纳博科夫与巴斯》（*The Literature of Exhaustion: Borges, Nabokov, and Bath*, 1974）指出三位作家的形式实践表明文学已走到了枯竭的边缘。阿佩尔的《纳博科夫的黑色电影》（*Nabokov's Dark Cinema*, 1974）探讨了纳博科夫小说中的电影形式与主题。福勒（Douglas Fowler）的《阅读纳博科夫》（*Reading Nabokov*, 1974）以纳博科夫的五部长篇、三个短篇和一首诗歌为例，分析了其作品中常见的主题与技巧。这一时期对纳博科夫作品进行总体研究的还有莫顿（Donald E. Morton）的《纳博科夫》（*Vladimir Nabokov*, 1974）与李（L. L. Lee）的《纳博科夫》（*Vladimir Nabokov*, 1976）等。赫伯特·格雷伯斯（Herbert Grabes）的《虚构的传记：纳博科夫的英文小说》（*Fictitious Biographies: Vladimir Nabokov's English Novels*, 1977）分析了作家与其作品的联系。在综合了斯特格纳与贝德尔观点的基础上，格雷伯斯指出，某种程度上纳博科夫的小说创造了自己的"美学图案世界"，但另一方面也反映了艺术与现实间的冲突。它们的共同点是：小说都是作家虚构的传记②。菲尔德的

---

① Julia Bader, *Crystal Land: Artifice in Nabokov's English Novels* (Berkeley, Los Angeles, London: University of California Press, 1972), 1.
② H. Grabes, *Fictitious Biographies: Vladimir Nabokov's English Novels* (Paris: Mouton & Co. B. V., Publishers, The Hague, 1977), vii – ix.

《纳博科夫的艺术人生》(*VN: The Life and Art of Vladimir Nabokov*, 1977)是20世纪70年代出版的一部重要的纳博科夫传记。达布尼·斯图尔特(Dabney Stuart)的《论纳博科夫的戏仿》(*Nabokov: The Dimensions of Parody*, 1978)重点分析了纳博科夫小说中的戏仿特征,如《黑暗的笑声》对电影的戏仿,自传《说吧,记忆》对小说的戏仿,《普宁》对自传的戏仿,《塞巴斯蒂安·奈特的真实生活》对游戏的戏仿等。卡林斯基编的《纳博科夫与威尔逊通信录》(*The Nabokov-Wilson Letters*, 1979)收录了1940至1971年间纳博科夫与威尔逊的通信,是研究者必备的第一手资料。海德(G. M. Hyde)的《纳博科夫:美国的俄罗斯小说家》(*Nabokov: America's Russian Novelist*, 1977)与罗伊的《纳博科夫及其他:俄罗斯文学的模式》(*Nabokov & Others: Patterns in Russian Literature*, 1979)分析了纳博科夫与俄罗斯文学的联系。据统计,到80年代初,集中评论纳博科夫的文献便有30余部专著、40余部博士论文、数百篇评论文章[1]。

20世纪80年代后,关于纳博科夫小说中是否存在道德或伦理主题的争论开始出现。其中埃伦·派弗尔(Ellen Pifer)的《纳博科夫与小说》(*Nabokov and the Novel*, 1980)是这方面的力作,对当时盛行的美学研究做了有力的反驳。她指出,作者笔下那些具有艺术气质的人物意识中潜藏着道德伦理的企图,作家关注的焦点是道德律法束缚下人的生存[2]。罗伊的《纳博科夫的

---

[1] Stephen Jan Parker, "Nabokov Studies: The State of the Art," *The Achievements of Vladimir Nabokov*, ed., George Gibian and Stephen Jan Parker (Ithaca: Center for International Studies, Cornell University, 1984), 84.

[2] Ibid., 91.

幽灵之维》(*Nabokov's Spectral Dimension*, 1981) 则延续了其在《纳博科夫的欺骗世界》中的思路，重点分析了纳博科夫小说中的灵异现象。大卫·帕克曼 (David Packman) 的《纳博科夫的文学欲望结构》(*Vladimir Nabokov: The Structure of Literary Desire*, 1982) 从后结构主义角度分析了《洛丽塔》、《微暗的火》与《阿达》中的文本自涉特点。露西·马多克斯 (Lucy Maddox) 的《纳博科夫的英语小说》(*Nabokov's Novels in English*, 1983) 侧重分析纳博科夫作品中的人物与主题，指出纳氏八部英文小说中的人物活在意义边缘而自身又是某个复杂图案的一部分。劳丽·克兰西 (Laurie Clancy) 的《纳博科夫的小说》(*The Novels of Vladimir Nabokov*, 1984) 分析了纳博科夫已面世的 13 部小说中的艺术技巧、人物与主题等。乔安·卡吉斯 (Joann Karges) 的《纳博科夫的蝶翅学：类与属》(*Nabokov's Lepidoptera: Genres and Genera*, 1985) 分析了昆虫与蝴蝶，特别是蝶翅学分类在纳博科夫小说中的表现，并附有出现在其作品中的蝶翅类昆虫分类详细目录[①]。佩卡·塔弥 (Pekka Tammi) 的《纳博科夫的诗学问题：叙述学分析》(*Problems of Nabokov's Poetics: A Narratological Analysis*, 1985) 运用经典叙事学的方法，详细解读了纳博科夫几乎所有作品中的叙事特征。该书系作者十余年辛勤研究的结晶，分析细致精密，例证翔实具体，成为将细读作品与叙事分析相结合的典范和 80 年代以来文本分析的重要代表性成果。约翰逊 (D. Barton Johnson) 的《倒退的世界：纳博科夫的几部小说》(*Worlds in Regression: Some Novels of Vladimir Nabokov*, 1985) 指出纳博科夫小说中包含着一层层不断倒退的世

---

① Joann Karges, *Nabokov's Lepidoptera: Genres and Genera* (Ann Arbor: Ardis, 1985), 77-83.

界，兼有作家身份的小说人物渴望进入作家的世界，而作家同样希望回归更高层次的世界。纳博科夫的小说世界总处在不断的倒退与回归中[①]。斯蒂芬·扬·帕克尔（Stephen Jan Parker）的《理解纳博科夫》（*Understanding Vladimir Nabokov*, 1987）分三个主要部分讨论了纳博科夫的9部长篇小说及其他作品。杰弗里·格林（Geoffrey Green）的《弗洛伊德和纳博科夫》（*Freud and Nabokov*, 1988）则讨论了纳博科夫对弗洛伊德反感的主题。利昂娜·托克尔（Leona Toker）的《纳博科夫文学结构的奥秘》（*Nabokov: The Mystery of Literary Structures*, 1989）回顾了以前纳博科夫研究中两种倾向之间的失衡，指出要么仅关注其无与伦比的叙述技巧，要么仅醉心于发现其作品中的人文主义关怀都是不对的，应该将两者结合起来考虑，在考察纳博科夫美学或形而上学诉求的背后，发现其人文主义关怀的主题；纳博科夫作品中的"审美狂喜"与"道德关切"就像一对孪生子，以不同的侧重点表现出来。在此框架下，作者分析了纳博科夫10部代表性长篇小说如何在二者之间寻求平衡。作者同时指出纳博科夫所受到的新柏拉图主义、象征主义、叔本华、柏格森、美国超验主义等的影响[②]。这一时期，研究纳博科夫与其他作家关系的作品有西尔维娅·佩恩（Sylvia Paine）的《贝克特、纳博科夫、尼恩：动机与现代主义》（*Beckett, Nabokov, Nin: Motives and Modernism*, 1981）、迈克尔·朗（Michael Long）的《马维尔与纳博科夫：童年与阿卡迪亚》（*Marvell, Nabokov: Childhood and Arcadia*, 1984）、艾希尔·米尔鲍尔（Asher Z. Milbauer）的《超越流亡：

[①] D. Barton Johnson, *Worlds in Regression: Some Novels of Vladimir Nabokov* (Ann Arbor: Ardis, 1985), 2.

[②] Leona Toker, *Nabokov: The Mystery of Literary Structures* (Cornell University Press, 1989), ix, 1-20, 229.

康拉德、纳博科夫与辛格》(*Transcending Exile: Conrad, Nabokov, I. B. Singer*, 1985)、比弗利·克拉克 (Beverly Lyon Clark) 的《狂想的反思：卡洛尔、纳博科夫与品钦的镜子世界》(*Reflections of Fantasy: The Mirror-Worlds of Carroll, Nabokov and Pynchon*, 1986) 等。纳博科夫研究方面一些重要的专著、文集与原始资料还有昆内尔 (Peter Quennell) 编的《献给纳博科夫》(*Vladimir Nabokov: A Tribute*, 1980)、诺曼·佩奇 (Norman Page) 编的《纳博科夫：批评的遗产》(*Vladimir Nabokov: The Critical Heritage*, 1982)、里弗斯 (J. E. Rivers) 等人编的《纳博科夫的第五弧》(*Nabokov's Fifth Arc*, 1982)、兰普顿 (David Rampton) 的《纳博科夫批评研究》(*Vladimir Nabokov: A Critical Study*, 1984)、列维 (Alan Levy) 的《纳博科夫：丝绒般的蝴蝶》(*Vladimir Nabokov: The Velvet Butterfly*, 1984)、菲利斯·罗斯 (Phyllis A. Roth) 编的《纳博科夫批评文集》(*Critical Essays on Vladimir Nabokov*, 1984)、迈克尔·茱莉亚 (Michael Juliar) 编的《纳博科夫：描述性书目》(*Vladimir Nabokov: A Descriptive Bibliography*, 1986)、德米特里·纳博科夫 (Dmitri Nabokov) 等编的《纳博科夫书信选集：1940—1977》(*Vladimir Nabokov: Selected Letters 1940—1977*, 1989) 等。

20世纪90年代后，对纳博科夫的研究更加全面，研究领域不断拓展，思路也从对形式、主题的讨论过渡到以博伊德 (Brian Boyd) 为代表的综合分析。博伊德在系列专著里，分析了纳博科夫作品中的时间、意识、图案、细节等，指出其艺术技巧背后如棱镜般折射的是作家对生活的热爱与对死亡之上的彼岸世界的不懈追寻。博伊德将形式与主题分析结合在作家对彼岸世界的寻求这一焦点问题上，这一模式成为20世纪90年代以来的主流。康诺利 (Julian Connolly) 在《纳博科夫及其小说：新视角》

(*Nabokov and His Fiction: New Perspectives*, 1999) 里指出,从形式研究过渡到主题研究,再到将二者结合,是当今纳博科夫研究总的思路走向①。在主题发掘方面,最早专题论述彼岸世界的是亚历山大洛夫的《纳博科夫的彼岸世界》(*Nabokov's Otherworld*, 1991)。亚历山大洛夫认为,将纳博科夫视为只关心美学形式的元小说家,其实是对他最大的误读。纳博科夫的创作表明,在其美学关切之下,有形而上学与伦理学的基础。他用"彼岸世界"来统一这三个维度,认为纳博科夫明显相信存在一个超验的、非物质的、永恒的、秩序井然的光明世界,它对尘世的一切产生影响(形而上学);纳博科夫相信,尘世有恶的存在(伦理学);而在美学上,他的作品具有艺术创造的主题以及个性化的形式与风格。亚历山大洛夫分析,形而上学、伦理学和美学关系紧密,大致组成了一个三角形,纳博科夫所有的作品都能在这三角形构成的"彼岸世界"中找到自己的位置②。著名的纳博科夫研究专家布莱恩·博伊德编写的传记《纳博科夫:俄罗斯岁月》(*Vladimir Nabokov: The Russian Years*, 1990)和《纳博科夫:美国岁月》(*Vladimir Nabokov: The American Years*, 1991)相继出版,纠正了菲尔德《纳博科夫的艺术人生》中许多错误的看法。这两部结合作品分析人生的大部头作品是纳博科夫最权威的传记,其学术成就恐难超越。亚历山大洛夫主编的《加兰纳博科夫大全》(*The Garland Companion to Vladimir Nabokov*, 1995)以词典的形式,在长达800页的篇幅内收录了42位学者的72篇文章,内容丰富全面,涵盖了纳博科夫的作品、书信、名望、多语

---

① Julian W. Connolly, ed., *Nabokov and His Fiction: New Perspectives* (Cambridge University Press, 1999), 2.
② Vladimir E. Alexandrov, *Nabokov's Otherworld* (Princeton, New Jersey: Princeton University Press, 1991), 3-6.

创作、彼岸世界、蝴蝶研究、原稿、在俄罗斯的文学回归，他与象棋、媚俗文化、别雷、柏格森、布洛克、夏多布里昂、契诃夫、陀思妥耶夫斯基、福楼拜、果戈理、乔伊斯、卡夫卡、坡、普鲁斯特、普希金、屠格涅夫、厄普代克、托尔斯泰的关系等，是纳博科夫研究方面一部百科全书式的参考书。朱莉安·康诺利编辑的《剑桥纳博科夫指南》(*The Cambridge Companion to Nabokov*, 2005) 从背景、作品及其他三个方面分析了纳博科夫的艺术世界与多样的文化背景。书中的 14 篇文章可作为《加兰纳博科夫大全》的有益补充。随着《加兰纳博科夫大全》《剑桥纳博科夫指南》的出版，纳博科夫的研究开始突破美学与主题研究的窠臼，向全方位、多视角发展，其中几个大的方向是：纳博科夫与家人及其他作家、艺术家、思想家研究；纳博科夫与蝶类学、音乐、象棋、电影、绘画、流行文化研究；语言学、精神分析、叙事学研究；纳博科夫作品中的性、种族、民族研究等。这一时期论著的数量十分惊人，限于篇幅，这里只能大致列举部分作品，某些此处未列出的重要作品将在后续章节中提及。其中，传记与总体研究有布拉特 (Jean Blot) 的《纳博科夫》(*Nabokov*, 1995)、科恩威尔 (Neil Cornwell) 的《纳博科夫》(*Vladimir Nabokov*, 1999)、希夫 (Stacy Schiff) 的《薇拉》(*Véra*, 1999)、格雷森 (Jane Grayson) 的《插图版纳博科夫》(*Illustrated Lives: Vladimir Nabokov*, 2001) 等。重要的文集有康诺利编的《纳博科夫及其小说：新视角》、詹赛恩 (Lisa Zunshine) 编的《越界的纳博科夫：重绘批评疆界》(*Nabokov at the Limits: Redrawing Critical Boundaries*, 1999)、格雷森等编的两卷本《纳博科夫的世界》(*Nabokov's World*, 2002)、拉莫 (David H. J. Larmour) 编的《纳博科夫散文中的语篇与意识形态》(*Discourse and Ideology in Nabokov's Prose*, 2002)、夏皮洛

（Gavriel Shapiro）编的《纳博科夫在康奈尔》(Nabokov at Cornell, 2003) 等。重要的专著有康诺利的《纳博科夫的早期小说：自我与他者的模式》(Nabokov's Early Fiction: Patterns of Self and Other, 1992)、福斯特（John Burt Foster, Jr.）的《纳博科夫的记忆艺术与欧洲现代主义》(Nabokov's Art of Memory and European Modernism, 1993)、格林（Michael Glynn）的《纳博科夫小说中柏格森与俄国形式主义的影响》(Vladimir Nabokov: Bergsonian and Russian Formalist Influences in His Novels, 2007)、马阿（Michael Maar）的《说吧，纳博科夫》(Speak, Nabokov, 2009)、布莱克威尔（Stephen H. Blackwell）的《笔尖与手术刀：纳博科夫的艺术与科学世界》(The Quill and the Scalpel: Nabokov's Art and the Worlds of Science, 2009)、拉姆（Melissa Lam）的《逐出美国：重构纳博科夫与品钦的语言与爱情》(Disenfranchised from America: Reinventing Language and Love in Nabokov and Pynchon, 2009)、奈曼（Eric Naiman）的《倔强的纳博科夫》(Nabokov, Perversely, 2010)、杜兰塔耶（Leland de la Durantaye）的《风格即本质：纳博科夫的道德艺术》(Style is Matter: The Moral Art of Vladimir Nabokov, 2010) 等。

50年来的欧美纳博科夫研究对其长篇与短篇小说的探索已相当深入，而关于其诗歌、戏剧等方面的论著还很缺乏。长篇小说中，《洛丽塔》《微暗的火》《普宁》《阿达》《斩首之邀》《天赋》等都已有了研究专著。其中，关于《洛丽塔》的专著已逾10部，除了阿佩尔与普罗菲尔的作品外，重要的论著还有哈罗德·布鲁姆（Harold Bloom）编的《纳博科夫的〈洛丽塔〉》(Vladimir Nabokov's Lolita, 1987)、辛克莱（Marianne Sinclair）的《好莱坞的洛丽塔们》(Hollywood Lolitas, 1988)、派弗尔的《纳博科夫的〈洛丽塔〉专题资料汇编》(Vladimir Nabokov's

Lolita: A Casebook, 2003)、威克斯（Graham Vickers）的《追逐洛丽塔》（Chasing Lolita, 2008）等。关于《阿达》的专著有四部，分别是博伊德的《纳博科夫的〈阿达〉：意识之地》（Nabokov's Ada: The Place of Consciousness, 1985）、梅森（Bobbie Ann Mason）的《纳博科夫的花园：〈阿达〉指南》（Nabokov's Garden: A Guide to "Ada", 1981）、坎科格尼（Annapaola Cancogni）的《镜中蜃景：纳博科夫的〈阿达〉及其法语源文本》（The Mirage in the Mirror: Nabokov's Ada and Its French Pre-Texts, 1985）与保罗·蒂博（Paul J. Thibault）的《作为实证的社会符号学：文本、社会意义生成与纳博科夫的〈阿达〉》（Social Semiotics as Praxis: Text, Social Meaning Making, and Nabokov's Ada, 1991）。研究《微暗的火》的专著有两部，分别是博伊德的《纳博科夫〈微暗的火〉：艺术发现的魅力》（Nabokov's Pale Fire: The Magic of Artistic Discovery, 1999）与普丽西拉·迈耶（Priscilla Meyer）的《发现水手的宝藏：纳博科夫的〈微暗的火〉》（Find What the Sailor Has Hidden: Vladimir Nabokov's Pale Fire, 1989）。研究《普宁》的专著有两本，分别是根纳季·巴拉卜塔罗（Gennady Barabtarlo）的《事实的幻象：纳博科夫〈普宁〉指南》（Phantom of Fact: A Guide to Nabokov's Pnin, 1989）与加尔亚·迪门特（Galya Diment）的《普宁式人物：纳博科夫与马克·西兹夫特尔》（Pniniad: Vladimir Nabokov and Marc Szeftel, 1997）。研究《斩首之邀》的论文集与专著各一部，分别是康诺利编的《纳博科夫的〈斩首之邀〉：批评指南》（Nabokov's "Invitation to a Beheading": A Critical Companion, 1998）与夏皮洛的《微妙的标记：纳博科夫〈斩首之邀〉中的潜文本》（Delicate Markers: Subtexts in Vladimir Nabokov's Invitation to a Beheading, 1998）。布莱克威尔（Stephen H. Blackwell）的

《济娜的悖论：纳博科夫〈天赋〉的预设读者》(Zina's Paradox: The Figured Reader in Nabokov's Gift, 2000) 则从叙事学的角度研究《天赋》。

20世纪60年代后，伴随着《洛丽塔》的成功，短篇故事集《菲雅尔塔的春天》于1956年面世，以及纳博科夫早期的俄文小说在《大西洋月刊》《纽约客》等权威刊物上陆续发表，纳博科夫的短篇小说开始受到学者的关注。其中，关于纳博科夫短篇小说研究的专著与论文集有斯瑞尔（Maxim D. Shrayer）的《纳博科夫的故事世界》（The World of Nabokov's Stories, 1999）、瑙曼（M. K. Naumann）的《柏林的蓝色夜晚：纳博科夫20年代的短篇小说》（Blue Evenings in Berlin: Nabokov's Short Stories of the 1920s, 1978）、尼克尔（Charles Nicol）等编的《缩微的阿尔卑斯形式：纳博科夫短篇小说研究》（A Small Alpine Form: Studies in Nabokov's Short Fiction, 1993）、科尔曼（Steven G. Kellman）与马林（Irving Marlin）编的《凝滞的硝烟：纳博科夫的短篇小说》（Torpid Smoke: The Stories of Vladimir Nabokov, 2000）等。而就笔者所知，目前讨论纳氏诗歌的专著只有一部，为莫里斯（Paul D. Morris）的《纳博科夫：诗歌与抒情之音》（Vladimir Nabokov: Poetry and the Lyric Voice, 2010）。

除了数量众多的专著与文集外，纳博科夫研究中的重要事件包括1978年在堪萨斯大学成立的隶属MLA的国际纳博科夫研究会（IVNS: The International Vladimir Nabokov Society）及其出版的半年刊《纳博科夫研究者》（The Nabokovian）。1993年纳博科夫研究专家约翰逊主持的电子论坛NABOKV-L开通。1994年他又发起创办了《纳博科夫研究》（Nabokov Studies）年刊。互联网兴起后，1995年由爱德蒙斯提议、宾夕法尼亚大学图书馆赞助的赞巴拉网站（http://www.libraries.psu.edu/nabokov/zembla.

htm）开通。专门研究纳博科夫及其作品的网站还有纳博科夫博物馆（http://www.nabokovmuseum.org/en/）、阿达在线（http://www.ada.auckland.ac.nz/）、《天赋》研究（http://giftconcordance.pbworks.com）等；法国文学网站 Cycnos 亦专门收录研究纳博科夫的文章①。这些媒介和机构为大范围、系统化研究纳博科夫提供了方便快捷的交流方式，极大地推动了纳博科夫研究向更深、更广的方向发展。

我国对纳博科夫的译介始于 20 世纪 80 年代初。1981 年，著名翻译家梅绍武翻译了纳博科夫短篇小说《过客》和长篇小说《普宁》，由上海译文出版社出版。80 年代末，我国掀起了译介《洛丽塔》的风潮，各种版本的《洛丽塔》纷纷面世，以中国社会科学院于晓丹的译本最为风靡。两年后，纳博科夫的《文学讲稿》（三联版）和《讲吧，记忆》（花城版）出版，前者在文学评论圈里引起了较大反响。90 年代末，时代文艺出版社出版了巨匠丛书，推出了纳博科夫大多数小说的译本。2005 年至今，上海译文出版社又相继出版了其 10 部小说的中译本，后续的小说也将陆续翻译出版。其他一些出版社如漓江出版社、译林出版社、浙江文艺出版社等也出版过部分作品的译文。这些翻译中，以时代文艺出版社与上海译文出版社的规模最大，但前者的多数译作在质量上均无法与上海译文出版社的译本媲美。

期刊文章方面，梅绍武先生撰写的《浅论纳博科夫》和《纳博科夫前半生的创作》可谓国内最早的介绍性文字。经过短暂的沉寂后，20 世纪 80 年代末至 90 年代初，陆续又有一些探讨

---

① See http://revel.unice.fr/cycnos/sommaire.html? id=1441, http://revel.unice.fr/cycnos/sommaire.html? id=1276, http://revel.unice.fr/cycnos/sommaire.html? id=880.

《洛丽塔》的文章出现。2000年以后，各类期刊上有关纳博科夫的论文骤然增多，尤其是最近几年，可谓呈井喷状态。同一时期，以纳博科夫为题的硕博士论文也多了起来。博士论文已有约10篇，它们是厦门大学2003年詹树魁的《符拉迪米尔·纳博科夫：从现代主义到后现代主义》、复旦大学2005年李小均的《纳博科夫研究——那双眼睛，那个微笑》、华东师范大学2006年王霞的《越界的想象——论纳博科夫文学创作中的越界现象》、暨南大学2006年赵君的《艺术彼在世界里的审美狂喜》、华东师范大学2006年肖谊的《论弗拉基米尔·纳博科夫美国小说的元虚构性质》、山东师范大学2007年谭少茹的《纳博科夫文学思想研究》、上海外国语大学2008年汪小玲的《纳博科夫小说艺术研究》、上海师范大学2010年王青松的《纳博科夫小说：追逐人生的主题》等。硕士论文的数量更多，约有30余篇。由此可见，一个纳博科夫研究的新高潮似乎已经在中国露出端倪。考察这些论著，不难发现，尽管对纳博科夫的研究已经呈现出异彩纷呈的局面，探讨的内容在不断扩大，研究的范围继续向纵深发展，但以下几个缺陷还是一目了然的：一是论著的数量仍远远不够，大多数集中于讨论几部小说，如《洛丽塔》《微暗的火》等，尤其是对《洛丽塔》的讨论可以说占了这些作品中的多数篇章。笔者在中国学术期刊网上设定搜索期限1980年至2010年，以"Nabokov"为关键词仅搜索到论文数55篇；以"Nabokov"为主题，也只搜索到论文109篇。二是研究的内容依然集中在艺术技巧或单部作品主题的探讨上。三是存在不少研究空白，已有的对某些作品的分析尚停留在介绍性文字上。国外近些年流行的试图将纳博科夫的创作主题与技巧结合起来的思路鲜有人问津。从研究的范围看，以分析纳博科夫的部分长篇小说居多，探讨其短篇、诗歌、戏剧或对其长篇进行全面分析的作品尚很少见。一些国外新的研究方向未引起足够的重视,如纳博科夫与神秘主义宗教诺斯替主义的关系,纳博科夫创作中的视觉书写,他与绘画及电影等艺术的关系,文化研究视阈下的纳博科夫研究等,国内几乎还是空白。

第二节 空间叙事理论的发展

20世纪末以来,学术界经历了一场引人注目的"空间转向",这一转向被认为是20世纪后半叶知识和政治领域里举足轻重的事件之一。学者们开对人文生活中的"空间性"刮目相看,把以前给予时间和历史,给予社会及社会关系的青睐,纷纷转移到空间上来[1]。空间转型波及文学,便产生了空间叙事理论这一崭新的叙事学分支。

叙事理论关注空间远比关注时间晚近,原因之一是长期以来人们认为叙事是时间性的。戈特霍尔特·艾弗赖姆·莱辛(Gotthold Ephraim Lessing)视叙事文学为时间艺术,而绘画、雕塑等为空间艺术的区分广为人知[2]。叙事的时间性显而易见:语言的线性安排、事件的因果关系都遵循时间序列。因此,几乎所有的叙事学著作都涉及时间问题,保尔·利科更有《时间与叙事》这样的巨著问世。另一原因是,尽管一些叙事作品或多或少讨论了空间问题,19世纪前的理解却仅限于实体的物理空间。上述两个原因导致了空间在很长一段时间里被叙事学所忽视。

---

[1] 陆扬:《空间理论和文学空间》,载《外国文学研究》,2004年第4期,第31页。
[2] Sabine Buchholz and Manfred Jahn, "Space in Narrative," *Routledge Encyclopedia of Narrative Theory*, eds., David Herman et al. (London and New York: Routledge, 2005), 551.

20世纪末以来，知识领域里出现了空间转向，叙事学也迅速融入这一潮流。对叙事空间转向做出贡献的有亨利·詹姆斯，其小说借鉴了绘画与建筑艺术中的空间意象；有约瑟夫·弗兰克（Joseph Frank），他的《现代小说中的空间形式》分析了福楼拜、普鲁斯特和乔伊斯等现代作家运用空间并置打破时间流的写作技巧，首次提出了叙事空间形式问题；有巴赫金，他的时空体概念（chronotope）借用爱因斯坦相对论，视时间与空间为不可分割的整体，时间是空间的第四维度；有法国哲学家梅洛·庞蒂和加斯东·巴什拉，他们提出的"生活空间"（lived space）将空间概念扩大到了人类认知的层次。

自《现代小说中的空间形式》一文发表以来，学界对叙事空间愈来愈重视，空间转向已是无可争议的事实。无论是各种新的空间隐喻与术语的出现，还是越来越多的文体开始强调空间形式，以及国内外众多的叙事学会议以空间为讨论的核心话题，都是明证。然而，围绕"叙事空间"这一概念，却出现了纷繁杂芜的各种定义。米克·巴尔说："几乎没有什么源于叙述本文概念的理论像空间（space）这一概念那样不言自明，却又十分含混不清。"[①] 另一方面，国内学术界虽对空间叙事学越来越重视，但很多人对"空间"的概念与理论发展脉络缺乏深入了解。本节拟在综述理论发展线索的基础上，厘清叙事空间的概念，提出对叙事空间理论发展的反思。

一、弗兰克的贡献

空间叙事理论的出现首先归功于弗兰克的开拓性贡献。他认

[①] 米克·巴尔著，谭君强译：《叙述学：叙事理论导论》，北京：中国社会科学出版社，1995年，第156页。

为，现代小说具有打破时间与因果顺序的空间特征。在分析了《包法利夫人》中著名的农产品展示会一幕后，弗兰克指出："这个场景小规模地说明了我所说的小说中的形式空间化。就场景的持续来说，叙述的时间流至少被终止了：注意力在有限的时间范围内被固定在诸种联系的交互作用之中。这些联系游离叙述过程之外而被并置着，该场景的全部意味都仅仅由各个意义单位之间的反应联系所赋予。"① 由于时间流的终止，读者需面对复杂难懂的文本，并试图从事物的同在性中，通过上下文反应参照（reflexive reference）建构一个整体意义。他从叙事的三个侧面，即语言的空间形式、故事的物理空间和读者的心理空间分析了现代小说中的空间形式。斯米滕（Jeffre R. Smitten）等认为自弗兰克开始，叙事理论就在语言、结构与读者感知三个方面展开讨论，而这三个要素是紧密联系的。这是对弗兰克空间理论的中肯评价②。

弗兰克的分析影响了后来几乎所有批评家对叙事空间的认识，也影响到了权威的《劳特里奇叙事理论百科全书》对空间问题的处理。该书收录了三个与叙事空间相关的词条，其中传统意义上的叙事空间（narrative space）系指故事内人物生活与运动的场所，包括空间边界、空间内的物体、空间所提供的生活场景以及时间的维度四方面的内容。空间表现形态（presentations of space）上，舞台艺术多采用场景（scenic）方式，绘画与电影等多采用描绘（depiction）方式，而文字叙述则多采用描写

---

① Joseph Frank, *The Idea of Spatial Form* (New Brunswick: Rutgers University Press, 1991), 16. 另见约瑟夫·弗兰克等著，秦林芳编译：《现代小说中的空间形式》，北京：北京大学出版社，1991，第3页。
② Jeffre R. Smitten and Ann Daghistany, *Spatial Form in Narrative* (Ithaca and London: Cornell University Press, 1981), 17.

(description) 方式，后者需要读者积极参与对文本空间的建构。而空间形式（spatial form）指叙事结构中对时间性因素如线性顺序、因果关系的舍弃转而采用共时性的空间叙述方式。其常见形式有并置、碎片、蒙太奇、多情节、省略时间标志、弱化事件与情节以给人一种同在性的印象、心理描写、百科全书式的摘录等[1]。无疑，这三个词条沿袭了弗兰克的传统，分别从故事的物理空间、读者的空间建构和叙事的空间形式等方面分析了叙事空间的问题域。

二、后续批评家的讨论

弗兰克对叙事空间的分析深深地影响了后来的批评家。自他之后，为数众多的学者继续从故事空间、空间形式和读者感知等方面展开对空间问题的讨论。

米切尔（W. J. T. Mitchell）最早对文学中的空间形式进行了区分。他借用弗莱《批评的解剖》中有关中世纪讽喻的四层次体系，提出文学空间的四个类型：字面层，即文本的物理存在；描述层，作品中表征、模仿或所指的世界，是文本阅读中的心理建构；文本表现的序列原则，即传统意义上的时间形式；故事后的形而上空间，可以理解为生成意义的系统[2]。

瑞恩认为："无论是印刷文本还是数字文本，都涉及以下四种空间类型：（1）文本表征或模拟的虚构世界的物理空间；（2）文本自身的建筑或设计；（3）构成文本的符号所占据的物理空间；（4）作为文本语境和容器的空间。"第一种是故事世界的地

---

[1] David Herman et al., eds., *Routledge Encyclopedia of Narrative Theory* (London and New York: Routledge, 2005), 551 - 556.

[2] W. J. T. Mitchell, "Spatial Form in Literature: Toward a General Theory," *Critical Inquiry* 6 (Spring 1980), 550 - 554.

形学空间；第二种指文本的拓扑学空间，强调文本单元的位置性，即批评家所谓的"空间形式"；文本符号空间则因媒介而异有口语，文字，雕塑、零维、一维、二维、三维等区分；第四种空间是文本的存储环境，如书架、硬盘或万维网[①]。

安·塔吉斯坦利（Ann Daghistany）和约翰逊（J. J. Johnson）提出了开放（open）与封闭（closed）空间的概念。弗兰克的空间形式在他们看来是封闭的，在支离破碎的形式后面，毕竟还为我们提供了通过反应参照来揭示中心主题之路。而开放式空间是如罗兰·巴特所说的复义文本，它是各种意义网络的交织，是能指的星系，没有所指。文本没有开始与结束，顺序可以颠倒，没有中心意义，对文本的阐释是不确定的，读者应随时意识到文本自身的文本性。《尤利西斯》就综合运用了这两种空间形式[②]。

大卫·米克尔森（David Mickelsen）采用形式主义立场，分析了叙事的三个形式问题：叙事结构（narrative structure）、叙事整体（narrative unity）及风格（style）。它们都在减缓叙事的时序方面发挥作用。如叙事结构可以空间化（侦探小说经常采用回溯的叙述方法，流浪汉小说则常使用并置，叙事的线索可以多头并进，取消时间标志语等），叙述整体更强调空间效果（空间形式的整体性效果取得的有效手段是主题，叙事不再强调顺序发展的行动而关注同一时间里发生的多个事件），以及叙事语言风格

[①] Marie-Laure Ryan, "Cyperspace, Cybertexts, Cybermaps," 21 May 2005, http://www.dichtung-digital.org/2004/1-Ryan.htm.

[②] Ann Daghistany and J. J. Johnson, "Romantic Irony, Spatial Form, and Joyce's Ulysses," *Spatial Form in Narrative*, ed. Jeffrey R. Smitten and Ann Daghistany (Ithaca: Cornell University Press, 1981), 48-60.

的空间化（文字游戏、复杂的句法结构、意象并置等）[1]。

埃里克·拉布金（Eric Rabkin）将形式主义与读者反应结合，指出情节具两方面意义：历时（diachronic）情节强调叙事的顺序推进，共时（synchronic）情节强调在某个场景里事件是如何被感知的。所有情节都包含上述两方面内容。同时，他区分了两种不同的情节模式：并列（paratactic）结构与主从（hypotactic）结构的情节，前者是纯并置的情节安排，如《喧哗与骚动》和《押沙龙，押沙龙！》，因而具有典型的空间形式[2]。

凯斯特纳（Joseph Kestner）指出小说是时间第一性、空间第二性的艺术，而视觉艺术则相反。小说的空间形式是一种"第二位幻觉"（secondary illusion），它来自三个方面：图像式（pictorial）空间，如各种框架叙事（frame narratives，即故事中的故事，如《弗兰肯斯坦》）；雕塑空间（sculptural），即小说中的人物与视角等形成的立体空间幻觉；建筑空间（architectural），即小说章节安排的结构，文字风格与排版等[3]。

罗侬（Ruth Ronen）区分了"框架的空间"（framed space）和"架构的空间"（framing space）。她将"背景"（setting）视为当前的基本空间框架（spatial frame），等同于戏剧舞台上的空间，是物体、人物或事件的直接现实环境。例如，如果基本背景

---

[1] David Mickelsen, "Types of Spatial Structure in Narrative," *Spatial Form in Narrative*, ed., Jeffrey R. Smitten and Ann Daghistany (Ithaca: Cornell University Press, 1981), 63 - 78.

[2] Eric Rabkin, "Spatial Form and Plot," *Spatial Form in Narrative*, ed. Jeffrey R. Smitten and Ann Daghistany (Ithaca: Cornell University Press, 1981), 79 - 99.

[3] Joseph Kestner, "Secondary Illusion: The Novel and the Spatial Arts," *Spatial Form in Narrative*, ed. Jeffrey R. Smitten and Ann Daghistany (Ithaca: Cornell University Press, 1981), 105.

是一间屋子,则它往往是某个"架构的空间"的一部分(一栋房子、一座城市、一个国家或大陆等)。在这一基础上可以进行许多系统的区分:前景与背景、开放与封闭空间、可进入与不可进入空间、邻近与遥远空间、现实与想象空间、静态与动态空间等。同时,她还提出了叙事作品中空间的三种组织结构形式:连续空间(文本包含多个毗邻的连续空间,人物可以自由地在多个空间内穿行),彼此间断的不同质空间(在特殊情况下允许跨空间交流,如《爱丽丝漫游奇境记》),不能彼此沟通的不同质空间(只有通过转喻才能沟通,如嵌入叙事,包括叙事中的梦境、童话故事、书中书等)[1]。

查特曼区分了"故事空间"(story space)与"话语空间"(discourse space)。前者指行为或故事发生的当下环境,后者指叙述者的空间,包括叙述者的讲述或写作环境。如现代作家比较喜爱的叙述空间有医院或精神病院等(如《麦田里的守望者》《铁皮鼓》)。在低一级层次上,故事空间与叙述空间的原初点分别是"此在故事"(story-HERE)和"此在话语"(discourse-HERE),前者往往指故事空间中人物所在的物理位置或当时的视角,后者则指叙述者当时的视角或物理位置。"此在故事"/"此在话语"与"此时故事"(story-NOW)/"此时话语"(discourse-NOW)一道构成了叙事作品的"指示中心"(deictic centres),即叙事时空有机体的本原与出发点。查特曼的模式中,视角与聚焦起着十分关键的作用[2]。

如果说弗兰克对空间叙事理论做出了开拓性贡献,加布里埃

---

[1] David Herman et al., eds., *Routledge Encyclopedia of Narrative Theory* (London and New York: Routledge, 2005), 552.

[2] Ibid.

尔·佐伦（Gabriel Zoran）《建构叙事空间理论》一文对于叙事文本中的空间结构的讨论则最为复杂而完整[①]。他将"空间"一词严格限制在虚构世界的空间维度，而用空间模式（spatial pattern）来指通过联系文本断续单位而获得对整个文本的共时性感知。在垂直维度上，他划分了文本空间结构的三个层次：地形学（topographical）层次，即作为静态实体的空间；时空体（chronotopic）层次，即事件或行动的空间结构；文本（textual）层次，即符号文本的空间结构。在水平维度上，他也区分了三个层次的空间结构：总体空间（total space）、空间复合体（the complex of space）与空间单位（units of space）。构成空间的基本单位是场景（scene）。空间单位在地形学上称地方（place），在时空体层次上称行动域（zone of action），在文本层次上称视场（field of vision）。场景可能与地点相关，也可能与事件及行动相关，还可以是对话、一篇散文、一个总结等。空间单位的确定依赖读者的阅读解码与回溯综合能力。空间复合体由各种场景连续体构成。这些场景在文本层次上有章节划分以及场景间相互投射作用为提示。故事层次上的场景主要由人物的视角决定其前景与背景。整体空间是文本间接指涉的空间，可以是地形学、时空体和文本层次上的。它更多地指向文本的外部参照系，因而是不确定的整体，往往高于叙述层。佐伦对空间的讨论建立在文本虚构世界的基础上，强调空间是读者积极参与的建构过程。他从纵向区分了空间的三个层次（地形学、时空体与文本），并在横向上提出了空间度量的单位以及这些单位组合所表现出的不同空间结构。

[①] Gabriel Zoran, "Towards a Theory of Space in Narrative," *Poetics Today*, Vol. 5 No. 2 (1984), 309-335.

三、对空间叙事理论的反思

从学者们对空间的讨论可看出,空间叙事理论十分复杂,包含的问题域极多,要对其进行完整清晰的表述绝非易事。笔者认为可从以下几方面把握:

首先,应明确空间叙事学出现的前提。所谓空间,更多关涉的是一种认识论范式转向,是与时间概念紧密相连的隐喻,不是某种容器,不同于19世纪前讨论的实体空间。叙事空间的出现是对人文思想领域里空间转向的回应,是与传统时空观的背离,以及探索新的凸显空间重要性的文学再现方式的努力。从关注时间到空间转向,再到强调时空整体观(如巴赫金"时空体"概念),可以看出,对空间的关注始终都没有而且也不能脱离与时间的关联。

其次,可从广义与狭义的角度来理解叙事空间。广义的空间涵盖的范围相当广泛。从文本或媒介构成层次看,不仅应包括小说、历史、传记等传统上重视时间的文本,也应包括绘画、雕塑、建筑等传统上偏重空间的文本,还应包括电影、电视、动画等既重时间又重空间的叙事媒体[①]。换言之,空间叙事学的研究应涵盖文学艺术的各种表现形态,尤其是文学与跨艺术、跨媒体的关系,而这已成为空间叙事理论中极富生命力的新的发展方向:视觉书写研究。未来的发展不仅可探讨纯诗学意义的文本空间形式,也可探讨文化地理、种族、身份、意识形态等空间话语。列斐伏尔(Henri Lefebvre)的空间生产、苏贾(Edward Soja)的第三空间理论等都将为空间叙事学拓展更大的研究域。

---

① 龙迪勇:《叙事学研究的空间转向》,载《江西社会科学》,2006年第10期,第67页。

在这方面，英国文化地理学家迈克·克朗做了有益的尝试，他在《文化地理学》中辟有专章讨论文学空间在叙事作品里的表现及生产①。狭义的空间是诗学意义上的，是空间叙事学的核心内容。沿袭弗兰克的分析，可从语言、文本结构与读者心理等展开讨论。与传统注重时间的叙事理论不同，空间理论的重心更应放在读者的心理建构上，而这也是其复杂性的根源之一②。

因空间叙事理论尚属新学，对它的研究需要付出更多努力，尚待发掘的东西还很多。其研究的对象与内容委实复杂。以语言文字为例。文本存在方式本身是空间的（当然也是时间的），章节安排、排版格式、文字游戏，语言文字打破常规的使用，甚至某些叙事作品本身以空间为形式（如形体诗），这些都具有空间特征。再以故事为例。人物的类型（圆形、扁形，甚至有人提出尖形人物的概念③，均借自几何学），情节结构（如线性、螺旋式、链式等④），场景安排与人物视角的关系等都值得从空间角度加以探讨。至于读者，还可以探讨互文性阅读与空间叙事的关系等。

---

① 参见迈克·克朗著，杨淑华等译：《文化地理学》，南京：南京大学出版社，2005年。第四章《文学地理景观：文学创作与地理》讨论了文学作品中有关空间的写作（如城市与乡村）和文学作品对空间的创造。
② 如热奈特所讨论的时序、时距、频率等时间问题，一般可由读者在作者对文本的安排中找到线索，因而分析的时候往往有章可循。而读者对空间的感知，则常常无须受制于作者或文本的掣肘，发挥想象的余地很大，其多样性与复杂性是与具体的阅读过程相联系的。参见热拉尔·热奈特著，王文融译：《叙事话语·新叙事话语》，北京：中国社会科学出版社，1990年，第12-107页。
③ 马振方：《小说艺术论》，北京：北京大学出版社，1999年，第34-35页。
④ 刘孝存、曹国瑞：《小说结构学》，北京：光明日报出版社，1989年。该书总结了数十种不同的小说结构类型。

第三节　空间叙事理论与纳博科夫研究

纳博科夫的作品数量众多，形式繁复，内容丰富艰深，要对其进行系统而卓有成效的分析，前提是必须找到一个好的理论切入点。得益于伴随现代主义运动兴起而出现的空间叙事理论的发展，本书拟从空间叙事理论的独特视角出发，分析其作品中的空间叙事特征。

尽管国外纳博科夫的研究成果已异常丰富，但对空间问题的关注尚显不足，而国内目前的研究则尚未明确涉及该主题。据笔者掌握的资料，国外对纳博科夫空间问题的研究大致始于20世纪80年代。主要论著有玛丽娜·格里莎科娃（Marina Grishakova）的《纳博科夫小说中的空间、时间与视觉模式》（*The Models of Space, Time and Vision in V. Nabokov's Fiction: Narrative Strategies and Cultural Frames*，2006）、奥尔森（Karin Barbara Ingeborg Olson）的博士论文《"彼在"多于"此在"：纳博科夫小说中的特殊空间与时间》（*More "There" Than "Here": The Special Space and Time of Nabokov's Fiction*，1989）、麦凯（Melanie McKay）的博士论文《纳博科夫小说中的空间形式与同在性》（*Spatial Form and Simultaneity in Nabokov's Fiction*，1983）、科图尼奥（Marianne Cotugno）的博士论文《纳博科夫小说中的空间与记忆》（*Space and Memory in Vladimir Nabokov's Fiction*，2002）以及为数不多的一些文章。安妮塔·康多娅妮蒂（Anita Kondoyanidi）从90年代以来开始关注纳氏小说的空间特征，并在各类学术会议上提交了一些相关的论文，虽应和者众，却影响有限。这些著述中，影响最大的是格里莎科娃的专著。该书从后经典叙事学与文化分析的角度探讨了纳博科夫小说中的空间叙事特征，内容丰富，涉及面广。然而正如芭芭拉·怀利（Barbara Wyllie）指出的那样，该书尽管博识详尽，但论述不够集中和连贯①。威尔·诺曼（Will Norman）也批评该书论述散漫，主题不够集中，对众多生僻的理论术语不加解释等②。奥尔森的论文主要探讨纳博科夫小说中神秘的"彼岸世界"，麦凯的论文以分析纳博科夫小说中的空间形式为主，但只讨论了《洛丽塔》、《阿达》与《微暗的火》三部作品。这两部论文由于写作时间较早，内容较陈旧，今天几乎已不为人知。科图尼奥的论文主要运用列斐伏尔的空间理论，从文化研究的视角讨论空间的斗争、生产及个人想象与空间生产之间的关联等问题。巴拉卜塔罗的文章《纳博科夫的三位一体》则指出纳博科夫的小说不仅具有空间形式特征，还具有空间的主题③。这些探讨总体来看尚未形成规模和系统，影响不大，而且讨论的视角与侧重点与本书并不相同。除了格里莎科娃的专著与巴拉卜塔罗的文章在学术界较受重视外，其他的硕博士论文、期刊文章、会议发言等均反响不大。

　　国内近年来的研究已有不少文章与博士论文涉及纳博科夫的时间观，但目前还没有论著系统讨论纳博科夫小说的空间叙事特征。明确提到纳博科夫小说中时间空间化的只有王霞的博士论文《越界的想象——论纳博科夫文学创作中的越界现象》，其第二

---

① Barbara Wyllie, "Review of *The Models of Space, Time and Vision in V. Nabokov's Fiction*," *Partial Answers: Journal of Literature and the History of Ideas*, Vol. 7 No. 1 (January 2009), 158.

② Will Norman, "Review of *The Models of Space, Time and Vision in V. Nabokov's Fiction*," *The Slavonic and East European Review*, Vol. 85 Issu. 4 (October 2007), 784.

③ Gennady Barabtarlo, "Nabokov's Trinity (On the Movement of Nabokov's Themes)," *Nabokov and His Fiction: New Perspectives*, ed., Jullian W. Connolly (Cambridge: Cambridge University Press, 1999), 109 – 138.

章《时间与空间的越界：空间化的时间》主要讨论了纳博科夫作品中时间的魔毯之喻与宇宙同步概念，对纳博科夫时间空间化的讨论并不全面。

纳博科夫的小说有鲜明的空间叙事特征，空间叙事理论奠基人约瑟夫·弗兰克指出，纳博科夫"视小说形式本质上是空间的，或换言之是共时而非历时的；他秉持的信念是，只有通过伟大作品的内在结构才能体悟审美狂喜。这不过是用一种更形象的说法表达相同的意思罢了"①。阿佩尔在《注释版洛丽塔》中指出，纳博科夫的小说具有显著的空间特征，需要从多角度的空间视角去把握其中同存的多元维度（LO, xxxii, lxv, lxvii），如《微暗的火》便可以看作空间的一幅画作（LO, 378）。

首先，纳博科夫是少有的具有强烈时间意识与系统化时间观的作家。时间是贯穿纳博科夫所有小说中最重要的因素之一，其文学巅峰之作《阿达》便是一部述说时间的爱情故事。作家对时间的认识是空间化的，他用空间暗喻将自己对时间的复杂哲思折射在全部作品中，其中最重要的是记忆的魔毯与空间意象的显形、玻璃小球中的彩色螺旋、无时性与彼岸世界等。本书的第一章将结合作家的小说系统、全面地梳理纳博科夫空间化的时间观，在此基础上，重点分析《阿达》中的时间。

其次，纳博科夫是罕见的有意识地将文学创作与空间艺术紧密结合的视觉的作家。视觉艺术，尤其是绘画与电影，与纳博科夫的小说水乳交融，密不可分。作家从小热爱绘画，有着异乎常人的色彩听觉天赋，"天生就是风景画家"。他将小说的创作和阅读与绘画相比较，认为小说是适合看的空间艺术。他对古往今

---

① Vladimir E. Alexandrov, ed., *The Garland Companion to Vladimir Nabokov* (New York & London: Garland Publishing, Inc., 1995), 236.

来欧美各国的画家画作烂熟于心,像作画般熟练地用文字在纸张的画布上挥洒自己的灵感与才情,完美体现了"诗如画"的传统,被夏皮洛等批评家称为文学界前无古人后无来者的"文字的画家"。纳博科夫热爱电影,其作品中的人物、主题、结构与写作技巧大量借鉴了电影叙事。评论家早已注意到,纳博科夫的几乎每部小说都有电影的元素。本书第二章将结合空间叙事理论中的视觉书写概念,从跨媒体、跨艺术的角度,分析纳博科夫作品中的色彩听觉及绘画与电影元素。

第三,纳博科夫的小说具有典型的空间形式。自弗兰克提出空间形式的概念以来,尽管对其内涵的解读出现了各种不同理解,也在其基础上发展出了形形色色不同版本的空间形式概念,但其核心内容仍然围绕语言、结构与读者心理建构三个方面展开。纳博科夫的小说在上述三个方面都是空间小说的极佳范例。在语言上,作家有意消除文本的线性序列与因果关系,强调文本的同在性与文字的上下文反应参照,彰显作品自身的文本属性,突出作家本人的创作过程。在结构上,他强调图案(pattern)与细节,以及将这些图案与细节整合为有机整体的"宇宙同步"(cosmic synchronization)的综合认知能力。在章节安排上,纳博科夫通常采用空间化的构架以减缓或弱化叙事时序,突出文本的视觉属性。在读者层次,他有意识地打破读者自左至右的阅读习惯,消除他们时间流逝的幻觉,强调在反复阅读的基础上,透过文本错综复杂的反应参照体系,建构一个意义的整体空间。作家反复强调,理想的创作与阅读如同绘画,克服了时间的羁绊,不是从左至右的因果序列,而是作家与读者脑海中空间意象的同存与并置以及空间画面的瞬间整体重构。因此,好的作家在构思小说时便已看到了它的整体,然后将文字的颜料分布在书籍里,为读者设置重重迷宫。好的读者必须是反复的读者,在反复的阅读中,将散布在书中的零碎画面重新组织成清晰的图案。本书的第三章将从纳博科夫小说中的图案、作家的自我书写、读者的空间阅读三个方面对此展开讨论,重点分析《洛丽塔》中的语言与《微暗的火》中的空间结构与空间阅读。

第四,在小说主题上,纳博科夫强调多重空间,博伊德将其称为"世界中的世界中的世界"。这多重空间最核心的内容是作家对艺术与精神的另一个彼岸世界的追求。隐藏在纳博科夫小说形式后的空间主题,即对彼岸世界的追寻是20世纪90年代以来评论家们的共识,这其中一个重要的源头是神秘的诺斯替主义思想。本书第四章将讨论纳博科夫小说中的空间主题,梳理纳博科夫作品中的多重世界、他对彼岸世界的追求以及诺斯替主义对其作品的影响,重点分析《斩首之邀》中的诺斯替主义。上述四个章节的内容,即空间化的时间、视觉书写、空间的形式与主题,构成了纳博科夫小说空间叙事的主要内容。

本书的创新之处有以下几点。首先,研究视角新。本书将在空间叙事理论视阈中对纳博科夫全部长篇小说中的空间叙事特征进行系统梳理。其次,内容新,覆盖面广。本书将首次对纳博科夫小说中的视觉书写特征进行系统研究,详细分析纳博科夫作品中的空间化时间、空间意象显形与诺斯替主义等。尽管国内纳氏研究的专著与硕博士论文已有不少,但尚无全面分析其所有长篇小说的作品问世。顺应国外总体研究的潮流,本书的研究对象涵盖纳氏的全部长篇,包括2009年底面世的《劳拉的原型》,并对以前较少人论及的作品《阿达》与《斩首之邀》进行详细的个案分析。在研究方法上首先强调文本细读。纳博科夫是公认的语言与文体大师,是"释惑者的挚爱,注释家的梦想,作家中的作家",其作品多精雕细琢,处处皆有文字的陷阱,理解起来颇为艰难。因此,要对这些作品进行分析,首先需要反反复复的细致阅读，在阅读中不断发现新的惊喜。其次重视理论联系实际，以空间叙事理论的基本观点指导作品的分析。最后，注重总体与个案分析相结合。在全面考察作家的 18 部长篇小说的同时，本书将有侧重地选择其中最具代表性的作品《洛丽塔》《阿达》《微暗的火》《斩首之邀》等进行细致的文本个案分析。

第一章

空间化的时间

时间是纳博科夫作品中自始至终最关注的核心概念之一，也是分析纳博科夫小说时绕不开的最关键的主题之一。约翰逊认为："记忆与时间是纳博科夫写作中一个重要（或最重要）的主题。[①]"只有厘清了他对时间的讨论，才有可能进一步分析其作品中其他常见的主题与创作模式，因而大多数分析纳博科夫作品的文献都对该主题展开过讨论。这些论述中，分析较为全面的有格里莎科娃的《纳博科夫小说中的空间、时间与视觉模式》与博伊德的《纳博科夫的〈阿达〉：意识之地》等。格里莎科娃分析了纳博科夫小说中时间的空洞、可逆的时间、时间的螺旋、无时性等概念，是对纳氏小说中时间模式的一次集中探讨，内容丰富翔实。然而其行文流于散漫，交代理论背景的部分往往多于作

---

① D. Barton Johnson, "Synesthesia, Polychromatism, and Nabokov," *A Book of Things about Vladimir Nabokov*, ed., Carl R. Proffer (Ann Arbor: Ardis, 1974), 99.

品分析，且理论梳理与例证分析经常欲言又止，显得脉络不够清晰，阐释较为费解。博伊德的作品对纳氏小说中的空间、时间与意识等概念进行了清晰而明确的阐述，并重点分析了《阿达》中的时间与意识。作为纳博科夫传记最权威的作者与毕生研究纳博科夫及其作品《阿达》最重要的学者，博伊德的论述无疑在学术界有更大的影响。他关于纳博科夫作品中存在着一个超越人类意识局限的彼岸无时性的论述，引发了他与马丁·哈格隆德（Martin Hägglund）之间的争论①，然而两人实际上是从不同的角度探讨纳博科夫作品的时间观，前者认为纳博科夫更追求一个超越时间的永恒彼岸，而后者则强调纳博科夫更关注对尘世间昙花一现的五彩生活的深切体悟。本章将在参考上述论述的基础上，结合纳博科夫的作品及其本人的论述，系统地分析并梳理其对时间的空间化暗喻，如时间的空洞与记忆的魔毯、玻璃小球中的彩色螺旋、无时性等，重点放在分析《阿达》中的时间概念上。纳博科夫对超越时间与意识局限的彼岸世界的探讨则将主要在第四章中做详细分析。

纳博科夫的时间概念深受柏格森的影响。纳博科夫承认在20到40岁期间，自己最喜欢的作家之一就是柏格森（SO, 43），范·韦恩的时间是"柏格森的绵延"（Ada, 579），他在《阿达》中所作的关于时间的论文《时间的肌质》（*The Texture of Time*）则受到了柏格森的影响（SO, 185–187, 290）。柏格森区分了生

---

① Martin Hägglund, "Chronophilia: Nabokov and the Time of Desire," *New Literary History* 37: 2 (Spring 2006), 447–467; Brian Boyd, "Nabokov, Time and Timelessness: A Reply to Martin Hägglund," *New Literary History* 37: 2 (Spring 2006), 469–478; Martin Hägglund, "Nabokov's Afterlife: A Reply to Brian Boyd," *New Literary History* 37: 2 (Spring 2006), 479–481.

活的时间与想象的时间,即现象世界的自然时间与人类意识通过记忆与想象以空间静止意象呈现的断续时间之间的对应。前者是以序列或节律出现的自然客观时间,后者则是人类的一种心理建构,它们都与空间意象有着不可分割的关联。纳博科夫的小说深刻体现了时间这一两度空间性的对立(bispatiality)[1]。由于时间、空间、意识、想象、记忆等概念是纳博科夫小说中异常重要的概念,而这些概念无一例外都是作家孜孜以求力图弄清楚的极为深奥的难题,此部分内容无疑将不易厘清与理解。为此,本书将尽量以明白清晰的文字进行分析,同时提醒读者在阅读时牢记纳博科夫对现象时间与感知时间二者之间的划分,尤其是对作为独立个体的意识活动的强调,并将各部分内容作为一个整体来进行空间化的反复阅读。

第一节 记忆的魔毯与空间意象的显形

纳博科夫是时间痴迷者(Chronophiliac)与时间恐惧者(Chronophobiac)[2],对时间有着复杂而深刻的哲思。他借助传记《说吧,记忆》、小说《阿达》以及其他众多作品,传达了自己对时间的思考,尤其是感知时间的重要性。他赋予时间各种空间

---

[1] Marina Grishakova, *The Models of Space, Time and Vision in V. Nabokov's Fiction: Narrative Frames and Cultural Frames* (Tartu University Press, 2006) 75. 柏格森对纳博科夫的影响可参见 Michael Glynn, *Vladimir Nabokov: Bergsonian and Russian Formalist Influences in His Novels* (Palgrave MacMillan, 2007) 以及 Leona Toker, "Nabokov and Bergson," *The Garland Companion to Vladimir Nabokov*, ed., Vladimir E. Alexandrov (New York & London: Garland Publishing, Inc.), 367–373.

[2] Martin Hägglund, "Chronophilia: Nabokov and the Time of Desire," *New Literary History* 37: 2 (Spring 2006), 448.

化的暗喻，摆脱了传统时间的线性流动，从而在时间与空间、意识、记忆和想象之间建立起了紧密不可分割的联系。《说吧，记忆》的开篇指出："本能告诉我们，存在不过是两个永恒黑洞间一束短暂的光亮……自然希望一个成熟的人勇敢地接受生前与死后的两个黑洞，就像他勇敢地接受生死之间的奇异景象。"（SM，13）在时间的囚笼与围墙里，人生就像被一个球形物笼罩，找不到出口。作家拒绝人生这样的安排，指出写自传的目的是"在生命两端冷漠的黑暗中寻找个人微弱的闪光"（SM，14）。作家对抗时间的武器是想象与记忆对时间的否定与超越。

小说《阿达》第四部分专门讨论时间，内容便是"时间的肌质"，形式上类似哲学论文，它与《天赋》中第四部分的车尔尼雪夫斯基传、《微暗的火》中谢德的长诗一道被作家视为自己文学生涯中最艰难的挑战[①]。而小说《阿达》最初的标题拟为《时间的肌质》（SO，84）。纳博科夫通过范·韦恩的《时间的肌质》试图寻求时间的本质而非流逝（Ada，536-537）。时间的流逝是应用时间（Applied Time）的特质，它体现在可以用钟表来度量事件，又称宇宙时间（Universal Time）或客观时间（Objective Time）。就像我们可以想象河流流过山川时的情形，应用时间需要空间的意象来衡量。时间可以测量的幻觉是历史学家与物理学家们的话题，而非纳博科夫或范·韦恩苦苦追索的时间的本质（SO，185）。流动性是人类文化赋予时间的一个暗喻，背后隐含的是时间的韵律，是运动与不可逆，其轨迹是单向前行的，其表现形态则是不以人的意志为转移的宇宙世界广袤无垠的万事万物之数量总和，即宇宙作为数量累积的整体，无一例外随

---

① Alfred Appel, Jr., *Nabokov's Dark Cinema* (New York: Oxford University Press, 1974), 59.

着时间长河流逝。由于其单向线性前进的指向性，使其线性序列之后必然潜藏着过去、现在、将来之间的因果关系：过去为现在之因，现在为过去之果及将来之因。这是一种经验世界的、普通人听到"时间"一词后会下意识联想到的概念。纳博科夫与范·韦恩要探究的不是这一意义上的时间。作为生活在时间牢笼里的人类，面对的是生死两端冷漠的黑暗世界，事物之生前与死后如同人生幕布后无法窥视、不可预测的恐怖黑洞。如果被动地接受时间的无情流动，陷入这毫无希望的困局，生命的意义又何在？超越这一无情的时间牢笼的方法是要让它静止下来，使它在人类的想象与记忆中成为可以自由支配与重组的图案。

人类意识的介入需要我们重新考察时间。时间的线性因果序列是作为数量总和的宇宙整体的运行轨迹，它是一个无穷尽的集，因而需要界定。界定时间的单位只能是空间，人类需要选择空间参照来感知时间的流动：一只蝴蝶经历的从蛹到蝶的变化、满地的狼藉暗示了一场比赛的结束、脚下如垫的树叶是秋天的联想……然而选择空间参照来界定时间的悖论是，对时间流逝的幻觉必然首先是对它的否定：如果我们不是刻意选择了让意识在某个空间之物停留下来，比如注意到了蝴蝶美丽的图案，又怎能知道时间已经流逝？换言之，时间流逝的幻觉必然借助于意识的空间选择对时间的静止作用，然而就在意识在空间之物停留的瞬息，无情的时间已然流逝了三四秒。由此可见，时间的流逝不过是大脑的臆想，只有在意识向后看的时候才会发生；"现在"的感觉必然是特意建构的产物（Deliberate Present, Ada, 549），而在大脑以空间意象去感知现在的一刻，现在已然成为几秒钟前的过去。现在本质上永远只能是"徒有其表的现在"（Specious Present, Ada, 542, 549），人们体验到的现在必然是"刻意关注"的还残留着过去新鲜气息的现在（Ada, 550），是意识中稍纵即逝的一个瞬间，是过去顶端之冰山一角。意识只能栖居于荒诞的现在这一无法逃避的时间牢笼，却又时刻在向后转离开它的栖居之所。"这一现在（nowness）是我们知道的唯一现实；它的后面是消失的五彩缤纷的虚无，它的前方是将来绝对的空白。因此，单从字面上看，我们不妨可以说，有意识的人生永远只持续一瞬间"（Ada, 549－550）。《天赋》中，费奥多质疑时间的这一悖论的现在，"我们对时间发展的错误感觉是由于我们自身的局限。因为我们总身处现在，隐含的意思是它总在缥缈过去的深渊与虚幻将来的深渊之间时时冒出头来"（Gift, 354）。时间稍纵即逝难以把握的属性，使阿达不由感叹：

  我们可以了解时间，我们可以了解某个时间，但我们永远无从知晓大写的时间。我们的五官本身就无法感知它。它就像——

(Ada, 563)

人类的意识与时间关系如此紧密难以分割，"我们遥远祖先思想意识的起源一定是随着时间的诞生而共生的"（SM, 14），因此有必要厘清它与时间和空间的关系。

  我感到自己猛然投入一个明亮而变化着的介质里，这个介质就是时间。你与其他在时间流逝中加入你的人一起融入其中，就像兴奋的泳者投入闪烁的海水中。时间是一个不同于空间的环境，后者连猿猴与蝴蝶都可以感知，更别说人类。

(SM, 15)

《阿达》里的范·韦恩称空间是个骗子（Ada, 540），"我们毫不犹豫地拒绝打上空间色彩的、寄生在时间上的虚假空间概念，这是一种相对论主义文学的空间—时间概念"（Ada, 541）。

《瞧这些小丑》中，瓦迪姆致命的错误在于"他混淆了方向与持续，他说的是空间却指的是时间"（LATH, 252）。范·韦恩指出，似乎任何人都可以说空间是时间的外在之物，是时间的主体，或空间充满了时间，时间就是空间，空间只是时间的副产品，然而物体在空间的运动与时间在空间的流逝是完全不同的概念，前者是实实在在可以衡量的物体在运动场所的延伸（extension, Ada, 541），后者是意识中事件的持续（duration, Ada, 541）。我们可以用空间来衡量时间，但空间的延伸并不一定需要时间的参与，比如对某个空间单元的理解可以是瞬间同时发生的。

范·韦恩区分时间与空间的目的是将时间从空间的误解中解放出来：时间不是像空间那样可以切分与衡量的概念。纳博科夫追寻的纯粹时间（Pure Time）是静止的时间（Motionless Time, Ada, 539），不是时间有节律的跳动之间的间歇，而是间歇两端的两次跳动。从这个意义上说，生命不是心脏的悸动，而是两次跳动之间的停歇（SO, 186; Ada, 538; SM, 160），是范·韦恩的空洞（hollow）或"亲切的间隔"（Tender Interval, Ada, 538）的两个端点，时间的肌质正体现在这两个端点上时间的静止。换言之，意识停留在空间之物的两个端点之间的空洞或缝隙才是我们平常所感知的时间的流逝，时间的流逝是我们不曾意识、不曾关注并因而舍弃的空洞与间隔。它们之间的区别是"内容"（text）与"肌质"（texture）的区别，是时间的内容与时间的本质的区别（SO, 121）。在宇宙世界的无穷尽数量里，我们的意识之眼选取了它关注的对象（肌质），使它在时间长河中静止下来，而放弃的那些可能则处于我们的意识之外（内容），不为我们所知，不以人的意志为转移参与了时间长河的流动。因而，时间的流动只是我们意识活动的幻觉。《庶出的标志》里克鲁格反思道：

> 当我们说某个东西像另一个东西的时候，我们真正想描述的却是地球上不同于任何事物的事物。我们意识中的某些图片因为掺兑了时间的概念，竟使我们相信，在我们无法追忆的后面的永恒与无法知道的前面的永恒之间，真的存在一个永恒运动的明亮的裂缝（意识中的一点）。
>
> (BS, 153)

所谓纯粹的时间，即是可感知的时间（Perceptual Time），可触摸的时间（Tangible Time），不需要内容、场景与长篇注解的时间（Time free of content, context, and running commentary, SO, 186; Ada, 539）。这是一种人类体验与感知的时间，它潜藏在两次跳动之间的空洞、暗坑或"亲切的间隔"里，其轨迹是可逆的，其界定的方法是空间："空间盲目的手指四处探索，撕开时间的肌理。"（Ada, 537）这是《洛丽塔》主人公亨伯特的文章《米密尔与记忆》（"Mimir and Memory"）里所提到的感知的时间（LO, 260），《瞧这些小丑》中瓦迪姆的"静止的时间"（LATH, 168）。尽管人类的意识伴生在"徒有其表的现在"这一时间的牢笼里，它却可以借助记忆与想象回到过去。即便是现在，意识也总在重复着时间箭头的倒转：经验世界的时间之箭无法折转，而感知个体的时间则在将意识驻留在空间意象的时刻，已然将时间的箭头倒转；宇宙世界的时间仍在流逝，而个体却借助意识暂时停留在空间意象的某个时刻，"为了有时能感知时间，我必须在意识中沿着与身体运动相反的方向逆行"（Ada, 549）。现在是"正在形成中的记忆"（Ada, 559），是过去的堆积（Ada, 551）与时间的储存（Ada, 560）。在不断的现在变成过去的过程中，过去在记忆中累积，等待着意识的唤醒："过去是各种感觉材料的累积。"（Ada, 544）不仅现在本身就是意识通过空间静止对自然时间的扭转，过去的记忆更是对线性时间序列与因果关系的彻底颠覆。当洛丽塔告诉亨伯特拐走自己的人的姓名时，亨伯特与读者一样，意识中复现的一定是过去许多看似无关的零星细节。换成另一种解释：亨伯特是在得知事件的结果（拐走洛丽塔的是奎尔蒂）后，再试图为它在记忆素材库中无穷尽的可能组合里寻找过去的原因（在各种过去的细节间建立与奎尔蒂的联系），这些原因之所以被发现，是因为先有它们的结果存在！于是，时间的箭头被逆转了，将它倒转的是人类的意识与记忆。

我们不妨设想，为什么光线只能从光源射入我们的眼膜，而不是从我们的眼膜发射出去呢？借助电影叙事，今天我们可以形象地理解时间的倒转。如果将电影的胶片回放，我们便会惊讶地发现行人在后退，打碎的瓷器从地板上一片片倒回重新组成了完整的形状，被洪水冲毁的村落随着洪水的倒流回复原状。我们也可以借助热奈特对叙述时间与故事时间的区分来更好地理解时间的倒转。纸张上的故事类似宇宙时间的线性因果流动，似乎从头到尾都是其自然的结果。然而讲述故事的时间往往类似我们的意识选择与加工，事件的发展可以被忽略、强调、压缩、扭转或颠倒，当读者读完作品时，在大脑意识里会重新建构一个故事的自然时间流。如果把人生比喻为人类创作与阅读的作品，意识则是它的作家与读者，在自然线性因果流动的宇宙时间里，意识可以选择省叙、倒叙或预叙等各种不同的叙述方式。于是，在大脑记忆与想象的机制下，过去以不断累积的意象经由筛选过滤得以在意识的当下驻留，因而记忆与想象具有潜在的艺术特点。"记忆是艺术的行为，是真实事件的艺术筛选、拼接与重组。"（SO, 186）好的艺术家也有着好的记忆，他会努力去保存最真实的生活细节。"想象是一种记忆。意象依赖于联想,联想则受记忆的启示并由记忆提供素材。"(SO,78)记忆女神有着神秘的先知,将这样或那样的素材储存起来,为富有创造性想象力的个体将来的回忆与创造提供原料。《绝望》中的赫尔曼认为"艺术家的记忆是多么美妙的事物!我想它绝无仅有"(DS,203),《阿达》里的范·韦恩则说"记忆与想象中途相遇"(Ada,70)。记忆与想象都是对时间的否定(SO,78),它们不与经验世界的律动保持一致。现在不再稳定不变,因为意识的感知本需要时间,人们所能体悟的永远在变成过去;过去不再是流动的时间持续,而是意识艺术选择与加工的素材库,总在等待意识的召唤,因而真实世界中同时发生的事可以被先后分别感知,而时间长河里先后发生的众多事件则可以同时映现在意识的底片上。时间在想象中静止了,正如范·韦恩的质疑"谁说我[强调为原文所有,下同]会死?"(Ada,535)以及他对卢瑟特所说"时间本身是静止不变的"(Ada,482)。《庶出的标志》中克鲁格让意识专注于身边的点滴事物,以此让时间紧急刹车,将现在停了下来(BS,14)。于是对于纳博科夫而言,人类的想象可以同时容纳过去与现在(Ada,535),过去也可以被颠倒或逆转,"过去就是你的现在,即便是在如《庶出的标志》这样的'将来'小说里"(SO,100)。

  与衡量应用时间一样,纯粹时间的感知依然依赖于空间,但空间不再仅仅是经验世界里所谓时间流动性的副产品,是"不能以长度来度量的"(BS,153);空间也不再是不以人的意志为转移的事件或行动发生的场域。在想象世界里,空间意象的感知是同时性的,空间的延伸不一定需要时间的参与,这是亨伯特的"相片式的记忆"(LO,40),也是范·韦恩借用的谢德诗行"空间是眼中意象的纷至沓来"(Ada,542)。纯粹时间的感知无疑是空间化的,时间即是空间(但反过来却不是),"时间与空间都是同一永恒的度量物"(RS, 66),因此,过去是记忆中意象的不断累积(Ada, 543, 545),是五彩缤纷的图画世界(Ada, 547),是等待意识挑选利用的取之不竭的材料库。范·韦恩脑海中的赞巴拉古镇只是空间化的图片储存(Ada, 545)。换言之,过去是永恒的,现在是似有若无的,将来是子虚乌有的(Ada, 548),"将来并不存在"(SO, 184),它没有"图片式的过去与感知到的现在那样的现实,将来不过是个比喻和思想的幻觉"(TT, 1)。

发现生活中各种细节的图案,发现过去不同时间里纷繁芜杂意象背后的巧合,将它们编织在自己记忆的魔毯上,无疑是纳博科夫小说中可以找到的共同关切。意象在作家记忆的瞬间蜂拥而至,如同生存片段的惊鸿一瞥,显形(epiphanic)[①]在五彩缤纷的时间魔毯上:"我承认我不相信时间。我喜欢将我的魔毯在用过之后折叠起来,使一层图案与另一层图案叠加起来"(SM, 103),幻化为空间的永恒画面。这一空间魔毯的比喻也出现在

[①] Epiphany 是叙事理论中的常见词语,通常指神灵,尤其是耶稣的突然显现,大多译为"顿悟",也有译为"显形"的。詹姆斯·乔伊斯在《斯蒂芬英雄》(*Stephen Hero*, 1905)中最先将其用于精微细节的瞬间显现。此后的现代主义作家如康拉德、伍尔夫、曼斯菲尔德·扬等将其视为事物瞬间的惊鸿一瞥,以区别于人类意识未加关切的普通事实。见 Manfred Jahn, "Space in Narrative," *Routledge Encyclopedia of Narrative Theory*, eds., David Herman, et al. (London and New York: Routledge, 2005), 140. 鉴于"显形"一词更贴切地传达了具体意象的惊鸿一现,而"顿悟"则常指思想的瞬间觉悟与升华,本书从空间叙事理论的角度出发选择了前者。

第一章 空间化的时间

《斩首之邀》① 中。在辛辛那提斯所设想的理想世界里"时间按个人的喜好而成形,就像一幅彩绘的毯子,可以将它折叠起来,让两端的图案重合"(IB, 94)。作家的意识可以攫取以空间形式闪现的时间的端点,将它们之间的那部分略过或压缩,直到在记忆中留下空间模块的认知。记忆、想象与意识因而超越了时间的流逝,凝固了人生的永恒画面。作者的记忆与想象穿越时空,像局外人那样,能清晰地看到自己的过去,仿佛它就发生在眼前。1905 年冬,当纳博科夫的家庭教师从瑞士来到维拉的庄园,尽管作者没有前去迎接,但"我可以通过我的代理看到她。她刚下车,站在站台中央。朦胧中我那幽灵般的代理人向她伸出手,而她什么也看不见"(SM, 72)。此刻作者在写传记,当他回顾过去,弹指一挥间,自己已经站在了站台旁:

> 我怎么来到这里的?不知为何,来接夫人的两辆雪橇已经悄悄离开,留下那位穿着新英格兰雪靴与外套的没有护照的密探站在蓝白相间的路上。我耳膜响起的不再是远去的铃声,而是自己血液的欢唱。一切寂然无声,像被月亮那想象的后视镜施了魔咒。可雪却是真实的,我蹲下身捧起一捧雪,60 年便在我指间碎落成闪闪发光的霜花。
>
> (SM, 73)

写到这里,读者已经无法分辨是此时还是彼时了,在作者记忆的时空穿梭中,过去与现在重合,意象的魔毯折叠起来,留下的是空间意象纷涌共存的永恒画卷。《说吧,记忆》本身就是一

---

① "魔毯"这一比喻还出现在《洛丽塔》中。奎尔蒂跟踪亨伯特与洛丽塔时,总与他们保持固定的距离,亨伯特说它是"一个魔毯的道路复制品"(LO, 219)。

部各种复杂主题编织起来的魔毯，它毫不费力地让作者与读者穿越时空的界限。11岁的纳博科夫在圣彼得堡郊外的沼泽地里手握捕蝶网的形象眨眼间变成了20世纪40年代已届中年的纳博科夫，此时的他仍手握捕蝶网，地点则变成了科罗拉多的落基山脉。

　　纳博科夫小说中，记忆与想象对现实的扭转、折叠、组合与重构不胜枚举。亨伯特的"相片式的记忆"（LO, 40）里保留着洛丽塔"电影般静止"的图像（LO, 44）与"照片式的意象"（LO, 62），他将记忆里与洛丽塔相关的场景经过艺术的挑选与加工记录在不朽的书页上。《天赋》中费奥多接过女友济娜给自己的200马克，计算着要交多少房租，这种琐碎的生活忧虑使他厌倦，脑海里浮现出与去世父亲的对话。这一幕描写得栩栩如生，却只是费奥多记忆中的幻觉（GF, 361-363）。雨后初晴的柏林街头，阳光中闪烁的彩虹一下子将费奥多带回自己俄罗斯的家庭庄园，在那里他与父亲一道爬上附近的一座小山，看到了雨后的彩虹与多彩的蝴蝶和飞鸟，走入了让他记忆复活的森林深处（GF, 89-92）。离开流亡作家的聚会时，费奥多看到了诗人康切耶夫，内心不由自主地与他展开了一场关于文学的虚拟对话，这奇幻的一幕在小说临近结尾时再次出现（GF, 82-88, 350-355）。《庶出的标志》里克鲁格找到奎斯特，要后者安排他和儿子戴维逃离帕杜卡（Paduk）的平等国，这一幕情节的超现实主义色彩与上例何其相似（BS, 158-162）。《斩首之邀》中辛辛那提斯的两次出逃描写得客观而真实，但这只是他的想象（IB, 18-20, 163-166）；小说最后他被斩首的盛大一幕同样具有奇幻的超现实色彩。《普宁》中的主人公正从温德尔（Waindell）学院赶回自己的住所，脚下的路犹如时空倒转竟成了青年时代俄罗斯家乡的小路（PN, 82）。对塞巴斯蒂安来说，时间不是

第一章　空间化的时间　　　　　　　　　　　　　　　　　055

1914、1920或1936，它总是年代1（RLSK, 65）。《瞧这些小丑》里，女儿贝尔在瓦迪姆的记忆里没有改变，仿佛停留在"静止的时间里"，她与作家单独在一起的三年是记忆中"颠倒的时间与纠缠的空间"的图案集合（LATH, 168）。在《防守》的前言里，纳博科夫称该小说的创作模式是一种"逆向的分析"，棋局的破解者需要通过向后看的分析重现棋局背后的逻辑（DF, 10）。主人公卢辛可以在想象中自由地回到俄罗斯（DF, 133），也可以从过去的记忆回到现在的生活里（DF, 161）。《玛丽》中加宁让自己的想象在柏林的生活与童年时的俄罗斯之间自由切换，记忆中的俄罗斯比现实更真实更强烈：

> 他完全沉浸在记忆里，忘记了时间。他的影子生活在多恩夫人的旅馆里，本人却已到了俄国。记忆中的事物活了过来，仿佛它们才是现实。时间对加宁而言变成了记忆的过程，缓缓展开，似乎他与玛丽的恋情在那遥远的过去不只三天或一周，而是持续了很久。他没有觉得真实的时间与记忆中的过去之间有什么不符，因为他的记忆并没有收纳每个时刻，而是跳过了那些没有意义的空白，只照亮与玛丽相关的部分。因此过去与现在的生活之间并没有冲突。
>
> （Mary, 55）

他在自己的想象里重新构建了一个已经消失的世界，像神一样让玛丽在重塑的世界里复活（Mary, 33）。

在这些虚构的小说中，纳博科夫让他的虚构人物，用他们的想象与记忆参与重塑自己过去所储存的虚构空间，让他们在当下的现在与人物的过去之间自由穿越。时间在人物的记忆与想象中不再是无法改变的流逝与绵延，而是变成了一幅魔毯，一面刻着似是而非的现在（Specious Present）的图案，一面刻着过去，从现在到过去不过是将魔毯翻转一面而已。记忆在人物的脑海里变成了比似是而非的现在更真实、更丰满的另一个现实，凭借记忆人类可以重新塑造一个自己的五彩斑斓的世界。

第二节　玻璃小球中的彩色螺旋

纳博科夫对时间空间化的另一个重要论述是时间是"玻璃小球中的彩色螺旋"。《说吧，记忆》写道：

> 螺旋是有灵魂的圆。在螺旋中，圆舒展开去，不再邪恶：它被解放了。我还是学童时就想到了这一点，而且发现黑格尔的三个范畴（在旧俄国非常流行）仅仅解释了事物与时间最基本的螺旋关系。一个旋线绕着另一个旋线，每次旋线的合（synthesis）则是下一个螺旋的正起点（thesis）。如果我们考察最简单的螺旋，便会发现其中的三个阶段，分别对应于三个范畴中的正反合：自中央开始旋转的曲线或圆弧，我们可称之为正旋（thetic），继续着正旋的更大圆弧，可称之为反旋（antithetic），接着反旋但在外圈与正旋同向运动的更大些的弧形则称合旋（synthetic）。如此等等。
>
> （SM，203）

回顾在俄罗斯、欧洲与美国，时间近乎相同的生活时，纳博科夫欣慰地将这三个大致相等的 20 年看作三个圆弧，它们构成了一个作自由运动的螺旋（spiral），脱离了传统时空的桎梏。

> 玻璃小球中的彩色螺旋，就是我对自己人生的认识。在故国俄罗斯生活的 20 年（1899—1919）是正旋，

选择在英、德、法国流亡的 21 年（1919—1940）显然是反旋；在收留我的国家渡过的时期（1940—1960）构成了合旋——另一次新的正旋的开始。

(SM, 203)

纳博科夫进一步解释了象棋中正反合的螺旋（SM, 215），而艺术与小说创作跟象棋一样，都可以看作螺旋的运动。

纳博科夫的时间螺旋是在继承与发展尼采"永恒轮回"（eternal return）与"邪恶的圆"（vicious circle）[①]概念的基础上发展起来的，更接近柏格森与象征主义对时间的认识[②]。尼采的永恒轮回认为宇宙中物质的总量是有限的，而时间是无限的。宇宙无始无终，构成宇宙的物质是一定的，永远在变化中，但变化的数量终有极限，因此迟早物质会回归初始状态。在永恒的轮回中，人类寻求存在的意义。因此，时间不是线性的而是轮转循环的，是一种邪恶的圆。象征主义在这一理论的基础上，结合了基督教的启示精神，将尼采式的封闭循环改造成做螺旋运动的开放

---

① "Vicious Circle"一般译为"恶性循环"。由于此处"循环"一词在汉语中更多地强调事物的反复而非空间的圆形意象，与英文原文所要表达的概念有距离，本书均采用直译"邪恶的圆"以准确传达原文所包含的空间意味，更好地与"螺旋"（Spiral）一词对应。

② Marina Grishakova, *The Models of Space, Time and Vision in V. Nabokov's Fiction: Narrative Frames and Cultural Frames*（Tartu: Tartu University Press, 2006），76 - 133. 格里莎科娃考察了纳博科夫在创作《阿达》第四章《时间的肌质》时所作的卡片笔记，指出对其时间概念产生影响的除了柏格森以外，还有惠特罗（G. Whitrow）的循环时间、尼采的圆形循环与永恒轮回，以及弗雷泽、圣·奥古斯丁（St Augustine）、怀特海德（Whitehead）、皮埃尔·让内（Pierre Janet）、S. 亚历山大（S. Alexander）等众多思想家的影响。本书对此将不做深入讨论。

圆形，因而具有更积极的色彩①。纳博科夫对时间的体悟经历了从邪恶的圆与永恒的轮回到螺旋运动的过程，在 1964 年为《时间的肌质》所作的笔记里，作家专门绘制了过去、现在、未来的螺旋运动图，其内容可解读为：记忆无法拥抱现在，短暂的现在在意识的刻意驻留中转瞬变成过去，为将来的回忆提供材料。然而将来并不存在，在短暂的现在幻觉里，它很快回到过去，记忆拥有的只有永恒的过去，这一过去并不是对从前过去的重复或回归，而是类似阿基米德螺旋线的弧形运动，就像一只昆虫从表盘的中心，沿着时针的方向往外爬行，时针的运动带着昆虫做着一圈又一圈的螺旋，它离表盘中心的距离也越来越远。

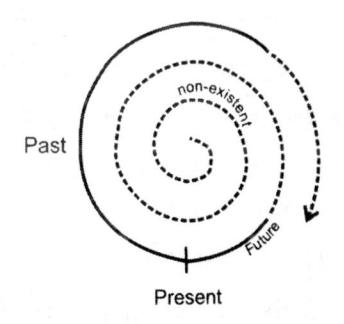

Figure 1. The future becoming the past. Nabokov's Spiral (Notes for Texture of Time, Spirals, Oct. 28, 1964).

图片来源：Marina Grishakova, *The Models of Space, Time and Vision in V. Nabokov's Fiction: Narrative Frames and Cultural Frames* (Tartu: Tartu University Press, 2006), 107.

如果将昆虫看作人类，表盘中心看作久远的过去，人类所能感知的弧线仅仅是过去与稍纵即逝的现在这一段极为有限的圆

---

① Marina Grishakova, *The Models of Space, Time and Vision in V. Nabokov's Fiction: Narrative Frames and Cultural Frames* (Tartu: Tartu University Press, 2006), 102.

弧,将来则在短暂的现在过渡中迅速成为过去。在螺旋运动的轨迹里,时间被不断地刷新,借用克鲁格的另一个比喻:

> 我们徒劳地试图去做的是用从前面的深渊借来的恐惧来填充我们已经安全跨越的深渊;这前面的深渊本身也是从无边的过去借来之物。因此我们如同生活在一只袜子里,随时会翻转过来,而并不清楚我们的意识对应于这翻转动作的哪一步。
>
> (BS, 168)

纳博科夫小说中时间"邪恶的圆"与"永恒轮回"的意象无处不在。《说吧,记忆》里纳博科夫写道,"我的思想追溯至过去……遥远的疆界,我在那里寻找出口,却发现时间像个球形的囚笼,没有出口"(SM, 14)。作家写有短篇小说《圆》(*The Circle*)[①]。在评价果戈理的《外套》时,他指出该故事的内在结构是一个圆形,就像所有的圆一样,是邪恶的,是恶性循环(LRL, 60)。《洛丽塔》中奎尔蒂住的帕沃尔庄园位于一处凸起的圆形空地(LO, 292)。洛丽塔走后亨伯特找了情人丽塔,她的兄长是格林波尔镇的镇长,每月给她几百美元但要求她不得进入小镇的范围,于是她"仿佛被吸入小镇的轨道",像只小虫那样,一圈又一圈绕着环绕镇子的圆形公路旋转(LO, 259)。《阿达》中,作家虚构的星球安提特拉,想象中的美国、俄国的地理与地球特拉上不同,"从不再邪恶的北极圈"(the Arctic no-longer-vicious Circle)一直延伸到地球上的美国(Ada, 17)。电影《特拉来信》的女主人公则在"显微镜式的迷人圆圈"上翩翩起舞(Ada, 582)。小说《天赋》里,在评价车尔尼雪夫斯基

[①] Vladimir Nabokov, *The Stories of Vladimir Nabokov* (New York: First Vintage International Edition, 1997), 375 – 384.

作品的主题之后,费奥多说,"在主题的发展过程中,它们仅仅是构成了一个圆,像飞去来器或鹰隼,只有回到我的手里才会结束"(GF, 248)。巴拉卜塔罗指出,《普宁》的开头与结尾均是普宁受邀到克雷默那女子俱乐部演讲,它们构成了圆的循环。而小说的每一章结构上类似独立的球体,在整个文本的大圆中相互关联。同心圆的结构同样是普宁生活中的重要内容[①]。《塞巴斯蒂安·奈特的真实生活》中,奈特感到了在此世界的孤独,他"仿佛是玻璃中的水晶,众多圆圈中的一个球体"(RS, 66)。《光荣》里的马丁是网球高手,他挥动球拍击打网球的姿势构成了一个"优美的圆"(GL, 47)。《王,后,杰克》里,人物的思想禁锢在圆形牢笼里,玛莎感到"现在她的思想慢慢地、慵懒地像个圆圈般旋转起来"(KQK, 246)。《劳拉的原型》中,怀尔德(Philip Wild)坐在阳光下写作,妻子弗洛拉(Flora)则像圆圈运动般在他周围环绕(Laura, 233)。塞巴斯蒂安·奈特认为人类的思想被囚禁在一个铁环里(RLSK, 179)。《玛丽》里加宁甚至直接提到了尼采的永恒轮回:

> 似乎有条定律说物质不灭,没有什么会消失。因此我九柱戏中的筹码和自行车的辐条今天还在某个地方保存着。遗憾的是我再也找不到它们,再也找不到了!我曾读过"永恒轮回"(eternal return),可要是这种需要耐心的复杂游戏不再出现了呢?
>
> (Mary, 34)

螺旋是解放了的圆,而邪恶的圆只有打破其封闭的属性才能得到解放。纳博科夫不仅用这一空间暗喻形容自己的人生,也将

[①] Gennady Barabtarlo, *Aerial View: Essays on Nabokov's Art and Metaphysics* (New York: Peter Lang, 1993), 147-148.

其用于自己的蝶翅学研究与对美学和哲学问题的探讨[1]。因此，螺旋的意象在纳博科夫作品中十分常见。在应邀到斯坦福大学任教时，纳博科夫称"我人生的第三个旋线开始舒展"（SO，127）。《说吧，记忆》里，作家少年时恋人科莱特的衣着使他想到了"玻璃大理石中彩虹的螺旋"（SM，112）。纳博科夫提到的黑格尔正反合三范畴（thesis-antithesis-synthesis）直接出现在小说《天赋》第四章里。在评价车尔尼雪夫斯基的文章时，一位杜撰的历史学家写道：

> 在此三范畴里，隐藏着一个控制人类所有思想的模糊圆周意象，人的思想无可逃避地局限在它的范围内。这是真理的旋转木马，因为真理永远是圆形的；相应地，在人类发展的进程中，某种可以谅解的曲率是可能存在的：真理的圆拱，再无其他。
>
> （GF，256）

从纳博科夫本人在《说吧，记忆》中的解读来看，真理的圆拱不是对称的、封闭的正圆，而是边界被打破的圆形弧线，是不对称的圆。第一章里亚沙爱上了同性男友鲁道夫·鲍曼，鲍曼爱上了奥里娅，奥里娅却爱上了亚沙，这是一个无可救药的封闭圆形，而这一令人窒息的圆圈魔咒因为亚沙的自杀而被打破，使故事得以继续发展下去。由三角关系构成的圆形意象在小说中多次出现，这些圆的怪圈只有在边界被打破后，才获得了能量的释放。小说第三章里提到济娜与自己的未婚夫分手，转而倾心于费奥多。济娜是费奥多的知音，她热爱文学，收集有费奥多与康切耶夫诗歌的剪辑，这一线索似乎使我们有理由相信济娜神秘的前

---

[1] Brian Boyd, *Vladimir Nabokov: The Russian Years* (Princeton: Princeton University Press, 1990), 295.

男友会是康切耶夫,后者恰好是费奥多倾慕的文学楷模。他们之间的相互倾慕以济娜选择了费奥多而打破僵局。第二章里,费奥多决定创作自己父亲的传记,在准备过程中他大量阅读普希金的资料,其中一位传记作家苏霍希奇科夫(Suhoshchokov)提到普希金熟知的人生三个规则:不可挽回性、不可实现性与不可避免性(GF, 111)。人生便是由这三个不可组成的怪圈构成,死亡是这个怪圈的最终破解。在小说第三章里,费奥多认为自己将要写的车尔尼雪夫斯基传记结构上是类似戒指的圆,而首尾则是杜撰的一首十四行诗。这么做的目的是使它看上去不像普通结构封闭的书,因后者违背了存在本身的圆弧属性。于是,整部书就像一条没有终结的曲线(GF, 216)。首尾相加才是完整的十四行诗,切开了封闭的圆,使它不再邪恶。突破了邪恶圆的束缚才能最终获得自由,因此,在想象的与诗人康切耶夫的对话里,费奥多借诗人之口说,"生物体结构上的对称是世界旋转的结果⋯⋯在我们为了不对称和不平等的抗争中,我听到了向往真正自由的一声嚎叫,这是急于打破圆的包围的嚎叫"(GF, 355)。《阿达》中,阿达与范·韦恩的4次分离有着某种循环模式,第一次是4年(1884—1888),第二次4年(1888—1892),第三次12年(1893—1905),第四次是17年(1905—1922)。每次相见都会使他们回忆起自己第一次坠入爱河的情景,因此构成了一个个小的螺旋式循环。4次分离又重聚的经历,如同一个螺旋展开的圆弧。《洛丽塔》里提到黑格尔的合旋(LO, 307)。《普宁》中维克多的绘画老师雷克教授用螺旋来解释自己关于色彩的理论:

> 雷克教给他的许多令人兴奋的东西之一是太阳光谱的序列不是一个封闭的圆而是一个彩色的螺旋:从镉红到橙色、锶黄、灰天堂绿,再到钴蓝和紫罗兰色;这时,彩色的螺旋不是回归红色而是滑向另一个螺旋,以

第一章 空间化的时间

薰衣草灰开始，逐渐过渡到超越人类感知的灰姑娘阴影色。

(PN, 96)

《庶出的标志》的开头部分是以第一人称小说人物出现的克鲁格站在窗前的场景（BS, 7），结尾处叙述者在克鲁格死后站在窗前以第一人称发表的评论则使小说在结构上突破了故事层内的圆形局限，在叙述层上延续了螺旋结构（BS, 210-211）。《斩首之邀》中的辛辛那提斯、《庶出的标志》中的克鲁格（Krug，俄语中的意思为圆形物）（BS, 153）以及纳博科夫其他一些小说中的人物，往往生活在一个幽闭的囚笼般的世界里。克鲁格看到了逃出帕杜国（Padukrad）的可能性，他以为只要逃到了外国就可以回到自己的过去，因为时间与空间是一体的，逃亡便意味着回归（BS, 156）。逃离空间上将人团团囚禁起来的圆形监狱，进入一个自由的国度，似乎便可以在时间上回到自己充满自由的祖国的过去。然而这一幻想，在邪恶的帕杜国环形监狱一般的囚禁里是无法实现的。只有以死亡的方式打破这一邪恶的圆，克鲁格才最终获得了灵魂的自由。《斩首之邀》中的辛辛那提斯与克鲁格一样，在噩梦般的圆形城堡式监狱里无处可逃。他们最终凭借自己的灵知与艺术家的想象，在肉体死亡的瞬间，灵魂螺旋式飞升出物质世界邪恶的圆，获得了真正的自由。亨伯特与卢辛则将自己禁锢在写作与象棋的世界里，试图在艺术的帮助下摆脱物质世界的威胁，因而最终等待他们的命运只有死亡。加宁在柏林的寄宿旅馆里过着周而复始、了无生机的平淡生活，偶然间他发现阿尔菲奥洛夫正焦急等待的从俄罗斯前来的妻子是自己的初恋玛丽，他枯燥乏味的生活轨迹被打破了，整个生活似乎一下子变得明亮起来。他的思绪一遍遍回到记忆中"更真实"的现实（Mary, 55），一遍遍将它们刷新。然而他的记忆与残酷的现实之间反复循环的邪恶的圆必须被打破才能获得更强大的生命，于是在玛丽到来的星期六早晨，他毅然放弃了与她一起私奔的念头，乘上了离开柏林的列车。

纳博科夫的时间螺旋否定了永恒轮回，它具有圆形的特征，但不再是封闭的圆形，而是围绕久远过去这一中心做着旋线运动的圆。从起点出发，绕了一圈后似乎会回到起点，但它却无法与之重合，而只是新的螺旋运动的开始。两个螺旋的终点与起点遥遥相望，似乎给人回归的幻觉，然而犹如人不可以两次踏入同一条河流一样，回归的永远不是同样一个过去。纳博科夫小说中的多彩世界，在时间的延宕中，做着螺旋的运动，然而一个纳博科夫自己也承认的无法回避的事实是，人生处于"无尽的前世与无尽的来生"（PF，37）两个黑洞之间，这种时间的圆形囚笼是每个人的宿命，无从逃避（SM，14）。人的身体只能屈从于时间的环形监狱，"如果没有一层肉体的包裹，我们都会死"（PN，20）。然而只要他的思想仍活跃，时间便不再是幽闭人的牢笼，而是彩色的螺旋线。在经验世界与意识之间，纳博科夫寻找到了一个妥协。身体是包裹人类的小球，是无法突破的圆，"待在其中，否则就灭亡"（PN，20）；思想却拒绝如此安排，它画着彩色的螺旋线，并借此突破和解放人生邪恶的圆的束缚。思想突破身体的武器是意识。如果我们将帕斯卡尔式的个体意识在宇宙时间中孤独而绝望的思路颠倒一下，让大宇宙小意识的模式，变成大意识小宇宙的模式，便会豁然开朗：没有了人的意识，宇宙也将不复存在。因此，意识不再屈从于经验世界，它超越了时间，超越了人类，广袤无垠的世界变成了想象中可以任意把玩的玻璃小球。于是纳博科夫将自己的一生总结为"玻璃小球中的彩色螺旋"，这看似简单的比喻实则有着非常深刻的寓意，包含了四个需要加以界定的限制性定语："小球"是我们无法逃避的时间牢笼这一现实,"螺旋"是"过去—现在—将来"在人类意识中的时间运行模式,"彩色"是我们用爱去拥抱的多彩的外部世界,而"玻璃"则是意识借助记忆与想象跨越时间的束缚,从另一个彼岸审视经验世界时看到的景象。它是透明的,没有秘密可言,就像我们手握的玻璃小球。(对"彼岸世界"的讨论请参见本章第三节与第四章的内容)。"玻璃小球中的彩色螺旋"这一空间隐喻的四个限制语,分别代表了作家对时间的接受与承认(小球)、面对时间的妥协(彩色)、对时间的否定(螺旋)与超越(玻璃)。从接受到妥协,再从否定到超越,精炼地概括了纳博科夫空间化的时间观。纳博科夫的这一空间暗喻或许也可以解释为什么经历过离开故土之后的数次流亡,他不愿再回到俄罗斯而是宁愿将它珍藏在作品与记忆深处的原因。在回答"你愿意回到俄罗斯吗?"的问题时,他说:

> 我永远不会再回去,原因很简单,我所需要的俄罗斯一直跟随着我:文学、语言还有我自己的俄罗斯童年。我永远不回去,绝不妥协……美国是我真正意义上的第二故乡。

(SO, 9-10)

他借小说《黑暗中的笑声》中的作家康拉德之口重申,一个艺术家越是思念祖国,到了一定时候或许便越不需要她了(LD, 217)。写到这里,笔者意识到,从本节开始讨论《说吧,记忆》到此处纳博科夫对自己人生的回顾,我们似乎也经历了一次螺旋的运动。而就在美国,纳博科夫在自己旧的螺旋运动的终点,踏上了自己另一个螺旋的起点。

第三节　螺旋运动与无时性

纳博科夫对时间的空洞与"玻璃小球中的彩色螺旋"等空间化比喻的背后，隐藏的是人类意识的重要作用。在分析人与动物的不同时，他说：

> 意识到意识，换言之，如果我不仅意识到我的存在，而且意识到我意识到了这一点，那么我就属于人类，拥有人类的一切——闪光的思想，诗歌，窥视宇宙。在这一点上，猿猴与人类之间的差别远甚于阿米巴虫与猿猴之间的差别。
>
> （SO, 142）

在《庶出的标志》里，克鲁格想象着儿子大卫是选择、机缘、魔法的某种神秘组合，而后他自己也具有了各种奥秘，然而这一切奥秘之上是人类无处不在的意识，"是世界上唯一真实的东西与一切奥秘中最了不起的奥秘"（BS, 153）。

纳博科夫追求的最高境界的意识是无时性（timelessness）[①]，这是一种否定并超越了时间的意识，甚至超越了意识本身的另一种意识。在《固执己见》里，作者写道："没有意识的时间——低等动物的世界；有意识的时间——人类；没有时间的意识——一个更高的世界"（SO, 30）。第一种时间，是没有意识的低等动物面对未加筛选与辨别的绝对空间意象数量总和的世界的时间；第二种时间是人类意识借助想象与记忆等感知到的时间；第

[①] 也可译为"永恒""超越时间"等。但笔者认为译为"无时性"更符合纳博科夫对时间与意识三层关系的类比，而且更好地体现了他对时间始终如一的关切。

第一章　空间化的时间

三种时间则是高于人类意识的更高层次的时间。这三种时间分别对应于螺旋运动中的空间—时间—彼岸世界：

> 每一个维度都预示了它在其中运行的空间，因此，如果在事物的螺旋式展开中空间绕进了某种类似时间的介质，而时间相应地绕进了某种类似思想的介质，那么，肯定会有另一个维度的存在，也许是一个特殊的空间，但肯定不是原来的那个，除非螺旋线再次变成了邪恶的圆。
>
> （SM，223）

以这样的方式，没有意识的时间、有意识的时间与没有时间的意识这三种时间参与到了空间—时间—彼岸神秘世界的螺旋运动中，实现了从对时间的无知（低等动物的空间，人类意识外的物质世界），到对时间的恐惧与否定（人类的世界，意识想象的艺术空间），再到对时间的超越（彼岸世界，人类意识以外的超验世界）；而这三层时间背后相应地隐藏着纳博科夫神秘的三重空间：外部的物质世界、艺术想象的世界、彼岸的世界，因而也是空间化的时间。

纳博科夫设想的特殊彼岸与另一个世界得以成为可能自然是建立在上述逻辑之上的。从他对人生"玻璃小球中的彩色螺旋"的论述到他对时间三个层次的划分，我们可以清晰地看到他所追索的无时性（timelessness）的脉络：无时性首先是对时间的不认同，即人类意识对时间的否定，其次再是另一个世界对时间的超越。在这一前提下，无时性跨越了纳博科夫最后两个层次的时间：人类意识与记忆对时间的否定与彼岸世界对时间的超越，因此，哈格隆德与博伊德的争论其实是同一问题的两个层面。哈格隆德认为，纳博科夫的永恒，是对人类"彩色螺旋"里璀璨的人生充分而深切的体验，而博伊德则更强调彼岸世界对人类时间的超越。前者拿起人类意识的武器，试图通过意识对时间的静止作用，充分体悟现在人生的丰富多彩，强调的是人对生存的欲望与眷恋，是"抓住自己的生活"，铭记现在，在时间的牢笼里充分意识到人生的短暂与流逝而试图"保留住那些可能被带走的东西，铭记那些可能被遗忘的事物"的欲望①，是出于对时间流逝的恐惧（chronophobia）而产生的对时间的痴恋（chronophilia），从而充分享受丰盈的人生②。后者沿着人类意识的想象之轴前行，希冀找寻脱离时间的未来自由世界，强调的是对未来的渴求与追寻，"纳博科夫思想的核心……是追求超越死亡的人类意识"，是"用一种迥异于人类的方式观察那些具有更高意识的生物才能看到的宇宙的可能性"③。而这两点，无疑都是纳博科夫无时性中非常重要的内容，片面强调其中任何一点而忽略另一点，都是对纳博科夫时间观的误读："彩色螺旋"不可或缺，"玻璃小球"同样不可或缺，二者都需要我们在面对人生时最大限度地调动意识的参与和发挥想象的作用。

纳博科夫无时性的第一个层面是对时间的否定。由于人类意识只能栖居于刻意感知的现在，时间成为其无法摆脱的共生外壳；然而也正由于意识对时间的空间感知，使得时间前进的步伐停歇，时间之箭得以扭转，时间被静止了。意识与时间犹如孪生但又永远在进行着对时间的否定，在其内又欲出其外，这是一对无法回避的荒诞悖论。既然时间徒有其表的现在是人类无从逃避

---

① Martin Hägglund, "Chronophilia: Nabokov and the Time of Desire," *New Literary History* 37: 2 (Spring 2006), 447-448.
② Ibid., 448.
③ Brian Boyd, *Nabokov's Ada: The Place of Consciousness* (Ann Arbor: Ardis Publishers, 1985), 67.

的宿命,生活在现在的人类的第一抉择便是否定时间的流逝,最大限度地留住时间,栖居于时间空洞两端最丰盈的人生之内。因此,对时间流逝的否定即是对生活的极致热爱与忘我投入,是充分认识与感受此在的人生。《说吧,记忆》里,纳博科夫阐明了自己对人生的这一态度:

> 我不得不迅速对宇宙作一个整体的把握,就像人在梦中想要弄清楚自己是否在做梦,以弥补自己荒唐的处境。我必须让全部的时空参与到我的情感与对尘世的爱中,以使世俗的边际逐渐消失,帮助我对抗囿于有限的存在中的无限的思想与情感所产生的彻底堕落、荒诞与恐惧。
>
> (SM, 219)

纳博科夫投入全部时空与情感去体悟的现实必然是充分调动人类各种感官对事物进行的最独特、最鲜明、最生动的描绘,是最厚实的生活(GF, 376)。只有对生活极致热爱的个体才能如作家在显微镜下观察蝴蝶般痴迷于生活中互不相关的细节,以及它们在自然界中因机缘与巧合形成的奇妙而新鲜的组合。由此不难理解为什么纳博科夫最初给自己第一部小说《玛丽》起的标题叫《幸福》(Happiness),而他对美好慷慨的人生的热爱与欣喜也贯穿在所有作品里[1]。意识对时间的否定与对空间的驻留,无疑使作家更关注当下事物、意象、文本、文字甚至艺术本身之间的共时性存在,强调并置、组合与联系。因此,纳博科夫视意象与事物、文字与文本以及各种艺术形式为有机联系的整体,而非它们在时间长河里的历史演进,这些特征正是弗兰克所强调的

---

[1] Brian Boyd, *Vladimir Nabokov: The Russian Years* (Princeton: Princeton University Press, 1990), 292-293.

现代小说中的空间形式,也是纳博科夫所说的想象的艺术性,它强调对细节和事物进行精确的、独一无二的描写,尤其是重视视觉意象的生动刻画。事物的质地、色彩、气味、声音常常跃然纸上。在看似无关的文字、文本、细节所组成的空间并置的复杂网络里,人类可以借记忆与想象跨越时间的界限,将过去久远时间长河里毫不相关的事件蛛网编织在自己记忆的魔毯上,并赋予其图案与模式,使它们构成一个有机的整体,再借助各种视觉艺术(电影、色彩、绘画等)的帮助最直接生动地呈现在读者眼前。在我们最疯癫、最热烈的想象里,或许命运之手会在不经意间留下来自彼岸世界的图案巧合,使我们从中得以窥知另一个世界的奥秘。疯癫因此是人类"创造性想象极端丰富时的身体表现"[①]。瓦迪姆对符号的疯狂联想,赫尔曼痴迷于雷克斯与自己的相似,卢辛沉迷于棋局无法自拔,金波特臆想中的赞巴拉国,亨伯特对美少女的痴恋等,都是纳博科夫笔下疯癫人物形象的典型例子。纳博科夫将事物关联的原则上升为现象世界的认知准则:"图案的巧合是自然界的一大奇迹。"(SM,116)德米特里认为,恋童癖、性反常、精神疾病等疯癫与反常的题材是作家对偶然图案的(chance patterns,EN,93)艺术重组中,使用最多的原材料之一。

纳博科夫无时性的第二个层面是对时间的超越。纳博科夫发挥自己艺术家的天才想象,试图用自己"受伤的拳头"叩开时间之墙后面"没有时间的自由世界"(SM,14),完成对时间的超越,实现其向往的终极自由。对时间的超越就是对人生的超越,对死亡的超越,对尘世的超越。宇宙之外是否还有超越人类

---

① Laurie Clancy, *The Novels of Vladimir Nabokov* (London & Basingstoke: MacMillan, 1984), 10.

意识本身的东西呢？或许人类意识可以延续着彩色螺旋突破玻璃小球在球外继续旋转？或许它是人类死亡之后的另一个圆弧、另一个意识？从尘世与物质世界过渡到超越生命与时间的超验世界，一切也许都将与此世界不同。这个世界晦暗的一面也许将豁然开朗，变得透明无物；我们认识另一个世界的方式或许迥然不同，又或许连认识本身也是一场虚幻，连"那些科学、艺术与宗教界的思想巨子们"都无法了解彼岸的组合与结构（RLSK，179），遑论蒙昧的凡夫俗子。由于我们所依赖的建立与彼岸世界联系的意识受到时间与此界的局限，因此它完全有可能存在于我们的意识与思考之外，从而无从认知。又或许在我们的世界之外什么也没有。然而我们对人生之外的世界一无所知，或者干脆认为它并不存在，这一现象本身也验证了人类自身意识的局限：我们如何才能知晓它并不存在呢？换言之，人类世界之上的彼岸世界完全可以不以人的意志为转移而存在：我们知道自己并不知道它到底是什么样，这是我们唯一可能的认识与慰藉。如果这样一个彼岸世界存在，或许它会以我们无从知晓的方式，超越我们的意识与理智的分析，给我们以灵知与启示。由于彼岸的存在超越我们的意识，我们只有尽力扩展意识中某些时候最大胆、最疯狂、最丰满的想象，调动全部的情感、知觉与欲望，才能偶尔摆脱意识之手牢牢的向后拉拽，一窥来自彼岸世界的灵知。于是纳博科夫说，"当然不是在那时，不是在梦中，而是当你完全醒着的时候，在满心欢喜与辉煌成就的时刻，在意识的最顶峰，只有此时，凡夫俗子才有机会窥见死亡之上的世界"（SM, 37）。

这一层面的无时性，超越了时间，因而也就超越了现在、过去、将来的三维空间。亚历山大洛夫与格里莎科娃等人称其为纳博科夫的第四维度,在那里,过去、现在与将来将同时并存①。然而他们认为这第四维度将是过去、现在、将来共存的观点无疑仍未脱离人类的时间意识,因而与纳博科夫无时性的定义"没有时间的意识"相悖。人类对无时性的追求必须首先摒弃固有的时间观念,甚至摒弃意识本身,而这在人类世界是不可能实现的。因此,纳博科夫找到的答案有两个,或者是二者的结合:要么人类在极致的意识末梢,让其扩伸至最广的极致想象,在用爱拥抱人生顶峰的时刻,偶见彼岸的丝缕亮光;要么人类跨出身体与生命的牢笼,放弃现世的存在,在死亡中感知其魅力。第一个答案是人类在此世界里因为意识囿于身体而做出的不得已的妥协。既然生命无从逃离思想的窠臼,我们便只能在思想的巅峰,以最具艺术的想象与最强烈的爱,在我们审美狂喜的顶端去窥视彼岸世界的神秘景象。第二个答案是人类对时间的真正超越。因为身体与意识的共生,我们之所以无法到达真正的彼岸世界,必然是由于人类意识自身的局限。换言之,要体验真正的无时性,我们必须超越时间,甚至超越生命与意识,超越死亡,在彼岸世界的另一个意识(如果我们仍能用"意识"来描述它的话)里继续永生。死亡因而不是一件让人恐怖的事,而是通向彼岸世界的必由之路,理应在经历肉体与灵魂的痛苦后,带来喜悦与收获。《透明之物》中珀森在被火烧死前看到的最后一幕是"一本熊熊燃烧的书或盒子变得完全透明而虚无。我相信,我找到了它:不是肉体死亡的钻心痛苦,而是从一个存在过渡到另一个存在时经历的精神上神秘的无法比拟的痛苦"(TT,104)。作家 R. 在给珀

---

① Marina Grishakova, *The Models of Space, Time and Vision in V. Nabokov's Fiction: Narrative Strategies and Cultural Frames* (Tartu: Tartu University Press, 2006), 127.

森的信里说自己将离开他到另一个更好的世界去,"事实上我意识到死亡所带来的愉悦远远比爱还要珍贵"(TT, 82)。《微暗的火》里,谢德质疑既然人生是个惊喜,为什么死亡不会是更大的惊喜呢(PF, 225)?金波特则在注释里称"死亡是场嬉戏"(Death is hilarious, PF, 256)。《天赋》中作家费奥多告诉女友济娜,如果他感觉到死亡的临近,他将举办欢快的晚会,在高朋满座中高兴地死去(GF, 377)。《黑暗中的笑声》的雷克斯说死亡不过是一种自然还无法克服的坏习惯(LD, 136)。作家未完成的最后一部小说《劳拉的原型》的另一个题目是《死亡之趣》(Dying is Fun),死亡及其之上的彼岸世界是其探讨的核心主题。故事的主人公怀尔德一次次重申死亡是甜蜜而令人愉悦的,是充满狂喜的创造性活动(Laura, 127, 145, 171, 213)。人类看不到死亡之后的世界,或许仅仅是因为生命只能反映我们自己的人生,而死亡则是人生之外的内容:

> 我知道死亡本身并不与彼岸世界的地形相连,因为一扇门仅仅是房间的出口而不是它环境里的一部分(如一棵树或一座小山)。你只有走出去……另一个世界一直包围着我们,它绝不是某段旅途的终点。在我们尘世的房间里,镜子取代了窗户,门总是关着,只在某个时候打开;然而空气却可以穿过缝隙潜进来。
>
> (GF, 321-22)

由于无法亲历死亡,彼岸世界的门总是对人类关闭,多数时候我们只能借助从"缝隙潜进来的"空气,即我们想象中来自彼岸的提示,逃离现世的囚笼般的存在,预见死亡后的彼岸世界。《斩首之邀》中辛辛那提斯对皮埃尔先生说,他逃离监狱的希望与救星是"想象"(IB, 114)。在《眼睛》前言的结尾处,纳博科夫写道:"想象的力量最终将是长久伴随在斯莫洛夫身边的善的力量。"(*Eye*, *Foreword*)《微暗的火》里谢德怀疑想象或许是彼岸世界投射到人类世界的影子,只是被时间与空间的窠臼封锁了起来(PF, 40)。他感叹,我们之所以无法体会彼岸世界的奥秘是因为我们的想象还不够狂野,往往只能以幽灵鬼怪的方式感知它的存在(PF, 41)。或许来自彼岸、化身为幽灵鬼怪的精灵会以人类偶尔可以察觉的方式提示另一个世界的存在,而只要对纳博科夫的作品稍微熟悉的读者,都不难找到其中众多幽灵鬼怪的形象,幽灵鬼怪等词汇更是在其小说中反复出现[①]。《透明之物》的叙述者是死后的作家R.,他在小说的开篇以幽现身,试图唤醒珀森:

> 这里就是我要找的人。嗨,珀森!他听不见我。
>
> (TT, 1)

《眼睛》里的斯莫洛夫死后,又以幽灵的形象出现并继续讲述他的故事。《说吧,记忆》里纳博科夫将自己所获得的至高无上的无时性感受归功于某位天才或某些幽灵的启迪(SM, 103)。

《庶出的标志》里克鲁格对于世界有着自己的思考:

> 我们现在得把这个问题搞清楚:是解决外部(空间、时间、物质、外部的不可知)问题更重要呢,还是解决内部(生命、思想、爱、内部的不可知)问题更重要?抑或是解决二者之间的世界(死亡)更重要?因为我们相信问题作为问题总是存在的,难道不是吗?即使世界是有中生无的无中生有?
>
> (BS, 152)

[①] William Woodin Rowe, *Nabokov's Deceptive World* (New York: New York University Press, 1971), 66-68.

克鲁格的思考折射了纳博科夫作品中最常关注的主题：空间、时间、物质世界、生命、意识、挚爱、死亡、疯癫、命运与不可知的彼岸世界。这些主题的探讨无疑源自作家对时间的深刻反思。纳博科夫从意识对时间的否定开始，考察了记忆对时间的压缩、扭转与重组，继而用"玻璃小球中的彩色螺旋"这一生动比喻概括了自己对人生的认识与时间和意识关系的三个层次，并试图通过无时性中的彼岸世界实现自己对时间、人生与死亡的超越，到达自由的另一个彼岸世界。他的时间概念借助人类的空间想象，运用了鲜明生动的空间隐喻，形成了独特而深刻的整套体系。这些生动而形象的空间隐喻，如时间的空洞、时间之墙、时间的牢笼、徒有其表的现在、记忆的魔毯、邪恶的圆、永恒的轮回、玻璃小球中的彩色螺旋、无时性、彼岸世界等，是理解其作品的难点与关键要素之一，也是解读纳博科夫作品时需要首先厘清的概念及理解本书后续章节必不可少的前提。纳博科夫对时间的否定，使其文学实践更关注空间的共时存在，意象与文字的并置、文本间的互涉、艺术间的关联，成为其创作空间化的标志性特征。而他对时间的超越导致了他对艺术与精神的彼岸自由世界的向往与追求。

第四节　《阿达》：述说时间的爱情故事

《阿达》是纳博科夫小说中篇幅最长、内容最晦涩难懂的一部，在读者中引起的分歧也最大。博伊德称"在纳博科夫所有的小说中，没有哪一部在读者中引起的分歧比《阿达》更大"[1]。以博伊德和帕克尔等为代表的学者认为它是纳博科夫文学生涯的巅峰之作（the apogee of Nabokov's work）[2]，内容最为丰富，具有迷人的魅力。阿佩尔称它是一部伟大的艺术作品，完全表明纳博科夫可与卡夫卡、普鲁斯特和乔伊斯齐名[3]。著名评论家卡津（Alfred Kazin）认为《阿达》与《洛丽塔》和《微暗的火》一起构成了纳博科夫小说的三部曲，它丰富的想象与细节描写、广泛的题材、精致的文本结构与天才般的语言没有哪部作品可与之媲美[4]。马多克斯连用了一长串最高级修饰语形容它在纳博科夫作品中的重要地位："最华丽、最丰富、最幽默、最引经据典、最情色、最雄心勃勃、最具梦幻色彩。"[5] 克兰西称其为20世纪最有激情的小说之一，代表了纳博科夫作为小说家的最高成就[6]。而纳博科夫的文学伯乐之一玛丽·麦卡锡则认为它让人不忍卒读，远逊《微暗的火》。读者因《阿达》产生的分歧，根本原因当然在于它的艰深晦涩，"从许多方面看，《阿达》比《尤

---

[1] Vladimir E. Alexandrov, *The Garland Companion to Vladimir Nabokov* (New York & London: Garland Publishing, Inc., 1995), 3. Stephen Jan Parker, *Understanding Vladimir Nabokov* (University of South Carolina Press, 1987), 105.

[2] Laurie Clancy, *The Novels of Vladimir Nabokov* (London & Basingstoke: MacMillan, 1984), 140.

[3] Alfred Appel, "Ada: An Erotic Masterpiece That Explores the Nature of Time," *The New York Times*, May 4, 1969.

[4] Norman Page, ed., *Nabokov: The Critical Heritage* (London, Boston, Melbourne and Henley: Routledge & Kegan Paul, 1982), 206.

[5] Lucy Maddox, *Nabokov's Novels in English* (Athens: The University of Georgia Press, 1983), 103.

[6] Laurie Clancy, *The Novels of Vladimir Nabokov* (London & Basingstoke: MacMillan, 1984), 154–155.

利西斯》更难"①。在这部百科全书式的小说里，纳博科夫融入了自己毕生文学实践所关注的主题：他钟爱的国家、语言与文学，时间、空间、记忆，意识与超越死亡的彼岸世界，对细节描写的苛求与对家人的挚爱，迥异于常规的文本结构与文字游戏，令人瞠目的主题（性与乱伦）等。毫无疑问，《阿达》是纳博科夫文学生涯的总结之作（Nabokov's summa）②。

纳博科夫本人毫不掩饰自己对《阿达》的喜爱与期许。在作家自己的小说扉页上，他写道"一本天才之作——美国文学的珍珠"，将它与法国文学的珍珠《包法利夫人》相媲美③。《阿达》出版后引发了对其艰深晦涩的质疑，纳博科夫的回答是，严肃的批评家应该知道，他的目的是要"以最大的诚意与洞察力表达我所思所想"（SO, 179）。谈到《阿达》与自己的联系时，他指出小说中的范·韦恩与《说吧，记忆》中的作家本人都在试图用空间的意象留住过去（SO, 118），范·韦恩与纳博科夫不同的是，他更沉迷于自己过去的青春意象而难以自拔（SO, 121）。

到今天，评论界已公认《阿达》是纳博科夫最具代表性的作品之一，对《阿达》的讨论早已成为纳博科夫研究中非常重要的组成部分。这其中的领军人物是博伊德。他的专著《纳博科夫的〈阿达〉：意识之地》系在其博士论文《纳博科夫与阿达》（1979）的基础上修改完善而成。他在专著中分析了小说中的时间、空间、意识，尤其是无时性与彼岸世界等重要概念。另一本专著是梅森的《纳博科夫的花园：〈阿达〉指南》。该书系作家兼评论家梅森的博士论文，对《阿达》一书中的地理、人物、

---

① Vladimir E. Alexandrov, ed., *The Garland Companion to Vladimir Nabokov* (New York & London: Garland Publishing, Inc., 1995), 4.
② Ibid., 16.
③ Ibid., 3.

主题等进行了全面的分析。坎科格尼的《镜中蜃景：纳博科夫的〈阿达〉及其法语源文本》运用结构主义的方法，分析了《阿达》中的文学性，尤其是互文性（intertextuality）特征。作者的侧重点是小说与福楼拜、普鲁斯特、波德莱尔、马拉美、兰波（Rimbaud）、夏多布里昂（Chateaubriand）等法国作家作品间的文本互涉[1]。保罗·蒂博的《作为实证的社会符号学：文本、社会意义生成与纳博科夫的〈阿达〉》从社会符号学的视角，对小说作了细致入微的文本解读，分析了其动态语境过程及文本之间的张力关系如何生成、维系并改变了小说的社会意义[2]。除这些专著外，还有大量的博士论文与期刊文章对小说中的人物形象、文本结构、创作背景、叙事技巧以及时间、地理、语言等主题进行了全方位的深入探讨[3]。因为互联网的出现，今天的人们还可以在网络上查找到关于《阿达》的众多资料，其中必不可少的是博伊德主持的"阿达在线"[4]。如果要了解小说的时间线索与安提特拉的地理详情，还可以参考齐默（Dieter E. Zimmer）绘制的彩色地图及附录的详细注释[5]。

---

[1] Annapaola Cancogni, *The Mirage in the Mirror: Nabokov's* Ada *and Its French Pre-Texts* (New York & London: Garland Publishing, Inc., 1985), i-vi.

[2] Paul J. Thibault, *Social Semiotics as Praxis: Text, Social Meaning Making, and Nabokov's* Ada (Minneapolis: University of Minnesota Press, 1991), xi.

[3] 《阿达》研究书目可参考 http://www.libraries.psu.edu/nabokov/bibada.htm。

[4] Brian Boyd, "Ada Online," 23 June 2010, http://www.ada.auckland.ac.nz/.

[5] Dieter E. Zimmer, "The Geography of Antiterra," 23 June 2010, http://www.dezimmer.net/ReAda/AntiterraGeography.htm. "A Timeline of Ada," 25 June 2010, http://www.dezimmer.net/ReAda/AdaTimeline.htm.

一、故事梗概

《阿达》是纳博科夫的第 15 部小说。从它独特的形式看，可以将其视为家谱、回忆录、科幻小说①、带有情色的爱情故事，甚至一个童话等②。从内容上看，博伊德在长期对《阿达》的研究中认为小说有超过 300 个以上主题③，作家主要关注的除了时间外，是卢瑟特在阿达与范的爱情诱惑下毁灭的人生悲剧。卢瑟特才是小说中最重要的人物，她的牺牲拯救了范与阿达的爱情④。克兰西与伍德的观点是，《阿达》讲述的是主人公在现实生活中满怀激情地享受"我们的充足世界"的故事，激情与深切体验生活是其核心所在⑤。约翰逊和贝德尔等人认为语言与艺术是小说的重要主题。约翰逊分析了作品中的书写与命名游戏⑥，贝德尔探讨了作品中细节、影子与艺术技巧的螺旋结构⑦。

---

① Roy Arthur Swanson, "Nabokov's Ada as Science Fiction," *Science Fiction Studies*, Vol. 2 No. 1 (March 1975), 76–88.
② Alfred Appel, "*Ada*: An Erotic Masterpiece That Explores the Nature of Time," *The New York Times*, May 4, 1969.
③ Julian W. Connolly, ed., *Nabokov and His Fiction: New Perspectives* (Cambridge: Cambridge University Press, 1999), 110.
④ Brian Boyd, "Ada," *The Garland Companion to Vladimir Nabokov*, ed. Vladimir E. Alexandrov (New York & London: Garland Publishing, Inc., 1995), 3–18.
⑤ Laurie Clancy, *The Novels of Vladimir Nabokov* (London & Basingstoke: MacMillan, 1984), 140–154. Michael Wood, *The Magician's Doubts: Nabokov and the Risks of Fiction* (Princeton: Princeton University Press, 1994), 206–235.
⑥ D. Barton Johnson, *Worlds in Regression: Some Novels of Vladimir Nabokov* (Ann Arbor: Ardis, 1985), 51–59.
⑦ Julia Bader, *Crystal Land: Artifice in Nabokov's English Novels* (Berkeley, Los Angeles, London: University of California Press, 1972), 123–162.

约翰逊进一步指出,《阿达》中兄妹乱伦的主题在欧陆文学作品中有着众多先驱,乱伦只是纳博科夫创作中常用的隐喻,折射了作家在文学实践中将语言、文本、文学及作家自己的作品杂糅为一体的努力[1]。而从作家本人创作的初衷看,它是一部讲述时间哲学的爱情故事,因此探讨小说中时间主题的论著数量非常多。除了前文已有交代的博伊德与梅森的专著以及博伊德与哈格隆德关于无时性的争论外,阿佩尔在《纽约时报》上的书评《〈阿达〉:探讨时间本质的情色杰作》、泽勒(Nancy Anne Zeller)的《〈阿达〉中的时间螺旋》[2]、贝格诺尔(Michael H. Begnal)的《过去、现在、将来、死亡:纳博科夫的〈阿达〉》[3]、海尔斯(N. Katherine Hayles)的《追求必要的美德:纳博科夫〈阿达〉中的图案与自由》[4]、洛瑞尔(Yvette Louria)的《纳博科夫与普鲁斯特:时间的挑战》[5]等均重点讨论了《阿达》中的时间概念。本书将探讨的是《阿达》中记忆的魔毯、时间的彩色螺旋与彼岸世界三个重要范畴。

《阿达》讲述的是主人公范·韦恩与妹妹阿达·韦恩持续一

---

[1] D. Barton Johnson, "The Labyrinth of Incest in Nabokov's *Ada*," *Comparative Literature*, Vol. 38 No. 3 (Summer 1986), 224-255.

[2] Nancy Anne Zeller, "The Spiral of Time in *Ada*," *A Book of Things about Vladimir Nabokov*, ed., Carl R. Proffer (Ann Arbor: Ardis, 1974), 280-190.

[3] Michael H. Begnal, "Past, Present, Future, Death: Nabokov's '*Ada*'," *College Literature*, Vol. 9 No. 2 (Spring 1982), 133-139.

[4] N. Katherine Hayles, "Making a Virtue of Necessity: Pattern and Freedom in Nabokov's *Ada*," *Contemporary Literature*, Vol. 23 No. 1 (Winter 1982), 32-51.

[5] Yvette Louria, "Nabokov and Proust: The Challenge of Time," *Books Abroad*, Vol. 48 No. 3 (Summer 1974), 469-476.

生的爱情故事。1884 年,他们初次在阿达家的阿迪斯庄园(Ardis Hall)相见时,范 14 岁,阿达即将迎来 12 岁生日。从家谱上看,范的父亲迪门(Demen)与阿达的父亲丹尼尔(Daniel)是表兄弟,范的母亲阿婄(Aqua)与阿达的母亲玛丽娜(Marina)是孪生姐妹。两人自以为是堂兄妹,在阿迪斯庄园谷仓失火的晚上,趁众人救火之机,躲进阁楼偷食了禁果,开始了持续一生的爱情。正是从阁楼书堆里的报纸与照片中,他们偶然发现迪门和玛丽娜偷情的事实,得知两人竟然是亲兄妹[1]。此后他们经历了三次分别后的重逢,并在 1922 年阿达的丈夫死后最终走到一起共度余生。阿达的妹妹卢瑟特从小目睹她和范偷情,过早地萌生了对范的情欲,在遭到范的戏弄与拒绝后跳海溺亡。小说《阿达》是范在自己近 90 岁高龄时所作的回忆录,中间穿插着阿达的许多旁注,因而也可看作是范与阿达合作的作品。全书共五个部分,每个部分大约是前一部分篇幅的一半左右。

故事发生在 19 世纪一个叫安提特拉(Antiterra)或迪门尼亚(Demonia)的行星上,时间从 1870 年持续到 1967 年。安提特拉与小说人物想象的地球(Earth)或特拉(Terra)相对应。尽管它与地球的历史地理十分相似,但不同之处更多。如二者之间的时间相差大约 50 到 100 年(Ada, 18, 340)[2]。法国导演维克多·维特里(Victor Vitry)认为演员特丽萨访问安提特拉是在 1940 年,而在特拉的历法里,对应的大约是 1890 年(580)。英

---

[1] 约翰逊经过调查考证后得出的结论是,阿达与范都是迪门与玛丽娜的亲生子女,因而他们完全是同一父母的亲兄妹。参见 D. Barton Johnson, "The Labyrinth of Incest in Nabokov's *Ada*," *Comparative Literature*, Vol. 38 No. 3 (Summer 1986), 224-255。
[2] 下文中未特别标注的地方均引自"*Ada*"。

格兰在 1815 年吞并了美国,克里米亚战争则爆发于 1887 年。地理上,安提特拉的居民生活在北美,范围大致与地球上的美国相同,称美俄国(Amerussia),包括全部南北美洲,加拿大西部变成了说俄语的俄罗斯行省埃斯特提(Estoty),而东部则是说法语的加拿蒂(Canady)。地球上的俄罗斯和亚洲大部属于塔塔利帝国(Tartary),大英帝国的领土包括欧洲与非洲的绝大部分。安提特拉是一个 19 世纪的俄国与 20 世纪的美国的混合体,那里的居民会英、法、俄三门语言,生活在一个贵族形态的社会里,享有今天地球上的人们所拥有的各种便利的科技手段,如汽车、飞机、轮船、中央空调等。由于没有电,电视、电报、电话等被以水为动力的相应工具所取代,人们甚至还可以使用飞毯。这些情节使故事看上去具有浓厚的科幻色彩。大多数安提特拉的居民都相信在他们的行星之外,有一个叫特拉的地球存在,范本人便是心理学家、时间哲学家与研究特拉(terrology)的特拉学家。

二、记忆的魔毯

小说最核心的主题是作家对时间的认识。纳博科夫借范·韦恩之口解释其《时间的肌质》的写作初衷:

> 我的目的是创作一篇论文式的短篇小说来探讨时间的肌质,考察它面纱后的实质,在此过程中不断通过形象的暗喻逐渐发展出一个逻辑上的爱情故事,从过去到现在演变成一个具体的故事,然后渐渐通过相反的类推,使故事消失在平淡的理论抽象里。
>
> (562-563)

与范计划写作的关于时间哲学的爱情故事稍有不同的是,《阿达》是一部鸿篇巨制,表面上是范与阿达间长达近一个世纪的兄妹乱伦之恋，在故事发展近尾声时，他们的爱情融合在了第四部分范·韦恩对时间本质长达 30 多页的详细论述中。因此，范的陈述恰到好处地总结了小说的主题。

小说中第一次集中讨论时间是范·韦恩在情敌兼音乐家拉克（Rack）病榻前的独白。这段独白与纳博科夫在《说吧，记忆》中对时间的分析（SM，13－14）别无二致。范指出"人类的思想本质上是一元论者，无法接受两个空虚"，其中一个是人类"永恒过去生理上的并不存在"（即纳博科夫所说的生前的黑洞），另一个空虚是"逻辑上无法接受"的将来的死亡（即纳博科夫所说的死后的黑洞）。他进一步区分了空间与时间。说到空间，我们可以想象无穷尽空间总体中一个活生生的小点。而时间则无法用永恒里的一点来衡量。时间是整个形而上时间流中"一个裂缝，一个开口，一个空隙"，它将时间的流逝"切开"，在前后两个部分之间"闪闪发光"（314）。因为个体意识的参与，时间可以在人的思想中停留，"我所关注的时间只是被我停下的时间，是我集中强烈的意识注意到的时间"（539）。停留在意识中的时间裂缝，才是时间的本质。人类只有凭借意识对时间的否定与静止作用才能对抗生前与死后这两个"无法接受的空虚"。

《阿达》是一部主人公借助记忆寻找并重构过去的小说。范·韦恩意识到时间线性流逝的不可避免，希望以回忆录的形式，用艺术家的记忆使过去的事件以鲜活的意象复现在现在的意识里。他探讨时间本质以及写作小说的目的，是要使时间停下来，让过去在记忆的魔毯上按自己的意愿与设计自如地展开。《阿达》里的叙事结构，正暗合了记忆发生的机制：当主人公的意识高度专注于某个场景或事件，时间便在他的脑海里止步；一旦思想松弛了，时间便无情地溜走，不留下任何痕迹。小说中，范与阿达的四次分离与重聚，都是在前一次聚会基础上对相似的情节、色彩与意象的重复、并置与刷新。这其中最重要的是范与阿达在书房沙发上偷尝禁果的一幕。对该幕场景细节的反复书写，使他的初恋变得无比清晰、具体而生动。小说反复出现的另一幕场景是阿达和范在清晨的聚散离合。在阿迪斯庄园的第一个早晨，范看到阿达在阳台上舔着手指上早餐留下的蜂蜜，转身离去的背影消失在灿烂的阳光里（76）。当范得知阿达的不忠时，决意离开阿迪斯。在阿迪斯的最后那个早晨，他看到三楼的阳台上，一头黑发的阿达向他挥手示意，天空万里无云（295）。阿达的喜悦和范的沮丧形成了鲜明对比。在曼哈顿重聚的第一个清晨，范站在房顶的露台上等待阿达的到来，之后他们一起共进早餐（390-393）。在曼哈顿的最后一个早晨，迪门来找范，在电梯里碰到服务生为范和阿达送早餐，得知他的亲生儿女竟是恋人（434）。1905年蒙特勒的第一个早晨，范去找阿达，发现她正在吃早餐（521）。1922年蒙特勒的早晨，范发现阿达出现在四楼的阳台上，并未离开，她的形象仿佛是少女时放荡、年轻、忧郁的阿达，正挠着大腿（562）。范的记忆中挑选出的都是与阿达相关的事件与人物，因为这些对他来说才是时间的本质，是最重要的生动画面。这些事件与人物围绕着阿达这一中心逐渐构成了一个有机的整体。

　　20世纪中叶，当范开始重建自己的过去时，他很快发现，处理婴儿时期那些重要的事件（范重塑过去的途径便是追寻这些事件）的最好方式，而且往往是唯一的方式，便是当它们在此后的童年与青年时期重新出现时，将它们看作突然的并置。这些突然的并置使部分变得生动，使整体有了生机。

(31)

对范来说，过去是供他艺术选择与加工的素材库，他的意识专注于人生中那些重要的图案，将它们编织在记忆的魔毯上，构成一幅相互关联的事件有机体，然后记录在小说的书页上。那些与阿达无关的事件，因为失去了意识的刻意关照，没有了内容，成为时间的空洞，在不经意间悄然流逝。时间的旋律不再固定不变，它可以在记忆中被停止或颠倒，就像范喜爱的倒立表演（Mascodagama，181），其迷人之处在于：

> 如同把一个暗喻倒过来，其目的不是表演的难度，而是欣赏向上流的瀑布或倒过来的日出。换言之，这是对时间之箭（ardis）的胜利。
>
> (184-185)

三、时间的彩色螺旋

范的时间的本质是意识感知的静止的时间。由于个体意识的参与，现在不再稳定，它随时在变成过去，并在过去庞大的基座上偶尔冒出冰山一角。将来不存在，只是等待意识挑选的无穷多的可能。过去、现在、将来不是线性的自然流动，而是在做着彩色的螺旋运动。纳博科夫在小说中对文本篇幅以及范与阿达聚散时间间隔的安排之间相互印证，构成了一个个彩色的螺旋。

泽勒在《〈阿达〉中的时间螺旋》里指出，范与阿达最后一次相聚的时间间隔17年，与他和阿达前三次分开的时间间隔4年、4年和12年一起构成了一个螺旋，但不是一个完整的螺旋。他需要从17年中减去1年才能构成4的倍数，于是在他们居住的酒店里，范从五楼走下四楼与阿达相见，完成了时间的减法，实现了时间的螺旋。然而泽勒所绘制的等同直径的上升螺旋并非纳博科夫本人的概念①。细究之下，我们可以发现纳博科夫小说中的螺旋更可能是一个直径逐渐放大的同心螺旋。作家一直关注的是时间，因此，我们不妨设想他的螺旋是对圆形表盘的改造，表盘上最重要的4个刻度分别位于12点、3点、6点和9点。范与阿达初次相见后分别的4年，正好从12点出发，经过了4个刻度绕回12点上方，开始了第二个4年的螺旋。他们头两次分离每次相隔4年，恰好一个螺旋；这两个螺旋紧密相连，靠近中心，成为范记忆中所追寻并试图保存的久远过去，内容紧凑而浓缩，因此对这两次（尤其是第一次）分离与重聚的场景的描写始终贯穿在全书各章节里，成为小说中范追忆的源头与核心。这两次螺旋相加是8年，加上4年，即12年后，经历过3个螺旋范才与阿达第三次重聚；17年后更是经历过4个螺旋，并且走下一层楼梯后，范最终与阿达第四次重逢并不再分开。螺旋的数量不断增加，起始的端点相距越远，两个端点间时间的空洞与流逝越长，记忆跳跃的步幅越来越大。4次分离与重聚，4个螺旋的盘绕上升，都以范与阿达最初坠入爱河的场景为中心，只是每次都对这一幕进行了刷新与补充。

时间的螺旋加速向外扩展，使居于螺旋中心的图案在记忆中停留的时间相比之下更长，因而显得越发清晰。纳博科夫对小说结构的这种安排完全符合人类的记忆常规。

> 理所当然，当我的思想玩味着词汇的时候我刮胡子的时间更长；理所当然，只有当我看自己的手表时才会意识到它走得太慢；理所当然，到了50岁时，一年比过去过得更快，因为它在我不断增加的生命素材库里所

---

① Nancy Anne Zeller, "The Spiral of Time in *Ada*," *A Book of Things about Vladimir Nabokov*, ed., Carl R. Proffer (Ann Arbor: Ardis, 1974), 287.

占的比例更小……然而时间的加速流逝完全依赖于人的思想不关注于时间。

(539—540)

随着记忆中生活素材的不断累积,以及年龄的增长与记忆力逐渐消退,记忆中的人生似乎也印证了时间加速流逝的幻觉。因此我们不难理解小说的第一部分长达 325 页,几乎是全书的一半。此后的章节逐渐缩短,故事逐渐加速。第二部分 121 页,结束时范 20 岁。第三部分 86 页,第四部分 32 页,第五部分时范和阿达已分别 97 岁和 95 岁,只用了 25 页讲述他们 45 年的人生(1922—1967)。每一后续部分的长度大约只是前一部分的一半。这样的安排正好与上述时间的四个螺旋大致对应。在第一部分里叙述时间很长而故事时间很短,使故事似乎陷于停滞,描写更为详尽具体,与主人公记忆里留下的少年时期的热恋场景这一持久的空间画面相对应。此后的叙述缩短,故事时间延长,使人产生时间加速的感觉。人物与读者脑海中记忆深刻的仍然是最初少年的范与阿达在阁楼书房中偷尝禁果的一幕。时间在记忆的深处静止了。

范意识到时间的非对称性,指出时间跟我们身体器官非对称的构成一样,不是圆形剧场般的形状。在非对称的圆周(即螺旋)运动中,时间是可以被逆转的。"时间不可逆(首先它并不指向任何方向)是一个非常狭隘的观点:如果我们的器官与微子(our organs and orgitrons)[①] 不是非对称的话,我们的时间概念可能会像宏伟的圆形大剧场,仿佛一个闪烁而惬意的小村落四周环

[①] 纳博科夫生僻词汇中的一个典型例子。大概是指构成前时间(pre-time)宇宙存在的最小粒子。参见 26 June 2010, http://www.amazon.com/Finding-God-Physics-Einsteins-Relative/dp/0933900198。

绕着的锯齿般的夜晚与错落的群山（ragged nights and jagged mountains）"（538-539）。海尔斯认为，纳博科夫的《阿达》追求的是"非对称的艺术"，即不是时间结构上对称的圆，而是螺旋的运动①。时间的螺旋使人类永远无法回归现实世界中的过去，只有通过记忆才能保留过去的图案，它总在意识的当下关注中变换着不同的面孔。小说最后一部分里，范声明：

> 第五部分不是尾声。它是我百分之九十七真实，百分之三可能的《阿达或阿朵：一个家谱》的真正介绍。
> (567)

故事的结尾与开头呼应，似乎构成了一个循环。然而范所记录的不再是最初的过去，而是百分之九十七真实、百分之三可能的历史。记忆在非对称的圆周运动后，在其魔毯上留下了加工后的过去的图案。玛丽娜意识到，"人类的过去必须重新排序，重新润色，重新加工"（253）。

四、螺旋与彼岸世界

多重世界的主题，即安提特拉与特拉两个世界的关系以及超越二者的另一个彼岸世界的存在，渗透在小说的各个章节里。

由于人类在时间的樊笼里无处可逃，范不禁感慨"我们的处境令人绝望"（409）。纳博科夫采取的抗拒策略除了以意识否定时间外，在小说的空间安排上还故意后退一步，将故事放在一个摆脱了时间控制的行星安提特拉（Antiterra，玛丽娜将它读作Anti-terror，反恐怖，即反时间与死亡）上。那里的人类可以活数百年，生活幸福而富足。人们不关心战争与政治，不担心金钱

---

① N. Katherine Hayles, "Making a Virtue of Necessity: Pattern and Freedom in Nabokov's *Ada*," *Contemporary Literature*, Vol. 23 No. 1 (Winter 1982), 43.

与死亡的威胁。在安提特拉上，范可以忘却时间与死亡，潜心于重建与阿达的幸福生活。如同他的倒立表演一样，他将时间暂时搁置，退居艺术的世界里挑战时间的流逝。与安提特拉对应，人类的特拉行星（Terra = Terror）上充满对时间与死亡的恐惧。特拉与安提特拉是两个平行的世界，二者之间有众多的联系与区别。小说的第一部分描述了安提特拉的人们对于与邻近世界特拉所充满的矛盾想象：

> 患病的人将特拉星球视为另一个世界，这另一个世界（Other World）不仅容易与邻近的世界（Next World）相混淆，也容易与我们心中超越我们的真实世界相混淆。我们的魔法师们，我们的魔鬼们是长着透明爪子和强有力翅膀的高贵的会发光的生灵。然而19世纪60年代的新皈依者们促使人们去设想一个星球，在那里我们伟大的朋友们完全堕落了，成为邪恶的怪物，可耻的魔鬼，长着食肉动物的黑色阴囊和毒蛇的毒牙，将女性视为玩物加以折磨；而在宇宙之路的另一端，彩虹般的迷雾里活跃着天使般的精灵，美好的特拉星球的居民恢复了那些最陈旧但依然有效的古老信条，为那些曾盘踞在我们这个充足世界的泥沼里的神仙们重新安排了不和谐音的手风琴旋律。
>
> （20–21）

邻近的特拉，往往被安提特拉上的居民看作是一个理想的超验世界。事实上，特拉与安提特拉一样，都是不完美的。特拉居民们混淆了超验的彼岸世界里天使般的精灵与特拉行星上魔鬼般的人类，并将二者混为一谈。这种对特拉矛盾而混乱的态度连特拉学家范也无法避免。范比较了"美好的特拉与可怕的安提特拉"(338)。安提特拉是"粪肥构成的小球"(pellet of muck, 498)。只有那些残忍愚昧的人，或无知的婴儿，才会在范所出生的可怕、邪恶而多姿多彩的迪门星球（安提特拉）里感到幸福(301)。然而范也意识到，特拉可能并非想象中的甜美世界。在哲学小说《来自特拉的信》里，他质疑安提特拉上的迪门们所设想的甜美世界特拉或许并非如此：

> 这本小说的目的是表明特拉欺骗了我们，特拉行星并非天堂，或许人类的思想与肉体在这个姊妹星球上经受的是比在我们这块邪恶的迪门土地上更多的折磨。
>
> (341)

特拉不过是"我们这个扭曲的土地（glebe）的扭曲镜子"(18)。我们无从知晓特拉到底是天堂还是地狱。

特拉与安提特拉虽然有众多宇宙间的联系，但却无法彼此了解，只是对方想象中的产物。它们是两个平行的镜像世界，沿着时间之轴相反而行。范指出特拉与安提特拉二者之间复杂而荒诞的不谐之处是对时间的认识：

> 在两块土地间，无论如何存在着多达100年的差异。二者之间时间流逝的交叉之处有着奇怪的对方向符号的混淆：其中一块土地的过去（no-longers）部分对应于另一块土地的将来（not-yets）。
>
> (18)

在两个世界间，时间相反而行，一个世界的时间箭头指向将来，另一个世界的时间箭头却指向过去，这两个世界对时间的认识无法融合，因而无法被另一个世界理解与接受。纳博科夫有意识地让范退居另一个空间，如同他的倒立表演一样，用颠倒过来的方式，从后退的安提特拉以一个局外人的视野审视人类居住的地球特拉,这样的安排巧妙而异乎寻常,揭示的实质仍是对时间之箭的逆转。尽管安提特拉并不完美,然而它毕竟是范所生活的"充足世界"。他必须以全部的热爱投入其中,去用个体的感悟深切地体验生活的丰富多彩。

  现实,毋宁说,在那些作为个体的具有原创思想的人们必须抓紧事物或将其撕开以对抗疯癫或死亡(死亡是疯癫的大师)的世界里,才会褪去它那爪子一般的引号。

(220)

只有当个体经验仍然活跃,个人的意识与想象仍然丰富的时候,现实才不是打上引号的虚伪现实,而是我们切身感受的"充足世界"。

  纳博科夫对安提特拉与特拉的安排无疑会让细心的读者联想到他对人生三个旋线的比喻。如果将我们生活的地球特拉看作一个正旋(terra, thetic),安提特拉则是它的反旋(antiterra, antithetic),在正反旋之上,笔者大胆推测有一个合旋(synterra, synthetic)。这一合旋便是范超越了时间的艺术与精神彼岸世界。小说的最后一章里,范与阿达探讨的正是"永生的这两个保证"("double guarantee" in eternity, 583)。

  范一生专注的问题是"空间与时间,空间对时间,被时间扭曲的空间,作为时间的空间,作为空间的时间,脱离了时间的空间,以及人类意识最后的悲情胜利:我存在因为我死亡"(153)。由于人类的意识栖居在身体内,必然听任时间的摆布,因此死亡是不可避免的,意识也会伴随人的死亡而消失,人类的存在被死亡所定义。但人类可以凭借记忆与想象,抵达一个摆脱了时间的无时性的空间,取得对时间的胜利。这无疑是一个悲情的胜利（tragic triumph），是想象与记忆艺术的胜利。范与阿达合作的回忆录根本目的便是以艺术抗拒时间的流逝，用书页留下他们不朽的记忆。记忆中的"阿迪斯庄园，阿迪斯的情欲与凉亭"（Ardis Hall, the Ardors and Arbors of Ardis）是《阿达》里"如涟漪般起伏的主题"（588）。范从安提特拉这样一个后退的世界里，通过想象建立与人类特拉行星的联系，固然是一种虚构的艺术行为；他的倒立行走表演，从外星的退后视角看地球，通过记忆并置，并保留与阿达在一起的幸福时光，都是艺术家借以对抗时间与死亡的方式与手段。从这个意义看，特拉与安提特拉一样，都是想象的虚构：特拉是安提特拉人们的想象之物，而安提特拉不过是范与纳博科夫借以容纳自己艺术人生的虚构。因此，梅森认为，安提特拉是范出于自己与妹妹阿达乱伦之恋产生的负罪感而凭空虚构出来的一个世界，事实上他只可能生活在地球上[①]。特拉与安提特拉其实都是地球的镜像与影子，从特拉的正旋开始，纳博科夫通过范的回忆用艺术对地球特拉进行了修补与改良，为它续上了安提特拉的反旋。最终，不论是特拉还是安提特拉，它们都在小说的艺术世界里融为一体，实现了合旋的升华。在第五部分的第五章里，两个世界终于融合在了一起："我们的世界，事实上就是20世纪中叶的［特拉］"（582）。范与阿达，也凭借着书页上永久的文字克服了死亡，在艺术的彼岸世界里永生：

> 人们甚至可以猜测，如果我们这对被时间困扰的卧榻恋人曾想过死亡的话，他们将在完成的书稿中死去，在伊甸园或冥府里死去，在书稿的文字与扉页上的介绍

---

① 参见 Bobbie Ann Mason, *Nabokov's Garden: A Guide to "Ada"*（Ann Arbor: Ardis, 1981）一书的内容。

诗行里死去。

(587)

人类的记忆对时间的否定，或者说范与阿达的回忆录对时间的否定，最终实现了艺术的永生。范因此将记忆与艺术和永生画上了等号，失去了记忆，就失去了永生，失去了与莎士比亚甚至朗费罗共居一室的资格（585）。范的回忆录留住了记忆，也留住了人生，超越了时间与死亡，以艺术的方式"再造了一个将来"（585），实现了永生。

超越时间与死亡的方式除了艺术，还有人类对另一个超验的精神彼岸的渴求，虽然艺术本身也是人类精神彼岸的一种。范·韦恩设想的彼岸世界是"另一个部分的世界"（that Next-Installment World, 586）。他指出人们常常错误地将这一神秘的彼岸看成特拉星："患病的人发现特拉（Terra）行星之外有另一个世界，这个'彼岸世界'（Other World）不仅与'下一个世界'（Next World）混淆，也与我们生活的真实世界混淆，它高于我们的世界"（20）。人类没有将来，然而我们或许可以想象某个新的物种存在于我们之外，充分地享受另一种存在与梦想，从而超越人类的时间观念。"在这个意义上，人永远不死，因为或许人类的进化过程永远没有尽头，在人类演变成新人类或退化成可怕的蠕动的黏液过程中，没有一个最后的阶段。"（536）这样一个居住着新物种的超验彼岸，多以人类的死亡为代价，以幽灵的方式提示其存在。小说人物"阿达"在俄语中的意思是地狱，"迪门"（Demon）是火与魔鬼的意思，而"阿娲"（Aqua）则是水的意思。他们共同的宿命是死亡。阿娲因迪门而死，卢瑟特因范与阿达的情爱而跳海自杀，玛丽娜死于火灾，迪门死于飞机失事。他们分别死于火、水和空气中，并错误地以为自己死后的灵魂将居住在特拉行星上（450）。范与阿达，如前所述，则在完成的书稿中死去。小说最后一章里,阿达和范探讨了死亡须经历的痛苦:肉体的折磨、不得不放弃记忆与意识以及等待人们的空虚黑暗的死后将来(585)。在人类死后的彼岸世界里,精灵们或许会以幽灵显形的方式引导人类。玛丽娜去世之后,范希望母亲的幽灵能在"时间的幕布与空间的肉体"之后带给他来自另一个世界的启迪(452)。卢瑟特写给范的最后一封信里收录了范所作的一首诗,内容是一位幽灵为访客指引道路(146)。卢瑟特死后的幽灵一直潜藏在小说的字里行间。博伊德指出,正是她的幽灵附体在秘书诺克斯与编辑奥朗热的身上,鼓励范写出了小说《阿达》,并自始至终为他提供灵感的源泉,为范和读者提供了一个从超越时间的彼岸世界观察人类处境的视角[1]。

纳博科夫的《阿达》无疑是一部奇诡之作,一部艰深复杂之作,一部小说的百科全书。小说中无处不在的语言与文字游戏、艰深晦涩的典故、看似随意实则精巧的结构、大量的文本外信息,都给读者提出了巨大的挑战。尤为重要的是,在这部巨著里,纳博科夫精密而系统地融入了自己对时间的复杂思考。记忆的魔毯、玻璃小球中的彩色螺旋、无时性与彼岸世界,这些看似抽象的时间的空间化比喻,被作者娴熟地用在小说的故事情节中。因此,当我们在文末再次回味作家本人对《阿达》的描述,即它是一部以爱情故事的方式讲述时间哲学的小说时,才恍然大悟此言非虚,也才会更深刻地体会到纳博科夫奇妙的构思以及他将抽象概念自如运用于文学创作的高超技巧。

---

[1] Brian Boyd, *Nabokov's* Ada: *The Place of Consciousness* (Ann Arbor: Ardis Publishers, 1985), 192, 195.

第二章

纳博科夫小说中的视觉书写

空间叙事理论由弗兰克发轫,经米切尔、佐伦、瑞恩等人的发展,时至今日已成为一门越来越开放的显学。目前国外空间叙事理论研究一个重要的内容,是探讨书写的叙事文学与其他视觉艺术或媒体的关系,这便是空间叙事理论中异军突起的视觉书写(ekphrasis)研究。

在进一步深入讨论"ekphrasis"前,首先要做的是对"ekphrasis"进行界定,以明晰笔者将其译为"视觉书写"的由来。尽管今天各种文学杂志、会议与文献中对"ekphrasis"一词的使用越来越多,其定义却依然莫衷一是。"ekphrasis"来自希腊语,前缀"ek"意为"out","phrasein"意为"speak"。最初的意思是指对视觉形象的文字描述。视觉艺术的文学表现至少可以上溯到荷马的《伊利亚特》,诗中详细描绘了阿喀琉斯盾牌上的图案。《牛津古典词典》(*Oxford Classical Dictionary*)指出"ekphrasis"一词的使用最早是在公元3世纪,而《牛津英语词典》(*OED*)则认为到1715年,"ekphrasis"一词便已成为英语词汇之一。到1983年,美国现代语言学会国际文献目录将该词收入[1]。

自达·芬奇的《达·芬奇论绘画》(*A Treatise on Painting*)以及莱辛的《拉奥孔》引发的关于艺术形式之间的竞争以来,关于书写与其他艺术之间的关系便一直争论不休。芭芭拉·费希尔(Barbara Fischer)认为"ekphrasis"之争延续着两条线索,一条延续达·芬奇、莱辛等人的观点,认为艺术之间是不可调和的竞争关系,如达·芬奇强调绘画优于文本,而莱辛则认为文学高于绘画;另一条线索延续了霍拉斯"诗如画"(*ut picture poesis*)的传统,认为诗歌与绘画是一体的,二者不可分割[2]。

1967年《作为批评家的诗人》(*The Poet as Critic*)一书中收录的莫瑞·克里格(Murray Krieger)的文章《视觉书写与诗歌的静止运动,或〈拉奥孔〉新论》("Ekphrasis and the Still Movement of Poetry; or *Laokoön* Revisited")是早期研究"ekphrasis"最权威的论文。该文对"ekphrasis"的定义是"文学中对造型艺术的模仿",并进一步解释"当诗歌具有雕塑那样的静止元素时,也就显示出其文学的视觉特征;这些元素我们通常只赋予视觉艺术"[3]。现代主义将语言艺术上升为普遍模式,使其居于介乎造型艺术与音乐之间的各艺术之核心,并将其他艺

---

[1] Heffernan, James A. W., "Ekphrasis and Representation," *New Literary History*, Vol. 22 No. 2 (Spring 1991), 297.

[2] Claire Barbetti, *Ekphrastic Medieval Visions: A New Discussion in Ekphrasis and Interarts Theory*, Diss., Duquesne University, 2009, AAT3380045, 3.

[3] Erik Hedling and Ulla-Britta Lagerroth, ed., *Cultural Functions of Intermedial Exploration* (Amsterdam-New York: Rodopi B. V., 2002), 204.

术融入自己的范畴[1]。克里格从语言与造型艺术之间的关系开始探讨,强调了文学体裁的跨艺术与空间化倾向,认为"ekphrasis"是诗歌与文学中的普遍现象,从而将"ekphrasis"从一种独特的文学表现形式升华为一种文学的基本准则。赫弗南(James A. W. Heffernan)评价其为"约瑟夫·弗兰克之新生"与"米切尔之先驱"[2]。

克里格开拓性的论文引发了对"ekphrasis"更多的关注。赫弗南1991年的文章《视觉书写与表现》("Ekphrasis and Representation")是这方面的另一篇力作。赫弗南认为克里格的定义存在的主要问题在于,文学中对造型艺术的模仿无处不在,如果不加限制,它将失去实际的分析价值。基于这一原因,赫弗南将"ekphrasis"重新定义为"视觉或绘画表现的文本表现"[3]。赫弗南明确地将"ekphrasis"的定义范围从文学中对造型艺术的模仿缩小为作为表现艺术的视觉艺术的文学文本表现,即文学表现中的视觉艺术本身也必须是被表现的,文字所描绘的不是静止、真实的自然实物而是作为表现的视觉艺术。将文字表现的内容界定为被表现的视觉艺术,即核心为"表现的表现"是此后多数学者的共识。因此,米切尔对"ekphrasis"的定义"视觉表现的文本表现"可以说与赫弗南的界定是完全一致的[4]。

克里格与赫弗南对"ekphrasis"的定义影响都很大,它们有

---

[1] Jack Stewart, "Ekphrasis and Lamination in Byatt's *Babel Tower*," *Style* 43:4 (Winter 2009), 494.
[2] James A. W. Heffernan, "Ekphrasis and Representation," *New Literary History*, Vol. 22 No. 2 (Spring 1991), 298.
[3] Ibid., 299.
[4] David Herman et al., eds., *Routledge Encyclopedia of Narrative Theory* (London and New York: Routledge, 2005), 133.

重合的地方，也有分歧的地方。人们在用"ekphrasis"来分析文本时常常并不关注其间的分歧。由于"ekphrasis"一词在汉语中尚无对应译文，综合克里格与赫弗南的分析，笔者基本采用后者的观点，认为"ekphrasis"一词在汉语中比较贴切而完整的翻译当是"视觉表征的文字书写"。鉴于英语中它只是一个单词，为了简洁与便于使用，不妨简化为"视觉书写"。在此框架下不难发现，由于纳博科夫从小对色彩与绘画的偏爱，以及他对蝶翅学的痴迷，加之中年后受美国流行文化（*poshlust*）① 尤其是电影的深刻影响，他敏锐地意识到文字书写与其他视觉艺术的关联，其小说表现出强烈的视觉书写倾向。在书写与其他视觉艺术之间，纳博科夫自如地进行着自己空间的艺术创造。一个典型的例子是，纳博科夫 1926 年曾为自己的绘画恩师多布任斯基（Mstislav Dobuzhinsky）写了一首诗，标题便是《诗如画》（"Ut picture poesis"）②。

目前学术界探讨纳博科夫小说与其他视觉艺术关系（即视觉书写）的文献已有很多。热拉尔·德·弗里耶（Gerard de Vries）与约翰逊的《纳博科夫与绘画艺术》（*Vladimir Nabokov and the Art of Painting*, 2006）分析了纳博科夫主要作品，如《洛丽塔》

---

① 纳博科夫借鉴俄语创造的英语单词，或可译为"垃圾文化""低俗文化"。在《尼古拉·果戈理》中纳博科夫称"poshlust""不仅是显而易见的垃圾，而且主要是伪重要、伪优美、伪聪明、伪迷人的文化"。参见 Vladimir Nabokov, *Nikolai Gogol* (New York: New Directions Publishing Corporation, 1961), 70. 关于这一术语的更多讨论还可参见 SO, 1973: 100; Alexandrov 1991: 106; Sergej Davydov, "Poshlust," *The Garland Companion to Vladimir Nabokov*, ed. Vladimir E. Alexandrov (New York & London: Garland Publishing, Inc., 1995), 628 – 633。

② Julian W. Connolly, ed., *Nabokov and His Fiction: New Perspectives* (Cambridge: Cambridge University Press, 1999), 23.

《阿达》《微暗的火》《普宁》《塞巴斯蒂安·奈特的真实生活》《黑暗中的笑声》等与绘画艺术的联系。书末的两部分附录详细列举了纳博科夫小说、短篇故事与自传中涉及绘画的段落以及纳博科夫作品中暗示或提及的画家。夏皮洛的《艺术大师的画室：纳博科夫与绘画》(*The Sublime Artist's Studio: Nabokov and Painting*, 2009) 是另一部探讨纳博科夫与绘画关系的重要专著。该书分析了纳氏作品中涉及的古往今来欧洲尤其是俄罗斯画家的作品。探讨纳博科夫与电影艺术的关系方面则早在20世纪70年代就有阿佩尔的《纳博科夫的黑色电影》问世，受到评论界的广泛欢迎与作家本人的首肯。芭芭拉·怀利（Barbara Wyllie）最新的专著《纳博科夫论电影：小说中的电影叙事》(*Nabokov at the Movies: Film Perspectives in Fiction*, 2003) 指出，纳博科夫小说中大量运用了电影的主题、风格与技巧[1]。除上述专著外，论及纳博科夫与其他视觉艺术关系的文章不胜枚举，影响较大的有《纳博科夫与电影》[2]等。

按照维基百科的解释，视觉艺术（visual arts）是指本质上以视觉目的为创作重点的作品，如绘画、摄影、版画和电影等。而牵涉三维立体空间物件的作品，如雕塑和建筑则称为造型艺术（plastic arts）。许多其他的艺术形式也包含视觉艺术的成分，因此在定义上并不是非常严格[3]。本部分将基于上述共识，从纳博

---

[1] Barbara Wyllie, *Nabokov at the Movies: Film Perspectives in Fiction* (Jefferson & London: McFarland & Company, Inc., Publishers, 2003), 1-2.

[2] Barbara Wyllie, "Nabokov and Cinema," *The Cambridge Companion to Nabokov*, ed., Julian W. Connolly (Cambridge: Cambridge University Press, 2005), 215-231.

[3] "视觉艺术"（维基百科，26 Oct 2010，http://zh.wikipedia.org/zh-cn/%E8%A7%86%E8%A7%89%E8%89%BA%E6%9C%AF）。

科夫小说中的色彩艺术、绘画与电影等方面出发,分析其作品中的视觉书写。

第一节　纳博科夫的色彩听觉

　　纳博科夫对视觉艺术十分偏爱,其源头或许来自他与生俱来的色彩天赋与从小受到的家庭熏陶与专业的绘画训练。作家本能地将文字与色彩联系起来的色彩听觉天赋,使其小说如同用文字的五彩颜料书写的浓墨重彩的画作,具有直观的绘画艺术才具有的强烈的空间视觉冲击。千变万化的微妙色彩构成了纳博科夫小说中的空间彩色图案。

　　评论界一直密切关注纳博科夫对色彩的痴迷。巴拉卜塔罗在《普宁》的导读中曾总结了该小说中出现的 238 个不同的颜色词语[1]。吉恩·霍拉伯德(Jean Holabird)的《弗拉基米尔·纳博科夫:彩绘字母》(*Vladimir Nabokov: Alphabet in Color*, 2005)在《说吧,记忆》第二章作家对色彩听觉描述的基础上,绘出了纳博科夫色彩听觉体系中 26 个英语字母的不同颜色[2]。约翰逊的《联觉、多色现象与纳博科夫》梳理了心理联觉(psychological synesthesia)与文学联觉(literary synesthesia)现象的演进,指出联觉最初系指精神分析中与药物相关的迷幻状态下的幻视(photisms)、幻听(phonisms)与幻色(chromesthesia)等现象;到了 19 世纪,法国的象征主义运动将联觉广泛运用于

---

[1] Brian Boyd, "Nabokov's Blues," Foreword, *Vladimir Nabokov: Alphabet in Color*, illustrated by Jean Holabird (Corte Madera: Gingko Press, 2005), unpaginated.

[2] 关于该书的网络介绍可参见 http://www.gingkopress.com/07 - art/vladimir - nabokov - alphabet.html。

文学创作中。纳博科夫在《说吧,记忆》中详细讨论了自己联觉的天赋,包括睡前幻觉(hypnagogic visions)与色彩幻觉(chromesthesia)两种,而在其作品中出现的色彩幻觉典型的例子包括对彩虹、珠宝、家庭庄园镶花玻璃窗户与凉亭的反复描述[1]。在《〈说吧,记忆〉中的字母彩虹》里,约翰逊认为尽管作家在传记中没有包括其创作生涯,但《说吧,记忆》全书有一个统一的主题,那就是联觉的彩虹意象(a synesthetic rainbow)[2]。康诺利讨论了纳博科夫小说中黑白两种颜色的图案组合,指出在某些作品中作家将黑白两色与死亡和意识的终结联系起来[3]。杰伊·埃德尔诺特(Jay Alan Edelnant)的博士论文《纳博科夫的黑色彩虹》全面分析了《阿达》中色彩意象的作用[4]。夏皮洛的《微妙的标记》则讨论了《斩首之邀》中的字母与色彩之间的联系[5]。

纳博科夫对色彩情有独钟,原因有很多,其中值得大书一笔的是他与众不同的色彩听觉的天赋。在母亲与私人教师、俄罗斯著名画家姆斯季斯拉夫·多布任斯基(Mstislav Dobuzhinsky)的

---

[1] D. Barton Johnson, "Synesthesia, Polychromatism, and Nabokov," *A Book of Things about Vladimir Nabokov*, ed. Carl R. Proffer (Ann Arbor: Ardis, 1974), 84 - 103.

[2] D. Barton Johnson, "The Alphabetic Rainbow of *Speak, Memory*," *Worlds in Regression: Some Novels of Vladimir Nabokov*, D. Barton Johnson (Ann Arbor: Ardis, 1985), 11.

[3] Julian W. Connolly, "Black and White and Dead All Over: Color Imagery in Nabokov's Prose," *Nabokov Studies* 10 (2006), 53 - 66.

[4] Jay Alan Edelnant, *Nabokov's Black Rainbow: An Analysis of the Rhetorical Function of the Color Image in Ada or Ardor: A Family Chronicle*, Diss., Northwestern University, 1979, AAT7927531.

[5] Gavriel Shapiro, *Delicate Markers: Subtexts in Vladimir Nabokov's* Invitation to a Beheading (New York, Peter Lang Publishing, Inc, 1998), 56 - 70.

熏陶与训练下,纳博科夫从小就养成了对色彩的敏感与喜好。受父亲影响,他从小痴迷于蝴蝶研究,并尝试用画笔与不同语言精确、科学地描绘其炫丽斑斓的色彩图案。他很小便大量阅读英、法、俄等各种语言创作的文学作品,而果戈理、莱蒙托夫、托尔斯泰等人对色彩与细节的关注,使他很早就注意到了文学中五彩斑斓的世界。需要特别提及的是,纳博科夫有着异乎常人的色彩听觉天赋。在《固执己见》中,作家写道:

> 我想我天生就是画家,真的。大概 14 岁时,我一天中的大部分时间都用来画画,将来顺理成章也应成为画家。但我缺乏绘画的潜质。然而我一生都有着对颜色的敏感与喜好。我有一种特殊的通过颜色认识字母的天赋,我称之为"色彩听觉"(color hearing)。

(SO, 17)

纳博科夫最早对自己联觉(Synestehsia,或译"通感",来自希腊语,前缀 syn-表示"共,合"的意思;+ anesthesis,"感官")或色彩听觉(colored hearing, *audition colorée*)的描述是 1949 年发表在《纽约客》上的一篇回忆文章《母亲的肖像》中[①]。这段文字描述后来收入自传《说吧,记忆》的第二章。在书中,作家指出"色彩听觉"(colored hearing)(SM, 25)或 *audition colorée*(SM, 26)是一种在声音与色彩间建立起直觉联系的综合认知的通感能力(synesthesia)。他用大段篇幅分析了各种字母微妙的色彩变化。纳博科夫的色彩听觉是联觉的一种,主要指由字母或其发音联想到其色彩兼形状,是一种字母的色彩幻觉

---

① Brian Boyd, "Nabokov's Blues," Foreword, *Vladimir Nabokov: Alphabet in Color*, illustrated by Jean Holabird (Corte Madera: Gingko Press, 2005) unpaginated.

(alphabetic chromesthesia)。

本书将主要讨论纳博科夫作品中的色彩听觉。为了更好地理解他的这一特殊天赋，有必要先从作家自己的论述中找到启示。纳博科夫认为，色彩是画家与科学家对外部世界的细节仔细观察的结果，最重要的是强烈的视觉冲击而非其象征意义。在《注释版洛丽塔》里，作家特意在阿佩尔的注释基础上，写了一条《关于〈注释版洛丽塔〉中的象征与色彩》的笔记，阐明其小说中的色彩主题没有象征意义。他声明，与那些故意将色彩或数字用作象征的作家不同，他是一位"半是画家，半是自然科学家"的作家，追求的是"鲜活的、特别的印象"，而象征则使这些印象变成死板的普遍观点。对他而言，"狐狸、红宝石、胡萝卜、粉红的玫瑰、黑色的浆果、羞红的脸庞，这些色彩或阴影，就如蓝色与绿色，或法语中蓝紫色的血液（pourpre）与英语中的紫光蓝一样不同"。他告诫读者要学会观察事物，看到它们之间细微的色彩差别，而不是试图将这些色彩归类。因此，玫瑰也可能是白色或甚至暗红色的，"只有那些仅会三种色彩的漫画家们，才会用红色形容头发、面庞与血液"（LO, 364）。

纳博科夫对色彩听觉最集中的讨论出现在自传《说吧，记忆》中。作家小时候用字母积木堆尖塔时，意识到了自己独特的由字母联想到色彩的能力。7岁的他注意到积木生产商们所绘的字母色彩全是错的，而他母亲跟他一样，也具有将字母与色彩联系在一起的特殊能力，他们色彩幻觉中的许多字母颜色都是一样的。对自己这一特殊的天赋，作家写道：

最为重要的是，我有着非常突出的色彩听觉能力。或许"听觉"一词不够准确，因为对色彩的感觉似乎是在我嘴里发某个字母的音时联想到其形状的同时产生的。英语字母表中的长音a（除非特别说明，下文中的

a 即指这一长音）让我想到了饱经风霜的木头，而法语中的 a 则是光亮的黑檀树。黑色这一组里，还包括坚硬的 g（硫化橡胶）和字母 r（撕破的煤灰色布条）。燕麦般的 n，面条般柔软的 l，以及背面是象牙的手镜 o，组成了白色。让我惊讶的是法语中的 on，它使我想到了玻璃小杯中即将溢出的充满张力的酒的表面。继续下去蓝色的一组有钢质的 x，雷云色的 z，越橘色的 k。由于声音与形状间存在着微妙的联系，我眼中的 q 是比 k 更深的棕色，s 不同于淡蓝的 c，是天蓝色与祖母绿的奇怪组合。相邻的色彩间不会混淆，辅音没有自己特殊的色彩，除非它们在别的语言里代表的是单独的字母（如代表 sh 的像三个支干撑起的绒毛般灰色的俄语字母，它像尼罗河的激流一样古老，影响着它在英语中的表达）。

在被打断之前，我得尽快完成我的字母列表。绿色那一组中有桤木叶 f，未成熟的苹果 p，阿月浑子树 t。至于 w，我能想到的是暗绿与紫罗兰的混合。黄色的字母包括各种 e 和 i，奶油般的 d，明亮的金色 y，而字母 u 的色彩我只能用"闪烁着橄榄光泽的黄铜色"来表达。棕色组里有橡胶般质地柔软的 g，淡褐的 j，浅黄褐的鞋带 h。最后，红色那一组中，b 有着画家们所说的锻赭土的质地，m 是折起来的粉红法兰绒。今天我终于将 v 与麦尔兹和保罗在《色彩词典》里的蔷薇石英色完美地联系起来。构成彩虹的单词，即构成完全模糊的虹的单词，在我最喜爱的语言里是几乎无法读出来的 *kzspygv*。据我所知，第一个讨论色彩听觉的人，是 1812 年德国埃尔兰根一位患有白化病的医生。

(SM, 25–26)

在纳博科夫的字母色谱中,七色彩虹对应的是难以发音的字母组合:*kzspygv*,翻译成通俗的理解是:雷云色的 z、越橘色的 k、[1] 介于天蓝色与祖母绿之间的 s、青苹果色的 p、金黄色的 y、像硫化橡胶的黑褐色的 g 以及蔷薇石英色的 v。约翰逊指出,自然界或棱镜反射出来的七彩彩虹意象是纳博科夫自传《说吧,记忆》中出现最频繁的色彩意象,它成为纳博科夫记忆中多彩生活的隐喻,是贯穿《说吧,记忆》的核心主题[2]。托克尔认为纳博科夫的作品,如《洛丽塔》与《天赋》中彩虹的主题强调的是儿童与父亲的关系[3]。彩虹,或通过棱镜透视的色彩世界,是作家作品中鲜明而生动的形象与重要的线索。纳博科夫形容自己孩提时的恋人科莱特的衣着为"玻璃大理石中的彩虹螺旋"(SM,112),他的人生则是"玻璃小球中的彩色螺旋"。作家曾充满深情地回忆家庭教师在维拉庄园的凉亭里辅导自己读书时的情景。在她声情并茂的阅读中,纳博科夫深深地为她"人格的静止棱镜"发出的悦耳之声打动,而最使他着迷的是凉亭两边窗框里"五颜六色的窗格图案"(SM,78)。在这一凉亭里,在一个雨后天晴的日子,天空挂着一道彩虹,作家灵感迸发,写出了自己的第一首诗(SM,160)。1915 年 9 月 9 日下午 4 点 30 分他与初恋塔玛拉第一次相会在这"有着彩虹图案窗格的凉亭"里(SM,170)。彩虹、窗户的彩绘、凉亭、珠宝在其自传后的附录里是相互关联的四个条目(SM,230-236)。彩虹的"五颜六色"是他

---

[1] "thundercould" 应为 "thundercloud",原文拼写有误。
[2] D. Barton Johnson, "Synesthesia, Polychromatism, and Nabokov," *A Book of Things about Vladimir Nabokov*, ed., Carl R. Proffer (Ann Arbor: Ardis, 1974), 90.
[3] Leona Toker, *Nabokov: The Mystery of Literary Structures* (Ithaca and London: Cornell University Press, 1989), 191.

小说《瞧这些小丑》标题中所传达的信息①。《普宁》中维克多的艺术老师雷克教授用螺旋来解释自己关于色彩的理论（PN,96）。谢德在长诗《微暗的火》里描写了暴风雨后的彩虹，将它比作艺术之笼（PF, 36 - 37）。《天赋》中，雨后的天空里突然出现一道彩虹，它"慵懒而好奇，带着点粉红的绿色，最里层是涨满的微紫色，悬在收割的田野上，跨在远方的树林前，其中的一段摇曳在树林的缝隙里"。费奥多仿佛看到父亲从彩虹尽头的白杨丛中走出来。他称彩虹为"极乐世界的彩色图案"，想象父亲曾经在暴风雨后爬上鄂尔多斯附近的一座小山，走进彩虹深处，在彩色的空气与光影婆娑中，他仿佛跻身天堂之中（GF,89）。彩虹似乎是跨入另一个美好世界的必经之路。

除了《说吧，记忆》，小说《天赋》与《阿达》中也出现了对色彩听觉的大段描写。在想象的与诗人康切耶夫的对话中，诗人告诉费奥多，字母表会让他产生强烈的色彩听觉（audition colorée），要是有了这一天赋——

> 你也可以像兰波一样不仅写出十四行诗，还将有大量他想象不到的听觉色彩（auditive hues）的作品面世。比如我说的四门语言中不同的 a 有不同的色彩，从黑漆色到各种碎木片的灰色。我向你推荐我的粉红色法兰绒 m。不知你是否记得春天拆卸护窗时一起取下的绝缘棉絮？那是我俄语中的 y，确切地说，是 ugh。它如此污浊无趣，单词都羞于以它开头。如果手头有颜料的话，我会将锻赭土与乌贼墨混合，得到一个能与古塔胶色的 ch 音对应的颜色。要是我将小时候摸过的闪烁的蓝宝

---

① *Look at the Harlequins!* "Harlequin" 有小丑的意思，另一层意思是五颜六色。

石倒进你捧着的手里,你就能体会我那明亮的 s。那时我双手颤抖着,不明白为什么母亲已经穿戴整齐,准备去参加舞会了,却开始控制不住地啜泣,让那些神圣完美的珠宝从深渊流入她的手掌,从它们的盒子里落到黑色的天鹅绒上,然后她突然将所有的东西锁上,哪儿也不去,任凭激动的兄长怎么劝说。而他在房间里踱来踱去,一会儿敲击着家具,一会儿耸着肩章。要是有人轻轻拉开凸窗一侧的窗帘,便可以看到沿着后退的河岸,蓝黑色的夜晚里建筑的外墙,静止的魔幻般的皇宫灯火,钻石的交织字母闪烁着不祥的光,彩色的灯组成了花冠的形状……

(GF, 86)

费奥多与康切耶夫探讨的主题是俄罗斯文学,他们将色彩听觉看作是文学创作的天赋与灵感源泉,拥有了这一天赋,便可以写出传世佳作。色彩听觉因而上升为小说中一个重要的主题,联系纳博科夫本人认为色彩听觉是他与众不同的天赋,我们从上述段落中不难理解作家将小说命名为《天赋》的用意。

《阿达》中范·韦恩在英国的研究涉及一位具有色彩幻觉的双目失明的精神病人斯宾瑟·马尔登。范的一位学生助手不经意间将一盒彩色铅笔放在了斯宾瑟的病房里,等他返回时发现后者已打开盒子,用手触摸铅笔。在摸到红色与橙色时他的眉毛不断上扬,当摸到黄色时他甚至尖叫起来,而摸到其他颜色时,他的眉毛渐渐舒展开来。由于从小失明,斯宾瑟没有色彩的概念,但他可以通过触觉感受铅笔各种不同的色彩(Ada, 468-469)。彩色铅笔的意象同样出现在传记《说吧,记忆》中,作者称他已将这些铅笔按色彩整理并分发给自己书中的人物(SM, 74-75)。《阿达》第四部分对时间的讨论中,范认为记忆中的物体会随着时间的变化与情感的不同而变换色彩，记忆中的过去常常是由声音联想到的色彩斑斓的意象（Ada, 547），因此是一种色彩听觉。范记忆中关于柏格森的时间的三次演讲分别是灰蓝色、紫色与红灰色，而三次演讲间的间隔则介于蓝色与紫色以及紫色与灰色之间，"像两个孪生的酒窝，每次间隔都装满了光滑的略带灰色的薄雾，隐隐让人想到从天撒落的五彩纸屑"（Ada, 548-549）。如同在《说吧，记忆》中一样，由事物或声音联想到其色彩，并用这些五彩缤纷的色彩填满自己的记忆，成为纳博科夫以记忆对抗时间的感知世界的核心内容。色彩听觉因此上升为作家记忆里的主题与内容，用范的话说，他要"让记忆说彩虹的语言"（Ada, 469）。

　　色彩听觉在纳博科夫其他小说中也多次出现。《塞巴斯蒂安·奈特的真实生活》里，奈特的小说《遗失的财产》（Lost Property）中作家奈特在给一位女性的辞别信里写道："与你一起的日子多么愉快——说到愉快（lovely），我想到了鸽子（doves）与百合（lilies），单词中间柔和的粉红色 v 和你卷起舌头发出余音绕梁的长音 l 的样子。"（RLSK, 112）单词 lily 中的字母 l 是"最清澈明亮的字母之一"（SM, 25），象征着洁白。而单词 lovely 与 dove 中的 v 是"一种透明的淡粉红色"（SO, 17），一种"蔷薇石英色"（SM, 26）。《庶出的标志》中，克鲁格向马克西莫夫解释，"忠诚"（loyalty）一词，从声音和视觉上让他联想到阳光下，平坦的淡黄色丝绸上放着的金灿灿的叉子（BS, 78）。英文的 loyalty 中含有字母 y 和 l，而纳博科夫由字母 y 联想到的色彩是"金灿灿的 y"（SM, 25），字母 l 则是"最清澈明亮的字母之一"（SO, 25）。同样含有字母 y 的单词 glory，被纳博科夫用来命名自己的小说，它让人自然联想到主人公的荣耀在"青铜色阳光下延伸"（GR, xii-xiii）。《光荣》中，马丁感叹"特内里费岛（Tenerife）——上帝啊，多么可爱的翡翠色的词汇！"（GL，83）特内里费岛中同时出现的字母 t 与 f，按纳博科夫《说吧，记忆》中对色彩听觉的字母分类，t 是"阿月浑子树"的颜色，f 是"桤木叶子色"（SM，25），都属于"绿色"那一类，难怪马丁会由该岛的名称联想到翡翠的颜色。

将字母与色彩自然地联系在一起，不仅是纳博科夫本人异于常人之处，也是他的母亲、妻子和儿子共同拥有的天赋。母亲发现 7 岁的纳博科夫具有和自己一样的色彩听觉之后，竭尽所能鼓励并开发他对色彩和绘画的兴趣。妻子薇拉与纳博科夫一样，能通过字母看到色彩，但他们的字母色谱却大不相同。这一能力遗传给了儿子德米特里，在他 10 岁左右时纳博科夫夫妇发现他也本能地将字母与色彩联系在一起。他们三人眼里的字母 M 的色彩不尽相同。纳博科夫的 M 是粉红的，薇拉的是蓝色，而德米特里的则是紫色（SO，17）。

纳博科夫的色彩听觉构成了自传《说吧，记忆》中的彩虹主题，是费奥多文学创作的天赋与灵感之源，也是范·韦恩对抗时间的记忆世界里五彩缤纷的内容。不仅如此，作家还有意将自己名字中的字母与色彩编织进小说里，提示读者他的存在。纳博科夫解释，他的姓名缩写 VN 中的 V 是透明的浅粉色，术语上叫"石英粉红色"，而 N 是泛灰黄的燕麦色（SO，17）。他的笔名 Sirin 的首字母 S 是蓝色。约翰逊认为，Nabokov 与 Sirin 在作家的字母色谱上有共同的色调①。在菲尔德问自己为何起 Sirin 的笔名时，纳博科夫回答说："我眼中 Sirin 里的 s 是明艳的淡蓝色，i

---

① D. Barton Johnson, *Worlds in Regression: Some Novels of Vladimir Nabokov* (Ann Arbor: Ardis, 1985), 16.

是金色，r 是蠕动的黑色，n 是黄色。"① 而 Nabokov 里，n 为黄色，a 为黑色，b 为砖红色，o 为白色，k 为蓝黑色，v 为肉红色。Sirin 与 Nabokov 在色彩的基调上一致，主要有蓝色、红色、黑色。由此不难理解，为什么蓝色是纳博科夫小说中最常见的色调。博伊德指出《微暗的火》中最重要的颜色是蓝色，是 Sirin 的颜色②。谢德在长诗中多次提到"我是那惨遭杀害的连雀的阴影/凶手是窗玻璃那片虚假的碧空"（PF, 33）。在《劳拉的原型》中，蓝色同样是主要的色调，小说里反复出现蓝色，如女主人公弗洛拉与情人骑车去"蓝泉森林"游玩（Laura, 83）。弗洛拉母亲去世的那天她刚好从萨顿学院毕业，"酷暑的夏天蓝色的碧空有些被遮挡了"（Laura, 101）。《天赋》中流亡作家的聚会上，费奥多坐在作家沙赫马托夫（Shahmatov）与弗拉基米罗夫（Vladimirov）中间，窗外是湿润的黑色夜晚和湛蓝与波尔图红的闪烁的灯光广告（ozone-blue and oporto-red, GF, 332）。弗拉基米罗夫自然是指纳博科夫姓氏中的弗拉基米尔（Vladimir），沙赫马托夫与弗拉基米罗夫两人姓名的首字母相加，无疑指的是 Sirin Vladimir（Nabokov）。蓝色、红色与黑色则分别是字母 S、V、A/R 的颜色。《斩首之邀》中辛辛那提斯设想的光明世界是梦幻般的蓝色世界（IB, 93）。他想象自己从城堡式的监狱逃离，"在看不见的花园里（Gardens），在玫瑰色的深空，飘着朵朵透明的火焰般的云彩，一条长长的蓝紫色云层的下缘，如同熊熊燃烧的缝隙"（IB, 165）。日落时分壮丽的景象，似乎让辛辛那提斯看到

---

① Andrew Field, *Nabokov: His Life in Part* (New York: The Viking Press, 1977), 149.
② Brian Boyd, "Nabokov's Blues," Foreword, *Vladimir Nabokov: Alphabet in Color*, illustrated by Jean Holabird (Corte Madera: Gingko Press, 2005), unpaginated.

了彼岸的曙光。而蓝紫色的云层、玫瑰色的深空与燃烧的云朵，影射的是纳博科夫姓名首字母的缩写 S 和 V。夏皮洛更是详细分析了小说中三次出现的红蓝相间的皮球，指出它是作者自我书写的标记[①]。

纳博科夫有着画家对色彩本能的熟悉与敏感，他将五彩斑斓、千变万化的微妙的色彩图案用文字的画笔书写进小说里，让它们有了可与水彩和油画等绘画作品相媲美的赏心悦目的视觉效果。

第二节　纳博科夫与绘画艺术

视觉艺术，尤其是绘画，是纳博科夫小说创作的核心内容。作家从小热爱绘画，称自己天生就是风景画家（SO, 17, 166 - 167; LO, 414, 437），并在各种场合反复声明自己不是用语言而是用意象在思考（SO, 14; LATH, 122; LL, 363; BS, 153）。尽管后来在家庭教师、俄罗斯著名画家姆斯季斯拉夫·多布任斯基的建议下弃画从文，作家对绘画的挚爱与实践仍终其一生，从未放弃。今天，几乎所有的批评家都认为纳博科夫是在"用文字作画"（paint with words）[②]。他像绘画般熟练地在纸张的画布上挥洒自己的灵感与才情，被夏皮洛称为文学界中前无古人后无来者的"文字的画家"（verbal painter）[③]。西安西奥（Ralph A.

[①] Gavriel Shapiro, *Delicate Markers: Subtexts in Vladimir Nabokov's* Invitation to a Beheading (New York: Peter Lang Publishing, Inc., 1998), 67 - 70.
[②] Lisa Zunshine, ed., *Nabokov at the Limits: Redrawing Critical Boundaries* (New York & London: Garland Publishing, Inc., 1999), 201.
[③] Gavriel Shapiro, *The Sublime Artist's Studio: Nabokov and Painting* (Evanston, Illinois: Northwestern University Press, 2009), 194.

Ciancio）指出，纳博科夫的文字具有视觉的效果，他的小说世界布满画家的各种线条与色彩，小说便是他的画作。纳博科夫的作品将文字变成空间图案，将读者变成观众，这是理解其小说的关键[1]。纳博科夫对绘画的喜爱与熟悉，源于良好的出生与家教，白银时代俄罗斯精神中心圣彼得堡的文化熏陶，在欧洲广泛的游历，天生对色彩的敏感，对细节近乎苛求的关注，以及对蝴蝶近乎疯狂的痴迷。其文学创作与绘画艺术水乳交融，密不可分。其小说中的画作不仅起着装饰的作用，更是对场景的交代、人物的塑造、主题的揭示。尤为重要的是，他反复强调理想的写作与阅读当如绘画，因此，其小说完美体现了"诗如画"的传统。他写有直接以绘画为主题的诗歌《诗如画》、《画家》（"The Painter"）、《眼睛》（"Oculus"），剧本《事件》（"The Event"）及短篇小说"La Veneziana"等作品，而其所有作品中都有绘画的因素。他用文字的书写在纸张的画布上留下了生动的空间意象，实践着一位诗人兼画家的空间书写。

一、作家中的画家

许多评论家都注意到绘画艺术与纳博科夫的文学创作如同孪生。他总是从画家的视角观察世界，用作画的方式书写文字、思考人生。博登斯坦（J.H.Bodenstein）曾总结，纳博科夫小说中出现过的画家有 66 位[2]。弗里耶与约翰逊的专著《纳博科夫与绘画艺术》全面探讨了纳博科夫的创作与绘画艺术之间的关系。该

---

[1] Ralph A. Ciancio, "Nabokov's Painted Parchments," *Nabokov at the Limits: Redrawing Critical Boundaries*, ed., Lisa Zunshine (New York & London: Garland Publishing, Inc., 1999), 235.

[2] Pekka Tammi, *Problems of Nabokov's Poetics: A Narratological Analysis* (Helsinki: Suomalainen Tiedeakatemia, 1985), 191.

书认为，纳博科夫作品中直接涉及的画家超过150位①，这些画家的国籍为意大利、荷兰、俄罗斯、法国、英国、美国、德国、西班牙、比利时等。书后的"附录Ⅰ"总结了纳博科夫作品中直接出现的60位画家、78幅画作的具体段落。按出现画作的段落数由多到少排列分别是《阿达》（18）、《普宁》（8）、《说吧，记忆》（8）、《黑暗中的笑声》（7）、《庶出的标志》（7）、《洛丽塔》（6）、《瞧这些小丑》（5）、《天赋》（5）、《微暗的火》（4）、《光荣》（3）、《防守》（2）、《玛丽》（1）、《绝望》（1）。从其作品中出现的单个画家作品的数量看，出现三幅作品的画家有达·芬奇（Leonardo da vinci）、伦勃朗（Rembrandt）、谢洛夫（Serov）、博斯（Bosch）、伯努瓦（Benois）、波提切利（Botticelli）六位；出现两幅作品的画家有巴克斯特（Bakst）、勃克林（Böcklin）、凡·艾克（Jan van Eyck）、凡·高（Vincent van Gogh）、毕加索（Picasso）、拉斐尔（Raphael）等。其余48位画家的一件作品在纳博科夫的小说中出现过②。"附录Ⅱ"中总结了纳博科夫作品中曾提到的106位画家，并按国籍数量进行了排序③。书中附有36幅彩色插图与40幅黑白图片④，共有9篇文章分析了纳博科夫与绘画的渊源及其作品中的色彩与绘画主题。尽管难以精确统计纳博科夫小说中出现或影射的画家到底有多少，从该书的分析仍可看出，作家的每部作品都直接或间接与绘画艺术相关。夏皮洛的《艺术大师的画室：纳博科夫与绘画》是另一部探讨纳博科夫与绘画关系的重要专著。该书分析了纳氏

---

① Gerad de Vries and D. Barton Johnson, *Vladimir Nabokov and the Art of Painting*（Amsterdam：Amsterdam University Press，2006），19.
② Ibid.，167 – 177.
③ Ibid.，178 – 180.
④ Ibid.，207 – 211.

作品（小说、诗歌、戏剧、回忆录、访谈、讲稿等）与欧洲尤其是俄罗斯画家的联系。全书以纳博科夫作品中反复出现的"晶莹剔透的雪"（stylized snow）① 这一意象为纲，分六章讨论了纳博科夫的家庭与教育背景对其绘画才能的熏陶，他所具有的绘画天赋，山水画在其作品中的重要作用，作家与聚集在圣彼得堡绘画杂志《艺术世界》（The World of Art）周围的画家们的交往，荷兰古典画家（Old Masters）、《艺术世界》画派、理查德·缪瑟（Richard Muther）的《十六世纪绘画史》（History of Painting in the XIX Century）以及德国表现主义画家对其艺术倾向与美学实践的影响。作者指出，纳博科夫对欧洲古往今来不论高雅还是通俗的绘画作品都熟稔于心，他在作品中透过"晶莹剔透的雪"这一意象表达了对失去的童年与旧俄国的怀念②。除了上述两部专著外，詹赛恩编辑的《越界的纳博科夫：重绘批评疆界》一书分析了以前被学者们忽视的纳博科夫的作品与其他姊妹艺术（如音乐与绘画）的关系。其中最后三篇文章分析了欧洲绘画艺术对作家的影响以及喜剧连环画与绘画技巧在作家作品中的运用③。夏皮洛编撰的《纳博科夫在康奈尔》的最后两篇文章则分析了早期荷兰画家以及喜剧连环画与纳博科夫小说的关系④。

纳博科夫的绘画才能与其个人的家庭背景与成长经历息息相关。他的父母热爱文学艺术，对绘画颇有研究，家里收藏的各种

---

① Gavriel Shapiro, *The Sublime Artist's Studio: Nabokov and Painting* (Evanston, Illinois: Northwestern University Press, 2009), 102. 俄语原文意为"《艺术世界》的雪"（the snow of *The World of Art*）。

② Ibid., 6-8.

③ Lisa Zunshine, ed., *Nabokov at the Limits: Redrawing Critical Boundaries* (New York & London: Garland Publishing, Inc., 1999), 183-269.

④ Gavriel Shapiro, ed., *Nabokov at Cornell* (Ithaca & London: Cornell University Press, 2003), 241-264.

画作超过120幅①。很小的时候，母亲薇拉就不遗余力地用绘画与视觉刺激培养作家对绘画与颜色的兴趣（SM，26）：在夜晚让他把玩五彩缤纷的珠宝，为他画各种各样的水彩画，引导他观察自然界美丽的瞬息万变。年龄稍长之后，父母为他雇请了画家教他作画，进一步培养他对线条与色彩的兴趣。这其中包括曾经是其母亲老师的卡明斯（Cummings）以及俄罗斯著名画家多布任斯基。卡明斯的特长是画日落，他教导纳博科夫如何在绘画中运用独特的视角，激发了作家对山水画的浓厚兴趣。卡明斯走后，亚列米奇（Yaremich）接任，他擅长都市画，但纳博科夫对这位著名的印象派画家没有太多好感。对他的艺术生涯影响最为深远的是多布任斯基。他训练纳博科夫对光影、色彩、细节的细致观察，让作家依靠回忆，尽可能地描绘事物最微小精确的细节，如一只街灯、一个邮箱以及房门彩色玻璃上的郁金香。他教会作家辨别明暗色彩的几何比例。这些训练对作家后来的文学创作与蝶翅学研究大有裨益（SM，66-69）。绘画对纳博科夫的影响如此之深，他甚至准备绘制一部从古代到1700年文艺复兴时止的关于"艺术中的蝴蝶"的画卷，并为此不辞辛苦地收集了超过100幅蝴蝶画范例。尽管该作并未完成，但这项工作为作家创作《阿达》提供了充足的素材②。20世纪之交的画家索莫夫（Somov）、伯努瓦、巴克斯特等，一直深深刻在纳博科夫的记忆中。在圣彼得堡和维拉的房间里，曾挂着巴克斯特给作家母亲画的彩色蜡笔画、伯努瓦作的两幅凡尔赛风景画、阿尼斯菲尔德（Anisfeld）的素描、索莫夫的水彩画彩虹。得益于这些训练与熏陶，纳博科

---

① Gavriel Shapiro, *The Sublime Artist's Studio: Nabokov and Painting* (Evanston, Illinois: Northwestern University Press, 2009), 15.
② Dmitri Nabokov and Matthew J. Bruccoli, eds., *Vladimir Nabokov: Selected Letters 1940-1977* (San Diego: Harcourt Brace Jovanovich, 1989), 508.

夫逝去的世界在作品里才栩栩如生。当今天的读者回到罗日杰斯特韦诺（Rozhdestveno），他会立刻认出纳博科夫笔下古老花园里枝繁叶茂的小径、弯弯曲曲缓缓流动的奥列杰日河、河边的水仙、乡下女孩们欢笑着下河洗澡的河岸，而河的对岸一大群靛蓝色雄性蝴蝶正窥视着她们①。

二、"诗中之画"：纳博科夫小说中的绘画艺术

纳博科夫小说中虚构了大量的画家。《洛丽塔》中亨伯特夫妇的邻居让·法罗是风景与肖像画家；《微暗的火》中谢德不仅是诗人，与莫德姑妈一样也是画家；《阿达》的主人公阿达是山水画家，同时擅长昆虫素描；《普宁》中主人公前妻的儿子维克多是绘画天才，师从著名画家雷克。普宁的朋友格罗米涅夫（Gramineev）是著名画家，他的人物肖像画作与普宁爱人米拉照片中的形象几乎一样（PN，126）。《绝望》中赫尔曼妻子莉迪亚的表哥阿德里安是蹩脚的肖像画家；《庶出的标志》里克鲁格是业余画家；《天赋》中提到的流亡艺术家中有一位著名画家罗曼洛夫；《黑暗中的笑声》里阿比纳斯与雷克斯都是画家；《塞巴斯蒂安·奈特的真实生活》中，卡斯韦尔是奈特的肖像画家；《劳拉的原型》中弗洛拉的祖父列夫·林德是不入流的过气画家，而弗洛拉的追求者中包括画家洛维奇（Rawitch，Laura，219），她的房间里则挂着虚构的画家格里斯特所作的骇人的《分泌腺风景画》（*Glandscape*，Laura，25）。

作家在小说中传达了对荷兰与弗莱芒画家的喜爱。这些画家精确的细节描写与追求真实的静物刻画深深影响了纳博科夫小说

---

① Jane Grayson, *Illustrated Lives: Vladimir Nabokov* (London: Penguin Books, 2001), 25.

中对现实世界如画般栩栩如生的描写。与用科学手段在作品中再现自然的佛罗伦萨画派不同，他们强调事物的细部真实，提倡精致细密的技法，多用凸镜来丰富和扩大画面的空间呈现，有意识地在作品中引入画家本人，对光影与线条的微妙变化十分讲究，其代表人物有"油画之父"凡·艾克等。博伊德在《纳博科夫的俄罗斯岁月》中提到了凡·艾克、斯蒂恩（Steen）、维梅尔（Vermeer）等荷兰画家对作家的影响。布拉特（Jean Blot）提到了萨恩莱达姆（Saenredam）与维梅尔①。博伊德、巴拉卜塔罗与康诺利等人分析了错视画派大师埃舍尔（Escher）的作品与纳博科夫小说的关系②。纳博科夫的作品中有大量的荷兰画家的作品。在《固执己见》里，他谈到"那些让古典荷兰大师画中的花果充满生机的艳丽蝴蝶"（SO, 330）。《阿达》中，卢瑟特喜爱"弗莱芒与荷兰油画"（Ada, 464）。《普宁》中14岁的绘画天才维克多痴迷于早期荷兰"古典大师"们的水彩画与油画（PN, 97-98），专注于细节的描写。透过阳光下街灯的玻璃与镀铬层，他看到街上的自己仿佛是凡·艾克、佩特鲁斯·克里斯图斯（Petrus Christus）、梅林（Memling）等画中神奇凸镜里显现出的缩微景致（PN, 97）。小说结尾，普宁将同事兼房东劳伦斯·克莱门斯形容为凡·艾克的《卡农的圣母》（*Madonna of Canon*

---

① Jean Blot, *Nabokov* (Paris: Seuil, 1995), 7-8.
② Brian Boyd, *Vladimir Nabokov: The American Years* (Princeton: Princeton University Press, 1991), 512. 另见 Gennady Barabtarlo, *Aerial View* (New York: Peter Lang Publishing, Inc., 1993), 208; 以及 Julian Connolly, *Nabokov's Early Fiction* (Cambridge: Cambridge University Press, 1992), 220.

van der Paele）中卡农的形象（PN，154）①。

除了荷兰古典画家，俄罗斯"艺术世界"画派的代表人物伯努瓦、索莫夫、巴克斯特、多布任斯基等人对20世纪初的俄国与作家纳博科夫影响深远。他们以圣彼得堡为中心，聚集在第一份俄罗斯艺术杂志《艺术世界》周围，逐渐形成了自己的风格与特色。他们追求艺术表现的美与自由，拒绝功利与实用主义，将普希金奉为榜样，关注细节，怀恋圣彼得堡的往昔。他们亲近并推崇欧洲尤其是英国的艺术。夏皮洛的《艺术大师的画室》即以这些俄罗斯画家笔下晶莹剔透的雪的意象为纲，分析了纳博科夫对圣彼得堡与俄罗斯的眷恋。在《固执己见》中，作家宣称"我更喜欢少年时充满实验色彩的十年——索莫夫、伯努瓦、弗鲁贝尔（Mikhail Vrubel）、多布任斯基等"（SO，170）。此外，纳博科夫对意大利、西班牙、英、德、法、美等欧美古今画家亦了如指掌。访谈录中，他谈到青年时喜欢的是俄国与法国的画家以及英国的特纳（Turner，SO，166 - 167），当代画家中，他更倾向于法国的巴尔蒂斯（Balthus）。作家指出，阅读与重读其小说是视觉的游戏，是小说中的错视画法（trompe l'oeil）。毕加索是无与伦比的大师，小说《阿达》中有大量他喜爱的当代画家（SO，167）。坎科格尼（Annapaola Cancogni）认为，《阿达》中的阿迪斯庄园是雷斯达尔（Van Ruisdael）与霍贝玛（Hobbema）风景画的书面再现②。阿佩尔在《注释版洛丽塔》中详细标注了小说涉及的画家画作。夏皮洛分析了法国浪漫主义画家德拉克洛瓦（Delacroix）、西班牙画家埃尔·格列柯（El

---

① 《卡农的圣母》，请参见 http://vr.theatre.ntu.edu.tw/fineart/painter-wt/vaneyck/vaneyck.htm。

② Annapaola Cancogni, *The Mirage in the Mirror* (New York: Garland, 1985), I.

Greco)、意大利文艺复兴时期佛罗伦萨画派代表弗拉·安吉利科（Fra Angelico）、意大利画家曼图亚（Mantegna）与提香（Titian）等人的作品对纳博科夫小说《斩首之邀》的影响[①]。

《洛丽塔》中，亨伯特在夏洛特的房间里首先看到的是"附庸风雅的中产阶级喜爱的那幅平庸之作——凡·高的《阿尔的女人》"（Van Gogh's *Arlésienne*, LO, 36），而夏洛特要租给他的房间床头则挂着勒内·普里内的《克鲁采奏鸣曲》（René Prinet's *Kreutzer Sonata*, LO, 38）。房间里凌乱的家具与肮脏的生活用具，让读者看到了亨伯特眼中俗气而附庸风雅的夏洛特形象。亨伯特喜欢"波提切利那种淡红的色调"（LO, 64），与洛丽塔旅行途中他们看到"克洛德·洛兰式浮云"（Claude Lorrain clouds, LO, 152）与"埃尔·格列柯笔下的地平线"（El Greco horizon, LO, 152）。洛丽塔就读的比尔兹利女子学校，暗示的是英国画家比尔兹利（Beardsley）。洛丽塔将钱藏在美国画家惠斯勒（Whistler）的画像后（LO, 184），比尔兹利中学的教室里则挂着英国画家雷诺兹的《未解风情》（Reynold's *Age of Innocence*, LO, 198）。洛丽塔14岁时，亨伯特送给她的礼物是一本《现代美国绘画史》（LO, 199），他教洛丽塔欣赏多丽丝·李（Doris Lee）、格兰特·伍德（Grant Wood）、彼得·赫德（Peter Hurd）、雷金纳德·马什（Reginald Marsh）、弗雷德里克·沃（Frederick Waugh）等美国画家的作品（LO, 199）。成为席勒夫人的洛丽塔在亨伯特眼里像"波提切利画中褐色的维纳斯"（LO, 270）。亨伯特此处联想到的是波提切利的传世名作《维纳斯的诞生》（*Birth of Venus*）。

[①] Gavriel Shapiro, *Delicate Markers: Subtexts in Vladimir Nabokov's* Invitation to a Beheading (New York: Peter Lang Publishing, Inc., 1998), 192 - 197, 96 - 97, 103, 99, 85.

《普宁》中的绘画天才维克多两岁时便会画圆，3 岁时已能精确描摹正方形，4 岁时学会了点画，5 岁便可以对事物进行不同角度的刻画，6 岁时掌握了色彩与阴影的技巧（PN，89-90），8 岁时想要画空气（PN，98），9 岁时痴迷于观察水杯后各种物体的错视形状（PN，98-99）。他师从画家雷克，从他那里学到了关于色彩的螺旋理论。在雷克的画室里挂着伦勃朗的《以马忤斯的朝圣》（The Pilgrims of Emmaus, PN，95）① 以及格特鲁德·卡斯鲍尔（Gertrude Käsebier）的《母亲与孩子》（Mother and Child）。雷克教导维克多要关注细节与色彩，认为凡·高是二流画家，毕加索则是大师，对西班牙超现实主义画家达利（Dali）与法国印象派画家德加（Degas）不置可否，批判超现实主义与立体派（PN，96-97）。在他的影响下，维克多推崇荷兰古典画家，喜欢水彩画和油画，重视细节与色彩。他还写诗热情赞美达·芬奇（PN，98）。

《黑暗中的笑声》的主人公阿比纳斯是艺术评论家与绘画大师，他习惯将生活中的事物想象为画中场景，用漂亮的古代大师的赝品将自己的家装饰得像漂亮的绘画艺术馆（LD，8）。他毫无生机与激情的家庭生活"如同早期意大利画家作品中的背景那般静谧、安详"（LD，45）。阿比纳斯设想将荷兰或意大利画家的作品拍成彩色动画片（LD，8-9），并与卡通画家阿克塞尔·雷克斯取得了联系（LD，10），后者建议他将画家布勒哲尔（Breughel）的《荷兰谚语》（The Proverbs）拍成电影（LD，11）。该画中妻子背着丈夫偷情的情节讽喻了阿比纳斯可悲的命运。女主人公玛戈特梦想成为画家的模特儿与电影明星（LD，27），在引诱阿比纳斯时，她谎称自己是画家的女儿（LD，47），

---

① 伦勃朗的画原为《基督在以马忤斯》（Christ at Emmaus）。

她平躺在金色海滩上的姿势像一幅完美的海滨招贴画（LD，112）。玛戈特的初恋情人雷克斯抛弃她时为她画了一幅背部赤裸的铅笔画，他们重逢时，这幅画勾起了玛戈特伤心的回忆（LD，137）。小说开头，在电影院的门口阿比纳斯看到一张电影海报，"画着一个男子仰望着一扇窗户，窗户里探出一个穿着睡衣的孩子"（LD，19-20）；不久之后，阿比纳斯的女儿因为从窗户探出头观察一位她误以为是其父亲的男子而得了致命的肺炎（LD，159-160）。在自己的出轨导致妻子伊丽莎白带领全家离开后，阿比纳斯试图寻求妻子的谅解，称自己的举止"为家庭幸福带来了创伤，就像疯子用尖刀划破了一幅画"（LD，91）。小说中的女演员多丽安娜有蒙娜丽莎式的微笑（LD，128）。阿比纳斯著有意大利文艺复兴画家《塞巴斯蒂亚诺·德尔比翁博传》（LD，129）。晚宴上，他邀请的客人中包括平庸的立体派画家索尼娅·赫尔希（LD，129）。雷克斯在梦中与霍尔拜因（Holbein）画中的亨利八世一起赌博。他在阿比纳斯的带领下参观后者的公寓，发现他的每个房间里都挂着好几幅画，其中包括勒伊斯达尔（Ruysdael）、博然（Baugin）、洛托（Lorenzo Lotto）、利纳德（Linard）的作品，有些其实是专门仿制17世纪大师雷克斯本人的赝品（LD，145-146）。失明后的阿比纳斯一动不动地躺着，竭力将耳中听到的杂乱声音想象成相应的形状与色彩，"这与欣赏波提切利的绘画相反，人们看到他画上的天使总想象她们会有怎样的嗓音"（LD，241-242）。绘画将小说中的主要人物与情节联系在了一起。

《瞧这些小丑》中，作家屡次提到佛罗伦萨画家波提切利与他的名作《神的聚会》（或译《拉·普里马韦拉》，*La Primavera*，LATH，102）。瓦迪姆说："《埃斯美拉达和她的帕兰德拉斯》中疯狂的学者同时给波提切利与莎士比亚戴上花冠，波提切利画中的普里马韦拉化身为手捧鲜花的奥菲莉娅。"（LATH，162）《庶出的标志》里则提到波提切利的名画《玛利亚、孩子与天使》(*Madonna and Child with an Angel*)（"波提切利画中天使的冷傲脱俗"，BS，103）。《阿达》中，范认为"记忆如同伦勃朗，是灰暗而欢快的"（Ada，103），简单的两个形容词精炼地概括了伦勃朗的艺术特色。伦勃朗在《斩首之邀》与《天赋》等作品中也多次出现。《王，后，杰克》中，陌生的发明者"带着伦勃朗评价克洛德·洛兰的神气"评价德雷尔走廊的水龙头（KQK，91）。《防守》的主人公卢辛精神崩溃后，妻子带他去博物馆欣赏绘画，告诉他弗兰德斯画家喜欢艳丽的色彩，西班牙画家喜欢灰暗的色彩，有些画家钟情玻璃器物，有些热衷于画百合与肖像，还特别提到了《最后的晚餐》中的细节（DF，190-191）。《魔法师》里睡梦中的女主人公、洛丽塔的原型有着"佛罗伦萨画中轮廓"的脸庞，她在自然中透着微笑（EN，70）。《微暗的火》里，金波特眼中诗人谢德的外貌不幸融合了狮子与易洛魁人的特征，仿佛英国画家贺加斯（Hogarthian）画中分不清男女的肥胖酒徒（PF，26）。《劳拉的原型》中女主人公的名字弗洛拉来自提香1515年的同名绘画，而劳拉则来自乔尔乔内（Giorgione）1506年的同名画作[①]。

纳博科夫小说中数量惊人的画家画作从一个侧面印证了作家对绘画的烂熟于心，而上述例子只是冰山之一角。这些或虚构或真实的人物与作品被作家巧妙地融入故事中，起着渲染氛围、描写场景、烘托人物、串联情节等作用，成为故事里不可缺少的有机组成部分。

[①] *The Original of Laura*, wikipedia, 24 Feb. 2011, http://en.wikipedia.org/w/index.php?title=The_Original_of_Laura&printable=yes.

三、"画中之诗":纳博科夫小说中的画中现实

纳博科夫还常在小说的情节安排中穿插现实模仿绘画的场景。作家坚信现实是主观的,只有艺术家的想象才能赋予混沌世界以秩序,艺术想象的现实才是真正的现实。因此,小说中的现实模仿艺术的奇幻情景反复出现也就不难理解了。在传记《说吧,记忆》第四章,作家回忆小时候婴儿床头的墙上挂着一幅水彩画,画里有"一条幽暗的小径……穿越神秘茂盛的欧洲山毛榉林"。而在作家母亲曾读给他听的英语童话故事里,一位小男孩从床头爬进画里,在树木掩映的小径上骑着旋转木马。纳博科夫设想自己有一天也能从床上走进那茂密的树林中。有意思的是,"后来我真的这么做了"(SM, 63)。这一天是30年后一个夏季的傍晚,他与绘画老师多布任斯基在佛蒙特州一个山毛榉树林中散步时复制了孩童时床头画中的情景(SM, 69)。

这画中现实的一幕多次在小说中出现,在《光荣》中甚至成为小说的主题与最重要的情节。作家在小说前言中指出,因主人公马丁幻想走入童年时床头墙上的林中小径风景画而因此寻求穿越苏联边境回归旧时家乡密林的这一"成就"(fulfillment)或光荣之举,正是小说的全部内容(GL, xii)。林中小径的意象是马丁人生的象征与全部写照,而踏上林中蜿蜒小径(a forest, a winding path, GL, 157)去进行人生的历险,是他自童年注意到墙上林中小径风景画以后一直梦想的光荣之举。他想象童年时的自己爬进床头的水彩画里:

> 窄窄的婴儿床上方明亮的墙上……悬挂着一幅水彩画,画中一条蜿蜒小径消失在茂密森林的深处。如今在他母亲过去常读给他听的英语书里……确有这样一个故事,讲述一个小男孩床头挂着一幅图画,一条小径通向

密林；在一个宜人的夜晚他穿上了睡衣，装扮整齐，从床上爬进画里，沿小径消失在密林深处。

(GL, 4-5)

马丁注意到墙上的林中小径水彩画与书中故事的情节类似，他将婴儿时期想象的人物从现实走入画中的场景视作慢慢展开的人生。当他青年时再回忆过去，竟开始怀疑某个夜晚他曾真的从床上爬进画里，开始了自己充满欢欣与痛苦的人生之旅（GL，5）。9岁那年，他曾爬上一列火车，穿越法国乡村（GL，20，157）。在克里米亚的城市雅尔塔海边，马丁站在月夜的悬崖边，看到脚下的深渊与远处的大海间一条"土耳其小径"（Turkish trail）蜿蜒延伸至天际。月影婆娑令马丁痴迷，他仿佛回到了孩童时林中小径的画里（GL，20）。他乘坐前往法国南部的列车，设想自己将一直向北旅行，直到踏上一条蜿蜒穿梭在森林中的小径为止（GL，156）。他对据说曾数次沿一条林中小径往返于苏联与瑞士的传奇人物格鲁基洛夫（Gruzinov）仰慕不已，希望像他那样偷越苏联边境，回到童年梦幻般的俄罗斯密林小径（GL，177）。他不愿持官方签证的护照进入苏联，因而注定要付出生命的代价。结尾时马丁完成了沿密林小径进入苏联的壮举后，好友达尔文来到瑞士，穿过"冷杉林中的小径"向马丁的母亲通报其失踪的消息（GL，202-205）。作家在小说前言中指出，尽管马丁具有艺术创造的敏感，他却不是艺术家。他试图回归现实中的苏俄，将注定是失败而无用的光荣之举。马丁展现个人勇气的壮烈之举虽以失败与死亡告终，但读者何尝不可以从纳博科夫喜爱的这一人物身上，看出作家凭借小说想要表达的对永远失去的故土与童年的怀恋。

现实生活复制了画中场景的一幕同样出现在《普宁》里。普宁因为突发疾病不得不中断前往克雷默那的行程，在一个美国小镇的长椅上歇息。他的思绪回到了 11 岁那年的冬天自己生病时的情形：

> 他的床边放着四扇光亮的木制屏风，上面的雕花图案刻着一条铺满落叶的马道，旁边有一个长着百合花的水塘，一位老人蜷在一条凳子上，一只松鼠前爪握着某个红色的东西。
>
> （PN, 23）

躺在长凳上喘息的普宁回忆起了过去，而过去 11 岁的普宁则从床边的画中看到了未来将躺在长椅上的自己。普宁从现实回到了过去，而在过去的幻觉里，出现了将来现实中的场景，这一现实与梦境的交织，随着普宁在长椅上慢慢缓过神来回到现实的环境中而进一步复杂化："一只灰色的松鼠惬意地蹲在普宁前面的地上，啃着一只梨核。"（PN, 24 - 25）普宁在病痛的幻觉中看到的 11 岁的自己病中隐约看到的未来某只松鼠捧着的红色东西，原来是一只梨核。画中的场景变成了将来的现实，而过去在恍惚中看到的朦胧不清的画面也在未来的现实中变得清晰可辨。

画中现实的场景也是纳博科夫其他许多小说中的重要情节。《阿达》里叔叔伊万收藏的黄色图画"描述了一对裸体的放荡的少男少女躲在长满藤蔓的洞室里"激情云雨（Ada, 140），而这一画面正是阿达与范·韦恩在阿迪斯庄园放荡生活的写照。《王，后，杰克》中电影《王，后，杰克》的情节与小说人物德雷尔、玛莎、弗朗兹对应，而电影海报画中人物的命运也与现实中的小说人物相似（KQK, 216）。《黑暗中的笑声》里阿比纳斯想改编成电影的《荷兰谚语》的画面预示了其可悲的命运。他在影院门口的海报上看到的男子仰望窗户，窗户里探出穿睡衣的女孩的画面则预演了不久后女儿在窗前盼父归家并因此而染病身亡的情

第二章　纳博科夫小说中的视觉书写

节。《庶出的标志》中克鲁格看到玛丽特"来回在背上抹着肥皂"（BS, 144），而不久后他看到的糖果包装纸上正是"裸体女孩们在后背涂抹肥皂"（BS, 149）的画面。

四、"诗如画"：书写即绘画

在《固执己见》《文学讲稿》以及众多的小说中，纳博科夫不断重申，作家的创作与读者的阅读当如绘画。他的写作异于常人，喜欢将故事写在卡片上，编上号码，直到它们构成脑海中一幅整体的画面。在得到创作灵感，有了足够的素材后——

> 内心告诉我，整个结构已经完成的那一刻便到来。我要做的只是用笔将其记录下来。脑海里隐隐显现的整个结构，可以比拟为一幅画，由于你不必慢慢地从左到右去欣赏以正确理解它，我可以在写作时在画面的任何部分自由安排图案的闪现。我并不从小说的开头处开始写，不是写完第三章再写第四章，也不是按先后顺序忠实地写完一页再写另一页。我在这里挑一点那里挑一点，直到填满了纸上所有的空白。
>
> （SO, 31 - 32）

作家（"我"）构思中的小说如同一幅拼图游戏（jigsaw puzzle），不需要自左至右、从前到后按时序书写，他随意地拾起断片的图纸，将它们填充在脑海中日益清晰的风景画里（SO, 16 - 17）。不仅作家的创作如同绘画，纳博科夫提醒读者（"你"），小说的阅读也如欣赏绘画："我希望读者在读到我的书的结尾时，体会到的是一个逐渐远去的世界，它停留在某处，就像远方画作《凡·博克的艺术工作室》中的一幅图画中的图画。"（a picture in a picture, SO, 72 - 73）纳博科夫此处虚构的

128　　　　　　　　空间叙事理论视阈中的纳博科夫小说研究

荷兰艺术家凡·博克（Van Bock）无疑指的是凡·艾克①，而图画中的图画使读者联想到凡·艾克的名作《埃尔诺芬尼夫妇像》。在新婚的埃尔诺芬尼夫妇肖像画中，观众从墙上的凸镜里，看到的是折射出的更广大的画面，一幅画中之画，而凸镜上方的画家签名、隐藏在凸镜折射出来的人群中的画家，昭示的则是艺术家本人的存在。读者或观众的参与，与艺术家的创作共同构成了完整的审美过程。

在《文学艺术与常识》("The Art of Literature and Commonsense")中纳博科夫谈到了理想的创作与理想的阅读应该像绘画一般，不是线性的由左至右，而是作家与读者脑海中空间整体的重新构建。作家的创作不是单词简单的线性排列，而是事先在脑海中有小说的整个画面。理想的阅读同样如此，要像用眼睛欣赏绘画般同时容纳全部的图案：

> 书页仍是空白，然而作家有着对词语神奇的感觉：它们都已各就各位，是用看不见的墨水写下来的，闹着要见诸世人。如果你愿意，可以在这幅画上添加任何部分，因为对作家而言，从来没有序列的想法。序列的存在仅仅是因为单词需要在一页页纸上一个个写下来，就像读者至少在第一遍读书时要在脑海里从头至尾将它看完。时间与序列不能存在于作家的脑中，因为无论时间还是空间因素都无法取代他脑海中最初的图景。如果思想是任意线条组成的结构，而一本书可以像眼睛欣赏绘画那样去阅读，即没有从左到右的麻烦，没有开头结尾的荒谬，那便是欣赏小说的理想方式，因为作家在构思

---

① Gavriel Shapiro, *The Sublime Artist's Studio: Nabokov and Painting* (Evanston, Illinois: Northwestern University Press, 2009), 36.

它的时候便是如此看到它的整体的 。

(LL, 379–380)

在《优秀读者与优秀作家》（"Good Readers and Good Writers"）中，纳博科夫再次表达了同样的观点。当读者第一次阅读小说时，他会感到从左到右、逐行逐页阅读时时间与空间的羁绊。而欣赏绘画时则可以借助眼睛，对作品进行一览无余的整体把握，从而克服时间的障碍。"然而当我们第二次、第三次、第四次阅读时，就可以做到与欣赏绘画差不多相同了。"（LL, 3）绘画与书写的分歧在于，前者脱离了时间的羁绊，而后者则需要时间的介入。读者的反复阅读与心理的空间建构，最终可以帮助他们擦除时间的印迹，重建一幅完整的画面，得到"审美的狂喜"。理智的读者不会用心与脑去阅读，他用自己的脊柱去阅读（LL, 6）。在深入骨髓的作品阅读中，读者与作家融为一体。

《说吧，记忆》的结尾部分写道：

在犬牙交错的屋顶墙垣间现出了一艘壮观邮轮的烟囱，这是最令人欣慰的事了；它像一幅拼贴画中的某个物体，出现在晾衣绳的后面——发现水手埋藏的宝藏，一旦发现了它，寻宝人便再不会看不到它了。

(SM, 229)

水手埋藏的宝藏是作家隐藏在文字后面的拼贴画，当读者一片片地拼出了完整的图画，他便找到了苦苦寻找的宝藏，得到至高的犒赏。写作与阅读构成作画与欣赏绘画的完整艺术过程。

纳博科夫在众多小说里忠实地实践着"诗如画"的信条，用文字的"颜料"绘制五彩斑斓的画卷。《阿达》中卢瑟特渴望得到范·韦恩的爱，她将自己的人生比作由五颜六色的碎片构成的一幅画，"我就像多萝蕾丝，她曾说'我只是子虚乌有的一幅画'",而"存在正是如此,一个碎片,一缕色彩"(Ada, 464)。《洛丽塔》中亨伯特将记忆视为静止的图画,而思想也是"图片式的"(LO, 152)。《微暗的火》里金波特在仲夏夜窥视谢德的创作,认为他是在用文字书写意象,"追随那些在他脑海中用言词表达的意象"(PF, 89)。诗人透过文字与棱镜折射的画面来理解世界。对他来说,"图形的观点"(topographical idea)可以用"透视画法的句子"(foreshortened sentences)来进行"文字的表达"(verbal expression)(PF, 92)。词语具有绘画般的意象,单词"nude"是微凸的臀部,而"perspiraton"则是大小适中的珍珠(217-218)。金波特在评价谢德时指出:

> 我这位喜欢图示的朋友对各种文字游戏,尤其是所谓的文字高尔夫(word golf)有着童稚般的喜爱。他会打断我们五光十色的交谈(prismatic conversation),沉浸在这一特殊嗜好里……
>
> (PF, 262)

他的文字游戏(game of words)换一种理解也是"多个世界的游戏"(game of worlds, PF, 63, 262)。在谢德的文字游戏里,单词变成了图形,交谈如同棱镜后的景物,书写与视觉、感官与思想、多重世界的游戏交织在一起,跟他喜爱的"英国大师们"一样,他"使用了那种将树木连带树液与树荫移植到诗篇里去的高贵窍门"(PF, 93)。

小说中,金波特提醒读者,格雷德斯启程前往欧洲暗杀国王查尔斯的日期正好是谢德写《微暗的火》的第二章那天。他的旅程与谢德的书写——对应了起来,仿佛他是攀附在谢德笔尖上的一个微小人物,从单词到诗行,再到段落与篇章,费力而坚定地前行着。在谢德书写诗行的同时,格雷德斯在他的笔尖下绘制

了一幅完整而清晰的旅行图:

> 我们在脑子里随时都应该想着自己在伴随着格雷德斯一路同行;他从远方暗淡的赞巴拉前往翠绿的阿巴拉契亚地区,一路上穿越那首诗的整个儿长度,沿着诗的韵律道路前进,驶过一个韵脚,在诗行和诗行之间意义连贯处的角落附近放慢速度,同诗句的停顿共喘息,从一行到另一行,一个段落到另一个段落,一直晃荡到每页下端,在两个单词之间(参见第596行注释)躲藏起来,又在新的一章地平线上冒出来,以抑扬格步伐越来越近地向前坚定不移地进发,穿过条条马路,拎着旅行袋登上五音步自动楼梯朝上移动,跨步走下来,再登上一连串想法的列车,走进一家旅馆大厅,在谢德抹掉草稿上一个单词那当儿关掉床灯,在诗人深夜搁笔那时刻进入了梦乡。
>
> (PF,78)

金波特经常将文字的书写比拟为绘画的不同技巧。他用大量篇幅描写谢德与法官邻居格兹沃斯的住宅,只简单提到沃兹密斯学院。金波特这么做的原因是,"这也许是首次通过文体效果来反映距离给人带来的隐痛吧,首次使地形测量概念在一系列按透视法缩短的句子里得以体现吧"(PF,92)。因为金波特租住的格兹沃斯家与谢德家紧邻,细节的特征看得更为清晰,需要更详细的描述,而沃兹密斯学院距离他们两家要比他们两家之间的距离远得多,如同绘画的透视法,显得模糊不清,故而可以一笔带过。

《塞巴斯蒂安·奈特的真实生活》的主人公认为人类生死问题的终极答案(the absolute solution)如同书写在画布上的自然世界,在人类思想面前,谜底自然解开。文字(书写)、绘画、现实融为一体，由人类思想赋予其图案与轮廓：

  仿佛一位旅行者意识到他所看到的荒野并非自然现象的偶然组合，而是书中的一页，山川、森林、田野、河流在这页纸上写下了连贯的句子。湖泊的元音与山坡的哑音交织在一起；蜿蜒的道路用正楷圆体书写信息，如某人的父亲般真实；树木用哑语交流，只有那些了解它们语言的人才能读懂……旅行者书写了这幅风景画，揭示了它的意义。同理，人生的复杂图案无非是字母的组合，在善于解开字母纠缠的思想之眼面前一览无余。

（RLSK, 178-179）

《绝望》中极端自恋的赫尔曼想尽一切办法试图让读者相信他与菲尼克斯一模一样。他感到书写的词汇本身具有局限，只有"直观原始的画家的艺术"，才能如实描绘他们的相似：

  这两张脸应该用真正的色彩并排画下来，而不是用文字叙述。只有那样观众才能理解我的意思。作家最渴求的梦想就是将读者变成观众……但此刻我需要的不是文学的技巧，而是直观原始的画家的艺术。

（DS, 16）

《瞧这些小丑》中，瓦迪姆试图回忆女儿贝尔（Isabel, Bel）的样子，但发现无法用语言对她的魅力加以描述。他只好求助于比文字更生动形象的另一艺术方式——绘画：

  我不得不求助以前用过的，这本书里也有的方式——多么悲哀的坦白！——众所周知的舍弃一种艺术寻求另一种艺术的方法。

（LATH, 168）

瓦迪姆通过将贝尔与俄罗斯画家谢洛夫（Serov）的油画《五瓣丁香》（*Five Petaled Lilac*）中的 12 岁女孩阿达（Ada Bredow）比较，指出她们之间的类似只可意会，不可言说。贝尔的母亲安妮特（Annette）去世后，瓦迪姆带着未成年的她驾车周游美国，经过一个个汽车旅馆。这样的情节安排是《洛丽塔》的翻版。洛丽塔"太阳穴上方闪着丝绸般的光芒，渐渐过渡到闪亮的褐色头发"，棕褐色的柔软娇嫩肌肤，"前臂上隐隐可见闪烁的毛茸茸汗毛"（LO，41），秀美、拱曲的脊背（LO，42），这些特征与瓦迪姆的女儿贝尔相似。而亨伯特则称自己为"拉·贝尔·亨伯特"（Humbert le Bel，意为"漂亮的亨伯特"），他的初恋情人叫安娜贝尔·蕾（Annabel Leigh）。阿达是同名小说的女主人公，在小说中她扮演的电影角色多洛蕾丝（Dolores，Ada，488）导致了妹妹卢瑟特的自杀，对故事发展起着关键的作用。这也是洛丽塔的姓。瓦迪姆提到的谢洛夫作品中，并没有《五瓣丁香》，纳博科夫此处所指的是谢洛夫的名作《女孩和桃子》（*Girl with Peaches*），作家让读者将人物形象与著名画家的作品对比，以得到一个更为清晰的意象。然而这一作品并不存在，如同绘画中使用的明暗对照技法，作家将人物的形象隐藏在语词的海洋里，使他们变得朦胧而模糊，读者只有在作家众多小说互文的解读中，透过贝尔、蕾、阿达、洛丽塔等少女群像，在脑海里重绘一幅更为清晰的少女素描像。这一过程如同从文字到绘画的视觉欣赏与阅读。

五、小说中的绘画技巧：色彩与视角的艺术

透过纳博科夫小说中的文字，读者可以发现这位"色彩的爱好者"（SO，17）所呈现的五彩斑斓的世界。无生命的文字如同在纸张的画布上泼洒，绘出五彩画卷。上节对纳博科夫的色彩世界已有详细论述,此处再举《洛丽塔》中一例加以说明。亨伯特与洛丽塔驾车穿越美国,北美乡间的低地让亨伯特回想起幼年时在欧洲看到的彩绘漆画:苍翠的风光、晦暗虬曲的树木、谷仓、几头牛、小溪、开满白花的朦胧的果园、石头围墙、像淡绿色水彩画的小山(LO,152)。现实中的景色,如同水彩画中描绘的美洲乡村,青翠迷人,而——

> 在低地远方,一排排屋顶犹如儿童玩具,屋顶那头,一片超凡脱俗的可爱景致缓缓展开。银灰色雾霭中低垂的太阳,用温暖的、剥了皮的桃子的色彩,将与远方含情脉脉的薄雾搅在一起的那片平面的、鸽灰色云层的上缘染红。或许会有一排间隔开来的树木掩映在地平线上,而炎热寂静的晌午笼罩着长满苜蓿的荒野。远方,克洛德·洛兰画中的浮云融入雾气缭绕的碧空,只有积云部分在画面中央昏暗背景的衬托下依然明显。再不然,也可能是埃尔·格列柯画中肃杀的地平线,饱含着墨黑的雨水,某个脖子细长的农民在眼前一闪而过,接着周围交替出现一道道水银般的水流和扎眼的嫩绿玉米。整个画面就像一把扇子在堪萨斯州的某处慢慢打开。
>
> (LO,152-153)

地平线上雾霭沉沉,午时的太阳让空气中涨满生机,微红、银灰、鸽灰、碧蓝、墨黑、晦暗、嫩绿,浓墨重彩渲染着这幅美丽的北美乡村风景画。

纳博科夫倾心于早期荷兰画家通过凸镜展示连肉眼都难以发现的事物细节的表现方式,这与他从事的在显微镜下观察蝴蝶的科学研究类似。早期荷兰画家对事物细节的精密刻画影响了作家创作中对眼睛与凸镜视野下细节真实的重视。在《眼睛》中斯莫洛夫将人眼比作一个巨大的球体，观察着世间万物："我已经认识到世界上唯一的快乐就是观察，刺探、监视、审视自己和别人，不做别的，只做一只略带玻璃色的，有点儿充血的，一眨也不眨的大眼睛。"①（Eye, 113）Nabokov 的名字中，包含俄语中"眼球"（oculus）一词的词根"oko"，普罗菲尔编的《纳博科夫面面观》的封面上便有意识地突出"oko"三个字母，以提醒读者注意纳博科夫对眼睛与视角的强调。短篇小说《菲雅尔塔的春天》中，叙述者"我"走在 30 年代的菲雅尔塔街头，"所有的感官全部打开"，像睁大的眼睛，同时看到了一切②。《韦恩姐妹》中，"我"的整个身体仿佛是一只巨大的眼球，在世界的眼眶里滚动③。人的眼睛本身便是凸镜，通过严格的绘画训练，可以对外界事物进行聚焦、放大，如同显微镜下对昆虫的观察。透过人物的眼睛与视角，纳博科夫的小说世界呈现出凯斯特纳所说的雕塑空间的立体幻觉。

德米特里指出，纳博科夫总是通过艺术的反光镜来观察身边事物（EN, 94-95）。对作家而言，现实只能是眼球或凸镜中的视觉现实，是艺术家视野的神奇取舍。《洛丽塔》中亨伯特认为对美少女的定义是一个视觉聚焦的问题（LO, 17），只能"通过我感官的棱镜"来发现她们（LO, 18）。他偷偷接近洛丽塔，"我的胳膊和腿成了镜子的凸面……我仿佛从望远镜的反面看到了她"（LO, 54）。他懊恼自己"从前的努力似乎失去了焦点"（LO, 282）。金波特在仲夏夜偷窥谢德创作时，从望远镜中看到

---

① 译文出自蒲隆译《眼睛》，上海：上海译文出版社，2008 年，第 79 页。
② Vladimr Nabokov, *The Stories of Vladimir Nabokov* (New York: First Vintage International Edition, 1997), 413.
③ Ibid., 619.

他书房里一面"友好的镜子"折射出诗人的一举一动（PF,89）。金波特自称是赞巴拉国王查尔斯，因为国内极端主义分子"影子派"成员在某个著名的制镜厂发起的革命而不得不逃亡，在逃亡途中他看到山间湖中倒映出的自己是制镜厂工人格雷德斯或苏达格（PF, 120, 143）。《阿达》里范称自己开始难以聚焦了（Ada, 516）。《瞧这些小丑》中瓦迪姆的发妻爱丽斯·布莱克（Iris Black）的名字是视觉术语，直译为"黑色的虹膜"。《普宁》中维克多的"眼睛是他最重要的器官"（PN, 94）。在他5岁时，已经学会从不同视角描摹事物（PN, 90）。他从街灯的凸镜里看到显现出的缩微景致（PN, 97）。9岁时，他对水杯后折射的物体着迷：红苹果变成轮廓分明的红带子，同半杯阿拉伯红海的水平线衔接起来。铅笔如果斜放像一条弯弯扭扭的蛇，如果竖放，就变得奇胖无比，几乎像金字塔般的锥体。在杯子后面移动棋子，棋子就会裂成一只只蚂蚁。梳子倒着放，玻璃杯里便充满了美丽条纹的液体，仿佛是斑马的短尾巴（PN, 98-99）。《斩首之邀》中，辛辛那提斯的母亲塞西莉亚到监狱探望他，详细地向他描述了辛辛那提斯小时候玩过的哈哈镜（nonnons）。在"这令人难以置信的疯狂镜子"中，普通的事物完全扭曲变形了，而令人惊奇的是，"那些令人难以理解的怪异物体"则"负负得正"，恢复了事物的原貌（IB, 135-136）。《王，后，杰克》中，发着高烧的玛莎恍惚中看到"长长的线上飘动着闪闪发光的蓝、红、绿色气球，每个气球上都映出整个舞池、头顶上的吊灯、桌子和她自己"（KQK, 252）。在气球的凸面上，她仿佛看到舞伴Blavdak Vinomori与他的妻子（KQK, 253），细心的读者则从"Blavdak Vinomori"的姓名重组中发现作家"Vladimir Nabokov"的身影。《绝望》里的赫尔曼称"我早已习惯了站在身体外看自己。我是模特，也是画师"（DS, 19）。他痴迷于镜子的意象：

> 瞧，我又要写那个词了。镜子，镜子。呃，发生什么事了吗？镜子，镜子，镜子。你愿意重复多少遍都可以，我什么也不怕。一面镜子。在一面镜子里瞧自己。当我这么说时，我是在指我的妻子。
>
> (DS, 21)

《眼睛》中斯莫洛夫认为自己并不存在，"存在的不过是反映我的成千上万面镜子"（Eye, 113）。他的存在与否完全取决于在别人头脑里的反映，而其他人也像他一样，被置于同样离奇的镜子似的窘境里。作家在前言中指出，小说的主题是引导主人公通过许许多多的镜子，最后以人物与镜子这一对形象的重合告终，故事强调的不是神秘，而是镜像的图案（*Eye*, Foreword, unpaginated）。

在纳博科夫的小说中，镜子（mirror）、眼睛（eye）、水塘（puddle）、棱镜（prism）、玻璃（glass）、凸镜（convex mirror/ surface）、窗户或窗框（window/windowpane）、面具（mask）、折射（refraction）等词语出现的频率非常高，而镜像人物与主题则是其作品公认的创作模式之一，如亨伯特与奎尔蒂、谢德与金波特、赫尔曼与菲尼克斯等。如同荷兰画家喜欢在凸镜中画上自己一样，读者很多时候也可以从这些镜子似的物体中看到纳博科夫本人的身影。而在《固执己见》中，作家更指出，虚构的小说世界里文字与细节组合图案的背后，不仅有作家"VN"（Vladimir Nabokov）的影子，更有另一个更大的"VN"，即"视觉自然"（Visual Nature）的影子。作家希望读者在真实细节的文字书写这一凸镜中，发现人生与自然界更多的奥秘，即通过小说中的面面镜子，找到后面隐藏的图案，最终与作家的形象重合，融入丰富多彩的视觉自然的胜景里。

第三节 纳博科夫小说中的电影叙事

纳博科夫作品中的人物、主题、结构与写作技巧等与电影叙事有着密切的联系。阿佩尔指出，作家的每部小说中都有电影的元素[1]。德米特里回忆与父亲生前最后人物与镜子这一次散步时父子二人关于写作与人生的谈话。纳博科夫告诉他，自己的人生与艺术实践都是成功的，他很幸福，他的创作全都记在脑海里，就像等待拍摄的电影[2]。斯图亚特指出，除了蝴蝶与象棋，"纳博科夫建构自己小说时运用最频繁的艺术感知方式是电影"[3]。博伊德则称，"最关键的是，纳博科夫享受老套而怪异的电影技巧"[4]。而在评价阿佩尔的《纳博科夫的黑色电影》时，作家公开承认自己的作品中经常出现电影的主题与技巧[5]。作家对电影的熟练与痴迷如今已是学术界公认的事实。据纳博科夫康奈尔的大学同事、著名学者艾布拉姆斯（M. H. Abrams）回忆，有一次纳博科夫发现一位教师的孩子在休息室看电视上放映的西部

---

[1] Alfred Appel, Jr., *Nabokov's Dark Cinema* (New York: Oxford University Press, 1974), 36.
[2] Peter Quennell, ed., *Vladimir Nabokov: A Tribute* (New York: William Morrow and Company, Inc., 1980), 129.
[3] Dabney Stuart, *Nabokov: The Dimensions of Parody* (Baton Rouge and London: Louisiana State University Press, 1978), 89.
[4] Brian Boyd, *Vladimir Nabokov: The Russian Years* (Princeton: Princeton University Press, 1990), 363.
[5] Barbara Wyllie, "Nabokov and Cinema," *The Cambridge Companion to Nabokov*, ed., Julian W. Connolly (Cambridge: Cambridge University Press, 2005), 216.

第二章 纳博科夫小说中的视觉书写　　139

片，他立刻被画面上酒吧打斗的场景吸引住了，旁若无人地笑得前仰后合①。

纳博科夫本人与电影产业有着密切的联系。在欧洲时，他与妻子薇拉经常看电影，大约每个月要上电影院两次。在柏林期间他做过跑龙套的群众演员，为影片配过音，写过电影剧本。他通过莫斯科艺术剧院的剧场经理谢尔盖·柏腾森（Sergei Bertenson）与好莱坞导演兼制片人刘易斯·迈尔斯通（Lewis Milestone）商讨将作品《土豆精灵》（"The Potato Elf"）、《暗箱》、《绝望》等改编成电影②。作家深受20世纪二三十年代苏、德电影的影响，德国表现主义作品中的哥特式主题、浮士德式人物、先锋派技法、人的堕落与毁灭、现代都市中个体的疏离、人物视角与镜头的运用等对他俄语小说的创作影响尤为深刻。他熟悉朗（Fritz Lang）、维恩（Robert Wiene）、斯坦伯格（Josef von Sternberg）、茂瑙（Friedrich Wilhelm Murnau）、爱森斯坦（Sergei Eisenstein）、普多夫金（Vsevolod Pudovkin）、维尔托夫（Dziga Vertov）等著名导演的作品，喜欢茂瑙的《最卑贱的人》（*The Last Laugh*，1924）、维恩的《奥拉克之手》（*The Hands of Orlac*，1925）、斯坦伯格的《上海快车》（*Shanghai Express*，1932）等影片。到美国后，纳博科夫与电影圈的接触更为频繁。他与导演刘易斯·迈尔斯通、阿尔弗雷德·希区柯克（Alfred Hitchcock）、斯坦利·库布里克（Stanley Kubrick）颇有私交。在创作库布里克拍摄的《洛丽塔》电影剧本期间，结识了大卫·塞尔兹尼克

---

① Alfred Appel, Jr., *Nabokov's Dark Cinema* (New York: Oxford University Press, 1974), 301.
② Barbara Wyllie, "Nabokov and Cinema," *The Cambridge Companion to Nabokov*, ed., Julian W. Connolly (Cambridge: Cambridge University Press, 2005), 217.

(David Selznick)、比利·怀尔德(Billy Wilder)、吉娜·劳洛勃丽吉达(Gina Lollobrigida)、约翰·韦恩(John Wayne)、玛丽莲·梦露(Marilyn Monroe)、詹姆斯·梅森(James Mason)等著名演员[1]。作家写有诗歌《电影》("Moving Pictures")、短篇小说《助理导演》("Assistant Producer"),小说《防守》的标题取材于普多夫金的影片《棋迷》(*Chess Fever*, 1925)[2],《黑暗中的笑声》则是直接对电影的戏仿。其作品《洛丽塔》《防守》《黑暗中的笑声》《斩首之邀》《绝望》《玛丽》《王,后,杰克》等都曾被搬上银幕。

1962年库布里克与詹姆斯·哈里斯(James Harris)将《洛丽塔》改编成电影,由著名演员梅森扮演亨伯特,苏·里昂(Sue Lyon)扮演洛丽塔。他们支付给作家的改编费用为15万美元外加15%的收益提成,而作家本人写的电影剧本则收入10万美元,并获得1963年奥斯卡最佳编剧奖提名。电影《洛丽塔》取得了票房的成功,当年仅在美国即入账370万美元。随着《洛丽塔》的热映,纳博科夫的其他作品也开始受到电影界的热烈追捧。1968年,《王,后,杰克》尚未出版,已有导演愿意签订10万美元的版权合同,而派拉蒙、20世纪福克斯、哥伦比亚等著名电影公司则争夺《阿达》的拍摄权,其电影版权的合同额起

---

[1] Alfred Appel, Jr., *Nabokov's Dark Cinema* (New York: Oxford University Press, 1974), 58.
[2] Yuri Leving, "Filming Nabokov: On the Visual Poetics of the Text," *Russian Studies in Literature*, Vol. 40 No. 3 (Summer 2004), 10.

价为 100 万美元①。此后，希区柯克与纳博科夫两度接洽，商讨将其作品搬上银幕，最后均无果而终。1969 年英国导演托尼·理查德森（Tony Richardson）拍摄的《黑暗中的笑声》上映，未取得预想的成功。1972 年和 1978 年，由波兰人杰兹·斯科利莫夫斯基（Jerzy Skolimowski）制作、吉娜·劳洛勃丽吉达主演的《王，后，杰克》以及德国导演赖纳·维尔纳·法斯宾德（Rainer Werner Fassbinder）拍摄、德克·博加德（Dirk Bogarde）主演的《绝望》两度获戛纳电影节金棕榈奖提名。纳博科夫的作品被搬上影视屏幕的还有 1970 年德国拍摄的《庶出的标志》，1973 年德国的《斩首之邀》，1986 年欧洲多国的《玛申卡》，1994 年法国的《我的家庭教师》（*Mademoiselle O*），1997 年德国的《童年的故事》（*A Nursery Tale*），1997 年英国导演阿德里安·莱恩（Adrian Lyne）拍摄、曾在《法国中尉的女人》中担任主角的著名演员杰瑞米·爱恩斯（Jeremy Irons）主演的《洛丽塔》（又译《一树梨花压海棠》），1999 年爱沙尼亚的《决斗》（*An Affair of Honour*），2000 年美国的《圣诞节》（*Christmas*）以及约翰·特托罗（John Turturro）与艾米丽·沃森（Emily Watson）主演的《防守》②。

阿佩尔的《纳博科夫的黑色电影》分析了纳博科夫小说中的电影主题、技法、暗喻、戏仿等，重在揭示作家对电影这一媚

---

① Barbara Wyllie, *Nabokov at the Movies: Film Perspectives in Fiction* (Jefferson & London: McFarland & Company, Inc., Publishers, 2003), 62. 另见 Barbara Wyllie, "Nabokov and Cinema," *The Cambridge Companion to Nabokov*, ed., Julian W. Connolly (Cambridge: Cambridge University Press, 2005), 218.

② Barbara Wyllie, "Nabokov and Cinema," *The Cambridge Companion to Nabokov*, ed., Julian W. Connolly (Cambridge: Cambridge University Press, 2005), 218–219.

俗（*poshlust*）艺术形式的批判态度，是研究纳博科夫作品中电影艺术的重要著作，得到过作家本人的称许。怀利在《纳博科夫论电影：小说中的电影叙事》一书中分析了纳博科夫作品的电影主题、技法、风格与人物塑造，指出作家对电影爱恨交织的情绪是理解其小说中电影元素与人物形象的关键。她认为电影是纳博科夫美学的核心，作家对电影的痴迷不逊于多斯·帕索斯（John Dos Passos）、菲茨杰拉德（F. Scott Fitzgerald）、德里罗（Don DeLillo）、埃利斯（Bret Easton Ellis）等作家。在具体的作品分析中，怀利指出《洛丽塔》是一部具有鲜明电影叙事特征的小说，故事中的电影元素是其成功的关键[①]。而在《绝望》中作家熟练地运用电影技巧进行小说创作，使之成为美国20世纪40年代以来流行的黑色电影（film noir）的先驱[②]。

一、小说中的电影元素

纳博科夫的每部小说都充斥着电影的元素，它们构成了故事的主题，是交代背景、塑造人物形象、推动情节发展不可或缺的重要组成部分，并在章节过渡与故事发展中起着穿针引线的作

[①] Barbara Wyllie, *Nabokov at the Movies: Film Perspectives in Fiction* (Jefferson and London: McFarland & Company, Inc., Publishers, 2003), 1-3.

[②] Ibid., 44. "Film noir"来源于法语，意为"黑色电影"（black film），最早使用该词的是1946年的法国评论家尼诺·弗兰克（Nino Frank）。黑色电影主要指20世纪四五十年代好莱坞流行的强调性与人物的玩世不恭，反映美国大萧条时期犯罪行为的类型片，视觉效果上借鉴了德国表现主义电影中黑白对照的明暗技法。70年代后影评界才广为接受该提法，而此前的经典黑色电影一般归于情节剧（melodrama）。黑色电影能否被称为一种独立的类型片今天仍饱受争议。参见"Film noir," 25 Feb. 2011, http://en.wikipedia.org/wiki/Film_noir。

用。在小说《洛丽塔》里,主要人物亨伯特、洛丽塔、奎尔蒂、夏洛特仿佛都是银幕上的演员。亨伯特热衷于电影,总是通过电影来审视人生,设想自己是演员、导演、摄影师与制片人。早在来美国前,他就对无声电影产生了浓厚兴趣,"与巴黎的流亡者讨论苏联电影"(LO,15-16)。在美国,最初唤醒亨伯特性欲望的是与一位美国男孩、一位过气的著名女演员的儿子,在学校玫瑰花园里对性的"严肃、得体、纯理论的探讨"(LO,11)。美国俗文化的典型代表电影成为亨伯特后来恋童癖的源头。亨伯特将记忆比作静止的相片与电影般的镜头。正因如此,他才能在日记中将过去的点滴细节毫厘不差地记录下来,以使读者相信他的叙述。他与前妻瓦莱西亚(Valeria)一起"去看电影,观看自行车赛与拳击比赛"(LO,26)。当瓦莱西亚与出租车司机情夫的奸情暴露后,亨伯特没有像"电影中的规则"那样,狠狠地给她一拳,而是在他们离开后使劲关上房门(LO,30-31)。初次见到夏洛特母女时,亨伯特设想自己扮演"电影中一个高大英俊、富有魅力的男子"(LO,39)去引诱某个女影星。他称自己长得像洛丽塔迷恋的"某个低声吟唱流行歌曲的男歌手或男演员"(LO,43),而这一男演员其实就是奎尔蒂。亨伯特写给洛丽塔的诗里,她的职业是"小影星"(LO,65,255)。她酷爱读电影杂志(LO,49),"喜欢电影胜过游泳,喜欢游泳胜过网球"(LO,232)。亨伯特一闭上眼睛,脑海中便会出现洛丽塔"一个电影摄影的定格画面"(LO,44),她"或许曾经当过演员"(LO,32),是"银幕上闪动的摄影形象"(LO,62)。他幻想可以毫无顾忌地轻吻洛丽塔,而她不仅不会拒绝,"甚至会像好莱坞教的那样闭上双眼"(LO,48),期待男主人公的热吻。他邀请读者一起重拍与洛丽塔第一次的亲密接触(LO,57),而面对躺在床上的洛丽塔,亨伯特"立刻脱下衣服,穿上睡衣,就像电影中的场景，是在难以置信的瞬间完成的，而更衣的过程则被剪掉了"（LO，128）。在网球场上，亨伯特感叹"我本该把她［洛丽塔］拍成电影，那样现在我就可以让她在我痛苦与绝望的放映室里出现在我的眼前"（LO，231-232）。亨伯特与洛丽塔在一起的一年里，贪婪而不加选择地看电影。他们一起看过的电影有150或200部，平均每两天看一部电影，高峰时甚至同一部电影要看十多遍。洛丽塔最喜欢的先后是音乐剧、警匪片与西部片（LO，170）。亨伯特检查洛丽塔是否私藏了钱，担心她有了钱会离开自己，或许会步入百老汇或好莱坞（LO，185），他带洛丽塔离开比尔兹利学院的借口是好莱坞的生意让他脱不开身，他将在一部关于存在主义的电影中担任主要顾问（LO，208）。亨伯特与洛丽塔来到西部一个叫埃尔芬斯通的小镇，洛丽塔渴望去爬当地一座叫"红岩"的岩石山，因为那里有一位电影女明星坠崖自杀（LO，210）。洛丽塔的母亲夏洛特长得像著名演员玛琳·黛德丽（Marlene Dietrich，LO，37），亨伯特阻止她去欧洲旅行的计划，打消了她可能会"与某个好莱坞荡妇同乘一艘远洋客轮"的幻想（LO，90）。克莱尔·奎尔蒂是剧作家与电影制片人，是"52部电影剧本的作者"（LO，298）。他创作了最重要的剧本《着魔的猎人》，并利用自己在影视圈的地位与名气，在引诱洛丽塔后，让她拍摄黄色电影。小说结尾亨伯特与奎尔蒂在房间打斗的场景是美国西部片中典型的情节，"那些上了年纪的读者读到这里肯定将回忆起他们童年时看过的西部片里不可缺少的场景"（LO，299）。

《黑暗中的笑声》最初的标题为《暗箱》，为电影术语，让人联想到摄影机的暗箱、黑暗的空间或熄灯后的电影院，与故事本身情节关系紧密。斯图亚特在《〈黑暗中的笑声〉：作为电影的小说》一文中从五个方面详细分析了小说对电影叙事的戏仿，它们是：简短的章节安排、舞台或场景设置、摇镜头、回放、视角的运用等①。纳博科夫写道："我把整部书当作电影来写……情节与对话遵循电影模式……它是当时所谓电影剧本的文字模仿。"② 电影的主题贯穿在小说的情节、结构、人物塑造与语言风格中。作家甚至将自己对葛丽泰·嘉宝（Greta Garbo）的喜爱也写进了小说中（LD, 42, 79）。小说以电影为引子，讲述了一个庸俗的三角恋故事。缺乏辨别力的阿比纳斯不满足于沉闷的家庭生活，憧憬着浪漫的婚外恋情，在观看一部完全预示了自己命运的电影时，迷上了影院引座员玛戈特。后者利用他的蒙昧无知毁掉了他的家庭，在其因车祸双目失明后，榨干了他的钱财，与情人雷克斯私奔，而阿比纳斯报仇不成，却死于自己枪下。小说戏仿电影形式，人物的命运完全复制了影片中的情节。女主人公玛戈特从小便"疯狂地迷上了电影"（LD, 26），其兄奥托的同伴长着"电影演员维德般的眼睛"（LD, 27）。她梦想成为电影明星（LD, 27），总认为自己是某部神秘而激情的电影中的漂亮女主角（LD, 147），"穿着体面的裘皮大衣，一位体面的旅馆服务生撑着大伞将她扶出一辆体面的轿车"（LD, 30）。被雷克斯抛弃后，她像电影中被遗弃的少女那样，绝望地来到一家舞厅（LD, 38）。作为阿比纳斯的情人，她迷恋后者提供的"如一流电影般风光的生活"（LD, 118）。而阿比纳斯眼中情人玛戈特的每个小小举动都令他着迷，她眯缝着眼睛的样子，就像剧院逐渐熄灭的灯光（LD, 92）。最初，她想逼迫阿比纳斯与自己结婚，靠他的资助进好莱坞当明星（LD, 119），但她的首演却是个灾

---

① Dabney Stuart, *Nabokov: The Dimensions of Parody* (Baton Rouge and London: Louisiana State University Press, 1978), 87–113.

② Alfred Appel, Jr., *Nabokov's Dark Cinema* (New York: Oxford University Press, 1974), 258–259.

难,证明她完全没有演员的天赋(LD, 186-191)。主要人物阿比纳斯、雷克斯、玛戈特之间是因为电影而联系起来的。阿比纳斯想将绘画作品拍成彩色动画片,并与雷克斯取得了联系(LD, 10)。他第一次见到玛戈特是在一家名为"百眼巨人"这一象征无孔不入的电影镜头的小电影院里,当时她是影院的引座员。而电影屏幕上总是放映的同一部电影中(LD, 42),让阿比纳斯无法理解的一幕情节其实复制了他未来的悲剧命运:

> 他进来时电影已近尾声。一位女孩在混乱的家具中,面对着一个持枪蒙面男子,节节后退。
>
> (LD, 20)

被玛戈特的美貌所吸引,三天后阿比纳斯再次走进影院,看到银幕上"一辆轿车沿着有许多急弯的光滑路面驶下山来,路的两旁是悬崖峭壁"(LD, 22)。这一幕预示了阿比纳斯遭遇的山路车祸。虽然车祸没有夺走他的性命,却让他失去了双眼,在黑暗中被近在咫尺的情人玛戈特与她的情夫雷克斯肆意戏弄挑逗而全然不知。阿比纳斯在医院走廊听到女儿伊尔玛出生的消息时,眼前仿佛下起"一阵黑色细雨,像忽闪忽闪的老旧影片(1910年的老片,一个急速行进的送葬队伍,步子走得飞快)",预示了女儿夭折后的葬礼(LD, 18)。阿比纳斯为招待女演员多丽安娜举办的晚宴则为玛戈特与雷克斯这对旧情人的重逢提供了机会(LD, 126-127)。在小说结尾,已经知道了玛戈特与雷克斯奸情的阿比纳斯试图报仇的一幕更复制了他看过的屏幕上的情景。阿比纳斯听说玛戈特回到了他们从前住过的公寓收拾东西,便乘出租车前往报仇,在两人打斗时,玛戈特在握着手枪的阿比纳斯面前节节后退。而失明的阿比纳斯最终在一片黑暗中丧身自己枪下(LD, 289-292)。平庸而愚昧的阿比纳斯早已在情欲的下,成了暗箱中受人摆布的木偶,仿佛荧幕上的电影人物,所有的观众都看得清清楚楚,只有自己浑然不知面临的处境,"只有我一个人是瞎子"(LD,228)。

《王,后,杰克》中的三位主人公身上都体现了电影的主题。玛莎眼中的一切仿佛都是电影,她用电影来审视周边的一切。由于情人、侄儿弗朗兹的出现,玛莎眼里的丈夫德雷尔"像怪物一样无处不在,仿佛电影中的一场大火"(KQK,199)。她设想与弗朗兹一起除掉德雷尔的种种情形,其中的一幕是:"通往前厅的门打开了,弗朗兹站在入口处,像美国电影中描写的那样,对着德雷尔快速开了十多枪。"(KQK,179)她想象与弗朗兹在树林里枪杀德雷尔,之后像电影中那样,让弗朗兹开枪把自己的手打伤(KQK,180)。玛莎之所以喜欢上乡巴佬侄儿弗朗兹,一个很重要的原因是他长得像电影《印度学生》中的男主角赫斯。赫斯在另一部电影《王子》中饰演伪装成印度王子的海德堡学生(KQK,61-62)。因此,玛莎眼中的情夫弗朗兹像"一位海德堡学生"(KQK,111),但遗憾的是,他没有跟那位学生一样学医(KQK,165)。故事接近尾声时,玛莎眼里的弗朗兹"看上去更像一个饥饿的印度人"(KQK,200)。弗朗兹的房东被玛莎看作电影《印度王子》里的教授(KQK,87),而她本人则热衷于"印度庸俗操"(Hindukitsh gymnastics,KQK,158,205,256)。玛莎与弗朗兹约会后不久,报纸上的一则消息提到,那位著名的电影演员赫斯在驱车赶往生病的妻子那里时翻车身亡(KQK,115),而小说的结尾当玛莎卧病在床时德雷尔丢下工作赶往医院的一幕似乎在重演电影的情节,不过这次德雷尔没有翻车,死的是玛莎(KQK,264)。弗朗兹看过的电影中,"一位嘴唇上装饰着小小黑色心形图案、眼睫毛画得像伞骨的女演员,正在扮演一位装扮成贫穷女职员的富有女嗣"(KQK,92-93),这位性感撩人的演员仿佛现实中的玛莎。小说中还反复提到柏林街头建造中的一家电影院,故事结束时,电影院修好了,上演的第一场电影正是《王,后,杰克》(KQK, 48, 99, 132, 198, 216, 224, 261)。

《绝望》是精神失常的极端自我主义者赫尔曼以第一人称的日记体写成的,讲述了一位巧克力商赫尔曼的故事。赫尔曼因生意出差,在布拉格偶遇一位流浪汉菲利克斯,立即被他与自己外表的相似深深吸引。于是他密谋杀害后者以骗保,然后与妻子携手远走高飞。然而一个细节,即被害人遗留在现场的手杖上刻写的主人姓名暴露了死者的真实身份,最终使他无路可逃。小说借用了电影中最常见的谋杀情节,其主人公自视是不得志的文学天才和未被世人发现的大导演。在小说疯狂的文字叙述背后,可以看出赫尔曼试图借助文字与电影叙事控制并主宰世界。他深信自己对文字的驾驭能力和电影导演的指挥调度能力,然而其极端自我与疯狂的精神状态,使他只能活在虚构的文字与电影世界里,而意识不到所处的现实环境。他认为,作为作家,最想做的事是将读者变成观众(DS, 16),菲利克斯与自己的相似如同电影屏幕上同一演员出演的不同身份的两个人物:一位邋遢的流浪汉与一位彬彬有礼的绅士(DS, 15)。他将自己看作电影中的主角,有着超人的能力,而菲利克斯只是他的影子(DS, 78),他可以从一个"更有利的位置"来观察与之相似的菲利克斯(DS, 15)。赫尔曼试图用文字来操纵银幕上的影子人物菲利克斯来实现对现实的控制。作为作家与电影导演,他尝试用不同的方法讲述故事,其中第三章的第三个版本是:

同时……(诱人的逗点、逗点、逗点。)

过去,电影(Kinematograph),即影画(Cinematograph)或动画(Moving Pictures),非常喜欢使用这种躲躲闪闪

的方法。你看见主人公做这做那,同时……逗点——镜头就摇到了乡下。

(DS, 44)

然而,同时饰两角的演员骗不了任何人,即便他出演的两个角色同时出现在银幕上,观众的眼睛也会不由自主地去寻找银幕上将两帧图片拼接起来的那条线(DS, 15-16)。最后一幕,赫尔曼试图以导演拍摄电影的方式逃脱警察的追捕,而自己则是电影中的主角:

> 法国人!这是在拍电影。挡住那些警察!过会儿将有一位著名演员从房间里出来,他扮演一个十恶不赦的罪犯,但他必须逃跑。请你们阻止警察抓他,这是剧情的一部分。法国人!我要你们为他留出一条从房间到车门的通道。赶走那司机!发动汽车!挡住警察!打倒他们!骑在他们身上!我们是德国的电影公司,付钱请他们来演出的,请原谅我法语说得不好。*Les preneurs de vues*,我的技术指导与枪战设计师已经在你们中间就位。请注意!留出一条逃生通道!谢谢!我马上要出来了。
>
> (DS, 212)

《阿达》中,14岁的阿达由喜欢植物与昆虫转而倾心于电影表演,坚信自己会成为明星。她拜师那些"失意而有才华的女演员"和著名演员斯坦·斯拉夫斯基(Stan Slavsky)。她的首次表演是个灾难(Ada, 426)。在成人电影《唐璜的最后一击》(*Don Juan's Last Fling*)中,阿达饰演的不起眼的角色多洛蕾丝直接导致了卢瑟特的自杀(Ada, 487-489)。才华横溢的法国导演维克多·维特里(Victor Vitry)将范·韦恩早年写的《特拉来信》未经授权改编成了一部科幻恐怖片,大受观众欢迎。影片气势恢宏，人物繁多，"有人说他使用了超过100万个群众演员，也有人说它用了50多万个群众演员与同样数量的镜子"（Ada, 580）。电影取得了巨大成功，仅阿达和范就看过9遍用7种语言翻译的不同版本（Ada, 581）。阿达的母亲玛丽娜热衷于电影，以演员为职业。她出演家庭教师拉里维雷小姐（Mlle Larivière）改编的剧本，与导演弗伦斯基（G. A. Vronsky）是情人关系（Ada, 197），这一安排让人联想到《安娜·卡列宁》[①] 中安娜与弗伦斯基的婚外恋情。而在玛丽娜眼里，人生就是电影的翻版（Ada, 253-254）。

《防守》的主人公、象棋大师卢辛与妻子的初次相识是"按旧时小说或电影中的情节进行的：他拾起了她落下的手绢——唯一的区别是，卢辛夫妇交换了彼此的角色"（DF, 86）。卢辛精神崩溃后，妻子带他去看生平的第一场电影。影片中，一位女演员成名后回家看望父母，她的父亲正与家庭医生下棋。卢辛认为这是一部很好的电影，但剧中的人物却并不懂得如何下棋（DF, 191-192）。他的经纪人兼象棋伯乐瓦伦提诺夫（Valentinov）后来改行拍电影（DF, 93），在卢辛逐渐走出象棋的困境时，带着一个蹩脚的爱情电影剧本来找卢辛出演其中的棋手角色，导致主人公最终自杀（DF, 248）。

在纳博科夫的第一部小说《玛丽》里，流亡在柏林的主人公加宁无所事事，只好在电影中当群众演员维持生计。他"曾像我们许多人那样，一次次出卖自己的影子，换句话说即到柏林城郊某个露天广场的谷仓当电影群众演员"。摄影棚里耀眼的灯光映出面无表情的蜡白脸庞，电影拍完了，"我们无名的影子则在

[①] "Anna Karenin"，纳博科夫坚持使用这一称谓，而不是《安娜·卡列尼娜》。

全世界出售"(Mary, 9)。他与情人柳德米拉观看的电影中,一位女主角在一出戏里扮演女杀手的时候,突然意识到自己曾经因过失杀过人。她转动着一双大眼睛,夸张地倒在了舞台上。加宁在电影里发现了自己做群众演员的影子,提前离开了电影院(Mary, 20-21)。在加宁眼里"这座陌生的城市［柏林］不过是场电影"(Mary, 52)。他租住在柏林的一处公寓房里,感到人生仿佛一场电影,"当他爬上床,倾听屋外列车驶过这令人压抑的公寓,这里住着7个俄罗斯人失魂的阴影;此时生活就像拍电影,那些心不在焉的群众演员们对他们将在电影中扮演的角色一无所知"(Mary, 22)。

《微暗的火》里的职业杀手格雷德斯从上司伊祖姆鲁多夫(Izumrudov)那里受领任务,后者给他的纸条上写着将被暗杀者的姓名。与间谍影片的情节一样,纸条是由可食用的蛋白杏仁制成的(PF, 256)。《光荣》中,马丁与好友达尔文从剑桥大学的电影院里走出后,发表了一番对电影的评论:"真有趣……它无疑是低俗的,甚至不合情理;可它又让人说不出的兴奋,那飞扬的泡沫,游艇上的美妇,涕泪俱下、蓬乱的受到伤害的粗壮男子。"(GL, 83)纳博科夫借自己喜爱的人物马丁之口,表达了对电影这一媚俗艺术形式爱恨交织的矛盾心态。《塞巴斯蒂安·奈特的真实生活》中,V似乎找到了与奈特有关的女性的线索,他循此线索找到了保罗·帕里奇(Paul Pahlich),后者告诉他,V要找的或许是自己的前妻,她或许叫妮娜(Nina),或许从来就不存在(RLSK, 147),或许是玛塔·哈利(Marta Hari, RLSK, 145)式的间谍①,而帕里奇与她的结合仅仅是"看了一场糟糕电影后做的噩梦"(RLSK, 147)。《眼睛》的第一人称叙

---

① 嘉宝曾在同名电影中饰演女主角。

述者写道:"就在那时,我整个的生活之墙无声地坍塌了,就像银幕上表现的那样。"(Eye, 21)《魔法师》的主人公最后撞车而死的一幕是"瞬间肢体分解的电影"画面,在那一刻,"生活的电影迸发了"(EN, 77)。《劳拉的原型》中弗洛拉的情人为她写的传记式小说《我的劳拉》里,劳拉的母亲是虚构的电影演员玛雅·乌曼斯卡娅(Maya Umanskaya, Laura, 103),而弗洛拉继父哈伯特的前妻同样是演员(Laura, 75)。

二、电影的类型片大全

纳博科夫小说中涉及的电影涵盖了20世纪20到70年代欧美的大多数影片类型,几乎构成了一部电影发展的断代史与类型片大全。怀利指出,纳博科夫小说中大量运用了电影的主题与表现方式,涉及的电影种类众多,如德国表现主义、俄国的先锋派电影、派拉蒙公司创始人之一塞西尔·戴米尔(Cecil B. DeMeille)的作品、大卫·格里菲斯(D. W. Griffith)与马克·森内特(Mack Sennett)的闹剧(slapstick comedy)[1]、好莱坞的黑帮电影(gangster movie)、西部片、黑色电影、神经喜剧

---

[1] "slapstick"来自意大利语中的"batacchio"或"bataccio",最早使用该词是在1896年,原指两块两端绑在一起的木棍。当舞台演员用此木棍击打另一演员时,会发出响亮的声音但并不伤害其身体,由此产生喜剧效果。闹剧常见于文艺复兴时期的哑剧表演中,充满荒诞的场景与夸张诙谐的动作,人物则往往是具有高超技巧的杂技演员或魔术师。19至20世纪美国广为流行的杂耍表演运用了闹剧的技巧,到黑白无声电影时期达到巅峰,如森内特、卓别林、雷尔、基顿、马克思兄弟等人的作品。时至今日,闹剧仍是喜剧电影中常见的模式,如卡通剧《猫和老鼠》中便大量借鉴了闹剧表演。参见"slapstick,"wikipedia, 25 Feb. 2011, http://en.wikipedia.org/wiki/Slapstick。

(Screwball comedy)等①。

纳博科夫喜欢无声电影,其小说人物如亨伯特、范·韦恩、加宁、阿比纳斯等人都倾心于无声电影。《黑暗中的笑声》无论从黑白主色调的运用,还是情节与结构的安排,都如同影院上映的无声影片。故事中,雷克斯与玛戈特当着身处黑暗世界的阿比纳斯的面调情,他们同桌吃饭,雷克斯就像无声电影中的人物那样无声地咀嚼(LD,262)。在第十五章里,阿比纳斯与玛戈特探讨无声与有声电影的优劣时,阿比纳斯说,"声音会立即让电影消失"(LD,122)。黑白两色的基调,老套的三角恋、出轨、复仇与谋杀情节,夸张而喜剧的人物表情与行动,完全就是一出引人发笑的喜剧无声电影。

纳博科夫最喜欢20世纪二三十年代的喜剧,尤其是查理·卓别林(Charlie Chaplin)、斯坦·雷尔(Stan Laurel)、奥列佛·

---

① Barbara Wyllie, "Nabokov and Cinema," *The Cambridge Companion to Nabokov*, ed., Julian W. Connolly (Cambridge: Cambridge University Press, 2005), 221. 神经喜剧又称疯狂喜剧、乖僻喜剧、滑稽喜剧等,为20世纪30年代美国流行的喜剧电影类型。"Screwball"意为古怪且略带神经质的人,恰好用来形容神经喜剧中古怪、癫狂、行为怪异的角色。神经喜剧多表现家庭与爱情冲突,特点是充满讥讽的快速对白、一波三折的爱情与婚姻、男扮女装、大胆的性坦白、滑稽荒诞的场景与情节、大幅度夸张的动作等,代表作为1934年的《一夜风流》(*It Happened One Night*)。神经喜剧中的爱情与喜剧因素可追溯至莎士比亚的《无事生非》《皆大欢喜》《仲夏夜之梦》与王尔德的《认真的重要性》(*The Importance of Being Earnest*)等作品。一般认为,它是一种介于高雅喜剧(讽刺喜剧)和低俗喜剧(动作喜剧)之间的喜剧类型。大部分学者将1934—1940这段好莱坞电影的黄金时期视作神经喜剧的黄金时代。影评家安德鲁·萨里斯对神经喜剧有一个极为形象的定义:神经喜剧是一种无性的性喜剧。参见"Screwball comedy film," wikipedia, 25 Feb. 2011, http://en.wikipedia.org/wiki/Screwball_comedy_film。

哈迪（Oliver Hardy）、巴斯特·基顿（Buster Keaton）、哈洛·劳埃德（Harold Llyod）、马克思兄弟（Marx Brothers）等人的作品[1]。他将自己喜爱的演员卓别林写进小说《天赋》中，"他们身边的花坛里摇曳着淡淡的、有黑色斑点的三色紫罗兰（有些像查理·卓别林的表情）"（GF, 326）。在小说更早的部分，主人公费奥多在柏林一家电影院入口处看到的电影海报肖像正是卓别林本人——

> 影院入口竖着一幅由纸板剪出来的黑色巨人像，外倾的八字脚，圆顶礼帽下苍白的脸上长着胡须，手中拄着弯曲的拐杖。
>
> （GF, 174）

纳博科夫非常喜欢卓别林的电影，小说中有许多卓别林式的喜剧人物。《微暗的火》中的喜剧人物格雷德斯是二流电影中典型的愚笨杀手形象，是詹姆斯·邦德的反派、杂耍戏中潘趣式的小丑。他总是穿一身棕色衣服，笨得像猩猩（PF, 277）。他过着清教徒式的生活，对观光、海滨度假不感兴趣，不喝酒，不去音乐会，也不亲近异性（PF, 152）。这位"机器人"（automatic man, PF, 279）崇拜平庸的观点，是"失败的多面手"（PF, 152）。他杀的都是不该杀的人，在去执行暗杀任务的路上居然会迷路（PF, 112）。他说蹩脚的法语与英语（PF, 199），读报纸上的广告时要嚅动嘴唇（PF, 274），大口嚼糖果，喜欢看喜剧画册，老碰在银行的门拱上，总是被喜欢的女孩子拒绝。这种潘趣式的喜剧人物在《斩首之邀》中以狱长罗得里格、狱卒罗迪恩、

---

[1] Brian Boyd, *Vladimir Nabokov: The Russian Years*（Princeton: Princeton University Press, 1990), 363. 另见 Alfred Appel, Jr., *Nabokov's Dark Cinema*（New York: Oxford University Press, 1974), 153-154。

律师罗曼等被刽子手皮埃尔操纵的木偶人物出现,他们没有思想,没有生机,没有人性。《黑暗中的笑声》中的阿比纳斯平庸却附庸风雅,有幸福的家庭却幻想出轨,被粗俗的玛戈特与她穷困潦倒的情夫雷克斯玩弄于股掌却浑然不知,直到最后在双目失明的黑暗中死于非命,活脱脱一副无知、可悲、任人摆布的木偶喜剧中的小丑形象。

纳博科夫在不止一个场合中说过自己讨厌科幻电影。他欣赏的科幻作家不多,其中包括 H. G. 威尔斯(H. G. Wells)。然而在其小说中仍能发现科幻电影中常见的主题、题材与风格,如《王,后,杰克》中的机器人,《透明之物》《眼睛》等小说中人物的隐身、不死、变形、隔空取物,《微暗的火》《阿达》以及短篇小说《韦恩姐妹》中的通灵现象,短篇小说《兰斯》("Lance")中的时空穿梭,《摩恩先生的悲剧》("The Tragedy of Mister Morn")和《时间与衰退》("Time and Ebb")中的时间之旅,《华尔兹的发明》("The Waltz Invention")中古怪而匪夷所思的发明,《拜访博物馆》("The Visit to the Museum")中的远距传物等[①]。

纳博科夫小说中的许多场景都模仿了好莱坞黑帮片、言情片、黑色电影、神经喜剧、悬疑片、侦探片、西部片等模式。这些影片中的常见情节,如打斗、谋杀、三角恋、出轨、车祸、追踪等,频繁出现在作家的作品中。其中,《洛丽塔》《绝望》《黑暗中的笑声》《眼睛》等小说里有枪战或打斗场面,《洛丽塔》《微暗的火》《王,后,杰克》《玛丽》《绝望》等小说中出现过追踪与谋杀情节。作家作品中另一幕经常出现的场景是主人公往往要经历一场

---

① Alfred Appel, Jr., *Nabokov's Dark Cinema* (New York: Oxford University Press, 1974), 167 – 168.

车祸。《洛丽塔》里的夏洛特因出门寄信被邻居比尔的卡车撞死，其原型《魔法师》中的男主人公在自己诱奸继女的企图被发现后撞车而死，《王，后，杰克》中德雷尔的伊卡莱斯牌轿车经历了两次车祸，《黑暗中的笑声》里阿比纳斯因车祸失明，《劳拉的原型》中哈伯特的女儿黛西被倒退的货车撞死，而在《天赋》中，作家原来也设想让济娜死于一场车祸①。

《说吧，记忆》里，作家在父亲与侮辱他的右派编辑决斗的前夜，想到了许多决斗的情景，但它们"都不像电影与漫画中两个人背对背阔步走开，转身面对面'砰砰'开枪的滑稽表演"（not the ludicrous back-to-back-face-about-bang-bang performance of movie and cartoon fame, SM, 141）。纳博科夫将西部片中惯常使用的决斗场景用一个复合形容词生动地再现了出来。

《洛丽塔》中亨伯特与奎尔蒂厮打的混乱一幕如同银幕上带有喜剧色彩的西部片场景：

> 他翻到我身上……我翻到他身上。我被压在我们下面。他被压在他们下面。我们滚在我们身上。
>
> （LO，299）

他们之间的扭打"既没有那种一拳把牛击昏的猛烈的拳击，也没有家具横飞的场面"，是两个文明人之间"默默无声、软弱无力、没有任何章法的扭打"（LO，299）。当亨伯特终于控制住奎尔蒂，让他坐在面前的椅子上时，他拿出一份用韵文写的诗体判决书的打印稿，要奎尔蒂大声地念出来。死到临头的奎尔蒂若无其事地调侃，"是用韵文写的嘛"，"真是好极了"，"好气派的诗节"，"有点儿重复"，"变得猥亵了"，"这的确是好诗"（LO，

---

① Yuri Leving, "Filming Nabokov: On the Visual Poetics of the Text," *Russian Studies in Literature*, Vol. 40 No. 3 (Summer 2004), 20.

299－300）。亨伯特将子弹一发发地打进奎尔蒂的身体里，他一次次倒下又站起，"鼻孔里发出好像电影胶片的声道中的鼻息声"。每次只要子弹打中了他，他就浑身抖动，好像是亨伯特在帮他"挠痒痒"。他一边剧烈地抽搐、颤抖、假笑着，一边用虚假的英国腔，以一种奇特的超然甚至亲切的口吻说道："噢，这下可真够呛……噢，这下伤得可真厉害，求求你，住手吧！噢，很疼，很疼，真的……"他们从客厅追打进卧室，尽管奎尔蒂臃肿的身体里已经吃进了许多枪子儿，这些子弹"反而给这个可怜的家伙注入了一股又一股活力"，仿佛它们"是一些药物胶囊，一种令人兴奋的灵丹妙药正在发生效力"。奎尔蒂虽已满身血污，却"依然活泼开朗"，闹剧式地将自己裹在乱七八糟的毯子里。当亨伯特走下楼梯向客厅里奎尔蒂的客人们宣布"我刚把克莱尔·奎尔蒂杀了"时，这些人幸灾乐祸地说"干得好"，"早该有人这么干了"，"我想大伙儿有一天也会对他这么干"。他们仿佛任何事情没发生似的，还在等奎尔蒂下来去看一场比赛。这时，按理应该已经死了千百回的奎尔蒂还爬到楼梯口，想要向客厅里那些幸灾乐祸的朋友们发表一番告白（LO，302－305）。

三、小说中的电影叙事技巧

电影制作中常用的方法有舞台设置（*mise-en-scène*）、摄影、剪辑与音效四种。舞台设置包括场景安排、化妆与灯光效果等。摄影主要涉及镜头的运用，包含镜头（shot）的长短、距离、固定镜头的多方位移动、摄影机位在空间的移动与透过人物视角进行的观察（POV，point of view shots）等技巧。持续时间长的画面为慢镜头（slow motion），完全停滞下来即为静景（still），压缩或加速的则为快镜头（fast motion）。电影一般采用中距摄影（medium shot），这一距离拉长则为长焦（long shot），拉近即为特写（close-up）。镜头沿纵轴上下移动为摇镜头（tilt shot），沿横轴左右移动为摆镜头（pan shot），顺轴心运动为晃动镜头（roll shot）。除了镜头的上下左右移动外，还可以将其固定在摄影车、起重机或类似的移动设备上对场景进行动态描述。剪辑涉及各种镜头的裁剪与组合，以及它们与声音和灯光的配合等，常见的技巧有蒙太奇（montage）与交替出现的对话（shot-reverse-shot）等①。这些舞台设置、摄影、剪辑与音效的技巧常常交替或融合在一起使用，使电影呈现出丰富的画面与意境。纳博科夫的小说大量运用了电影中的人物视角、快镜头、慢镜头、摇镜头、摆镜头、长焦、近景、蒙太奇、光影变幻、静景与活动画面等叙述技巧。

《固执己见》中，作家认为，认识现实的理想工具是如电影镜头般的眼睛。在小说的众多人物身上，可以看到他们具有如电影摄像机镜头般的视角。他们窥探一切，凭借艺术的想象将外部世界支离破碎的片段同时摄入自己的视野，将它们重新组合为一帧完整的画面（SO, 154）。《眼睛》里臆想狂的唯我主义者斯莫洛夫在受到情人丈夫的奚落与殴打后，羞愤交加而自杀。他在死后复活，以另一双如摄像机镜头般的眼睛审视自己生前与死后的世界：

> 只要我愿意，我就能加速这些人的运动，或者将其减到慢得可笑的程度，也可以把这些人分成几拨儿，或者排成不同的队形，忽而从下面，忽而从侧面把他们照亮……对我而言，他们的整个存在只不过是银幕上的一片微光。
>
> （Eye, 100）

---

① Torben Grodal, "Film production," *Routledge Encyclopedia of Narrative Theory*, eds., David Herman et al. (London and New York: Routledge, 2005), 169-170.

他看到作为家庭教师的自己与情人丈夫卡什马林（Kashmarin）在学生家里打斗的一幕从慢镜头回放般的舒缓，到画面静止，再到动作突然加速，搏斗更为激烈，仿佛拍摄电影时镜头忽而拉近，忽而停止，忽而晃动所造成的视角错乱的效果。而斯莫洛夫的学生兄弟俩则总在他们打斗的现场附近幸灾乐祸地旁观，使整个画面更具轻喜剧的效果（Eye, 23-26）。

《劳拉的原型》中，劳拉的父亲亚当·林德是同性恋者，30岁时已成为知名摄影师。他将摄像机放在蒙特卡洛一家酒店房间的角落里，从不同视角拍下自己自杀时的情景（Laura, 49）。

《洛丽塔》中，狱中忏悔的亨伯特被压抑的思想像电影中的快镜头那样"一遍遍翻阅痛苦的记忆"（LO, 13）。洛丽塔与亨伯特穿州横跨美国的旅行仿佛电影中飞速闪过的快镜头，一连串的城镇与各种各样的汽车旅馆在银幕上快速闪现并消失[①]。回忆与洛丽塔在一起的旅程时，他的视神经上快速闪现着各种版本的洛丽塔形象（LO, 160）。亨伯特希望从报纸上找到某张记者拍摄的照片，以便从中发现拐走洛丽塔的人的线索。他眼里仿佛有架"无动于衷的摄像镜头"记录了他"偷偷摸向洛丽塔的床"的影像（LO, 262）。夏洛特得知亨伯特畸恋洛丽塔的真相后因车祸而死的一幕运用了电影中的蒙太奇以及从长焦到特写的叙述技巧。读者首先看到的是车祸现场外围的一帧帧蒙太奇式画面：小路、汽车、人行道、草地、打开的车门、陷入灌木丛的车轮、现场的肇事者、警察与护士、慌乱的邻居、四处乱窜的猎狗、昏倒在草坪上的肇事者父亲、他手里握着的已喝了一半的酒杯。这一帧帧画面展现了事发时人们的慌乱与平静中蕴含的危机，看似

[①] 亨伯特与洛丽塔1947—1949年在美国大陆旅行的详细路线图与照片等可参见网络资料，http://www.dezimmer.net/LolitaUSA/LoUSpre.htm。

随意的蒙太奇式镜头取景在亨伯特脑海中渐渐拼接出了夏洛特出事时的场景：她横穿马路去邮筒投信时，被比尔的汽车撞倒。最后镜头摇向了盖在毛毯下的夏洛特的尸体的特写：混成一团的骨头、脑浆、头发与血肉（LO, 97 - 98）。在着魔的猎人旅馆里，亨伯特引诱洛丽塔的一幕则完全是按照电影的慢镜头来描写的：

> 啊，梦一般的可人儿！她仿佛是从远方，迈着慢动作般的步子，朝打开的行李箱走去……就像在水中行走，或在梦中飞行，她缓慢地穿过膨胀的空间，穿着高跟鞋的脚抬得很高，漂亮的男孩子式的膝盖弯曲着。她提着一件迷人而昂贵的铜色内衣的臂饰，把它拎了起来，静静地、非常缓慢地铺在自己两手之间，仿佛着迷的捕鸟者屏着呼吸，抓住火焰般明艳的鸟儿的翅尖，将它展开。然后她慢慢抽出一根晶光闪烁的蛇一般的腰带，把它系在腰间。
>
> （LO, 120）

洛丽塔脱衣的一幕，透过亨伯特的视角，如同被放慢的镜头，缓缓地发生。欲火焚身的亨伯特，似乎要吞噬洛丽塔举手投足的每个细节，而房间里的空气仿佛凝滞、膨胀了。

纳博科夫对着魔的猎人旅馆的描写，运用了电影中的光影变幻技巧。亨伯特与洛丽塔驾车四处寻找，终于在穿过一片漆黑的公园后，"发现薄雾笼罩中一团钻石般的光芒，紧接着出现了水波荡漾的微光"，在"幽灵似的树木下方，一条砾石铺就的车道顶端，坐落着宫殿般苍白的'着魔的猎人'"。这一幕描写，与爱伦·坡在《厄榭府的倒塌》中对厄榭府的描写类似，都运用了长的圆周句，加上摇曳的树影、波光粼粼的池水、迷雾中的亮光、苍白的外墙，以及"弧光灯下，放大了的栗树树叶的影子摇曳起伏"（LO, 117），光影的交错，镜头的由远及近，让画面充满了神秘感。

洛丽塔打网球时的发球动作，如同银幕上从定格画面到活动画面的转换：她抬起左腿，挥舞球拍，仰着脸，网球定格在脸上方，仿佛瞬间静止的图片。突然，啪的一声，画面动了起来，球拍击中了小球。

> 我的洛丽塔在轮到她有充分的时间轻快地发球的时刻，有一种特殊的抬起弯曲的左膝的姿势，这时在阳光中，一只脚尖突出的脚、纯净的腋窝、发亮的胳膊和向后挥动的球拍之间有一刹那总会形成并保持一种充满生命力的平衡姿态，她总抬起脸来，露出闪亮的牙齿，对着那个给高高地抛到了强大优美的宇宙顶点的小球微微一笑；她创造那个宇宙，为的就是用她的球拍像金鞭似的清脆响亮地啪的一下击在球的上面。
>
> （LO, 231-232）[①]

《黑暗的笑声》中阿比纳斯出车祸的一幕充分运用了电影中多视角、摇镜头、摆镜头、蒙太奇、色彩变幻等叙述技巧。阿比纳斯从朋友康拉德与周围的人那里得知玛戈特与雷克斯背着自己偷情后，怒气冲冲地带着玛戈特离开鲁吉纳镇。开车并不熟练的他发现前方弯道越来越多，公路的一边是峭壁，另一边是深渊。他加速前行，阳光刺得他睁不开眼，计速器上的指针不断地往上攀升（LD, 236）。这是阿比纳斯本人的视角。此时，镜头摇向上方，一位采药的老妇人在公路上方看到一辆小小的蓝色汽车朝急转弯处开去，而公路的另一端，两个自行车手伏在车把上朝未

[①] 译文出自主万译《洛丽塔》，上海：上海译文出版社，2005年，第368页。本书中部分译文参考了该书。

知的车祸现场飞驰而来（LD, 236）。在采药老妪的眼里，阿比纳斯的汽车与骑车人从相反方向同时向公路的急转弯处快速会合，一架邮政飞机穿过蓝天中闪亮的尘埃朝海岸方向飞去（LD, 237）。这是山上老妇人的视角。紧接着，镜头再次摇开。飞行员能看见盘旋的公路，机翼的阴影掠过阳光灿烂的山坡与相距12英里的两座村庄（LD, 237）。这是飞行员的视角。此时叙述者说，倘若飞机再飞高一点，飞行员或许可以看见柏林。镜头自然地摆到柏林城里站在阳台上的伊丽莎白。这是叙述者的视角。在接下来的第三十三章里，受伤醒来的阿比纳斯想起了记忆中留存的一幅车祸瞬间色彩艳丽的静止图画：泛着蓝色光泽的拐弯，左侧红绿相间的峭壁，右侧白色的矮墙。两个身着橘红色运动服的壮汉骑着自行车迎面驶来。他猛打方向盘，汽车一跃而起，飞过右边的一堆岩石，刹那间挡风玻璃前出现了一根电线杆，玛戈特伸出的手臂划过画面。然后，眼前一片漆黑（LD, 240）。这是车祸瞬间阿比纳斯的视角。当看到阿比纳斯车内的速度表飞快上升，读者已经隐约预感到危险的临近，气氛陡然紧张起来。然而，作者马上将镜头摇开，转移到山坡上采药老妇人看到的情形。镜头从近景变为远景，画面从特写转到整体的素描，车祸一幕暂时被搁置。此时，镜头从斜坡挪到了空中，飞行员从更高更远的碧空看到了更为全景的车祸场景，从对现场的描写转为叙述柏林城里的生活。本来车祸已迫在眉睫，作者却故意将镜头由近及远地移开，搁置了这一幕，从外围平静的画面将紧张的氛围渲染出来，留下了遐想的空间，让读者脑海中存留的悬念在膨胀至最后一刻时解开，最后才交代事故亲历者对车祸瞬间刻骨铭心的记忆。作者截取了现场最生动的几个特写：飞过岩石堆的轿车、挡风玻璃前赫然出现的电线杆、玛戈特舞动的手臂。活动的画面静止在阿比纳斯的脑海里，瞬间被一片黑暗取代。在上述段落的描写里，纳博科夫充分运用了电影的叙事技巧。摇摆镜头的使用全方位地展示了车祸的不同侧面，近景与长焦、特写与整体画面交替出现，动与静交织，灿烂碧空下艳丽的景色与失明后的黑暗形成强烈的色彩对比。读者仿佛坐在电影院中的观众，在欣赏一出出近在咫尺的银幕画面。

如果上述画面是纳博科夫运用移动镜头描述同一场景的典型例子，在《光荣》《王，后，杰克》《黑暗中的笑声》《阿达》《洛丽塔》《普宁》《塞巴斯特安·奈特的真实生活》等众多小说中，人物透过车窗欣赏外部景物的设计则运用了固定在移动介质上的镜头摄取舞台场景的技巧。《王，后，杰克》里乡巴佬弗朗兹第一次乘火车前往柏林时，看到窗外送行的亲人、站台上的报摊、水果摊、手推车、小镇、广场、教堂、各种店招、窗外如布条般拼接的片片农田，在"秋天的清晨雾霭中"迅速后退，仿佛整个世界都动了起来，再也无法停止（KQK，2）。快速行驶的列车外面，如一堵墙般的山毛榉林在斑驳的光影交错中从窗口迅速后退，接着被大片的草坪取代。远方与铁轨平行的公路上，一辆小不点轿车飞速驶过。突然出现的隧道让弗朗兹眼前一片黑暗，升高的噪音震动着他的耳膜，紧接着是重新返回的灯光。弗朗兹的双眼，就像固定的摄影镜头，窗外毫无关联的景物一一在眼前闪现、消失。一会儿是充满整个窗户的绿色森林，一会儿是漆黑的隧道，一会儿是闪过头顶的大桥，一会儿是开阔的乡村，一会儿是绿色的山坡，直到列车驶近柏林，窗外交替更迭出现了如明信片般朦胧的城市景致（KQK，5-13）。

《光荣》中，马丁幻想与陌生女郎跳舞时调情，犹如黑白电影中酒吧男女邂逅时的暧昧场景：光影的明暗交织、朦胧迷离的音乐、若即若离的肢体接触、女人的发香、空洞应景的聊天、空气中弥散的无法穿透的袅袅浓情蜜意，短短数百字将男主人公的感官体验描写到极致，读者视、听、嗅、味、触觉的感官刺激得到充分扩张。这一幕缓慢而缥缈迷离的场景之后，是镜头快速闪回的一个个酒吧约会，以男人把玩香烟与女郎合上眼睛的特写戛然止住，然后镜头切换到黑色雨夜中一辆闪闪发光的轿车驶过白色斜坡的画面。作者综合运用了灯光、音效、色彩、快镜头、特写与镜头剪辑与切换等电影叙事技巧，将暧昧的艳遇描写得如银幕人物亲历般生动。

  音乐从敞开的门钻进来，女孩有弹性的腿轻柔地触碰着你，若即若离；凑近你唇边的发香，她脸颊的香粉掉进你的丝绸领子里；这些老套的柔情蜜意深深撩拨着马丁的心。他享受与陌生的漂亮妞儿一起跳舞，享受那空虚率真的谈话；你可以聆听你和她内心某种朦胧得让人心醉的东西。经历了一个又一个酒吧之后，没有任何结局，永远消失，彻底遗忘了。然而身体的接触尚未完全脱离，可能的艳遇已开始萌生，暧昧的情愫四处弥漫。在某个灯光暗淡的房间里，两人突然沉默了。男人颤抖的手指在烟灰缸边把玩着一支刚点着的碍手碍脚的香烟；女人像电影中的场景那样，慢慢合上了双眼。瞬间又是一片黑暗。一个光点，一辆闪闪发光的高级轿车快速穿越雨夜，兀自出现的白色斜坡，让人目眩的海浪。马丁正想问她的芳名，她已转身离去，"影子如簇簇树叶，落在她亮闪闪的衣襟上"，像银幕上的漂亮女郎，"登上别人的游艇，闪烁着，欢笑着，将硬币投进水里"。

（GL, 82-83）

《绝望》里赫尔曼枪杀菲利克斯是在他换好衣服转过身去的

一瞬间完成的，然而整段叙述充满细节的描写，仿佛电影中的慢镜头回放：枪口朦胧的烟雾还悬在半空，慢慢散开。菲利克斯缓缓倒下，在雪地上扭动着，仿佛新换上的赫尔曼的衣服不合身似的。他的身躯慢慢僵硬了，终于一动不动。地面仿佛旋转起来，只有他缓缓倒下时从头上吹落的帽子悄无声息地飘走，仿佛在跟主人说再见。枪声久久萦绕在赫尔曼的耳边（DS，171）。这些细节仿佛由电影中一幕幕慢镜头组成，时间似乎在令人窒息与眩晕的氛围中停滞下来。慢镜头般的打斗场景还有《眼睛》中斯莫洛夫与情人丈夫的打斗，《洛丽塔》中亨伯特与奎尔蒂的打斗等。

《庶出的标志》里克鲁格在帕杜卡及其所谓公平国的威逼利诱下誓死不从。他们错误地残杀了他的儿子大卫，却欺骗他大卫还活着，以争取他对集权制度的支持。克鲁格是在银幕上见到大卫的最后一面的，"这一幕只持续了片刻：他仰头望着护士，眨了眨眼睫毛，头发在灯光下忽闪了一下……他的脸庞越来越大，越来越模糊，一下子消失了"（BS，95）。作者运用了电影叙事中的镜头取景与灯光效果，画面由远及近放大，出现人物脸部的特写，最后从银幕上消失。

很久以来，人们就注意到电影叙事与文字书写之间有紧密的联系。著名导演爱森斯坦从汉字的会意构词法中得到启发，发展了蒙太奇手法，而形式主义代表人物什克洛夫斯基则指出"银幕上活动的人物，某种意义上是表意文字。他们不是电影形象而是电影的语言、电影的概念。蒙太奇是电影语言的句法与语源"[①]。多斯·帕索斯则将电影叙事中的蒙太奇式意象拼接称作"同存

[①] Yuri Leving, "Filming Nabokov: On the Visual Poetics of the Text," *Russian Studies in Literature*, Vol. 40 No. 3 (Summer 2004), 9.

性",认为发展这一概念的先驱人物是爱森斯坦与格里菲斯。[①]文字的并列与同存性可以再现银屏的画面,而银幕上的蒙太奇则是电影叙事的文字素材。由此可见,文字的书写与电影叙事尽管有诸多不同,但二者在许多方面也有异曲同工之妙。纳博科夫深谙个中之道,是十分罕见的自觉在小说中系统地运用电影叙事的作家,其作品中的主题与题材、人物形象、情节设置、叙述技巧、结构与风格则广泛借鉴并取材于电影艺术,将文字的书写与电影叙事水乳交融地结合在了一起。

---

① Barbara Wyllie, *Nabokov at the Movies: Film Perspectives in Fiction* (Jefferson & London: McFarland & Company, Inc., Publishers, 2003), 46.

第三章

纳博科夫小说中的空间形式

纳博科夫的小说具有鲜明的空间叙事特征。弗兰克指出,纳博科夫"视小说形式本质上是空间的,或换言之是共时而非历时的;他秉持的信念是,只有通过伟大作品的内在结构才能体悟审美狂喜。这不过是用一种更形象的说法表达相同的意思罢了"[①]。阿佩尔在《注释版洛丽塔》中指出,纳博科夫的小说具有显著的空间特征,需要从空间视角去把握其中同存的多元维度(LO, xxxii, lxv, lxvii),《微暗的火》则可以看作空间的一幅画作(LO, 378)。

空间叙事理论所关注的诗学问题的核心是自弗兰克以来广受重视的叙事的空间形式,涵盖语言、结构、读者感知三方面的内容。在语言上,具有空间特征的小说常背离传统的线性序列与因果关系,采用共时性的空间叙述方式,强调文本的同在性与文字

---

① Vladimir E. Alexandrov, ed., *The Garland Companion to Vladimir Nabokov* (New York & London: Garland Publishing, Inc., 1995), 236.

的上下文反应参照，彰显作品自身的文本属性与作家的书写过程。其常见形式有意象并置、蒙太奇、文字游戏、百科全书式的摘录等。在结构上，小说的章节安排通常采用空间化的构架以减缓或弱化叙事时序，突出文本的视觉属性。按凯斯特纳的观点，其空间结构的第二位幻觉来自三个方面，即各种嵌入叙事的图像式（pictorial）空间，小说人物的视角形成的具有立体空间幻觉的雕塑空间（sculptural），以及作品章节安排、文字排版等建筑空间（architectural）。在读者层次，空间化的小说有意识地打破从左至右的阅读习惯，消除他们时间流逝的幻觉，强调在反复阅读的基础上，透过文本错综复杂的反应参照体系，建构一个意义的整体空间。空间叙事理论滋生于现代主义小说的土壤中，乔伊斯、普鲁斯特、福楼拜等人的作品是他们分析的重点。尽管纳博科夫难以被简单地归于现代主义作家的范畴，一个有趣的现象是，他所喜爱的作家中很多也是空间叙事理论奠基者弗兰克的至爱。弗兰克从空间视角分析过的作品，也出现在纳博科夫的大学讲稿与文学批评里。纳博科夫与弗兰克对《包法利夫人》中多个场景并置的分析有异曲同工之妙，只不过前者没有明确提出空间叙事的理论，而是将场景并置的技巧称为"对位法"（counterpoint method），将并列的主题称为"对位的主题"（contrapuntal theme, LL, 147），而后者则在其基础上发展出著名的"空间形式"概念。五六个人物同时交谈、对人物、陈设及整个环境的同时描述，中间还要突出即将坠入爱河的男女主人公，这种"老套的新闻体"与"老套的罗曼司"的并置产生了强烈的讽刺效果。纳博科夫称福楼拜的《包法利夫人》是最有诗意的小说之一，没有福楼拜，或许便没有普鲁斯特、乔伊斯和契诃夫（LL, 147）。由此可见，纳博科夫对空间形式的重视完全不逊于弗兰克。他对文本与语言无比的重视、对作品结构的开拓性创新以及作品中罕见的读者意识，无疑是实践小说空间形式的典型范例。本章将从纳博科夫小说中的图案、作家的自我书写、空间的阅读等方面展开讨论，重点分析《洛丽塔》中的语言与文字游戏以及《微暗的火》中的独特结构与空间的阅读。

第一节　纳博科夫小说中的图案

纳博科夫小说的一个核心主题是艺术家可以通过记忆或感知，跨越久远时代的阻隔，将世间万物看似繁杂无关的细节与巧合，在大脑意识里编织成色彩斑斓的有机和谐的空间图案（pattern）。图案是理解纳博科夫作品的核心概念，是其小说中出现频率最高的词语之一。由于作家将其用于各种各样的场合，它可以指时间的魔毯、人生的彩色螺旋、精神的彼岸世界、文本的精心雕琢、象棋的棋局、色彩的编织、蝴蝶的花纹、绘画与电影的技法等不同内容，因此难以对之进行系统、全面的描述。它是作家寻求的人生主题，也是其艺术实践遵循的结构原则，或可概述为"细节中的有机整体"。一方面，作家强调部分或具体细节的精确与完整，另一方面，这些看似完全独立的细节与部分因命运与巧合而组成相互关联的有机整体，在艺术的顿悟时刻，可以如整体画面般被瞬间感知。在《固执己见》里，作家宣称他能在瞬间感知自己小说的总体模式（SO, 31-32, 84）。他说：

> 我一直认为……作家的国别并不重要。其艺术才是他真正的护照；其身份应当因某种特别的图案（pattern）或色彩（coloration）而一目了然。
>
> （SO, 65）

对艺术家而言，图案总是优先于事物而存在（SO, 99）。批评家们不应热衷于寻找小说的思想与寓意，而应探寻文字具体的组合方式（SO, 66）。他对图案如此纠结，以至于一度要把自传《说吧，记忆》命名为《花纹饰》（anthemion）①。在这部传记里，作家要做的是"系统性地收集相互关联的个人记忆"（a systematically correlated assemblage of personal recollections, SM, 7），其创作时遵循的原则"主要关注的是忠实于过去的图案"（SO, 121）。不但作家的单部作品如此，而且正如塞巴斯蒂安·奈特所说，读者应将一位作家各种不同内容与形式的小说作为一个整体来理解。纳博科夫的这一艺术实践，印证了弗兰克等人所称的小说的空间特征：艺术的创作与欣赏可以在一瞬间，而非通过事件的序列来整体空间化地呈现各种互不相关的局部细节。

图案在纳博科夫创作中的重要地位已为学术界所公认。德米特里在《关于一本名为〈魔法师〉的书》中指出，偶然图案的艺术重组是纳博科夫文学创作的基本模式之一（EN, 93）。对于作家而言，"或许重要的根本就不是人类的悲喜，而是投射到活生生人物身上的光影，以及以独特而难以模仿的方式组合起来的细节的和谐图案"（EN, 94）。他强调对具体细节而非抽象概述的艺术体验，而其文学创作则与蝶类学研究一样，孜孜以求的是细节的精确（EN, 95）。

博伊德认为，精确而独立的视觉细节与它们的图案组合是构成纳博科夫形而上学与认识论的核心主轴。纳博科夫热爱图案，如华丽的文体、艺术与生活中的时间图案以及对自然界事物的惟妙惟肖的模仿等②。纳博科夫的图案是正反合的螺旋，对记忆与人生独特而

---

① Julian W. Connolly, ed., *Nabokov and His Fiction: New Perspectives* (Cambridge: Cambridge University Press, 1999), 110.
② Brian Boyd, *Nabokov's* Ada: *The Place of Consciousness* (Ann Arbor: Ardis Publishers, 1985), 3, 49.

精确的细节描写以及对感官世界的深深体悟构成了他作品中诙谐欢快的喜剧正旋;而人生囿于时间之狱的事实则使其小说充满了荒诞、惶恐、绝望、疯癫与死亡,这是纳博科夫图案中的悲剧反旋;他相信人生无法穷尽的富饶证明了它不过是"世界中的世界中的世界"(worlds within worlds within worlds),因此在它之外理当存在别的可能世界。一个想象的精神彼岸构成了纳博科夫图案的合旋①。正反合的螺旋构成了纳博科夫图案中的主要内容。

贝西娅在谈到纳博科夫的创作风格与模式时指出:"不妨说,风格就是纳博科夫的语言人格(linguistic personhood),因为它准许作家在创作的结构里融入对自然世界精密而科学的观察,以及形而上学与意识的抽象世界,即他所宣称的永恒和他积极参与的自然对神圣世界模仿的图案。"② 这一拗口而费解的叙述,换言之即纳博科夫的创作风格是在语言文字组成的艺术结构里,对细节进行精密科学的描写,这些独特的个体的细节构成了自然界的有机整体图案,它们是对某个形而上或意识的神圣彼岸的模仿。这是属于作家个人世界的独特风格,神秘而难以言说。

巴拉卜塔罗指出,纳博科夫总是将作品的主题编织进某些可辨的图案里,对它的解读需要读者最大限度地参与,从更高更远的距离才能管窥一二。这就要求读者与作家之间的最大合作,唯有如此,才能偶尔在碧空中与其小说里常见的温婉净澈的小精灵们相遇。因此,"鸟瞰"(aerial view)这一空间隐喻可谓对作家

---

① Brian Boyd, "Nabokov: A Centennial Toast," *Nabokov's World Volume 2: Reading Nabokov*, eds., Jane Grayson, Arnold McMillin and Priscilla Meyer (New York: Palgrave, 2002), 10–11.
② David M. Bethea, "Style," *The Garland Companion to Vladimir Nabokov*, ed. Vladimir E. Alexandrov (New York & London: Garland Publishing, Inc.,1995), 696.

主题设计的生动描述①。

格雷森认为,虽然所有作家都是图案的编织者,唯有纳博科夫才可称为其中的大师②。克兰西指出,如果将纳博科夫的小说作为一个整体看待,它们之间有着连贯、和谐、相互关联(interconnectedness)的风格与主题③。

一、"宇宙同步":细节中的有机图案

纳博科夫在《说吧,记忆》的第十一章论述其早期诗歌创作时,借自己所谓的哲学家朋友薇薇安·布拉德马克(Vivian Bloodmark,纳博科夫姓名的字母重组)之口,指出文学创作的结构模式是超越普通意识的"宇宙同步"(SM, 161),即诗人必须具有同时思考诸多不同事物的能力:

> 所有的诗歌都是由位置决定的:表达自己与被意识拥抱的宇宙之间的位置关系是自古就有的冲动。意识之手伸出去,四下摸索,它们伸展得越长越好。触须而不是翅膀,是阿波罗天生的朋友。我的一位哲学家朋友薇薇安·布拉德马克后来告诉我,科学家看到空间某个点上发生的一切,诗人则感受到时间某个点上发生的一切。……这一切构成了瞬间透明的事件有机体,诗人(坐在纽约伊萨卡一片草坪的椅子上)则是它们的核心。
>
> (LL, 378)

---

① Gennady Barabtarlo, *Aerial View: Essays on Nabokov's Art and Metaphysics* (New York: Peter Lang, 1993), 3 – 4.

② Jane Grayson, *Illustrated Lives: Vladimir Nabokov* (London: Penguin Books, 2001), 4.

③ Laurie Clancy, *The Novels of Vladimir Nabokov* (London & Basingstoke: MacMillan, 1984), 5.

坐在纽约伊萨卡一片草坪椅子上的诗人纳博科夫的艺术创作灵感来自时空或宇宙的同步："过去、现在、将来（你的书）瞬间同时而至，你可以同时感知时间的全部循环，换言之，时间停止了。"（LL, 378）艺术家充分伸展自己意识的触须，去深切地感悟某个时间点上同时映现的事物细节，在过去、现在、将来同时蜂拥而至的顿悟瞬间，将纷繁复杂的个体细节组合成透明的有机整体图案。

"宇宙同步"的认知模式对《天赋》中的主人公费奥多而言则是"多层次的思考"（multi-level thinking, GF, 175），即将没有必然联系的事物在脑海中瞬间组合为整体图案的能力。车尔尼雪夫斯基临死前告白："对于我们喜欢居家的感官而言，随着肉体的解体导致的将来对周围环境的理解，最容易联想到的形象就是灵魂从肉体的眼眶解放出来，我们变成了一只完全自由的眼睛，同时看到所有方向上的事物……"（GF, 322）在肉体死亡的瞬间，人类脱离了时间与意识的羁绊，变成了一只硕大的傲视一切的眼睛，看清了人世间纷纭乱象后的整个图案。

《斩首之邀》中的辛辛那提斯认为自己与身边狱卒的不同之处在于自己能够看到错综复杂细节背后的有机整体：

> 我不是普通人——我是你们中间活着的一个——我的眼睛与你们不同，我的听觉与你们不同，我的味觉与你们不同。我的嗅觉像鹿一般锐利，我的触觉像蝙蝠一样敏感；最重要的是，我能将所有的感知融合在一起。
>
> （IB, 52）

塞巴斯蒂安·奈特，纳博科夫笔下的另一位艺术家，有着类似的体悟：

> 哈罗德百货公司附近一条盲人的狗或街头画家的彩

第三章　纳博科夫小说中的空间形式

色粉笔画；前往新福里斯特路上棕色的树叶或贫民窟黑色砖墙外悬挂的铁皮槽；木偶剧潘趣中的一幅画面或《哈姆雷特》中的紫色通道，所有这些构成了清晰的和谐整体，而我在其中也留下了自己的影子。

(RLSK, 68)

作家奈特就像是百眼巨人阿尔戈斯，看到了世间五彩缤纷的一切（RLSK, 97），在写作的瞬间，这些事物蜂拥而至，使作家能同时感知到它们，创作出虚构的文学作品（RLSK, 114）。他的第二部作品《成功》的写作模式是"对各种因果律的花里胡哨的赌博，或者换句话说，是探究各种偶然事件的病原学机理"（RLSK, 96）。在创作《可疑的水仙》（*The Doubtful Asphodel*）时，他强调"重要的不是部分，而是它们的结合"（RLSK, 176）。在讨论性的主题时，他写道：

> 所有事物都属于同一秩序，这是人类感知的整体性（oneness），个体的整体性与物质的整体性，不管它是什么样的物质。唯一真实的数字是一，其他的一切不过是它的重复。

(RLSK, 105)

作家认为自己小说《棱镜的斜面》（*The Prismatic Bezel*）中的真正英雄是"创作的方法"，"仿佛一位画家在说：瞧，我将向你展示的不是一幅风景画，而是绘出一幅风景画的不同绘画方法；我相信这些方法的有机融合将向你展示我希望你看到的风景画"（RLSK, 95）。这一方法被阿佩尔用来描述《洛丽塔》这部多棱镜般的小说的真正主题（LO, xvii）。

《眼睛》的前言里，纳博科夫声称，该书没有任何社会意义，也不是神话。弗洛伊德与马克思主义者寻求普遍观点与神话的做法都是错误的，书中最重要的是"图案"，而《眼睛》的图案是旅途结束时一长串镜子里孪生意象的组合（Eye, Foreword, unpaginated）。读者需通过小说中意象与图景构成的意义网络，借助斯莫洛夫的错位视角，观察世界与文本的空间生产，在混沌的世界中发现意义的和谐整体。

《微暗的火》中诗人谢德以一首名为《微暗的火》的999行长诗试图回答生死潜在的意义，对杂乱细节后的有机图案进行了系统深入的探讨。诗人认为人生是高于人类的彼岸生灵所安排的"有机联系的图案"，这些生命是谁并不重要，他们没有向我们传递声音和光亮，高高在上，默默无语地玩着"多个世界的游戏"（a game of worlds），在暗中操纵着人类的事件与命运的各种可能（PF, 63）。他们是命运的建筑师，也是命运的艺术设计师，"来自上方的一瞥"（a look from above）那神奇的拇指（master thumb）使我们扭曲的人生重新回归"一条美丽的直线"（PF, 261）。在探索生死的奥秘过程中，谢德读到一本杂志上介绍的一位女士曾因心脏病发作而窥见"死后的境界"（the land beyond the veil），在那里有天使与——

> 彩色玻璃的闪光，
> 一种轻柔的音乐，精选的赞美圣歌，
> 和她母亲的声音

在结尾处，这位女士提到了自己透过迷雾的果园瞥见一座又高又白的喷泉，随即苏醒过来（PF, 60-61）。谢德兴奋不已，立即驱车300英里前去了解她在死后的境界中见到的白色喷泉。然而见到大诗人谢德亲自造访，那位女士激动得语无伦次，他只好找到采访她的新闻记者，看到了采访时的原稿。发现那位女士死后见到的所谓喷泉（fountain）是杂志的误印，原稿中是山峦

(mountain)。这一发现，让谢德立即顿悟，生死的奥秘原来是对位的论题，是来自彼岸的精灵在颠倒混乱的巧合中玩耍的尘世拼图游戏，重要的不是文本（text，PF，63），而是图案（texture，PF，63），即文字或生活的细节在杂乱无章的世界里因巧合产生的有机联系：

> 但是我顿时领悟到这才是
> 真正的要点，对位的论题；
> 只能如此：不在于文本，而在于结构；
> 不在于梦幻，而在于颠倒混乱的巧合，
> 不在于肤浅的胡扯，而在于感官之网（a web of sense）。
> 对！这就足以使我在生活中找到
> 某种联系，某种饶有兴味儿的联系（link-and-bobolink），
> 某种在这场游戏中相互关联的图案（correlated pattern），
> 丛状的艺术性，以及少许正像
> 他们玩耍这类游戏而寻获的同样乐趣。
> 他们是谁倒也无所谓。没有声响，
> 没有诡秘亮光来自他们回旋的住所，
> 但是他们就在那里，冷漠而无声地
> 玩耍一种尘世游戏，……
>
> (PF, 62-63)

顿悟后的诗人诗兴大发，开始了才思泉涌的长诗写作。他将自己对人生与死亡的领悟注入诗歌里，声称艺术家的想象与意识可以超越宇宙，而宇宙不过是一行抑扬格的诗，由艺术家的思想

重组赋予其整体图案：

> 我觉得唯有
> 通过我的艺术
> 在艺术组合的愉悦中（In terms of combinational delight）
> 才能理解人生或至少部分人生
> 如果我的个人世界扫描准确
> 宇宙群星的诗行定也无比神圣
> 我猜想它不过是一行抑扬格的诗
>
> （PF, 68-69）

透过艺术赋予混乱人生以秩序是纳博科夫追求的人生图案。他认为理想的创作与阅读都如绘画，不是由左至右的线性排列，而是作家与读者脑海中空间图案的整体建构。这是作家艺术创作与欣赏中遵循的结构原则。纳博科夫笔下的作家与诗人们，透过艺术的棱镜，用宇宙同步、对位的论题、多层次思考等方法在人生的混乱无章与文字的错综迷宫里发现并重组了一幅幅有机联系的和谐图案。

二、细节之网

细节的真实是许多作家希望达到的目标，然而鲜有作家如纳博科夫般对细节苛求到吹毛求疵的程度。对纳博科夫而言，只有个体对事物的独特感知才是有价值的，它需要调动人类全部的意识与情感，对事物独一无二的特性与微小的细节进行细致的观察、感性的认知以及崭新而具体的表述，模糊、老套、抽象、笼统与缺乏生机的概述只能让事物独特的美消失殆尽。博伊德在系列著作中，分析了纳博科夫小说中密如蛛网的细节网络以及这些网络背后的整体图案。作家兼评论家梅森指出，她最崇拜的是纳博科夫的细节描写与对最微小事物的把握，这些经常被人忽视的东西才是现实的本质①。托克尔谈到纳博科夫的"美学狂喜"（aesthetic bliss）概念时，指出它一方面具有"麻醉"（anaesthetic）的作用，抚慰了个体在经验世界所遭遇的痛苦，另一方面它又是"通感"（synaesthesia），即个体综合调动自己的各种认知能力，去深切而具体地感悟由各种意象和图画构成的经验世界②。派弗尔认为纳博科夫小说中追求的新鲜而极富感官刺激的细节描写不是站在生活的反面，而是"通过将习惯的认知陌生化，刷新读者对现实的感受"③。

在康奈尔，纳博科夫要求学生阅读文学作品时要关注并抚爱细节（LL, 1）。他指出："我们应该永远记住艺术作品无一例外都在创造新的世界，因此我们首先要做的便是尽可能细致地研究这一新世界。"只有当一本书中"如阳光般灿烂的琐碎细节"得到了充分的考察，才能分析它与"别的世界，别的知识分支"的联系（LL, 1）。在他的课堂上"读者必须讨论特别的细节而不是普遍的观点"（SO, 128）。他强调，"真正的艺术不关注种，甚至属，而是属中某个特殊的个体"（SO, 155）。他讨厌象征与讽喻，讨厌弗洛伊德的乌尔都主义与文学神秘主义和社会道德主义的归纳与总结（LO, 314），"主义与主义者死亡，而后才有艺术"（LL, 147）。作为艺术家与学者，他更关注微小的细节与具

---

① Bonnie Lyons and Bill Oliver, "An Interview with Bobbie Ann Mason," *Contemporary Literature*, Vol. 32 No. 4 (Winter 1991), 461.

② Leona Toker, *Nabokov: The Mystery of Literary Structures* (Ithaca and London: Cornell University Press, 1989), 229.

③ Ellen Pifer, *Nabokov and the Novel* (Cambridge, MA: Harvard University Press, 1980), 25.

体的意象，而不是笼统的抽象（SO，7），认为作家应用独一无二的表达方式展现生活细节带给读者的"独特的惊喜"（LL，2）。对作家而言，细节与局部远远高于整体与抽象（LL，373），"在高雅艺术与纯科学中，细节即是一切"（SO，168）。世界是美好的，而美好的东西总是"超乎理性的具体"细节（LL，375），"只有近视眼才能原谅无知而模糊的概括"（SO，168）。

纳博科夫用鲜活而生动的具体例子告诉学生细节高于一切：

> 我记得一幅卡通，画中一位烟囱清扫工从高楼顶部坠落，在垂直降落的途中，他注意到某个招牌上写错了一个字，疑惑为什么没有人试图纠正它。
>
> （LL，373）

人生在某种程度上也是从生到死的坠落，而这种哪怕死到临头还在留意生活中琐碎的细节、痴迷于"飞逝而去的墙上图案"的"精神旁白和生活脚注"才是"最高形式的意识"（LL，373-374）。他要求学生读尤利西斯的作品时应详细了解都柏林的地图，梳理出地图中具体的细节（SO，55）。讨论狄更斯的《荒凉山庄》时，他在课堂上画出了整个英国地图，以说明人物活动场所的变化（LL，62）。分析斯蒂文森的《化身博士》时，他用图表梳理了杰基尔博士与海德先生之间的关系，绘出了杰基尔房屋的结构图并对其做了详细的描述（LL，187）。分析卡夫卡的《变形记》时，纳博科夫充分利用自己昆虫学方面的专业知识，指出主人公所变的不是蟑螂，而是长有小翅的甲壳虫（LL，259）。在《文学讲稿》附录的康奈尔大学的试卷上纳博科夫要求学生"描述荒凉山庄的至少四个细节或爱玛读过的至少四本以上书籍及它们的作者"，甚至"描述爱玛的眼神、双手、遮阳伞、发饰、衣着与鞋子"（LL，383，385）。上述例子无一不表明纳博科夫视细节为文学作品的生命，而忽视细节则是绝对不能容忍的行为。《绝望》中赫尔曼对细节的忽略直接导致他的毁灭。他在杀害菲利克斯后没有注意到留在现场的受害者手杖上刻有其主人的名字，从而让自己自以为高明的谋财骗保阴谋昭示于众。纳博科夫借这样一个反面形象告诫读者细节高于一切。

纳博科夫认为真正的艺术是五官感知的艺术，而非思想与观点的艺术（LL, 237）。作家要用最精细的语言描写最感性的体悟，如暑天冷饮的舌尖刺激，头部受重击时的痛楚，鞋子夹脚时的难受与别扭等切肤而细腻的感受①。他用一层层精巧的文字包裹起"色彩的微妙变化"（contextual shades of color）与"声音的细微区别"（nuances of noise）（LATH, 118）。在《文学讲稿》中，他告诫学生：

> 我们必须用眼睛看，用耳朵听，必须显现人物的房间陈设、衣着打扮与行为举止。《曼斯菲尔德庄园》中范尼·普赖斯眼睛的颜色，她那间阴冷的小屋子的布局都事关重要。
>
> （LL, 4）

阅读纳博科夫的作品，读者随时体会到的将是五官神经末梢上的强烈刺激，是如针刺般深入肌肤与骨髓的切身体悟，是调动所有细胞与器官参与的艺术享受。小说《天赋》中青年作家费奥多准备写的小说里，最重视的是细节的描写：

> 天鹅绒般的空气，三片祖母绿的酸橙树叶飘落在路灯里，冰冷的啤酒，捣碎的土豆如银月般的火山喷发，

---

① David Rampton, *Vladimir Nabokov: A Critical Study of the Novels* (Cambridge: Cambridge University Press, 1984), 6-7.

模糊的嗓音，脚步声，云朵废墟中的群星……

(GF, 375)

短短几个短语里，描写了人类五官全部的通感知觉，充分展示了费奥多以及作家本人对细节的敏锐体会。空气可以触摸（嗅觉与触觉），绿色的酸橙树叶（视觉与味觉），冰冷的啤酒（触觉），捣碎的土豆如银月般火山喷发（视觉），模糊的嗓音（视觉与听觉），云朵废墟中的群星（视觉）。《洛丽塔》中，亨伯特的情人洛丽塔无法理解旅馆外墙的颜色明明是白色的亨伯特为什么会把它称作蓝色。纳博科夫后来对阿佩尔解释，在某个美丽的秋日，红色落叶与光影婆娑反衬中的白色墙面确实是蓝色的，亨伯特是从法国印象主义画家那里学到如何运用这一光影与视角变化技巧的（LO, 437）。类似的例子还有很多，本书在前面章节也列举了不少，此处不再赘述。

纳博科夫对细节的苛求，与他本人从事蝴蝶研究有关。科学研究要求的一丝不苟与精确，被作家结合在自己饱含激情的艺术创作里。它们两位一体，密不可分，互为借鉴。作家在科学与艺术的两度空间里自由遨游，用科学的激情创作，用艺术的精密从事科学研究。他反复重申艺术作品应该是"诗歌的精密与纯科学的狂喜"的结合（SO, 7, 11），好的小说应兼有"诗歌的精密与科学的直觉"（LL, 6）。作家对细节的吹毛求疵，也与他的人生哲学有关。生死之间短暂的光明之旅是无从逃避的宿命，人类不能被动接受这一事实，而应通过记忆、意识与艺术的想象，让时间停止，在时间黑洞两端的亮光里充分享受最充足的五彩人生，让意识最末梢的触须去拥抱生活中每一个微不足道的细节。换言之，抚爱细节即是享受人生，即是大爱无疆，即是生命的意义与价值所在。因此，作家宣称：

记忆只是艺术家使用的众多工具之一。艺术的感染力在于爱。你所付出的爱越多,记忆便越强烈。

(SO, 12)

爱源自人类投入全部感官去刻意渲染与关注的细节,而细节的艺术呈现则是文学作品的生命所在。

三、现实:外部细节的艺术虚构

对纳博科夫而言,作家是小说创作的核心与操纵者。在文本的编织中,他将生活中积累的经验细节在头脑里重新组合,构成文字的有机整体。互不关联的众多事物同时映现在居于核心观察位置的作家视野里,由他的想象将这些生动的画面组成一帧帧虚构的视觉图景(SO,154)。因此,只有艺术家的想象才能使支离破碎的外部世界构成有意义的现实,真正的现实是作家艺术虚构的现实。在论及普鲁斯特的《追忆逝水年华》时,纳博科夫指出,"艺术是世界上唯一的真实"(LL,208)。

阿佩尔指出,纳博科夫眼里的"记忆女神是黑色的缪斯,而怀旧不过是古怪的死胡同"。作家借助想象与记忆,让自传性的主题在艺术中凝固,在空间中停滞,成为人生可以依赖与回顾的永恒家园(LO,xxiii)。对纳博科夫而言,艺术使生活成为可能。他将自己独特的经历,编织进虚构的小说世界,在艺术创作中获得灵魂的慰藉与升华。这正像作家钟爱的蝴蝶,它们破茧而出,由蛹成蝶,完成了华丽的蜕变。艺术成为作家的人生现实,在艺术中他实现了让时间驻留的梦想,完成了对死亡恐惧的超越。

克兰西认为,纳博科夫视个体想象为真理的主要来源。想象比现实更真实,其常见方式是记忆。纳博科夫的所有小说都深信现实的最高境界是想象与记忆中的世界①。在作家最优秀的小说里，美学技巧只是实现其人文关怀的手段：最如实地描写生活的细节，同时肯定想象才是真正的现实。换言之，现实的最高境界是艺术家的意识与想象，它对外部世界及时间流逝的否定恰恰肯定了对世间万物的挚爱与对细节的无比珍视。"文字游戏与精巧的设计，以及对物质世界强烈的欲望与对真实世界的描写，这两个紧密联系（interrelatedness）的要素在纳博科夫的创作中融合在一起无法分割"。莱昂纳尔·特里林评价《洛丽塔》时将作家对生活的欲望与热爱，以及通过艺术塑造现实的文学实践看作无法分割的同一事物的两面②。用亨伯特的话说，则是"幻觉与现实在爱中融化"（LO, 201）。艺术的虚构与想象（亨伯特的幻觉）与普通现实，传达的其实是同一个人文关切：对人生炽热的爱。

纳博科夫眼里的现实是"艺术家创造的世界，他的想象"（SO, 112），即艺术创造的现实。在《固执己见》中，纳博科夫指出：

> 可以肯定存在着一个普通的现实，我们中的每一个人都可以觉察得到。这不是真正的现实，只不过是普遍的观点，常见的单调乏味，当下的评论……唯一真实的世界当然是那些看上去异常的现实。一旦个体的创造失去了主观体悟的质地，普通现实便开始腐烂发臭。
>
> （SO, 118）

作家眼里的现实是感知个体通过意识的艺术加工所遴选出的

---

① Laurie Clancy, *The Novels of Vladimir Nabokov* (London & Basingstoke: MacMillan, 1984), 6–8.

② Ibid., 144.

异乎寻常的细节。他进一步解释道：

> 现实是非常主观的。我只能将其定义为信息和细节的逐渐积累。以百合花或任何别的自然物为例，自然学家眼中的百合花会比普通人眼里的更真实，植物学家眼中的百合会比自然学家眼里的更真实。然而如果他是一位专门研究百合花的植物学家，便会离真实更近一步。你可以越来越接近现实，但你永远无法靠近它。因为现实是一系列的步骤，各种层面的感知，错误的底线，是无法达到，无法征服的。
>
> (SO, 10-11)

现实需要主观个体来定义。个体让意识在外部细节上驻留的时间长短与观察的细致与否决定了其接近真实的程度。因此，真实如同不断臻于完善的连续体，只有程度大小的区别，没有一个可以最终抵达的完美标准。从此意义上讲，现实不过是场梦。用《透明之物》中叙述者"我"的话说，现实与梦都是需要打上引号的（TT, 93），现实或许是一场"梦中之梦"：

> 现实也许只是一个梦。如果你意识到现实如梦本身也是一个梦，一个梦中之梦，那不是更可怕吗？
>
> (TT, 93)

《眼睛》的叙述者斯莫洛夫认为存在是虚无缥缈的（Eye, 37），他感到害怕的是现实会顷刻变成梦境，而更可怕的是人们所认为的梦也会变成现实（Eye, 108）。亨伯特认为，普通现实是少数几个不打引号便毫无意义的词汇（LO, 312）。《瞧这些小丑》中瓦迪姆相信现实只存在于文本的游戏与艺术的创造中，他要求读者"游戏吧！创造世界！创造现实！"（LH, 9）。金波特在《微暗的火》的前言中声称，没有他的注释，谢德的诗行便脱离了现实,现实只依赖于金波特在注释里的艺术虚构(PF, 28-29);艺术创造了它自己独特的现实,跟公众眼中的一般真实毫无关系(PF, 130)。而诗人谢德则认为只有通过艺术以及艺术结构所获得的快感才能理解生命存在的意义。人类思想对外部世界的改造是艺术的创造行为,而世界的多姿多彩决定了艺术的发现之旅永远没有尽头。鲜活细节的累积可以帮助人类越来越接近现实,但现实如同梦幻,不可能有一个永恒的终极版本,只有艺术创造的现实才是真实可信的。

作家塑造现实的工具是文字,而其方式则是欺骗。纳博科夫指出,艺术作品无一例外都是在创造一个崭新的世界(LL, 1),所有的小说都是虚构,所有的艺术都是欺骗(LL, 146)。

> 文学不是产生于某一天一个男孩叫着"狼来了",果然就有一只大灰狼从尼安德特峡谷冲出来追逐他;文学产生于那男孩高喊"狼来了!狼来了!",而他背后并没有狼。……在高高的草丛与夸张的故事之间,有一个闪闪发光的媒介。那媒介,那副棱镜,便是文学艺术。
>
> (LL, 5)

换言之,艺术的魅力在于那男孩故意虚构出来的狼的身上。虚构"狼来了"的故事的孩子,是无中生有的发明家与魔法师。而文学恰好产生于虚构的无中生有,好的作家往往是讲故事者、教师与魔法师的结合,而一流的作家总是大魔法师(LL, 5),好小说则总是好童话(LL, 2)。如此看来,艺术的魅力在于无中生有的欺骗。《绝望》中的赫尔曼称,"每部艺术作品都是欺骗"(DS, 178)。《天赋》里费奥多感叹,"自然与艺术中最迷人的事物都建立在欺骗的基础之上"(GF, 376)。《黑暗中的笑声》的人物雷克斯身上"或许只有一样真实的东西，那就是他坚信艺术、科学或情感方面的任何事物或多或少只是巧妙的骗局"（LD，182）。纳博科夫本人毫不避讳地宣称：

> 文学是创造。小说是虚构。说故事是真实的是在羞辱艺术与真理。每位作家都是骗子，而自然则是个大骗子。自然处处都在欺骗……小说家不过是在效仿自然而已。
>
> （LL，5）

在作家眼里，"所有的艺术，以及自然界本身，都是欺骗"（SO，11，33）。如果说纳博科夫（VN）是玩弄魔法与骗术的高手，比他更高明的魔法师是另一位 V. N.，那可见的自然（Visible Nature，SO，153）。

纳博科夫这位高明的魔法师，将自己对艺术与人生的追求隐藏在小说世界的疯癫、死亡、反常、性、恋童、谋杀、幽灵鬼怪等面具后，而它们只不过是作家玩弄于股掌用以蒙骗读者的道具。那些试图将作家的人生牵强附会地与上述主题联系起来的做法如今看来是多么的荒唐可笑。或许，这也是为什么亨伯特会辩解，"不像某些骗子与萨满教巫师说的那样，艺术的天资是屈从于性的第二特征，正好相反，性才是艺术的附属"（259）。在谈到作品中的悲剧因素时，作家指出，最接近"艺术"的定义是"凄美"（beauty plus pity）。有美的地方必有凄，原因很简单，美必须死亡。美确实总在死亡，内容死了，形式将消失，个人死了，世界也将消亡（LL，251）。简而言之，艺术的美是肌质，而凄惨只是文本与形式，后者服务于前者。同理，没有个人的意识，外部世界只是虚幻，它只因个人的存在而存在。

如果说纳博科夫这位魔法师使用最多的道具是欺骗与障眼

法，自然这位更大的骗子与魔法师使用最多的道具则是命运与巧合，是更高级别的欺骗。人生令人着迷之处，就在于除了看似必然的生死轨迹之外，还有它的不确定性。这种不确定性与命运无常正是比既定的命数更让人迷惑之所在。在自传里，纳博科夫感叹，"图案的巧合是自然界的一大奇迹"（SM, 116）。《眼睛》中的斯莫洛夫相信人生无常，"一切都流动的，事事取决于机遇"（Eye, 38）。《天赋》里费奥多指出人类只是命运的玩偶（GF, 360）。小说末尾，费奥多向济娜解释了命运冥冥之中对自己人生的神奇安排（GF, 374－378），而其创作则建立在这一基础之上（GF, 375－376）。《洛丽塔》里"命运的代理人"这位"同步的幽灵"在"复杂的图案"（intricacies of the pattern, LO, 103）中让为了躲避一条狗的比尔驾车撞死了出门寄信的夏洛特。

艺术塑造现实的过程是艺术家的宇宙同步、对位主题或多层次思考。在纳博科夫眼里，世间万物是有机联系的整体，在看似无关的细节网络里，人类可以凭借意识与想象超越时间与外部世界的羁绊，将历史长河中看似无关的事件蛛网编织在记忆的魔毯上，并赋予其图案，使它们构成一个有机的整体。因此，生活与现实本身不是作家可以客观超然地加以描述的孤立对象，它是等待作家意识选择与艺术加工的素材库。文本符号间的微妙联系、事物偶然中的必然巧合与图案，是作家对现实的特殊认知：符号的秩序与图案背后揭示的是人类生活与文本表征间的张力关系。德米特里在评价纳博科夫的作品时，形象地总结了文本与外部生活细节间的这一张力结构：

> 生活中有许多事物是偶然的，也有许多事物是异乎寻常的。艺术的辞藻被赋予崇高的权利来放大偶然，以揭示某个绝非偶然的超验之物。
>
> （EN, 96）

第三章　纳博科夫小说中的空间形式

如果用更为通俗的语言解释，纳博科夫在文本的语词与结构网络里，四处洒布生活的细节，将它们作为偶然事物放大，使它们变得异乎寻常的新鲜与生动。而读者则可以如拾麦穗般这里拾起一点，那里捡起一点，直到将这些偶然之物拼接成某个绝非偶然的超验之物。生活五彩缤纷，具有无穷多可能的偶然组合。作家以艺术的好奇、生活的激情、科学的精确，像电影导演般将作为小说的生活原本，严丝合缝地呈现在观众面前（EN, 95 - 96）。在《文学讲稿》中，纳博科夫对文学创作是从细节网络中构建整体图案的这一过程进行了生动的描述。作家指出，小说创作应将世界视作潜在的虚构之物。细节都是真实的，但真实的世界却一片混乱，作家面对这片混乱大喝一声"开始！"杂乱无章的世界便开始重新组合。作家是第一位为世界绘制地图的人，他命名了世间万物。作家笔下的一草一木真实得可以把玩触摸。在他创造的艺术之巅，作家遇到了"气喘吁吁而欢欣愉悦的读者"，他们自然地拥抱在一起，在不朽的书页中永不离弃（LL, 2）。文学的创作与欣赏赋予混乱以秩序。这便是作家通过对位主题、多层次思考与宇宙同步在纷繁芜杂的细节网络中重建的有机和谐的整体图案。

第二节　纳博科夫的自我书写

空间叙事理论强调小说形式上采用共时性叙述，有意打破时间流逝的幻觉与传统线性序列和因果关系，凸显作品本身的文本属性与作家的创作过程。通过各种语言、日期与数字游戏，作家人生与文本的契合，框架叙事，互文表达以及突出小说创作过程与印刷排版格式等方法，纳博科夫实践着一位艺术大师的自我空间书写。在《固执己见》中，作家公开承认，"我以各种方式书

写自己"(SO, 114)。他反复强调,小说是作家想象之物,而小说世界的唯一主宰则是作家本人。他说:

> 我的小说是我想象中设计好的,每个人物都按我设想的发展。在小说的私密世界里我是完美的独裁者,只有我才对它的稳定与真实负责。
>
> (SO, 69)

纳博科夫借《绝望》里的赫尔曼之口辩解,必须承认作家对自己的写作风格具有绝对的控制(DS, 80),如果不是对自己的写作能力与优雅生动的文笔的绝对自信,这本小说就不会出现在读者面前(DS, 3)。在赫尔曼虚构的故事世界里,他高高在上,是"唯一的知情者"(DS, 81)。

乔伊斯·卡洛尔·奥茨(Joyce Carol Oates)指出纳博科夫是魔法师与神一般的人物(Magus-like personality, godly creature),他的小说"腾空了整个宇宙,只剩下自己"[1]。莫顿则认为纳博科夫是文体与技巧的天才,他笔下的人物都是缩微的纳博科夫[2]。格雷伯斯指出,纳博科夫的小说创造了自己的"美学图案世界",它们都是作家虚构的传记[3]。贝西娅(David M. Bethea)认为,纳博科夫视自己为神或上帝本人,将作家纳博科夫视为神或上帝本人,他总是希望读者在其作品中找到他本人的

---

[1] Joyce Carol Oates, "A Personal Review of Nabokov," *Critical Essays on Vladimir Nabokov*, ed., Phyllis A. Roth (Boston: G. K. Hall & Co., 1984), 106 – 107.

[2] Donald E. Morton, *Vladimir Nabokov* (New York: Frederick Ungar Publishing Co., 1974), 48.

[3] H. Grabes, *Fictitious Biographies: Vladimir Nabokov's English Novels* (Paris: Mouton & Co. B. V., Publishers, The Hague, 1977), vii – ix.

影子①。

一、作家的姓名游戏

纳博科夫小说形式上一个突出的特征是无所不在的文字游戏。这些游戏往往让读者的阅读延缓甚至停顿下来，促使他们去思考作者游戏背后的用意，暂时搁置对故事情节的关注，而将注意力从故事转移到文字本身。在这一过程中，故事的时间流被延缓或暂时终止了，文字的书写与组合形式得以凸显。游戏因而是纳博科夫小说空间书写不可或缺的一环。

在创作中，纳博科夫运用较多的是姓名与数字游戏。他借鉴荷兰古典大师的绘画风格及电影大师希区柯克的作品，喜欢将自己的名字嵌入作品里，随时提醒读者他们看到的是作家本人的小说。Nabokov, Sirin, Vladimir Vladimirovich 等变换着各种花样与面孔出现在小说的各个角落里，为它们打上作家刻意留下的书写印记。

《说吧，记忆》的第十一章描述了纳博科夫早期的诗歌创作，他借用所谓哲学家朋友 Vivian Bloodmark 的话，分析了文学创作的结构模式。当被问及在蒙特勒的社交圈子时，作家戏谑地说道，他有一位好朋友叫 Vivian Badlook (SO, 110)，这位 Vivian Badlook 在小说《王，后，杰克》中以摄影师的身份再次出现 (KQK, 153)。小说结尾处，玛莎的舞伴是在海滨度假时认识的"栗褐色的 Blavdak Vinomori 先生" (KQK, 239, 240, 253)。纳博科夫未完成的剧作《流浪者》的作者是 Vivian Calmbrood，而在

---

① David M. Bethea, "Style," *The Garland Companion to Vladimir Nabokov*, ed., Vladimir E. Alexandrov (New York & London: Garland Publishing, Inc., 1995), 697.

斯拉夫语中 c 即为 k（LO, 323）。《洛丽塔》中多次出现的奎尔蒂的情人 Vivian Darkbloom（LO, 31）摇身一变，成了《阿达》中《〈阿达〉注释》部分的作者（Ada, 591）。而在谈到自己的声望时，纳博科夫将"一位害羞的剑桥女士 Vivian Darkbloom"视为自己的"理想读者"（SO, 192）。阿达、范与卢瑟特小时候玩的一套拼字游戏是一位叫 Baron Klim Avidov 的朋友送的（Ada, 223）。《透明之物》中偶然提到一位名为 Adam von Librikov 的人物（TT, 75）。这些名字（Vivian Bloodmark，Vivian Badlook，Vivian Calmbrood，Vivian Darkbloom，Blavdak Vinomori，Baron Klim Avidov，Adam von Librikov）均是纳博科夫姓名 Vladimir Nabokov 的字母重组。

纳博科夫姓名的名字 Nabokov、Vladimir、Vladimirovich 及其缩写 VN 几乎出现在其所有小说里。《天赋》中费奥多写的传记《车尔尼雪夫斯基生平》里，"司法部部长 Nabokov"（GF, 304）帮助车尔尼雪夫斯基改换流放地点。《王，后，杰克》中，德雷尔在赶往玛莎病榻前的路上，经过了一系列小镇"Nauesack，Wusterbeck，Pritzburg，Nebukow"（KQK, 264），最后两个小镇名明显暗指圣彼得堡与纳博科夫。《塞巴斯蒂安·奈特的真实生活》中的叙述者 V 是纳博科夫姓名的首字母缩写，主人公 Knight 的名字中则包含了 VN 名字里的另一个字母"N"。《阿达》的主人公 Van Veen 名字中包含了纳博科夫的首字母 VN，甚至纳博科夫妻子 Vera 的缩写。《阿达》中类似的名字镶嵌游戏不胜枚举，如地名 Nirvana，Nevada，Vaniada，人名 Vanya，Vanyusha（Ada, 583），Vivian Vale（Ada, 483）等。小说中提到了"内布拉斯加巴比伦学院的 Nabonidus 教授"描述过的稀有蝴蝶品种 *Nymphalis danaus* Nab（Ada, 158）。而阿达收到的某个礼物是"五个世纪前，在 Timur 与 Nabok 生活的年代，在基辅雕刻的"（Ada,

268）。Van 与卢瑟特、阿达一起乘坐的船名叫 Tobakoff（Ada，477，487），船上提供的一道菜名叫 Tobakoff 烤小熊肉（Ada，484）。《瞧这些小丑》中的主人公瓦迪姆（Vadim）称自己是"可怜的 Vivian，可怜的 Vadim Vadimych"，后者是 Vladimir Vladimirovich 的口语表达（LATH，249）。他长篇累牍解释自己名字的由来：自己的姓似乎应该以 N 开头，听上去好像来自某个叫 Notorov、Nebesnyy、Nabedrin 或 Nablidze 的家族；又或者影射 Naborcroft、某个 Nabarro 先生；而艾弗则称他 MacNab，即"纳博之子"。他解释如果没有名字，自己什么也不是，只会是某个人的想象而已（LATH，7，248-249）。《普宁》中普宁教授将鸟类学家 Wynn 读成了 Vin（PN，150），该小说中出现的纳博科夫姓名的字母重组还有 Vadim Vadimich（PN，105）与 Vladimir Vladimirovich（PN，128）等。《光荣》中的主人公马丁邀请一位名为 Vadim（GL，66）的学生参加自己的聚会。《天赋》中流亡作家聚会上与费奥多邻座的作家名叫 Vladimirov（GF，332）。《洛丽塔》中亨伯特称安娜贝尔·蕾为范内莎·范·内斯（Vanessa van Ness，LO，12）。《微暗的火》中的神秘人物 V. Botkin，《固执己见》中提到的《Van Bock 的艺术工作室》（SO，72-73），纳博科夫最后一篇英语短篇的标题"The Vane Sisters"等里，都能看到纳博科夫本人的影子。

  除了作家的本名外，纳博科夫还在小说中镶嵌了自己的笔名 Sirin。《天赋》中，费奥多与流亡作家 Shirin 邂逅（GF，325，327，334）。《普宁》中，普宁与朋友们讨论流亡作家 Bunin，Aldanov，Sirin 的作品（PN，117）。《瞧这些小丑》中 Vadim 的别名为 V. Irisin，他自称是为纪念自己与结发妻子在 Villa Iris 初次相见而起的名字（LATH，5）。《阿达》中安提特拉的评论家发现 Van Veen 的小说受到过一位叫 Ben Sirine 的阿拉伯作家的影响

(Ada, 344)。夏皮洛在《关于纳博科夫的笔名西林》中指出，除了小说中直接出现的笔名外，作家还有意将该名字中的字母色彩编织进小说的色谱里，提示读者他的存在①。

二、作家及其人生的书写

纳博科夫建构自我书写空间的另一常见模式是将自己的人生投射在小说人物上，其作品中的人物多与作家本人的经历有着千丝万缕的联系。这些人物中，有些与纳博科夫有类似的文化背景，如许多小说中的主人公是俄罗斯流亡人士（普宁、加宁、费奥多等）。有些有相同的职业选择，如《普宁》中的主人公与纳博科夫一样，都曾以俄、英两种语言创作，《瞧这些小丑》中甚至连瓦迪姆出版的书名都与纳博科夫本人的小说作品名相似，而其作品《庶出的标志》《普宁》《斩首之邀》《瞧这些小丑》《微暗的火》《黑暗中的笑声》《透明之物》等中的人物或叙述者要么是作家，要么是诗人。他们有些有相似的求学经历，如塞巴斯蒂安·奈特、《光荣》中的马丁等都与纳博科夫一样毕业于英国剑桥大学。有些有相同的爱好，如《洛丽塔》中亨伯特与洛丽塔都爱看电影和打网球，《王，后，杰克》中弗朗兹、德雷尔和玛莎一起探讨昆虫学（KQK, 233），弗朗兹与德雷尔夫妇一起打网球（KQK, 186-189），他们看到两个人在下象棋等（KQK, 226, 241）。《光荣》中的马丁是大学足球队的守门员（GL, 109-114）。《透明之物》中的休·珀森是网球高手，还自创了一套网球技法（TT, 27-28, 56-58）。普宁与前妻的儿子维克

---

① Gavriel Shapiro, *Delicate Markers: Subtexts in Vladimir Nabokov's* Invitation to a Beheading (New York: Peter Lang Publishing, Inc., 1998), 28. 另请参见本书第二章第一节的内容。

多见面时送给他足球。《王，后，杰克》中的德雷尔、《光荣》中的马丁、《阿达》中的范·韦恩、《庶出的标志》中的克鲁格等都是一流的网球运动员。《劳拉的原型》中弗洛拉与哈伯特一起下象棋，她还跟他学习打网球（Laura, 65, 81）。可以毫不夸张地说，在作家的任何一部作品中，都可以找到他喜爱的蝴蝶、绘画、电影、国际象棋、网球、足球等因素。

在纳博科夫小说的众多人物身上，读者可以轻易发现作家本人的身影。《微暗的火》中金波特提到的那位"幸福、健康、异性恋的俄罗斯老年流亡作家"波特金（PF, 300-301）很有可能是作家本人的面具。《普宁》第五章中普宁与友人谈到的昆虫学家暗指纳博科夫。在《庶出的标志》里，纳博科夫认同自己就是小说中那位收集昆虫标本的作家。《绝望》中赫尔曼提到的"你，我的第一位读者"，那位"著名的心理小说作家"（DS, 80）实际上指纳博科夫①。《劳拉的原型》里弗洛拉就读的萨顿学院中那位"看上去孤独凄凉的"俄国文学教授"无比厌倦自己的话题"，让人联想到纳博科夫在康奈尔的经历（Laura, 93）。作家明确无误地告诉读者小说中的有些人物（如《微暗的火》中的诗人谢德）身上有自己的影子（SO, 18）。不仅是影射自己的存在，在一些小说中，纳博科夫甚至现身说法，直接面对读者。《天赋》中费奥多在流亡作家聚会上对邻座弗拉基米罗夫（Vladimirov）的描述完全符合纳博科夫本人的形象：

> 费奥多想，他是否读过我的书呢？弗拉基米罗夫放下杯子，一言不发，看着费奥多。他穿着一件夹克，里面套了一件黑色与橙色镶边的英式鸡心领运动衫；两边

---

① 在纳博科夫创作该小说时，美国的评论家大多错误地认为纳博科夫是一位心理小说家。

的头发向后梳，更显得额头宽大。他有着强壮鼻骨的大鼻子，灰黄的牙齿在微微上翘的嘴唇下泛着光泽，有些煞风景。他的目光漠然而睿智。好像他曾在一所英国大学求学，举止带着些英国人的味儿。29岁时他已是两部小说的作者，这让费奥多颇有些懊恼，因为他觉得自己已与他产生了共鸣。他的小说有镜子般的风格，刻画入木三分，不拖泥带水。可作为一个健谈的人，弗拉基米罗夫却没什么魅力。他冷嘲热讽，目空一切，待人冷漠，很难与他友好地进行辩论。然而人们也是这么评价康切耶夫以及那些只有在自己私人房间而不是营房或酒馆里才文思泉涌的人的。

(GF, 332-333)

弗拉基米罗夫无疑是纳博科夫姓名中的一部分，他的外貌、待人接物的方式以及文学创作的风格与成就都是纳博科夫本人的写照。上述段落中提到的俄罗斯流亡作家聚会大约是在1929年，而1929年初纳博科夫正好29岁，发表了两部小说，分别为《玛丽》与《王，后，杰克》。对纳博科夫本人直接而详细的描述还出现在小说《王，后，杰克》结尾处的舞会一幕：

与穿着蓝色外套的外国女孩跳舞的是一位身着老式无尾礼服的异常英俊的男子。弗朗兹早就注意到这对恋人，他们像反复出现的梦境或神秘的主题那样在他的眼前闪现：一会儿在沙滩上，一会儿在咖啡馆里，一会儿在舞池中。有时男子手持着捕蝴蝶的网。女孩涂着优雅的口红，一双柔和的灰蓝的眼睛；她的未婚夫或丈夫，身材修长，谢顶的脑袋显得颇有风度，除了她，他对别的一切都不屑一顾，此时正骄傲地看着她。弗朗兹对这

第三章 纳博科夫小说中的空间形式　　197

不同寻常的一对煞是羡慕——我们不得不遗憾地说——甚至因此变得更加苦恼了。音乐停了下来，他们经过他身旁，大声地说着话。他们说的是一种完全听不懂的语言。

(KQK, 254)

舞会上男子独特的外貌、他的蝶类学背景、弗朗兹听不懂的俄语都明白无误地告诉读者，这对夫妇正是纳博科夫与其妻子。而在英文版翻译的前言中，纳博科夫坦承，读者可以轻易地发现作家本人及妻子在小说的最后两章中出现过（KQK, viii）。

不仅作家本人，纳博科夫作品中也经常出现自己家人的影子。他的多数作品都在扉页上写有"致薇拉"。作家指出"我多数作品都是献给妻子的，她的形象经常出现在我书中的内窥镜所反映出来的神秘色彩中"（SO, 191）。《瞧这些小丑》中，作家屡次提到佛罗伦萨画家波提切利与他的名作《神的聚会》（或译《拉·普里马韦拉》，*La Primavera*, LATH, 102, 162）。夏皮洛指出，从这个细节可以发现，《瞧这些小丑》的整部书都是献给薇拉的，因为 Primavera 的字母重组是 Vera Prima，意为"薇拉至上"。同时，作家也经常将自己的独子德米特里写进小说里[①]。

三、作家的日期与数字游戏

除了姓名与个人经历，纳博科夫还将自己喜爱或与人生有关的日期或数字镶嵌在小说世界里。时间与数字在纳博科夫的小说里绝非随意选取的毫无意义的符号，它们是作品中衔接不同内容与文本的纽带，是作家借以实现互文的空间书写的一种手段。在

---

① Gavriel Shapiro, *The Sublime Artist's Studio: Nabokov and Painting* (Evanston, Illinois: Northwestern University Press, 2009), 49 - 50.

《俄罗斯文学讲稿》中，他详细分析了托尔斯泰的名著《安娜·卡列宁》中的时间，指出要理解这部作品，读者首先要准备好做日期的数学计算（LRL, 190）。《固执己见》中，作家声称"与普希金相同，我痴迷于预言式的日期"（SO, 75）。他承认自己迷信，"一个数字，一个梦，一次巧合，常在我脑海里挥之不去"（SO, 177）。

《洛丽塔》中，奎尔蒂跟踪亨伯特与洛丽塔时为了掩饰身份使用过的车牌 WS1564 和 SH1616 是威廉·莎士比亚的姓名缩写加上出生与死亡年代，Q32888 与 CU88322 则隐藏着奎尔蒂的绰号 Cue（意为"线索"），32888 和 88322 两个数字各个位数的数字相加之和是 52（LO, 251）。亨伯特与洛丽塔横跨美国的旅行是 1 年即 52 周，亨伯特写给洛丽塔的诗正好 52 行（LO, 255-256）；约翰·雷前言里说亨伯特与洛丽塔都死于 1952 年（LO, 4）。数字 52 正好是一副扑克牌的张数，暗合了小说《洛丽塔》不过是场游戏之意。亨伯特与夏洛特在拉姆斯代尔的住所是草坪街 342 号（LO, 118）；在着魔的猎人旅馆他和洛丽塔房间的号码是 342 号（LO, 118）；在 7 月 5 日到 11 月 18 日之间，亨伯特为寻找洛丽塔在 342 个酒店与汽车旅馆待过（LO, 248）。诗人金波特的长诗《微暗的火》的前言标注的日期是 10 月 19 日，而这一天正是纳博科夫喜爱的作家斯威夫特的逝世日（SO, 74）。4 月 23 日是纳博科夫护照上的出生日，也是莎士比亚的生日。《阿达》中的主人公范·韦恩称 4 月是其"最喜爱的月份"（Ada, 15）。阿婷与迪门在"莎士比亚的生日"那天结婚（Ada, 26）。同样在 4 月 23 日阿达的丈夫安德雷·韦恩兰德尔（Andrey Vinelander）死去，使阿达与自己的兄长兼爱人范·韦恩终于可以团聚，再不分离（Ada, 551）。《瞧这些小丑》中，1930 年 4 月 23 日是瓦迪姆第一任妻子去世的日子，也是他放弃将英语作为母语的日子（LATH, 124）。带有某些自传色彩的《光荣》中马丁的 21 岁生日据说是"1923 年 4 月中旬"（GL, 131）。《玛丽》中流亡俄罗斯人寄居的多恩夫人公寓房间号是按从日历上撕下来的"1923 年 4 月的头六天"排列的（Mary, 5）。与纳博科夫不断强调的艺术就是欺骗的观点相对应，4 月 1 日也是纳博科夫小说中常见的日子。这是果戈理的诞辰日（NG, 150）。《绝望》中的赫尔曼最后一则日记标注的是 4 月 1 日（DS, 211），他要让读者成为"4 月的愚人"（DS, 24）。《天赋》开始于 4 月 1 日，当天有人给费奥多开了一个"愚人节玩笑"（GF, 44）。《玛丽》中阿尔费奥洛夫的房间号是"4 月 1 日"。《透明之物》的日期背后隐藏着数字 8，倒过来即是数学公式里表示无穷尽的符号，象征了生命的无穷尽及彼岸世界存在的可能。主人公珀森 22 岁时来到瑞士，不久其父去世；第二次访问瑞士时他 32 岁，他邂逅了阿芒德（Armande）并与之结婚。40 岁时最后一次到瑞士，距第一次 18 年，距第二次 8 年。他遇到阿芒德是 8 年前的 8 月，而最后一次回来时也是 8 月（TT, 100）。他与阿芒德在一起的时间是 8 个月。在《微暗的火》中，金波特小时候与男伴发现的秘密地下通道一共是 1888 码（PF, 127）。《玛丽》中的日期背后还隐藏着数字 6。故事发生在 1924 年 4 月的前 6 天，讲述主人公加宁与一群俄罗斯流亡人士在德国柏林一家寄宿旅馆的生活。他们所住的 6 间房间以 4 月 1 日到 6 日的顺序编排。加宁在不经意间发现居住在同一旅馆的阿尔菲奥洛夫焦急等待的从俄罗斯前来的妻子竟是自己的初恋情人玛丽，从而引发了他对过去的联想。他最终放弃了与玛丽一起私奔，而是在星期六的早晨按计划离开了柏林。加宁与玛丽约会的地方是有 6 条柱廊的陌生人的宅子（Mary, 67），而他在海外的流亡生活一共有 6 年。《微暗的火》中众所周知谢德计划的 1000 行长诗只完成了 999 行。在谢德所作的另一首短诗《电的本质》中写道"街灯的数字是/九百九十九/或许它是我的老友"(PF, 192)。《普宁》中普宁教授决定邀请可能叫温恩(Wynn)的鸟类学家来参加自己的晚宴,他告诉他"我住在托德路 999 号,很好找"(PF, 151)。《洛丽塔》中,洛丽塔提醒亨伯特汽车里程表上"所有的数字 9 马上要跳到下一个千迈了"(LO, 219)。

四、文本镶嵌的框架叙事

纳博科夫的小说有显而易见的文本镶嵌特征。在小说形式上,作家尝试了书信、日记体告白(《洛丽塔》中的亨伯特与《绝望》中的赫尔曼)、传记(《说吧,记忆》,《天赋》中费奥多所写的《车尔尼雪夫斯基传》以及其父的传记,《塞巴斯蒂安·奈特的真实生活》中 V 写的奈特的传记等)、文学评论(《微暗的火》)、诗歌(《微暗的火》中的同名长诗,《洛丽塔》《阿达》《普宁》《天赋》等多数作品中都包含有诗歌),以及众多作品中出现的剧本等。他的第一部英文小说《塞巴斯蒂安·奈特的真实生活》讲述了作家塞巴斯蒂安·奈特去世后,身为同父异母兄弟的 V 决心创作自己的第一部文学作品,为塞巴斯蒂安·奈特作传,并起名《塞巴斯蒂安·奈特的真实生活》。在他搜集奈特的资料过程中,遇到了一个又一个不可靠的叙述。他在传记中穿插了作家奈特本人许多作品的内容。《天赋》是纳博科夫用俄语创作的最长也是最后一部小说,是纳博科夫小说中篇幅仅次于《阿达》的作品。讲述的是流亡德国的俄罗斯青年作家费奥多(Fyodor Godunov-Cherdyntsev)从 1926 年 4 月 1 日到 1929 年 6 月 29 日在柏林的生活,他与房东女儿济娜之间的爱情,与作家康切耶夫的交往,以及为将来成为著名作家进行的准备工作。其中穿插了费奥多本人的诸多创作,尤其是第四章原封未动地收录了费奥多写作的 19 世纪俄国思想家车尔尼雪夫斯基的传记（GF, 224 - 312）。纳博科夫认为，书中的主人公"不是济娜，而是俄罗斯文学"（GF, Foreword, unpaginated），是其俄文小说中最好的作品（SO, 13; SM, 206）；书中的主人公费奥多与《斩首之邀》《阿达》《光荣》中的人物一样，都是他所钟爱的（SO, 193）。《劳拉的原型》讲述一位肥胖的神经科医生菲利普·怀尔德与苗条美丽而极端放荡的弗洛拉的婚姻生活。怀尔德醉心于自我消亡，试图通过冥思从脚趾头开始沿躯干往上消除自己的肉身。弗洛拉则以与众多情人鬼混为乐，她的情人曾为她写过一本畅销小说《我的劳拉》。小说中镶嵌了劳拉的故事，以及怀尔德写的自我消亡的实验记录。《洛丽塔》的故事中镶嵌了亨伯特讲述的《洛丽塔，一位白人鳏夫的自白》。作家在小说中嵌入了诗歌、书信、日记、路标、广告牌、人物名单、杂志与参考书摘录等大量不同体裁的内容。《绝望》里赫尔曼要写的小说也叫《绝望》。《王，后，杰克》中人物观看的是与小说同名的戏剧与电影，故事本身的情节与人物关系则与影片中类似。《微暗的火》里收入了诗人谢德的 999 行同名长诗、金波特作的长篇注释以及前言与索引。《阿达》的第四部中收入了范·韦恩所写的论文《时间的肌质》的大部分内容。《斩首之邀》中多次出现辛辛那提斯狱中日记的节选。《瞧这些小丑》里有大量的主人公瓦迪姆创作的小说段落等，而小说中提及的瓦迪姆的作品基本上对应于纳博科夫本人不同时期创作的小说。至于小说中仅仅介绍或出现过标题的由人物所写的作品更是不胜枚举。这些镶嵌在小说中的文本体裁涵盖了日记、小说、传记、诗歌、戏剧、电影、学术论文、注释等，使它们的结构看上去与传统的小说形式迥异。作家的意图或许是用焕然一新的故事结构，刻意与读者保持足够的距离，提醒读者他们看到的只是小说，阅读行为本身才是最重要的,它与作家的创作一样都是艺术生产的过程,需要付出艰辛的努力。在故事细节的背后,读者需要充分调动自己的情感与才智,通过对上下文反应参照的反复阅读与回溯整合,在脑海中构建一幅完整的图画,以拉近与作家的距离,参与到他的文字创作活动中来。这无疑是典型的空间创作与阅读模式。

五、创作的过程与印刷排版的意象

纳博科夫在自己的小说中经常有意地揭示写作的过程与媒介以及文字排版的意象。《绝望》中的赫尔曼告诉读者他的小说《绝望》的原稿是用"25种不同的手写体写成的"(DS, 80)。他尝试用三个不同的版本讲述第三章(DS, 44)。《微暗的火》中金波特坐在"一张摇摇晃晃的小写字台前"写作,上面歪歪斜斜地放着一台打字机(PF, 28)。他租住的"什么都按字母顺序排列"的格兹沃斯法官家里有四位女儿,她们由小到大分别是9岁的艾尔菲娜、10岁的贝蒂、12岁的坎蒂达和14岁的蒂(Alphina, Betty, Candida, Dee, PF, 83)。《王,后,杰克》中德雷尔与旧情人艾丽卡在街头偶遇,他们同时开口说话,对话难以记录下来,需要用两个谱号的乐谱用纸。(KQK, 173)作家对弗朗兹与玛莎约会的场景没有正面的描述,而是将镜头切换到人物正在读的一本小说上:"一本平装本小小说打开在第五章,跳过了几页。"(KQK, 98)这跳过的几页正是纳博科夫小说中省去的约会场景。在玛莎面前,弗朗兹"慢慢取下眼镜,往镜片上呵气,嘴唇拱成了小写的o"(KQK, 167)。《普宁》中,普宁用他俄语式发音"Okh-Okh-Okh"地叹着气(PN, 110)。在回家的路上,他看到远方山丘上两个模糊的人影出现在落日的余晖里。他看不清他们是谁,"也许是有人信手在普宁快结束的一天的最后一页上留下的象征性的两个人"(PN, 136)。《斩首之邀》

中辛辛那提斯被斩首之前生命的长度与小说本身文字的长度形成了对应的关系（IB, 12）。《天赋》中，费奥多评价车尔尼雪夫斯基作品的主题时说，即使它们像鹰隼或飞去来器，飞得很远，飞出了书页的范围，费奥多也不烦恼，因为它们会飞回来的（GF, 248－249）。《黑暗中的笑声》里，重病的伊尔玛盯着医生"古怪的大耳朵里的白色绒毛和粉红色太阳穴上 W 形静脉血管"（LD, 157）。《庶出的标志》中，纳博科夫有意模仿人物说错话的样子，"他说，他等着电话 destructions（instructions 的首音误换）"（BS, 193）。《透明之物》中的珀森说"我们比儿童读物作家更依赖于斜体书写"（TT, 92）。《洛丽塔》中，亨伯特前妻瓦列西亚的情夫、前沙俄军官、巴黎出租车司机马克西莫维奇到亨伯特的家搬瓦列西亚的行李，他像杂耍表演那样，"用各种错误发音的道歉语为他的动作打上了标点"（LO, 29）。夏洛特的房间里，"潮湿的衣服挂在那个有问题的浴缸上面（里面有一根弯成问号的头发）"（LO, 38）。亨伯特浏览《女子百科全书》时，"夏洛特站在旁边有几页的功夫"（LO, 92）。夏洛特死后，邻居让·法罗与亨伯特道别时说也许在某个不再悲伤的日子他们会再见面。此时，亨伯特的心理活动被括号括了起来："（让，不管你是什么，不管你在哪儿，是在减号的时空还是加号的灵魂时间里，原谅我的这一切吧，包括这里的括号）。"（LO, 104－105）狱中忏悔的亨伯特怀疑自己是否能继续写下去——

  心脏，头脑——一切。洛丽塔，洛丽塔，洛丽塔，洛丽塔，洛丽塔，洛丽塔，洛丽塔，洛丽塔，洛丽塔。重复吧，打印机，直到把这张纸铺满。

             （LO, 109）

他形容自己的情绪波动时称"来自仙境的轻风撩拨了我的思

绪，使它们似乎变成了斜体，仿佛阵阵轻风的幻影吹皱了产生思绪的水面"（LO，131）。他在比尔兹利萨尔街的房间西面的邻居有时会与他"一边搭话，一边给新开的花朵理发，或为轿车浇水，或如果是晚些日子的话，为他的车道除霜（我才不在乎这些动词是否都用错了）"（LO，179）。回忆往事时，亨伯特写道，"现在要讲那年洛丽塔上学的事是早了点，不过这些都是我的记忆不由自主跳到键盘上来的"（LO，191）。他形容洛丽塔拒绝自己时的表情，"洛丽塔！你会摆出一副面孔，一个生气的灰色的问号面孔，'拜托，别来了'"（LO，192）。亨伯特在韦斯邮局外面看到的通缉犯照片中，"另外还有一位失踪女孩模糊的快照，年龄 14（fourteen），失踪时（last seen）穿褐色鞋。还押韵呢"（LO，222）。他与洛丽塔旅途中的某个小镇上，"远处十字街口一处陡峭的石坡上白色石头组成的大写字母 W，仿佛是不幸 woe 的首字母"（LO，224）。亨伯特送洛丽塔上学后，处处想监视她：

>我曾想去看看幻灯，听听讲解，但多莉一如往常，不让我去。句号。
>
>（LO，252）

当他费尽周折找到已嫁作他人妇的洛丽塔后，"她［洛丽塔］和她的狗送我离开，我感到吃惊（这是一个修辞技巧，但我不是）……"（LO，280）。小说《阿达》中，编辑奥朗热（Oranger）的编校与注释痕迹处处可见，似乎随时在提醒读者他们看到的并非范本人的小说，而是奥朗热的编辑过程。故事中写道，1891 年卢瑟特从加州写给范的示爱信"将不在此回忆录中讨论［不过可参见下文——编者按］"（Ada，366）。卢瑟特则说，"范，它会让你发笑的［原稿如此——编者按］"（Ada，371）。类似的编校痕迹散布在小说的各个章节里，常常故意将读者的注意力引向别处，也使他们意识到正在阅读的部分或许并不可靠，或许它们只是文字的堆砌，更为重要的是书写的空间形式。仅再举两例："［此处的用语强烈暗示了该对话来源于某封信件——编者按］"（Ada, 378），"威尔勒特·诺克斯［编者注：现为罗纳德·奥朗热夫人］生于1940年"（Ada, 576）。小说中，范指导秘书威尔勒特·诺克斯打印小说原稿的情节复制了写作的原始过程。为了不让正在打字的诺克斯混淆，范不得不将自己生造的词"tentaclinging"一个字母一个字母地拼出来，还专门指出了海神 Nox 的拼写方式，以示其与秘书诺克斯（Knox）的姓不同。然而威尔勒特将范所说的每句话都原封未动地记录了下来：

> 尽管卢瑟特从未死过——不，威尔勒特，是从未跳海过——从如此的高度，在如此混乱的阴影与蜿蜒的波光中……由于汹涌的海浪，以及她无法确信怎样才能在黑暗与浪花中睁眼观察，加上她自己黏附的触须般头发（tentaclinging）——t, a, c, l——她看不见船上的灯光……我现在找不到下一张笔记了。
>
> 好了，找到了。
>
> 天空也黑暗而残酷，她的尸体，她的头，尤其那该死的浸湿的裤子，紧紧缚住了我们的海神奥西娜斯·诺克斯，n, o, x。
>
> （Ada, 493-494）

心不在焉的诺克斯将范所说的每个字都一字不差地写下来。而纳博科夫则在呈现给读者的小说中，完整地保留了整个段落，生动地再现了范当时创作小说时的场景。

纳博科夫小说中类似的突出文字意象、标点符号、排版格式、书写技巧与过程的例子不胜枚举，它们为读者呈现了一幅幅空间书写的生动场景。

第三节 空间的阅读

纳博科夫是少见的具有强烈而自觉读者意识的作家。在其作品中，他高明地与读者保持着欲擒故纵的理想距离，力图取悦可能面对的各种不同读者群。他深知创作与阅读是作家与读者之间的互动交流，它们共同构成了完整的艺术审美过程，因此在字里行间纳博科夫处处周到地为读者提供暗示与线索，主动与他们进行沟通合作。他强调理想的阅读与创作都如绘画，读者须从文本的上下文反应参照体系中，通过反复阅读，将杂乱无章的细节网络重组为有机的空间图案。纳博科夫推崇的阅读，毋庸置疑是空间叙事理论提倡的典型的空间阅读。

在《说吧，记忆》中，作家指出，象棋比赛中对弈的双方不是黑白棋子，而是棋局的设计者与可能的破解者，就像一流小说中真正的冲突不是人物之间的冲突，而是作家与世界的冲突（SM, 214），作家与读者的冲突（SO, 183）。作家要善于调动全部的情感、思想与知觉，用艺术的语言去发掘世界为之提供的慷慨的生活之源。他将艺术化的充足世界结构在语言的迷宫里，等待着读者去发现。作家在世界的发现之旅，一方面印证了人生的复杂与丰足、个体在广袤世界中的微不足道，以及超越尘世的彼岸存在的可能，另一方面预示了读者与作家的关系亦当如作家与世界的冲突，是隐藏与发现之旅。好的作家当如丰足的生活，为读者提供取之不竭的各种线索与可能，等待他们在发现之后获得欣喜与满足。纳博科夫借用黑格尔的正、反、合三范畴，以螺旋的比喻分析了棋局破解者需经历的三个阶段。博伊德认为，这一类比生动地阐述了纳博科夫对作家与读者关系的认识：他们之间是棋局设计者与破解者的游戏①。读者是作家设计的迷局的破解者，简单而天真的读者会从作品中获得立即的满足，这是阅读的正旋。更为老到的读者会从阅读"令人愉悦的折磨"（SM，215）中发现更多的问题，这是阅读的反旋。而"超级老到"的读者则透过细节看到问题的答案，获得无与伦比的审美狂喜，融入作家本人的世界，踏上另一次崭新的发现之旅的合旋。

亚历山大洛夫指出，纳博科夫小说叙事的典型形式是，细节之间的关联隐藏在文本的语境里，读者不得不努力去寻找细节之间的联系，在细节围绕某个关键点积累到一定程度的时候，才能发现背后隐藏的故事链或网络。"由于读者的结论依赖于记忆中获得的细节，他似乎对文本中的某些意义有了非时间的洞察"，读者跳出了局部、线性、时间的阅读过程，须从文本的空间网络联系中，发现背后的整体意义②。这正是弗兰克所说的空间形式的阅读。

舒曼指出，纳博科夫试图以奥古斯汀式的全知全能形象出现在《阿达》的读者面前，而小说本身密如蛛网的局部细节与整体图案则需要读者像欣赏绘画般进行同时的空间理解，这就要求读者反复重读，最终才能在神圣的文本世界里与作家的创作融为

---

① Brian Boyd, "Nabokov: A Centennial Toast," *Nabokov's World Volume 2: Reading Nabokov*, eds., Jane Grayson, Arnold McMillin and Priscilla Meyer (New York: Palgrave, 2002), 8.
② Vladimir E. Alexandrov, "The Other World," *The Garland Companion to Vladimir Nabokov*, ed., Vladimir E. Alexandrov (New York & London: Garland Publishing, Inc., 1995), 570.

一体①。托克尔指出,《洛丽塔》中的艺术是诱惑读者的艺术。只有在反复的阅读中,在一次次积极参与重构小说世界的过程中,读者才能获得释然后的审美体悟②。

阅读活动是文本与读者的互动交流过程。文学文本潜藏着各种图式或线索,需要通过阅读的解码过程来不断填补意义的空白。文本与读者的适当距离,构成吸引读者参与的召唤结构。读者在先见的基础上,不断发现文本新的意义,及时调整自己的期待视野,并最终在与文本的互动交流中,形成一种意义整体的空间幻觉。在上述过程中,读者与文本之间的距离大致有四种:文本的召唤结构不能满足读者的期待、与读者的期待平行、超出了读者的期待、远远超越了读者的阅读能力③。作为一位对自己的读者极为敏感的作家,纳博科夫深谙距离的艺术,他用多数读者熟悉或喜欢的情节结构,如三角恋、谋杀、侦探故事、灵异现象等,挑逗起读者的阅读欲望。在他们阅读的过程中,设置层层陷阱,将更多的意义空白隐藏在读者沾沾自喜的发现之后。作家对普通读者的揶揄与捉弄并未掩饰他对真正优秀读者的肯定。只有那些最勤奋的理想读者,那些反复的重读者,才能透过文本细节与结构的迷宫管窥背后完整的空间图画,真正与作家融为一体。阅读因此与创作一道,共同完成了艺术创作与审美的全过程。就此意义而言,纳博科夫是一位对读者异常慷慨的作家,他将艺术

---

① Samuel Shuman, "Hyperlinks, Chiasmus, Vermeer and St. Augustine: Models of Reading *Ada*," *Nabokov Studies*, Vol. 6 (2000/2001), 125 - 127.

② Leona Toker, *Nabokov: The Mystery of Literary Structures* (Ithaca and London: Cornell University Press, 1989), 199.

③ 金元浦:《文学解释学》,长春:东北师范大学出版社,1997年,第220-224页。

的宝藏深埋在小说的文字里，期待着真正的探宝者不虚此行的最后发现。

一、纳博科夫的读者意识

纳博科夫的小说非常重视作家与读者的互动与交流。作家清楚地知道作品将面临的读者群体，有意识地对他们进行了分类。他揶揄嘲弄粗心的普通读者，期待认真仔细的读者，并在字里行间为他们提供各种暗示与线索。

熟悉纳博科夫小说的人往往有这样的感觉，那就是作家在公开场合总是戏弄与否定自己的读者，威尔逊称之为"幸灾乐祸"（*Schadenfreude*），"每个人都被羞辱了"[1]。克莫德（Frank Kermode）指出，读者眼中的纳博科夫令人憎恶，他总将读者作为自己嘲讽的对象[2]。这一看法当然是有失公允的。纳博科夫揶揄与嘲讽的读者无疑只是那些缺乏审美鉴赏力的普通大众。他讽刺那些热衷于垃圾小说以及试图在阅读小说中寻找道德、价值与观点的读者们（LO, 315）。这些人不是用心、用脑、用骨髓去读，而是自以为是，带着偏见，关注小说背景与社会意义，阅读时要嚅动嘴唇的没有教养的肤浅粗鄙之人，让他们阅读纳博科夫本身就是一个错误。亨伯特宣称，他与安娜贝尔的恋情是今天那些"拘泥于事实、粗鲁的，有着普通人思维的年轻人"所无法理解的（LO, 14）。《微暗的火》中杀手格雷德斯阅读《纽约时报》时，"他的嘴唇像虫子一般蠕动"（PF, 274）。《防守》的前言里，纳博科夫写道："……我想请那些蹩脚的评论家省点时间

---

[1] Pekka Tammi, *Problems of Nabokov's Poetics: A Narratological Analysis* (Helsinki: Suomalainen Tiedeakatemia, 1985), 242.

[2] Frank Kermode, "Aesthetic Bliss," *Encounter 14* (June 1960), 81.

和力气，这些人多是阅读时动用自己嘴唇的家伙，别指望他们能看懂一部没有对话的小说。"（DF, 8）在《绝望》前言里纳博科夫指出平庸的读者只会关注平庸的结构与情节（DS, Foreword, xiii）。"饱受折磨的作者"（SO, 80）、小说的主人公赫尔曼以欺骗类似的平庸读者为乐：

> 不，我没有疯。我只不过在发出些愉快的声音。这是愚弄了别人之后的快乐。我真愚弄了某个人。他是谁？好心的读者，看看镜子里的你吧，你不是很喜欢镜子吗？
>
> （DS, 24）

《光荣》的前言里纳博科夫提醒，"聪明的读者不会把它当作传记来读"（GL, xiv）；《王，后，杰克》里他又说"好的读者自然会发现小说中的戏仿模式"（KQK, viii）。《瞧这些小丑》中瓦迪姆抨击那些"专注于事实的、污秽之父、肮脏的传记学家"（LATH, 226）时指出："糟糕的读者本能地关注作者背景……好的读者则更关心其作品而非家谱。"（LATH, 111）对纳博科夫而言，糟糕的读者往往是阅读时嚅动嘴唇的幽灵或健忘症患者，而好的读者则会在付出巨大的努力后得到应有的报偿（SO, 183）。

纳博科夫强调，艺术作品对社会没有价值，它的意义只是对作为个体的读者而言。只有单个的读者对他才是重要的（SO, 33）。他非常重视自己的读者，其小说中的叙述者与人物常常有意识地向读者倾诉。《洛丽塔》中亨伯特模拟各种口吻向不同类型的读者讲述自己的故事：有时是陪审团的法官，有时是"一边阅读他的初稿，一边舔着手杖的圆柄"（LO, 226）的长着金色胡须、红润嘴唇的学者，有时是律师克拉伦斯（LO, 32），有时

第三章　纳博科夫小说中的空间形式　　211

甚至是桌上没有生命的打印机。亨伯特时时想着提醒与讨好自己的读者："咱们严肃点，有点教养吧"（LO，19），"我无法向我博学的读者讲述"（LO，48），"啊，读者，我的读者，猜猜吧"（LO，154）。他乞求读者：

> 求求你，读者！虽然你对我书中那位仁慈心肠、异常谨慎、有着病态敏感的英雄已满含怨气，但求你别错过这些关键的页码。想象我吧，没有你的想象我将不复存在。找到我心中的那只雌鹿吧，它在我邪恶的森林里颤抖。
>
> （LO，129）

当亨伯特与洛丽塔在旅途的汽车上看到一对熟人夫妇，洛丽塔无助地请求亨伯特停停车与他们聊聊时，叙述者的声音突然插入"咱们和他们聊聊吧！读者！"（LO，157）。他称呼读者为，"读者，我的兄弟"（Reader! Bruder! 德语"兄弟"的意思，LO，262）。亨伯特警告读者，"不要嘲笑我和我的精神错乱"（LO，210）。当洛丽塔在亨伯特的反复要求下准备说出拐走自己的人是奎尔蒂时，作者突然打断了她的告白，指出"精明的读者早已经猜出了他的名字"（LO，272）。亨伯特找到洛丽塔希望她跟自己一起离开遭到拒绝，这时"我掏出手枪——我的意思是，这是读者猜想我可能会做的愚蠢的事。我可从来没想过这么做"（LO，280）。《绝望》中赫尔曼提醒读者：

> 先生们、女士们！读吧，读吧，读的次数越多越好。我欢迎你们，我的读者。
>
> （DS，159）

> 耐心点，我的读者。咱们待会儿的旅行会得到丰厚的回报的。
>
> （DS，54）

有时他又站出来公开承认,"我像虔诚的护士般去呵护讨好我的读者"(DS, 19, 70, 89)。他认为作家的最大梦想就是"将读者变成观众"(DS, 16)。类似的对读者的直接倾诉在纳博科夫的小说中无处不在,充分表明了作家对读者的重视程度。

纳博科夫的小说充斥着文字游戏、文学典故、暗示、影射、戏仿等各种各样的陷阱,阅读的难度极大。但与乔伊斯等作家隐而不露的表达方式不同,纳博科夫常在文本的上下文里间接或直接地给读者以提示,帮助他们更好地理解作品。在小说的前言与故事的字里行间,作家往往从读者的立场出发,解释他们可能不懂的词语和句子。这些提示包括单词的发音、词语的意义、前后呼应等,考虑十分周到。《说吧,记忆》中提到维拉附近的村子 Gryazno 时,纳博科夫解释"这个单词的重音在最后一个音节"(SM, 29)。《普宁》中,普宁的母亲是著名的革命者 Umov 之女,作家解释 Umov 的读音跟 zoom off 押韵(PN, 22)。遇到非英语的外来词时,纳博科夫一般会给出英语解释。如《说吧,记忆》中母亲薇拉说的俄语 Vot zapomni 是英语 now remember 之意(SM, 29),《光荣》中出现的俄文 Spasibo 是 thanks 之意(GL, 93)。《庶出的标志》里奎斯特对克鲁格说"我们的组织叫 fruntgenz(frontier geese,边境之鹅),不是 turmbrokhen(prison breakers,越狱者)"(BS, 159)。《眼睛》中的单词 blagodarstvuyte 在英语中意为"谢谢你",作家还特别说明"不要发成了通常的模糊音"(Eye, 44)。当赫鲁晓夫(Khrushov)将德语中的"谢谢"误读成 danke 时,斯莫洛夫解释:它与俄语中 bank 一词的地点属格完全一样,而 bank(银行)正是赫鲁晓夫工作的地方(Eye, 40)。《天赋》中费奥多解释他寄居柏林时的房东 Klara Stoboy 姓名中包含的双关时,说道"对俄国人而言"它让人联想到了"Klara 与你在一起",因为 stoboy 在俄语中是

第三章　纳博科夫小说中的空间形式　　213

thee 的意思（GF，19）。《阿达》中阿娇留给丈夫与儿子的遗言里写道：

> 钟（clock）的指针即使已经失效，也必须知道并让最愚蠢的手表知道它们所处的位置……同样，chelovek（human being）必须知道并让别人知道他所在的位置，否则他就不是 chevlovek 中的一 klok（piece）。
> （Ada，29）

临死前的阿娇对时间的概念已经错乱了，俄语中 klok 与英语中 clock 的相同读音，引发了她已紊乱的思维对人类在时间流逝中的联想。《阿达》中出现的多种不同语言之间的游戏比比皆是，许多这样的游戏，纳博科夫都给予了必要的暗示或解释。小说的叙述者甚至为读者设计了问答式题目（Ada，82-83）。他有意识地提醒读者注意其讲述的内容细节：

> "擦擦你的脖颈！"他在她身后急切地低声提醒（在故事里，在现实中，是谁，在哪儿曾有过这样的低声呼唤？）。
> （Ada，520）

问题的答案其实隐藏在四年前，小说倒退 50 页，卢瑟特（Lucette）自杀前与范·韦恩的一段对话。类似的一问一答式提示在书中极为常见（Ada，39-40，41，42，48，53，253，283，299，passim）。作家为读者提供的各种解释与暗示，体现了他以读者为本的立场。由此可见，将其视为一位高高在上、以愚弄读者为幸事的傲慢无礼的唯我作家是毫无根据的。

二、纳博科夫的理想读者

纳博科夫在许多场合表达了自己理想阅读与理想读者的观

点。对作家而言,理想的阅读是深入脊髓的阅读,而理想的读者则是与作家融为一体的反复读者。谈到写作的乐趣时,纳博科夫称,写作与阅读所得到的狂喜类似。他只为艺术家同僚和未来的艺术家写作,理想的阅读不是用心,而是用"脊髓"阅读(SO,40-41;LL,6;TT,75;PF,155),它带来的是"浸彻骨髓的愉悦"(LO,52)。作家强调,一个好的读者应该具有艺术家与科学家相结合的禀赋(LL,4-5),是反复的重读者:

> 没有人能阅读一本书,他只能重读这本书。一个好的读者,一个成熟的读者,一个积极有创见的读者只能是一个重读者。
>
> (LL,3)

纳博科夫的理想读者与布思的观点类似,即读者与作家之间要有完全的契合①。换言之,他应该具有与纳博科夫本人类似的良好出生与优越的文化教育背景,会熟练运用多门语言,熟悉作家的所有作品,与作家一样是学富五车的学者或艺术家。这样的要求无疑没有几个读者能达到。在1962年BBC的一次访谈中,当被问及"为谁写作?为什么样的读者写作"时,纳博科夫回答:

> 我认为艺术家不应该关注其读者。他最好的读者是每天清晨在梳妆镜里看到的自己的影子。我认为艺术家想象的读者,如果他真设想这样的事,就是满屋子戴着自己面具的人们。
>
> (SO,18)

---

① Wayne C. Booth, *A Rhetoric of Irony* (Chicago: The University of Chicago Press, 1974), 233.

他赞同写作像座象牙塔，作家只为一个读者写作，那就是他自己（SO，37）。读者要使用的工具是非个人的想象与艺术的喜悦，是在读者的思想与作家的思想间建立起和谐的平衡（LL，4）。1971 年 9 月在瑞士广播电台的采访中，纳博科夫认为一流的小说作品中真正的冲突不是人物之间的冲突，也不是作家与世界的冲突，而是作家与读者的冲突。作家与读者产生冲突是因为他本人才是自己最理想的读者（SO，183）。在评价果戈理时，纳博科夫指出，果戈理与其他伟大的作家一样都善于创造自己的读者；作家与读者因此是亲密的一家人，好的读者是作家的兄弟，是他的另一个化身。文学作品的理想读者就是作者本人的一面镜子①。从这些论述可以发现，纳博科夫脑海中真正的理想读者其实是他自己。这无疑是让所有人望而却步的要求：如同对现实的认识一样，读者只能越来越接近它，却永远无法企及。既然无法复制纳博科夫，读者所能指望的只好退而求其次，要么成为"类纳博科夫"的他的家人，要么成为与他有类似旨趣与才智的同道，要么只好求助于未来的达人。他们通过勤奋的努力与艺术的阅读与作家一道完成了小说的创作。在《洛丽塔》之后的几乎所有小说扉页上，纳博科夫都注有"致薇拉"。作家指出"我多数作品都是献给妻子的，她的形象经常出现在我书中的内窥镜所反映出来的神秘色彩中"（SO，191）。妻子薇拉作为作家的家人，是他最亲近的读者。《说吧，记忆》中的"你"无疑是指向薇拉的，而这一"你"同样是纳博科夫脑海中的理想读者。《瞧这些小丑》第六部分结束时瓦迪姆回顾了自己的创作生涯，并设想了读者与作家之间的契合：

---

① 转引自 Pekka Tammi, *Problems of Nabokov's Poetics: A Narratological Analysis* (Helsinki: Suomalainen Tiedeakatemia, 1985), 243。

我的脑海里能复现你读过的每个卡片，它们投影在我想象的幕布上，与它们一起的还有你那闪光的黄宝石与扑闪的睫毛……你对我的作品了如指掌，不会因为某个激烈的情欲细节或艰深的文学典故而受到滋扰。与你一起这样阅读《阿迪斯》无比幸福。……我是一个出色的作家吗？我是一个杰出的作家。

(LH, 234)

　　瓦迪姆理想的读者是对其作品了如指掌的作家本人的镜像人物。纳博科夫希望并邀请优秀的读者参与到自己的创作中，与其一道完成艺术的创造与审美过程。小说《阿达》是范对阿达的爱情表白，因而可认为阿达是范理想的读者。然而最后完成的小说里，阿达添加了许多旁注，她实际上参与了范的创作，他们合作了小说。理想的读者即是创作者这一概念同样是《天赋》一书的主题之一。布拉克威尔认为，济娜不仅是费奥多的理想读者，她的叙述声音还贯穿了整部小说。她如果不是"他的导师"，至少也是他的"指导者"（GF, 217）。因而济娜也是小说的创作者。读者正是透过她的视角才认识与熟悉了费奥多的作品①。有时理想的读者今世难觅，他们或许来自未来。亨伯特认为，他的《洛丽塔，一位鳏夫的自白》是写给"公元2000年后头几年的那些读者"（LO, 299）看的。《斩首之邀》中辛辛那提斯坦言自己的日记不是写给今天的读者的，因为在这个世界上，没有人说与他一样的语言，没有读者能读懂他，只有在将来才能找到与他类似的灵魂（IB, 223）。《黑暗中的笑声》中作家乌多·康拉德（Udo Conrad）告诉阿比纳斯"还要等很长一段时

---

① Stephen H. Blackwell, *Zina's Paradox: The Figured Reader in Nabokov's Gift* (New York: Peter Lang Publishing, Inc., 2000), 3.

间,也许是整整一个世纪,人们才能真正读懂我的作品——如果那时写作与阅读还未被人遗忘的话"(LD,215)。

三、互文的空间阅读

阿佩尔在《注释版洛丽塔》中建议读者,除了边读小说边对照注释外,还可以将他的注释放一旁与小说平行阅读(LO, Preface, xiii)。而《微暗的火》中的金波特也建议采用类似的有别于传统的空间阅读方式(PF, 28)。由于纳博科夫的小说中大量的互文细节构成了错综复杂的上下文反应参照网络,阅读纳博科夫的小说最好采用空间的方式,将其所有的作品视作一个整体,在反复重读的过程中发现文本之间千丝万缕的联系,建构和谐的整体图案。

《黑暗中的笑声》最初出版时的标题叫《暗箱》(*Camera Obscura*)。这一题目出现在纳博科夫多部作品里。在传记《说吧,记忆》中作家多次提到"暗箱""明箱"等概念,如"文学创作需要明箱操作"(SM, 68)。在谈到艺术与科学的关系时,纳博科夫写道,"精确描写带来的可以感知的喜悦,明箱带来的窃喜,科学分类的诗一般精确"(SO, 79)都能给人以艺术审美的激动。范·韦恩80岁生日时收到的礼物是一本叫《爱丽丝漫游暗箱记》的书(Ada, 547),书名让读者同时想到了《黑暗中的笑声》与卡洛尔的小说《爱丽丝漫游奇境记》。后者在《阿达》中又多次以《奇境中的宫殿》(Ada, 53)、《阿达漫游奇境记》(Ada, 129)、《阿达的阿达国历险记》(Ada, 568)等不同名称反复出现。《瞧这些小丑》中,瓦迪姆被其推崇者奥克斯误以为是《暗箱》一书的作者。瓦迪姆纠正说自己的第四本俄文小说不叫《暗箱》而叫《明箱》(*Camera Lucida*, LATH, 92),又名《阳光下的屠杀》。而"阳光下的屠杀"恰好是《黑暗中的笑声》中阿比纳斯被枪杀的情节。这些线索无疑可以帮助我们将纳博科夫的《黑暗中的笑声》与瓦迪姆的《明箱》对应起来。

纳博科夫曾有一本未完成的俄语小说起名《单王》（*Solus Rex*），该词原是国际象棋中的术语。《微暗的火》中金波特写道："他有一种有趣的感觉，自己就像设计棋局的人称为'王退守一隅'中的单王一样，是唯一剩下的黑棋"（PF, 118 - 119）。他建议谢德把自己的长诗命名为《单王》（PF, 296）。《普宁》中的作家普宁总做着同样一个梦："那关键的飞行一幕，国王独自一人——单王——在波西米亚的海滩上漫步"（PN, 86）。《瞧这些小丑》中瓦迪姆想起了自己与情妇幽会时的场景：

> 一丛丛、一簇簇清新的花儿，让我想到了某个别的时候，某个别的窗扉。我看到了花园门外阿达姆松泛着光泽的黑色轿车。两个人还是她一个人呢？单王？
>
> （LATH, 160）

《瞧这些小丑》中瓦迪姆最后一部俄语小说名为《勇敢》（*The Dare*, 1950），从拼写与读音上看都暗指纳博科夫本人的《天赋》（俄文名为 *Dar*），而从意思上看，则暗指纳博科夫的《光荣》（俄文名为 *Podvig*，字面意思是"勇敢"）。瓦迪姆提醒读者阅读小说《勇敢》时要注意的细节。他在小说中插入了主人公维克多（Victor）[①] 写的一本"关于勇敢"的书，是作家费奥多·陀思妥耶夫斯基（Fyodor Dostoyevski）的传记与评论。而费奥多正是《天赋》中的主人公。在维克多写的这本书的末尾，年轻的费奥多接受了一位无聊人士的挑衅，完成了一次"危险的穿越苏联边境的壮举"。这一情节正是《光荣》结尾时主人公马

[①] 《普宁》中前妻丽莎的儿子也叫维克多。

丁的勇敢之举。布尔什维克革命后，瓦迪姆在一位远房亲戚姆斯季斯拉夫的情人帮助下，沿着一条"童话故事里茂密森林中的小径"（LATH, 9）逃离了苏联，这一幕情节是《光荣》中的核心线索与主题。如果认真的读者再将《天赋》的结构与瓦迪姆的小说《勇敢》的结构对比，便会发现二者还有一个最大的相同之处：《天赋》的第四章嵌入了费奥多所写的《车尔尼雪夫斯基传》，而瓦迪姆的小说《勇敢》中则嵌入了主人公维克多所写的费奥多·陀思妥耶夫斯基传。瓦迪姆对安妮特误以为自己作品中包含有 Chernolyubov 与 Dobroshevski 的传记感到不满（LATH, 101），前者是车尔尼雪夫斯基的误拼，而后者则是陀思妥耶夫斯基的误拼，这两位都是纳博科夫批判的作家。由此读者可以发现《天赋》与《瞧这些小丑》中的故事中的故事之间的关联。纳博科夫就是用这样的镶嵌手法将自己的作品、自己作品中主人公的作品以及主人公作品中的作品编织起来，组成了一张神秘的大网。除了上述两部作品外，林中小径的意象在纳博科夫的其他作品中也多次出现。如《防守》中，童年的卢辛在火车站附近发现一条小路，穿过车站站长家的花园与山谷直达一处密林。卢辛想逃离自己的生活，沿小路遁入密林深处（DF, 21）。《庶出的标志》中克鲁格试图用思想让时间停止，他设想自己走下列车，走入车外飞速后退的森林中曲折的小径（BS, 14）。

　　《阿达》中卢瑟特设想与范·韦恩一起生活，他们的床头挂着一幅名为《微暗的火与汤姆·考克斯加油》（*Pale Fire and Tom Cox Up*, Ada, 477）的画，画名暗指小说《微暗的火》。主人公范·韦恩在家谱中甚至直接引用《微暗的火》中谢德的诗行"空间是眼中意象的纷至沓来/时间是耳里韵律的跳动"（Ada, 542, 585; PF, 40）。他与阿达曾将长诗《微暗的火》翻译成俄语与法语（Ada, 577-578; 585-586）。出现在《阿达》中的《微暗的火》第 569 至 572 行，完全照搬自小说中谢德的原诗。同一书中提到的"菲雅尔塔的春天"与纳博科夫的短篇小说同名（Ada, 477）。范后来带着英格兰情人来到了菲雅尔塔（Fialta, Ada, 573）。阿达给范的秘书诺克斯起的外号叫"菲尔洛契卡"（Fialochka, 576），是菲雅尔塔的昵称。"菲雅尔塔的春天"在《劳拉的原型》中则成了"菲雅尔塔的四月"（Laura, 45）。范听到有人说"韦恩姐妹中的一个"（one of the Vane sisters），以为别人误将自己的姓与名合在了一起，而《韦恩姐妹》则是纳博科夫的同名短篇小说。《防守》中提到的卢辛渐渐不再在棋盘上设计自己的棋局，而是满足于在脑海中构思棋盘上的"象征与符号"（symbols and signs, DF, 57），而纳博科夫确有一部短篇标题为《符号与象征》。安提特拉1892年最畅销的书中有一本名为《高潮的邀请》（Invitation to a Climax, Ada, 459），该书名让我们想到了《斩首之邀》。《瞧这些小丑》中瓦迪姆的小说《卒吃后》（Pawn Takes Queen）对应于纳博科夫本人的小说《王，后，杰克》。在一位流亡杂志主编组织的茶会上，瓦迪姆听到一位女士评价她"非常欣赏卒与后背叛她的丈夫的对话"，并询问瓦迪姆"他们真的会把那可怜的棋手从窗户扔出去吗？"（LH, 57-58）卒与后的对话概括了《王，后，杰克》中弗朗兹与玛莎密谋杀害丈夫德雷尔的情节，而将棋手从窗户扔出去则复现了《防守》中卢辛最后不堪象棋的重负跳窗自杀一幕。《天赋》中希奇奥格列夫试图引诱继女的情节与《洛丽塔》相似。《微暗的火》中金波特讲述自己从宫廷逃亡（PF, 130）的经历复现在维克多（PN, 84-86）与普宁（PN, 109-110）的梦境里：国王拒绝退位、被软禁在宫殿里，最终驾驶一条摩托艇逃离。

《玛丽》中阿尔费奥洛夫激动地等着妻子玛丽从苏联来到柏

林。他们夫妇出现在《防守》中卢辛岳父母举办的一次晚会上（DF, 101）。卢辛夫人记得阿尔费奥洛夫说过曾有一位诗人死在自己怀中，这一幕无疑是《玛丽》中诗人波特亚金（Podtyagin）因丢失护照无法前往巴黎后心脏病发作而死的重现。《黑暗中的笑声》中，阿比纳斯与伊丽莎白闹翻后，想起了"德雷尔夫妇的午宴邀请"（LD, 86），而德雷尔夫妇正是《王，后，杰克》中的主人公。《天赋》中的"流亡德国的俄罗斯作家协会"列出的作家名单中，细心的读者会发现波特亚金是《玛丽》中的流亡诗人，而伊万·卢辛则是《防守》中的主人公卢辛的父亲。波特亚金在《阿达》中又以"波特亚姆金王子"（Prince Potyomkin, Ada, 182）的面孔出现，他接受心理医生特姆金（P. O. Tyomkin, Ada, 182）的治疗。《普宁》中的主人公普宁成了《微暗的火》中的俄语系教授（PF, 155），枪手格雷德斯甚至对他有过这样的描述："一位穿着夏威夷衬衫，皮肤晒得黝黑的光着脑袋的教授，坐在一张圆桌旁，脸上带着嘲弄的表情，读着一本俄文书。"（PF, 282）格雷德斯的姓名 Gradus 经纳博科夫重新组合，变成了阿达的座驾 Argus（Ada, 558），在《黑暗中的笑声》里则是阿尔戈斯（"百眼巨人"）电影院。范·韦恩的母亲玛丽娜（Marina）在迪门的玛丽娜别墅度假（Villa Marina, Ada, 15）。亨伯特童年时曾住在里维埃拉的玛丽娜酒店（Hotel Mirana, LO, 10, 90），同名的玛丽娜宫则出现在《瞧这些小丑》中（LATH, 30）。《绝望》中赫尔曼的蓝色座驾是伊卡洛斯（Icarus），同名的轿车还出现在《洛丽塔》与《王，后，杰克》里（KQK, 42）。《瞧这些小丑》中的瓦迪姆与艾丽丝则收到了一辆漂亮的蓝色伊卡洛斯作为结婚礼物（LATH, 49）。瓦迪姆的第五部小说名为《红色的大礼帽》（*The Red Top Hat*），是一本关于"斩首"的书（LATH, 80），书中的主人公叫"大彼得"（Big

Peter, LATH, 144)。该书无疑与纳博科夫本人的《斩首之邀》对应。在《斩首之邀》的第一章里,法官向辛辛那提斯宣布"因为观众的恩赐,你将被要求戴上一顶红色的大礼帽"(IB, 21),而代表极权黑暗势力的法官皮埃尔先生(M'sieur Pierre)的英语名即是"彼得"。狱卒的女儿埃米(Emmie)则在瓦迪姆的小说中以艾米(Amy, LATH, 78)的名字出现。

《瞧这些小丑》中瓦迪姆最重要的小说《海边王国》(A Kingdom by the Sea)对应于纳博科夫的《洛丽塔》。小说的题目直接取自《洛丽塔》中"海边之国"(a princedom/kingdom by the sea, LO, 9, 167),而其情节(LATH, 215 - 216, 218)则复制了亨伯特与安娜贝尔·蕾的初恋故事。瓦迪姆本人的初恋情人是果园中的一位幼女(LATH, 7, 46),而亨伯特的初恋是幼年的安娜贝尔·蕾。作为大学教授的瓦迪姆40多岁时与旧友的女儿、24岁的多莉·冯·伯格(Dolly von Borg)成为情人(LATH, 137)让人联想到《洛丽塔》中亨伯特与洛丽塔(亨伯特又称她多莉)之间的关系。他回忆多莉少女时曾让她坐在自己的腿上催她入眠(LATH, 137),又一次复制了《洛丽塔》中的场景(LO, 58 - 62)。瓦迪姆与多莉在旅馆约会时被要求登记姓名,他想写下的地址是Dumbert, Dumbert, Dumberton(LATH, 143),与亨伯特的姓名仅一个字母之差。瓦迪姆称女儿贝尔为伊莎贝尔·李(Isabel Lee, LATH, 170)、安娜贝尔(LATH, 184),他带着贝尔驱车旅行,一路经过各种汽车旅馆(LATH, 156 - 157)的情节无疑是《洛丽塔》中的翻版。他与贝尔就读的学校校长的谈话复制了亨伯特与比尔兹利女子学校校长普拉蒂的对话(LH, 174; LO, 176 - 179)。贝尔与洛丽塔的生日一样,都是1月1日,她与奎尔顿酒店(Quilton Hotel)雇员的儿子约会,而奎尔顿的背后无疑是亨伯特影子的奎尔蒂(Quilty)。

第三章 纳博科夫小说中的空间形式

《说吧，记忆》第 13 章讲述的是纳博科夫的初恋情人塔玛拉（Tamara, SM, 169 - 186），而在《瞧这些小丑》中，瓦迪姆的第一本小说也叫《塔玛拉》，写于 1925 年。该小说的年代与内容都与纳博科夫本人的《玛丽》类似（写于 1926 年）。难怪瓦迪姆的崇拜者奥克斯会将《塔玛拉》看成《玛丽》或《玛丽公主》（LATH, 94）。瓦迪姆称女儿贝尔为伊莎贝尔·李，她的外貌与洛丽塔相似。这一名字又是亨伯特的初恋情人伊莎贝尔·蕾。贝尔的形象被瓦迪姆描写进自己的作品《塔玛拉》中，而《塔玛拉》对应于纳博科夫本人的作品《玛丽》。《斩首之邀》中辛辛那提斯从关押自己的城堡看到了城市中的塔玛拉公园。公园中有柳树、三条小溪形成的三个小瀑布、瀑布上的彩虹、水流下的小湖、湖上一只天鹅、草坪、杜鹃花、橡树林、洞穴、小鹿、三个人坐在长椅上开玩笑，穿着绿色靴子的园丁欢快地玩着捉迷藏的游戏（IB, 27 - 28）。塔玛拉仿佛是伊甸园，而纳博科夫笔下的少女塔玛拉则如同魅力无限的夏娃。瓦迪姆发现自己无法用语言描述贝尔的美丽，于是将她与俄罗斯画家谢洛夫油画《五瓣丁香》中的 12 岁女孩阿达比较（LATH, 168）。小说《阿达》中，安提特拉星球上 1892 年最畅销的一本书叫《吉卜赛女郎》（The Gitanilla, Ada, 371, 383, 459）。阿达在船上放映的电影《唐璜的最后一击》中扮演的是吉卜赛女郎的角色（Ada, 488）。吉卜赛女郎的形象出自《洛丽塔》。小说中亨伯特处处称洛丽塔为卡门，一位放荡的吉卜赛女郎。小说中奎尔蒂的剧本《着魔的猎人》以西班牙故事《吉卜赛女郎》为蓝本，讲述一位吉卜赛女巫在狩猎季节来临时对猎人与猎狗等施以魔法，使他们入眠。在"着魔的猎人"旅馆，亨伯特模仿这一情节，试图用春药麻醉洛丽塔以占有她。类似的故事情节又被搬进《阿达》中。卢瑟特告诉阿达，是罗宾逊夫妇给她的一管"安我片"（Quietus Pills）

救了她的命（Ada, 487）①。阿娇彻底崩溃后，医生给她开的紫色药片让她想到了一个西班牙吉卜赛女郎施魔法让猎人与猎狗睡着的故事（Ada, 27-28）。《黑暗中的笑声》的女主人公玛戈特则活像一位吉卜赛女郎（LD, 91）。谢德在《微暗的火》中写道："暴风雨之年：飓风/洛丽塔从佛罗里达席卷至缅因州。"（PF, 58）金波特注释中的这一年是1958年（PF, 243），读者很容易联想到这正是美国版《洛丽塔》出版之年。《阿达》中，迪门姨妈的牧场"位于德克萨斯州洛丽塔镇附近"（Ada, 16）。1884年为庆祝阿达12岁生日，她被允许穿上自己的"洛丽塔"，一条以"奥斯伯格小说中的安达卢西亚吉卜赛女郎"命名的"长而宽松透气，绘有虞美人与牡丹的黑色裙子"（Ada, 77）。生日野炊结束时，阿达避开众人坐在了范的腿上（Ada, 86-87）。这正是《洛丽塔》中12岁的洛丽塔坐在亨伯特腿上的一幕。《庶出的标志》里，玛瑞特挑逗克鲁格并坐在他腿上的一幕（BS, 172），《斩首之邀》中12岁的埃米引诱辛辛那提斯，这些情节都有着洛丽塔的影子。《阿达》里，范·韦恩后来遇到的一位高级妓女，"长着虞美人似的嘴巴，一身黑衣"，穿着一件同样叫"洛丽塔"的俗艳的外套（Ada, 393）。范与卢瑟特在塔博科夫船上看到的电影中，阿达出演多萝蕾丝，同样是洛丽塔的名字（Ada, 488）。《瞧这些小丑》中的瓦迪姆旅途中经过"德克萨斯州的洛丽塔旅馆"（LATH, 156）。《劳拉的原型》中，弗洛拉的母亲兰斯卡娅（Lanskaya）的众多情人中有一位名为哈伯特·哈伯特（Hubert H. Hubert, Laura, 53）。他像一位并不成功的魔法师，试图用催眠的童话故事引诱卧病在床的12岁少女弗

---

① 有意思的是，这一Quietus在《斩首之邀》变成了辛辛那提斯在监狱中读的小说 Quercus（IB, 122）。

洛拉。弗洛拉的惊叫声引来了兰斯卡娅,哈伯特借机向兰斯卡娅求婚。哈伯特的女儿黛西(Daisy)与弗洛拉长着同样的眼睫毛,同样的头发,同样丝绸般光滑的淡褐色肌肤,她12岁那年在乡间公路上被一辆倒车的货车撞死了(Laura, 57 - 63)。弗洛拉生性放荡如吉卜赛女郎,她吸引怀尔德的原因是长得像他的初恋情人奥罗拉·李(Aurora Lee, Laura, 201, 205),而与洛丽塔一样,她不准男友吻自己的嘴唇(Laura, 79)。在纳博科夫众多小说的互文阅读中,读者不难发现塔玛拉、玛丽、洛丽塔、贝尔、伊莎贝尔·蕾、奥罗拉·李、阿达、艾米、埃米、弗洛拉、黛西之间的对应关系。这些少女身上有着许多相似的特征。她们都有未成年美少女独特的诱惑力,是男主人公逐猎的对象,像吉卜赛女郎般迷人而危险。从更深层次来说,这些少女群体何尝不是纳博科夫这位高明的魔法师用以引诱与迷惑读者的艺术虚构之物。透过她们一张张叠加起来的面孔,读者似乎看到了作家怡然自得的笑脸。

相似的人物、事物、专有名词、场景、情节等在纳博科夫的互文性小说中一次次反复出现。作家曾说他的人物之间有"心灵感应"(telepathy, SO, 84),而从本节以及前面许多章节的例子看,读者对此应该已有充分的认识。只有通过反复重读,将纳博科夫的全部作品视为整体的图案来对待,读者才能逐渐建构起一个更为清晰的纳博科夫的艺术世界,慢慢接近作家所推崇的理想读者的目标。作家反复强调,现实世界是艺术创作潜在的虚构之物。虽然现实中的细节是真实的,但它们却杂乱无章,作家意识中的"宇宙同步"能力赋予这一混乱世界以有机和谐的整体图案。在他艺术创造的最顶峰,或许会遇到经过长途艰辛跋涉后"气喘吁吁而欢欣愉悦的读者",他们自然地拥抱在一起,在不朽的书页中永不离弃。读者充满艰辛的反复阅读帮助他们透过密如蛛网的上下文反应参照的意义网络，重绘完整的空间整体画面，最终超越了时间，获得了"审美的狂喜"，在艺术的世界里与作家合而为一。

第四节 《洛丽塔》：英语的盛宴

《洛丽塔》出版后，一场"洛丽塔的飓风从佛罗里达刮到缅因州"（PF, 58），并席卷全球，迅速奠定了纳博科夫作为经典作家的地位。如今，不仅小说本身早已成为美国大、中学语文课的必读范本，Lolita 一词还成为英语中的普通名词，用以表示"迷人的美少女"，关于《洛丽塔》的评论专著与文章则多得难以用数字精确统计，其中最经典、分析最缜密细致的是阿佩尔的《注释版洛丽塔》（The Annotated Lolita, 1970）与普罗菲尔的《〈洛丽塔〉要义》（Keys to Lolita, 1968）。前者是第一部作家尚在世即出版的注释版现代小说（LO, xiii）[①]，附有900多条注释，长达138页，几乎是全书的三分之一，得到过纳博科夫本人的称许。后者则详尽分析了小说中的文学典故、风格特色、语言游戏、意象与象征等，微观细密，丝丝入扣，见微知著。

作家本人对《洛丽塔》的热爱是溢于言表的。他宣称，

> 在我所有的书中，《洛丽塔》留下最让我愉悦的余晖（afterglow）。她是我小说中最纯洁、最抽象、最构思精巧的作品。
>
> （SO, 47）

作家认为，他创作的最好的俄语作品是《天赋》，最好的英

[①] 本节中只注明页码的地方均引自《注释版洛丽塔》（LO）。

语作品是《洛丽塔》与《微暗的火》（SO, 52），他将以小说《洛丽塔》与翻译的《叶甫盖尼·奥涅金》而名垂青史（SO, 106）。在问及自己对名声的看法时，纳博科夫说，有名的不是作家本人，而是《洛丽塔》（SO, 107）。《洛丽塔》同时也是作者认为最难创作的小说（SO, 24）。

对许多普通读者，尤其是那些不懂英语只能阅读中译本的中国读者而言，他们往往津津乐道于小说中的性变态与色情因素，体会不到《洛丽塔》独特的语言魅力。小说面世后，一位美国批评家认为它记录的是作家与浪漫小说的热恋。纳博科夫用"英语"代替了"浪漫小说"，认为这一公式才正确，即他将《洛丽塔》看作是与英语的一场热恋（316）。换言之，畸恋与乱伦的情色故事不过是纳博科夫这位高明的魔法师使用的障眼法与幌子，英语的空间组合与艺术搭配，她那悦耳之音、魅惑之形、不竭之意，才是作家与读者应该反复把玩的真谛。在《洛丽塔》中，纳博科夫对英语的实践几近完美，每个字词都如同精雕细凿的工艺品，用字字珠玑、句句妙语来形容亦绝不为过。它需要勤奋努力的读者通过反复艰辛的阅读，在文字千变万化异彩纷呈的空间组合中，体会英语这一纳博科夫热恋中的美少女（彼时纳博科夫刚从俄语转向英语写作不久，英语自然可谓他艺术创作中的"美少女"）那独特的艺术魅力，感受作家炉火纯青的语言的空间书写技巧。

今天，纳博科夫研究的专著与文集中，以及各种期刊、学术会议、互联网络上探讨《洛丽塔》主题、人物、结构、风格与语言等的文章早已铺天盖地，数不胜数。本节将从作家本人的论述出发，在细读阿佩尔编的《注释版洛丽塔》的基础上重点分析小说中语言的魅力，以证明《洛丽塔》是一场英语的盛宴。阿佩尔将纳博科夫奉为"文学解剖大师"，认为《洛丽塔》首先是一场语言的盛宴,其每个句子都如诗歌般精密①,小说中的语言是"言语的巴洛克"(colloquial baroque)②,大到篇章,小到句子与词语,无不渗透着作家的文本游戏。他指出,《洛丽塔》的主人公其实是"创作的方法"(xvii)。伍德借用德里达的"文本之外别无他物"来形容在小说中,语言是读者所能获知的一切。《洛丽塔》的文本是一个隐喻,一切只有辞藻③。斯特格纳与托克尔等批评家则将亨伯特对洛丽塔的爱比作纳博科夫本人对艺术与蝴蝶的热爱,他所追求的是想象中美少女们所代表的超越时空的艺术的理想状态④。纳博科夫自己称写作《洛丽塔》的原因是创作本身带来的艰辛与乐趣,该书没有社会目的,没有道德讯息,不传达任何观点。作家所钟情的只是"编织谜语"。亨伯特与洛丽塔一样,只是作家脑海中杜撰的人物,他们并不存在(SO,15)。洛丽塔就像是作家编织的一个美丽的谜,谜面就是谜底,她身上有着奇特的魅力(SO,19)。

故事开篇,亨伯特就提醒读者"你总能指望一个杀人犯会写出绝妙的好文章"(9)。亨伯特这一主人公、叙述者与自我宣称的作者,一方面是凶手、疯子与恋童癖者,另一方面又是作家与艺术家,他在法庭上的供述与狱中笔记是道德的罪犯试图用艺术的创造和文字的盛宴来"永远地将美少女危险的魔力定格成文字"(134),让自己钟情的美少女在纸质的书页上长存,成为历

---

① Alfred Appel, Jr., *Nabokov's Dark Cinema* (New York: Oxford University Press, 1974), 58-59.
② Michael Wood, *The Magician's Doubts: Nabokov and the Risks of Fiction* (Princeton: Princeton University Press, 1994), 110.
③ Ibid., 104, 111.
④ Page Stegner, *Escape Into Aesthetics: The Art of Vladimir Nabokov* (New York: Dial Press, 1966), 106, 110. Leona Toker, *Nabokov: The Mystery of Literary Structures* (Ithaca and London: Cornell University Press, 1989), 57-81.

史长河中永恒的艺术品。他宣称,"我穿行过的是遍布诗人遗产的柔美梦幻之境,而非罪恶的渊薮"(131),而对"美少女的爱"(nymphet love)是一个介乎天堂与地狱之间的令人痴狂的世界,在那里残忍与美丽汇聚于一点,艺术家要做的是将二者之间的交汇点永远地保留下来(135)。亨伯特以艺术的名义反复为自己的行为进行辩解,"强调一点,我们不是凶手;诗人从来不杀人"(88)。他告诉读者不要同情奎尔蒂,因为只有亨伯特·亨伯特才能使作品长存。小说的结尾与开篇呼应:

> 我在想着野牛与天使(aurochs and angels),颜料不褪色的秘密,预言式的十四行诗,艺术的避难所。这是我和你拥有的唯一永恒,我的洛丽塔。
>
> (309)

他所占有的不是洛丽塔,而是自己的创造,是另一个想象中比洛丽塔更真实的、没有自己生命的洛丽塔(62)。读者在对他的行为作出否定的价值判断的同时,不得不叹服于他的艺术才华。纳博科夫借助小说中的文学傀儡亨伯特,在读者、人物、作者间游刃有余地把玩着复杂而危险的文字游戏。

小说是亨伯特死后由其律师委托编辑小约翰·雷(John Ray, Jr., 6)爵士[①]整理出版的"一个白人鳏夫的自白"(4),一部精神病人的回忆录。如果反复朗读约翰·雷的名字,便会发现它的读音与英语中的"文体"(Genre)一词相似,缩写 Jr. 不仅表示"小",即"各种文体的缩影",也是 John Ray 的首字母缩写。这一名字提醒读者,小说《洛丽塔》是对英语中各种文体的戏仿。读者可以将它看作一部关于性变态与精神病患者

[①] 约翰·雷(1627—1705)确有其人,他是英国自然科学家与昆虫学家(LO, 326)。

的、揶揄弗洛伊德的精神分析小说,一部模仿福尔摩斯的侦探小说,爱伦·坡的哥特式浪漫故事,日记体的自白,附有前言的回忆录,模仿《爱丽丝漫游奇境记》与《小红帽》的童话故事,类似《化身博士》的双重人格(Doppelganger)小说,强调文学创作过程的元小说,关于乱伦的畸恋故事,反映美国电影、广告与汽车文化的流行小说等。在《洛丽塔》中,作家如高明的纺纱工,将众多文本体裁巧妙地编织在一起,组合成一幅完整美丽的艺术品,而没有露出丝毫生硬牵强的痕迹。

除了文体的戏仿,《洛丽塔》还涵盖了大量的互文信息,涉及其他作家及其作品的地方超过100多处[1]。作者在小说中20多次提到坡。Lolita的第二个音节暗指爱伦·坡诗歌《安娜贝尔·李》中的女主人公。亨伯特的初恋情人叫安娜贝尔·蕾,是洛丽塔式的美少女原型。小说是亨伯特的忏悔录,他称自己"我,让-雅克·亨伯特"(Jean-Jacques Humbert, 124),是对让-雅克·卢梭及其《忏悔录》的戏仿。洛丽塔母亲的名Charlotte是歌德小说《少年维特的烦恼》中维特情人的名字。小说中大量影射莎士比亚的戏剧与爱伦·坡、梅里美、但丁、福楼拜、乔伊斯、普鲁斯特等人的作品,至于出现的其他作家作品则不胜枚举,仅以直接或间接引用的部分例子为证:塞万提斯的《堂吉诃德》(10),雨果的《悲惨世界》(10),普鲁斯特、济慈(16),但丁、彼特拉克、维吉尔(19),阿加莎·克里斯蒂(Agatha Christie)的《谋杀启事》(31),梅尔维尔的《皮埃尔》(33),龙萨(Ronsard)、贝洛(Belleau, 47),卡塔鲁斯(Cattulus, 66),陀思妥耶夫斯基(70),梅特林克(Maeterlinck, 201),屠

---

[1] Annapaola Cancogni, *The Mirage in the Mirror: Nabokov's Ada and Its French Pre-Texts* (New York & London: Garland Publishing, Inc., 1985), i.

格涅夫（288），罗伯特·布朗宁的戏剧《皮帕经过》(*Pippa Passes*, 117)，《一千零一夜》中《阿里巴巴与四十大盗》（123，173），刘易斯·卡罗尔的《爱丽丝漫游奇境记》（131），福楼拜的《包法利夫人》（202），夏多布里昂（145）、高尔斯华绥（154）、波德莱尔（162）等人的作品，兰波的诗《醉舟》（163），美国作家奥尔科特的《小妇人》（173），史蒂文森的《金银岛》（184）与《化身博士》（206），塔金顿（Booth Tarkington）的《寂寞芳心》(*Alice Adams*, 224)，乔伊斯（207）的《尤利西斯》（4）与《一个青年艺术家的画像》（262）等。小说不仅有大量的文本外信息，其本身也是强调文本空间生产与书写过程的典范，作者在小说中穿插了诗歌、书信、日记、路标、广告牌、人物名单、杂志与参考书摘录等大量不同体裁的内容，让读者从故事中看到了亨伯特书写故事的艺术创作过程。

纳博科夫对英语语言的使用出神入化，是公认的文体大师。小说《绝望》中赫尔曼说：

> 我过去喜欢，现在仍然喜欢让词汇看上去有自我意识而显得愚蠢，用双关将它们联姻，把它们从里到外翻个个儿，或与它们不期而遇。这种一本正经的调侃是什么呢？这种充满激情的屁话是什么呢？上帝（God）和魔鬼（Devil）是如何结合成一条活生生的狗（live dog）呢？
>
> （DS, 46）

纳博科夫本人的小说可谓赫尔曼式的文字嬉戏，这位语言大师将英语运用到至臻至纯，他就像最高明的建筑大师，将文字中一砖一瓦最微小的原材料，像变戏法般在书页上揉捏、颠倒、拆分、重组，为读者呈现了不朽的"文字游戏"（BS, 210）和一出出语言的盛宴与"文字的战争"（GF,226）。具体到小说中，除了主人公令人耳目一新的欧化英语，或古典或精雕细凿或媚俗的词汇，以及大量使用法语、拉丁语、德语等其他语言之外，小说中还出现了大量文字游戏，如重复、双关、头韵、谐音、混成词、同音词、同源词、首音误置、生僻与生造词等，几乎涉及英语中所有的修辞方式。难能可贵的是，在无处不在的文字游戏背后，作者保持着高度的自制与清醒，没有将读者迷失在语词的海洋里茫然不知所措，而是循着传统的故事脉络，为读者讲述了一个悲剧的爱情故事。与此同时，运用到极致的文字游戏往往在小说中起着比单纯游戏更大的提供线索、推动情节、塑造人物、渲染氛围等作用，使读者不费多少努力便可以读懂小说的幻觉受到极大挑战，而将更多的注意力集中到故事后的文字表现上。纳博科夫这位魔法师巧妙地在读者、作家、文本之间保持着优雅的距离，在看似简单的故事后为读者设置了层层陷阱。书中的故事与语言文字之间的张力，充分调动着读者的期待与欲望，使之在不断的重读中积极参与重构虚幻的小说世界，在一次次新的发现后获得越来越多的审美狂喜。

为了更清楚地展示纳博科夫高超的语言技巧，本书将在细读文本的基础上，对小说中的文字游戏做一梳理，以此证明在《洛丽塔》的故事之后，一切都是语言本身。他像追求精致细节的荷兰古典画家那样，一丝不苟地将每个词句精心雕琢，然后将它们撒布在纸张画布的各个角落里。这些费尽心机、反复雕琢的词句，在故事发展中仿佛无数微小的细节，它们相对独立，同时又在不同的地方相互印证、相互关联，构成了细节网络后的整体图案。纳博科夫本人对语言空间搭配的痴迷由此可见一般，而这正是弗兰克等人所强调的空间书写的范例。诚然，由于纳博科夫对英语烂熟于心，使用时出神入化，小说中几乎尝试了各种可能的表达方式，本书所要讨论的语言技巧只是其冰山之一角。然而，透过对这些技巧的分析，读者仍能管中窥豹，领略纳氏英语的奥妙与魅力。

头韵与谐音（Alliteration and Assonance）

塞巴斯蒂安·奈特曾说"生活就是头韵的"（RLSK, 112），将这句话用在《洛丽塔》中绝不为过。在小说中，几乎每页纸上都有10个以上单词的头韵与谐音。小说中序言开头、故事的开头与结尾的第一个词都是Lolita。开篇对洛丽塔的介绍可谓巧妙运用头韵与谐音的典范：

> 洛丽塔是我的生命之光，欲望之火，同时也是我的罪恶，我的灵魂。洛—丽—塔；舌尖由上腭向下移动三次，到第三次再轻轻贴在牙齿上：洛—丽—塔。(Lolita, light of my life, fire of my loins. My sin, my soul. Lo-lee-ta: the tip of the tongue taking a trip of three steps down the palate to tap, at three, on the teeth. Lo. Lee. Ta.)
>
> (9)

这段话将Lolita的发音用英语准确无误地表达了出来，引入了小说的女主人公，同时还隐藏了安娜贝尔·李的典故。其中的头韵l, s, t以及谐音e's, i's, t's, th's等使句子读来朗朗上口，显得华美而优雅。

纳博科夫笔下的头韵与谐音变幻多端，可以是词首某个字母相同，也可以是词首多个字母相同；可以是辅音相同，也可以是元音相同。它们重复出现在两个或多个单词的词首、词尾或词中，可以是名词、动词、形容词、副词或介词，没有固定的模式。

亨伯特反复称洛丽塔为卡门——"哦，我的卡尔曼，我的小卡尔曼……那些美好的夜晚，星星、汽车、酒吧，还有酒吧的男招待"（O my Carmen, my little Carmen, …something nights, and the stars, and the bars, and the barmen, 59, 60, 61 - 62, 185, 242, 244, 256）。她是"叫人担心的我的迷人精，我的司机，阿门、阿哈阿门"（alarmin', my charmin', my carmen, ahmen, ahahamen, 60）。比尔兹利女子学院的宗旨是"不教姑娘们好好拼写，而教她们好好散发香味"（not to spell very well, but to smell very well, 177），要让学生"更关心交际而不是写作"（more interested in communication than in composition, 177）。在那里，"我们用生物与组织的术语来思考"（We think in organismal and organizational terms, 177），"我们强调四个 D：演戏、跳舞、辩论与约会"（We stress the four D's: Dramatics, Dance, Debating and Dating, 177）。亨伯特的初恋情人安娜贝尔·蕾在科孚死于斑疹伤寒（she died of typhus in Corfu, 13）。心理学家们用伪性欲的伪释放借口来引诱亨伯特（Psychoanalysts wooed me with pseudoliberations and pseudolibidoes, 18）。瓦莱西亚有一本南森或者毋宁说胡闹的护照（a Nansen, or better say, Nonsense, passport, 27）。亨伯特的袖珍日记簿是杜撰的马萨诸塞州布兰克顿市的布兰克·布兰克公司（Blank Blank Co., Blankton, Mass, 40）生产的。blank 在英文中是"空白"的意思，暗示亨伯特的日记与整部小说的真实性值得怀疑。照完相的黑兹太太"像托钵僧变出来的一棵假树"（like a fakir's fake tree, 41），慢慢向上生长。亨伯特去接洛丽塔，告诉她夏洛特病重，大夫们不知道什么病，反正是腹部的疾病（abdominal）。"糟糕透了的（abominable）？不，是腹部的。"（112）路人"用几何学的手势、地理学的概述"（with

第三章　纳博科夫小说中的空间形式　　235

geometrical gestures, geographical generalities, 116）向亨伯特解释着魔的猎人旅馆的方位。他们驾车横穿美国的路上，看到各种各样的山与植物：

> 有些地方中间还夹杂着一些苍白、蓬松的杨树；还有组合成一丛丛粉红和淡紫的植物，法老似的、阳物似的，"古老得无法用语言表达"（interrupted in places by pale puffs of aspen; pink and lilac formations, Pharaonic, phallic, "too prehistoric for words", 156）。

亨伯特急于找出洛丽塔与谁联系，"我没有拉门，而是推了一下，拉、推、再拉，随后走了进去"（I pushed instead of pulling, pulled, pushed, pulled, and entered, 206）。他在寻找洛丽塔的途中见到的某个咖啡馆或酒馆的店招叫"喧腾：骗人的客满"（The Bustle: A Deceitful Seatful, 218）。他把更换轮胎称作"圆球的考验"（ordeal of the orb, 229）。他称自己为多洛雷丝那"头发灰白的谦恭的沉默的丈夫兼教练老亨伯特"（Dolores and her gray, humble, hushed husband-coach, old Humbert, 232）。《洛丽塔》中的头韵与谐音的例子委实太多，不胜枚举。下文将给出其他一些例子，在汉语译文后附英文原文与出现在书中的页码，以兹对照阅读。

——用他那种快活优雅的方式 in his delightful debonair manner, 11
——痛苦的记忆 miserable memories, 13
——冰河漂流物、鼓丘、妖精与克里姆林 glacial drifts, dumlins, and gremlins and kremlins, 34
——百慕大、巴哈马或布莱兹群岛 the Bermudas or the Bahamas or the Blazes, 36

——我在哀伤与哀愁中度过了哀怨的日子 I spend my doleful days in dumps and dolors, 43

——温暖的黄昏氤氲成了温情脉脉的黑夜 Warm dusk had deepened into amorous darkness, 45

——牙刷式的胡须 toothbrush moustache, 48

——冰雹与大风 hail and gale, 51

——闪闪的星星与停好的汽车 the stars that sparkled and the cars that parkled, 59

——洛丽塔与哼咪与妈咪一起吃饭 Lolita had lunch with Hum and mum, 65

——我崭新的真实如生活的妻子 my brand-new large-as-life wife, 76

——爸爸的紫色药丸 Papa's Purple Pills, 122

——啊，名声！啊，女人！Oh, Fame! Oh, Femina! 123

——那些如阳具般亮闪闪的液滴 those luminous globules of gonadal glow, 134

——划舟，跳库兰特舞，梳理卷发 Canoeing, Coranting, Combing Curls, 134

——虚伪的清静表象 a pharisaic parody of privacy, 145

——假想的医院 hypothetical hospital, 139

——摆动与盘旋 wiggles and whorls, 154

——清晨的神魂颠倒与小野鸽的低声呻吟 swoon to the moan of the mourning doves, 161

——黑人白痴 maroon morons, 159

——一个娇小、纤弱、十分妩媚的同龄人 a wispy,

第三章　纳博科夫小说中的空间形式　　237

weak, wonderfully pretty...coeval, 162

——英俊的布莱恩·布莱恩斯基,阴沉的沙利文 handsome Bryan Bryanski, sullen Sullivan, 222

——我一路游荡 I loafed and leafed, 224

——在砾石沙沙作响的急转弯处 a gravel-groaning sharp turn, 246

——我暗自会心地说道 (I said to myself) telestically... and, telephathically, 246

——模仿嘲弄我 mimed and mocked me, 249

——杜撰新词与猜测词意 logodaedaly and logomancy, 249-250

——病态的思考与迟钝的记忆 morbid cerebration and torpid memory, 252

——松树和松鼠,荒野和野兔 the Squirl and his Squirrel, the Rabs and their Rabbits, 255

——我的多莉,我的小傻瓜 My Dolly, my folly! 256

——骗子与萨满巫师 shams and shamans, 259

——《米密尔与记忆》*Mimir and Memory*, 260

——终点,我的朋友们,终点,我的恶魔们 *finis*, my friends, *finis*, my fiends, 269

——四周都是潮湿、黑暗、茂密的森林 all was dank, dark, dense forest, 292

——无趣的洋娃娃 dull doll, 300

——钻进被窝的奎尔蒂 quilted Quilty, 306

重复（**Repetitions**）

小说中大量运用了单词的重复，如序言里出现的 John Ray，J. R. 中 J. R. 是 John Ray 首字母的重复。前述头韵与谐音的例子中也有不少重复的词语。小说中主人公的名字 Humbert Humbert 是叙述者随意起的，他在最初的笔记里准备起的笔名有奥托·奥托、梅斯麦·梅斯麦和兰伯特·兰伯特（Otto Otto, Mesmer Meser, Lambert Lambert, 308），选择 H. H 是因为它"最确切地表达了我的卑鄙龌龊"。Humbert 在拉丁语中是"影子"（ombre = shade，PF, 314）之意，而在西班牙语中 hombre 指"人"（man），ombre 又是 17 世纪欧洲的棋牌游戏。小说中的亨伯特是作家影子般的存在，其名字本身是否真实都存在疑问。他的自白是一位疯子和精神病人的辩解，充满主观的臆想与编造，是典型的不可靠叙述。作为小说人物，他无疑是作家纳博科夫的傀儡，因为"纳博科夫的全部作品或许可以描述为《论阴影，或影子》"（320）。而奎尔蒂在小说中则是亨伯特的影子。他们都是作家文字游戏中的棋子。亨伯特是一位极端自恋的唯我主义者，在小说中不同的场合他又称自己为漂亮的亨伯特（Humbert le Bel, 41）、受伤的蜘蛛亨伯特（Humbert the Wounded Spider, 45）、粗俗的亨伯特（Humbert the Hoarse, 48）、亨伯特先生（Herr Humbert, 56）、哼哼（Hum, 65）、谦恭的驼背亨伯特（Humbert, a humble hunchback, 62）、埃德加·亨·亨伯特（Edgar H. Humbert, 75, 118, 189）、亨伯格、哼哼虫、她的伯特（Humberg, Humbug, Herbert, 118）、让－雅克·亨伯特（Jean-Jacques Humbert, 124）、海德先生（Mr. Hyde, 206）、亨伯托蒂教授（Professor Humbertoldi, 243）、汉堡格（Hamburg, 262）。比尔兹利中学的普莱蒂夫人则将亨伯特称为哼哼鸟先生（Mr. Humbird, 177）、亨伯格博士（Dr. Humburg, 177）、亨伯森先生

(Mr. Humberson, 178)、嗡嗡博士（Dr. Hummer, 178）、多萝西·亨默森（Dorothy Hummerson, 178）等。

析字（Anagrams）

接受阿佩尔的采访时，纳博科夫称："的确，我天生就是风景画家（landscape painter），而非某些人认为的'无家可归的逃亡作家'"（landless escape writer）（414 - 415）。作家将 landscape 一词拆开，重新组成了 landless escape 一词，精炼地概括了自己的人生。《洛丽塔》中，利用析字格对单词进行拆分重组的例子不少，往往具有诙谐幽默、让人耳目一新的效果。在"正如心理疗法大夫（psychotherapist）和强奸犯（the rapist）都会告诉你的那样"（113）一句里，亨伯特将 therapist 拆开便成了强奸犯的意思。强奸犯与大夫之间的差异仅在于纸张空间上的一个空格。小说中的薇薇安·达克布鲁姆（Vivian Darkbloom, 4, 31）是克莱尔的情妇，也是纳博科夫姓名字母的重组。如同其他小说中出现的众多纳博科夫姓名的字母重组一样，这一名字意在如荷兰古典画家的镜中自我那样提示作家的存在。另一个字母重组的例子是奎尔蒂一路尾随亨伯特与洛丽塔时在旅馆登记簿上留下的捉弄亨伯特的姓名与住址：新罕布什尔州凯恩市的特德·亨特（Ted Hunter, Cane, NH, 251）。它是 Enchanted Hunter 的字母重组游戏，巧妙揭示了奎尔蒂的身份。

双关（Puns）

洛丽塔的全名 Dolores Haze（53）中，Dolores 是"忧伤、悲痛"的意思，通常用来形容圣母玛利亚。亨伯特偶然在一处教堂看到了该词，认为它是一本书的好题目（158）。这一名字与书的内容有"千丝万缕的联系"（4），亨伯特常将洛丽塔称为痛苦、悲伤的女士，而痛苦正是其人生的写照。姓黑兹（Haze）意为"朦胧"。因此，亨伯特称她"多洛蕾丝·黑兹，我那忧伤而朦胧的甜心"（Dolores Haze, my dolorous and hazy darling, 53）。在小说中，亨伯特又称她洛、卡门、卡尔曼、洛特丽塔、洛丽琴（Lo, Lolita, Lottelita, Lolitchen, 76）、达克托尔（Herr Doktor, "大夫先生"，39）、安娜贝尔·黑兹、多洛蕾丝·李、洛李塔（Annabel Haze, Dolores Lee, Loleeta, 167）等。

洛丽塔的班级名单中有位叫奥布里·麦克费特（Aubrey McFate, 52）的同学。在小说的第 12 章里读者会发现，其实这个名字是亨伯特自己加到名单上的。Mc 是美国人名中常见的前缀，表示"小，之子"，亨伯特这一生造的关于命运无常的单词字面意思是"命运之子"。亨伯特偶然成为夏洛特的租客、夏洛特对他的爱情表白、亨伯特的日记被发现、夏洛特出门寄信被躲避一条狗的卡车司机比尔撞死（102）、亨伯特母亲野炊时被闪电击中（10），小说中一个个情节，印证了命运的无常与巧合。

亨伯特与夏洛特在沙漏湖游泳时，想象怎样才能溺死她而不被发现。他注意到可能目睹这一幕的是一位代表法律的退休警察（the man of law）与一位和水打交道的水管工（the man of water）。他们离亨伯特与夏洛特的距离近得（just near）刚好可以看到一场意外，而远（far）得正好看不到一场谋杀。亨伯特不知道的是，他们的邻居 Jean Farlow 此时正藏在远处的洞穴里画风景画，刚好能将他们都画进画里。纳博科夫巧妙地将让·法洛的名字嵌在句子里（just near 与 Jean, law 加上 far 则是 Farlow）。同时，Farlow 也是双关语，他躲在远处（far），亨伯特看不到他（low profile）。

克莱尔·奎尔蒂的名字 Clare Quilty 的读音暗示"显然有罪的"（clearly guilty），绰号为库（Cue, 4, 275）。在小说中，亨伯特又称他 Gustav Trapp（218），McFate，Clare Obscure（306）。他是亨伯特的双面化身，两人有许多相似的地方：都喜爱美少女，玩弄文字游戏，热衷于电影，都是阳痿与同性恋，衣着、浴袍都一样，都长着"牙刷式的小胡子"（48，218）。在小说中，奎尔蒂隐藏（obscure）在亨伯特之后，很少正面出现，仿佛在玩躲猫猫的游戏。在他穿州跨县追踪亨伯特与洛丽塔的过程中，也仅仅如海市蜃楼般在远方隐隐出现过。直到小说最后才正面现身，在与亨伯特的搏斗中丧生。他是"显然有罪的"，因为"杀害了奎尔蒂而有罪"（32），而他的一生无疑深陷（trapped）在命运（McFate）的大网里，"古斯塔夫"则影射的是福楼拜的名，obscure 意为"模糊的"，仿佛他是模糊的亨伯特，杰纳斯（Janus）的另一副面孔，罪孽的化身，戴着亨伯特的面具（3，53）。因此，亨伯特总是称他为自己的"影子"（215），他开的阿兹特克红色轿车则是"红色的影子"（219）。镜像复制在小说中几乎无处不在，如人名地名的重复、相似或相同词语的并列，人物形象、情节安排与主题表现等。然而他又是小说中实实在在存在的人物，是洛丽塔的情人，而且亨伯特因杀死他而被囚禁。他是纳博科夫为读者提供的线索（cue），若有若无，非真非幻，读者质疑他的身份，却又不得不相信他的存在。这是纳博科夫小说不可靠叙述的又一例证。

  双关在小说中比比皆是。羞愤中，亨伯特记不清妻子瓦莱西亚的出租车司机情夫的名字，叫他 Taxovich（28），稍微平静下来后，"马克西莫维奇！他的名字突然坐着出租车回到了我的脑海"（Maximovich! his name suddenly taxies back to me, 30）。"兰花般的雄性气质"（orchideous masculinity, 171）中 orchid 词源 orchis 意指"兰花，睾丸"。奎尔蒂住的帕沃尔府意思是"恐怖之宅"（Pavor Manor, 292）。因索姆尼亚旅馆意为"失眠的旅馆"（Insomnia Lodge, 293）。洛丽塔在灰星镇（Gray Star, 4）因难产而死，而"朦胧的星云"（haze of stars, 15）是洛丽塔的姓haze 的双关语。亨伯特的姨妈西比尔（Sybil, 10）预言到自己的死亡，英语中"西比尔"是"女巫"之意。住在拉姆斯代尔的夏洛特家对门的妇人叫 Mrs. Opposite（35, 52）。科莫伦特小姐意为"鸬鹚小姐"（Miss Cormorant, cormorant 为"鸬鹚"之意，177），与其形象吻合。洛丽塔的化学（chemistry）老师叫切姆（Chem）教授（208），他们家的保姆霍利甘太太（Mrs. Holigan, 184）是无赖与卑鄙的小偷。回到家的亨伯特说，"瞧吧，我会发现她在家"（And Lo and Behold, upon returning, I would find the former, 162, 50, 223）。Lo 是洛丽塔的昵称，而 lo and behold 是英语中的成语，表示惊讶或提醒。被亨伯特追杀的奎尔蒂无路可逃，躲到了床上，成了"钻进被窝的奎尔蒂"（quilted Quilty, 306）。

混成词（Portmanteau Words）

亨伯特将力比多（libido）与梦（dream）合在一起，构成了性欲梦（libidream, 54）。夏洛特憧憬去英国旅游，看到了"宫廷卫兵，红衣禁卫军，伦敦塔的卫士"（Beaver Eaters, 90）。beaver eaters 是 beefeaters（伦敦塔的卫士）和他们戴的海狸帽（beaver hat）两个单词的混成。亨伯特想让洛丽塔吃下自己给她的春药，称它是一种叫 Purpills 的维生素。Purpill 是"爸爸的紫色药丸"（Papa's Purple Pills, 122），即"亨伯特的春药"的合成。他们在比尔兹利的邻居中有莱斯特（Lester）小姐与费比恩（Fabian）小姐，两人住在一起，姓名合在一起是英文中的 Lesbian，即"女同性恋"，恰好形容了二者之间的关系。亨伯特将洛丽塔从比尔兹利中学接走时，遇到了辅导她们排戏的埃杜

第三章　纳博科夫小说中的空间形式

莎。她跟亨伯特与洛丽塔热情洋溢而富有启发地（effusively and edusively, 208）打招呼。edusively 一词是 educible 与 Edusa 的混成使用，并与 effusively 形成头韵与谐音。洛丽塔逃离后，亨伯特回忆起她看过的画着一个"大傻蛋和他袖珍个子老婆的连环画"（254）。该句中出现的 gagoon（大傻蛋）是 gag（骗子）、goon（傻瓜）、baboon（粗人）三个词的拼凑。而"袖珍个子"（gnomide）则是侏儒（gnome）与粗人（bromide）的合成。

轭式搭配（Zeugma）

轭式搭配是指以某个单词为中心，串起几个语义上本无关联的词语，仿佛一根扁担挑起两头，将它们结合在一起，组成令人耳目一新的意义，达到一加一大于二的效果。《洛丽塔》中不少句子运用了轭式搭配的修辞格。亨伯特绞尽脑汁寻找与洛丽塔单独待在一起的机会，他说"让我们怀着希望去探索吧"（Let us grope and hope, 50）。他那"欲望与决断的红日越升越高"（the red sun of desire and decision rose higher and higher, 71）。与洛丽塔在着魔的猎人旅馆里的夜晚，面对床上的美少女，亨伯特一只手托着头，"让欲望与消化不良弄得燥热不安"（burning with desire and dyspepsia, 130）。他恼怒洛丽塔对自己的冷淡，说"在汉堡包与亨伯特之间"（between a Hamburger and a Humburger, 166）她总会选择前者。她常常"大惊小怪，老是做出一脸怪相"（despite all the fuss and faces she made, 166）。在亨伯特与洛丽塔离开拉姆斯代尔搬入新居后，他将洛丽塔送到比尔兹利中学，处处监视她的行踪，他会"在心房的跳动与落叶之间，聆听远去的女孩们的笑声"（listen to receding girl laughter in between my heart throbs and the falling leaves, 184）。亨伯特驾车前去寻找拐走洛丽塔的人报仇，却陷进了泥潭里，"我的后轮只会在泥潭里呼呼乱转"（…my hind wheels only whined in slosh and anguish, 281）。

用典（Allusions）

《洛丽塔》中运用了数不清的典故，此处仅举部分例子说明。小说中直接提到爱伦·坡的地方就有二十多次。亨伯特的初恋安娜贝尔·蕾，是洛丽塔式的美少女原型，暗指爱伦·坡诗歌《安娜贝尔·李》中的女主人公。他称自己为埃德加·亨伯特或"诗人—诗人，坡—坡先生"（the poet-poet, Monsieur Poe-poe, 43）。小说中父女乱伦的主题与坡《厄榭府的坍塌》中兄妹乱伦的主题相似，而奎尔蒂居住的帕沃尔府（Pavor Manor, 292）意为"恐怖之宅"，与厄榭府的氛围和布局类似。后记中，纳博科夫称《洛丽塔》的创作灵感来自报纸报道中一只植物园（Jardin des Plantes, 311）的猴子经调教绘出了第一幅画，画中是囚禁这只猴子的笼中铁条。坡的《莫格街谋杀案》中那只被抓住的猴子最后也是被送进了植物园。小说中亨伯特所宣称的艺术残忍的美与坡的主张相同。除了坡外，梅里美、莎士比亚、乔伊斯在小说中出现的频率也非常高，如亨伯特反复称洛丽塔为"卡门"（59, 60, 61, 242, 243, 251, 256, 278, 280），她的美貌、放荡与诱人魅力与梅里美小说中的主人公如出一辙。亨伯特与洛丽塔旅行经过的一个小镇叫莎士比亚（157），洛丽塔与莫娜一起排练的节目是《驯悍记》（191）。乔伊斯及其作品则出现了十余次。组织夏令营活动的雪莉·霍姆斯（Shirley Holmes, 64）影射的是柯南·道尔笔下的侦探。项狄森博士（Dr. Tristramson, 198）影射的是斯特恩的《项狄传》。亨伯特形容前妻瓦莱西亚与夏洛特时，称"瓦莱契卡是席勒，夏洛特是黑格尔"（Valechka was a Schlegel, and Charlotte a Hegel, 259）。

第三章　纳博科夫小说中的空间形式

首音误置（Spoonerisms）

与洛丽塔单独住在着魔的猎人旅馆中的亨伯特激动得语无伦次，话语里夹杂着英、法、德、意、拉丁语等文字，他将"接吻有什么问题？"说成了"接问有什么吻题"（"What's the katter with misses?"）。洛丽塔告诉他"你的接吻方法不对"，亨伯特急切地说"告诉我对方的头发"（"Show, wight ray"），洛丽塔这位娇小爱人（spoonerette，spoonerism 意为"首音误置"，而俚语中的 spooner 是"向人求爱者"的意思）则回答他"以后再说"（120）。亨伯特将《美食探源》与《夜宿》等指南的作者邓肯·海因斯（Duncan Hines）的首音误置，说成了亨肯·丹斯（Huncan Dines，148）。

同源词（Paregmenons）

对纳博科夫的作品较为熟悉的读者，还会发现一个有趣的现象，即作家喜欢将同源副词与形容词搭配使用。这一点在《洛丽塔》中也不例外。夏洛特的房间里有"一块淡红色的罩布严实地盖在马桶盖上"（a pinkish cozy, cozily covering the toilet lid, 38）。亨伯特在"与捉摸不透的加斯东通信中，模模糊糊地设想到一幢外墙爬满常青藤的房子"（…with vague Gaston, vaguely visualized a house of ivied brick, 176）。洛丽塔对亨伯特的每个提议都"令人绝望而气恼地发火"（irritatingly irritated by every suggestion of mine, 233）。亨伯特"再也不会相信那令人难以置信地难以置信的情况"（I would never believe the unbelievably unbelievable, 271）。

同音词（Homophones）

夏洛特与朋友打电话，部分内容涉及某些有趣的"传闻、房客"（rumor, roomer, 50）。亨伯特与黑兹母女计划到"我们的镜湖"（Our Glass Lake, 43）去游泳，后来发现其实该湖叫"沙漏湖"（Hourglass Lake, 81）。他相信是命运之手推迟了他们去"我们的镜湖"的旅行计划，而时间（Hour）无疑是改变我们的（Our）命运的最终主宰。Glass一词又象征着镜中之像，与小说的杰纳斯或双重人格主题吻合。古斯塔夫开的凯迪拉克牌轿车（Caddy Lack,"缺乏小盒子"）与Cadillac同音（246）。

倒装（Inversion）

比尔兹利学院院长普拉特小姐将洛丽塔排演的奎尔蒂的剧本《着魔的猎人》（*The Enchanted Hunters*）说成了《猎获的魔术师》（The Hunted Enchanters, 196）。在亨伯特看来，他是逐猎美少女洛丽塔这一"着魔的猎物"（the enchanted prey）的"着魔的猎人"（131），而他自己，实际上也是洛丽塔的情人奎尔蒂这一"着魔的猎人"的"着魔的猎物"。普拉特小姐将两个单词颠倒，从语义上看也是贴切的：他是洛丽塔这一令人痴迷的美少女的狩猎者。而从整部小说来看，读者其实也是纳博科夫这位高超的"着魔的猎人"的"着魔的猎物"，正如他深信好的故事应该像童话，而好的作家应该像魔法师一样（LL, 2），《洛丽塔》就是童话故事，女主人公则是故事中的公主（52）。

矛盾修饰（Oxymoron）

序言中出现的性学博士布兰奇·施瓦茨曼（Blanche Schuwarzmann, 4）的"布兰奇"意为"漂白的"，而德语中的Schwarz意为"黑色的"。连在一起是"黑白人"，与亨伯特"一个白人鳏夫"的形象相符。与该姓名对应的是米兰妮·维斯（Melanie Weiss, 302），直译的意思为"黑白的"。在亨伯特和洛丽塔一起旅行的路上,她"热切、幸福、充满希望又不抱希望地低声请求"(in a hot, happy, …hopeful, hopeless whisper, 157)亨伯特停车。

新词(**Neologisms**)

《洛丽塔》中出现了许多作家创造的新词,其中有些已经成为英语中的普通词汇。如 Lolita 一词今天已世人皆知,表示"迷人的未成年少女"。另一个已被词典收录的词汇是 nymphet,指 9 到 14 岁间对中年男子有着特殊吸引力的少女(16)。这一单词的变体多次出现在小说中,如 nymphage(66)、nymphancy(222)、nymphetland(92)、nympholepsy(129)等。在此基础上,纳博科夫又发明了 nympholept 一词(17),用亨伯特的话说,是善于发现美少女的人。nymphet 一词还经常出现在纳博科夫的其他作品中,如《微暗的火》(PF, 47, 202, 296)、《瞧这些小丑》(LATH, 29, 36, 173, 180)、《说吧,记忆》(SM, 150)等。Faunlet 是《洛丽塔》中生造的另一单词,与 nymphet 对应,亨伯特用它指青少年美男子:

> 当我和她都是孩子时,我的小安娜贝尔还不是我眼中的 nymphet。我与她地位一样,也是同一个迷人的时间之岛上的 faunlet。
>
> (17)

这一词语也出现在《微暗的火》(123)里。在《洛丽塔》的第 108 页还出现了其变体 faunish。亨伯特委托照看房屋的前邻居法洛将携新婚妻子去印度度蜜月(They were going to their honeymonsoon)。Honeymonsoon 一词为作家杜撰,可以读作 honeymoon soon,也可以读作 honey monsoon,即"他们就要到印度去见识甜蜜的季风了"（266）。小说里另一个有趣的词语是mauvemail（71）。亨伯特设想可以讹诈（blackmail）夏洛特以接近洛丽塔，但觉得 blackmail 似乎用得太严重了，便改成mauvemail。除了创造崭新的词汇外，纳博科夫还别具一格地使用前后缀与合成词，使单词的面貌焕然一新。这样的词语在小说中数量众多，如耳睹（earwitness, 145）、昼魇（daymares, 254）、西门的邻居（west-door neighbour，而非"隔壁的邻居"next-door neighbour, 179）、乍一看（at first wince, 87）、让人眩晕的人或物（swooners, 142）、亨伯特式的（Humbertish, 35）、停车（parkled, 59）、使唯我的（solipsized, 60）、刺破音障的噪音（acrosonics, 86）、老鸨（madamic, 146）、清晨的（matitudinal, 161）、乱弹一气（strumstring, 171）、鳕鱼式的（haddocky, 206）、埃杜莎般富有启示地（edusively, 208）、暗自而会心地（telestically and telephathically, 246）、猜测词意（logomancy, 250）、大傻蛋（gagoon, 254）、小矮子（gnomide, 254）、儿童似的（kiddoid, 254）、似睡的（hyptonoid, 274）等。

生僻词（Rare Words）

除了生造的新词外，《洛丽塔》中还使用了大量的生僻词，它们有些属行话或术语，有些为古语、诗体语或罕见用法，以名词、形容词、动词、副词居多。与阅读纳博科夫的其他作品类似，读者除了有足够的耐心外，还需要随时有一本百科全书式的词典备用，而且很多时候甚至这样的词典也帮不上忙。小说主人公亨伯特死于冠状动脉血栓症（coronary thrombosis），这一医学术语通俗的意思是"心脏病发作"。在小说刚开始，故事的三位主人公实际上均已死亡：理查德·席勒夫人（即洛丽塔，4）死于难产，奎尔蒂被亨伯特枪杀，亨伯特死于心脏病。既然第一人称的叙述者已死，读者接下来要读到的内容因此被打上大大的问号，死无对证。下文所举例子为小说中出现的部分生僻词：玩弄词语（logodaedaly, 249），语法错误（solecism, 3），绰号（cognomen, 3），遮挡阳光使植物变白（etiolate, 4），古土壤学（paleopedology, 10），风弦琴（Aeolian harps, 10），心跳过速（tachycardia, 25），哑剧表演（mummery, 40），皮脂（sebum, 41），西风的（favonian, 42），海豹的（phocine, 42），点画的（stippled, 43），珍珠质地的（nacreous, 43），眨眼（nictating, 43），初潮（menarche, 47），土耳其妇女面纱（charshaf, 53），号哭（ullulation, 53），恋童癖（pederosis, 55），后宫（seraglio, 60），梦淫妖（incubus, 71），肉红色的（incarnadine, 73），打嗝（eructations, 73），猿（simian, 104），银的（argent, 106），人体测量的（anthropometric, 107），淡灰绿色的（glaucous, 108），英国猎犬（cocker spaniel, 117），缓慢（lentor, 120），唱和（antiphony, 126），乳猪（shoat, 134），农神节（saturnalia, 139），昆虫的中间形态（instars, 146），翅果（samara, 153），汗毛（lanugo, 156），赤褐色的（rufous, 156），花彩饰（festoons, 158），色欲（concupiscence, 159），游泳池（natatorium, 161），孔雀的（pavonine, 163），海牛（manatee, 167），棚屋（cabanes, 168），保持体温的生热力（caloricity, 198），梓树（catalpas, 210），佩加索斯、神马、诗兴（Pegasus, 211），朱庇特的、木星的（Jovian, 217），海神普罗特斯（Proteus, 227），黎明女神（Aurora, 241），鞑靼地区、塔尔塔罗斯、地狱（Tartary, 259），莫涅莫辛涅、记忆女神（Mnemosyne, 260），肠胃胀气（flatus, 220），词中省略（syncope, 234），巨型仙人掌（saguaro, 239），吉卜赛女郎（gitanilla, 244），松鼠皮色（vair, 256），体弱多病的人（valetudinarian, 272），吹气

(souffler, 277) 等。

《洛丽塔》中的语言精彩绝伦。诚如亨伯特的感叹"啊,我的洛丽塔,我只有玩弄文字游戏"(32),抛开故事的情节,可以毫不夸张地说,在小说中一切都是语言。亨伯特与奎尔蒂只是纳博科夫这位"玩偶主人"(puppet-master, 86)手中的傀儡,他们仿佛"两个肮脏的棉花和破布塞成的假人"(299),任人摆布。美少女洛丽塔是亨伯特追寻的艺术美的客观对应物。小说中天马行空、极富想象力的语言表达绝非人物所能控制,一切都指向背后的作者,而读者则在反复的阅读中体会到艺术创作过程的美。在这部构思精巧、设计缜密的传世佳作里,纳博科夫展开了一场与英语的热恋,任何一个会英语的读者都会从文字中体验到全方位的视觉与感官冲击。这场热恋最后的主角将是英语,而她的恋人纳博科夫则对她了如指掌,将她的魅力一览无余地呈现在世人面前。

第五节 《微暗的火》:文本的迷宫与空间的阅读

《微暗的火》是纳博科夫最重要的代表作之一。博伊德认为,从形式上看,《微暗的火》无疑是人类小说中最完美的一部。作家在小说中以最完美的方式表达了他设想的所有主题。而对读者而言,它将是一次令人兴奋的发现之旅[1]。克莫德称《微暗的火》是已知最复杂的小说之一[2]。麦卡锡将《微暗的火》视

---

[1] Brian Boyd, *Vladimir Nabokov: The American Years* (Princeton: Princeton University Press, 1991), 425.
[2] Frank Kermode, "Zemblances," *New Statesman*, November 9 1962, 671.

为"本世纪最伟大的作品之一"。它是一部关于镜像的书（a shadow box），有多重的世界，每一种单一的解释都会误入歧途①。帕克尔写道，小说中的四篇诗章可以说是 20 世纪成就最高的英语诗歌之一②。

小说是以诗歌加评注的方式展开叙述的，至少有两层故事，两个叙述声音，而两个故事及其叙述者之间又彼此有着错综复杂的关联，互相印证又相互颠覆。它们之中谁是主要的，谁是次要的，谁是真实的，谁是虚构的，难以界定。如果进一步考证的话，会发现在这明显的两个故事版本与叙述者之外，还镶嵌了更多的版本与解读。一层层复杂故事与文本的犬牙交错，孰是孰非的难以言说、亦真亦幻的人物叙述，是读者心中永远无法解开的谜。因此，过去四十余年间，"谁是故事的虚构作者"成为《微暗的火》研究中的核心命题，大批学者加入了对小说叙述者及长诗作者的考证与争辩。围绕这一话题，产生了四种主要观点。斯特格纳认为，既然金波特（Charles Kinbote）可以虚构查尔斯国王与遥远国度赞巴拉的传奇，他同样可以虚构诗人谢德（John Francis Shade）、谢德的妻子希碧尔（Sybil Shade）与女儿海丝尔（Hazel Shade）以及杀手格雷德斯（Jacob Gradus）的故事。谢德的长诗《微暗的火》无疑也是金波特的臆想之物③。约翰逊则称，虚构了整部小说的是金波特背后神秘的波特金（V. Botkin，

---

① Julia Bader, *Crystal Lang: Artifice in Nabokov's English Novels* (Berkeley, Los Angeles, London: University of California Press, 1972), 40.
② Stephen Jan Parker, "Nabokov Studies: The State of the Art," *The Achievements of Vladimir Nabokov*, eds. George Gibian & Stephen Jan Parker (Ithaca: Center for International Studies, Cornell University, 1984), 87.
③ Page Stegner, *Escape into Aesthetics: The Art of Vladimir Nabokov* (New York: Dial Press, 1966), 129–130.

306）[1]，他讲述了所有小说人物（金波特、谢德、格雷德斯）的故事[2]。菲尔德认为，是谢德创造了金波特，波特金只是谢德虚构金波特时创造的次要人物。他的理由是，只有精神正常的人才能虚构一个疯子的故事，反之则行不通。金波特是谢德的影子，他用评注的方式来完成诗人未竟的长诗[3]。贝德尔指出，小说最重要的主题是诗人谢德通过自我的毁灭艺术（"他是自己的删除物"，26），来表达对死亡的艺术想象及情感与文本体验，在"文学风格"的死亡里实现艺术的不朽。金波特与他的评论以及杀手格雷德斯等，都是以伪装方式出现的谢德的面具[4]。博伊德在分析了诗中谢德的生活、婚姻以及女儿的死亡后指出，诗人是自己人生的清醒记录者，他创造了金波特与格雷德斯，通过对死亡的阐释，试图理解"世界中的世界中的世界"的另一彼岸[5]。在上述两种要么视金波特（或波特金），要么视谢德为故事作者的一元论观点之外，麦卡锡、阿佩尔、派弗尔、阿尔特等人采取了折中的态度，认为谢德是诗歌《微暗的火》的作者，而金波特则是评注、前言与索引的作者。在二者的叙述过程中，出现了错综复杂的镶嵌，从而使他们的关系复杂化。人物对于自己的叙述都完全无法控制，使各自的叙述变得不可靠，而隐藏在他们背后的纳博科夫才是真正的作者。如阿佩尔便认为，《微暗的火》

---

[1] 本节未特别注明的页码均出自 *Pale Fire*。
[2] D. Barton Johnson, "The Index of Refraction in Nabokov's *Pale Fire*," *Russian Literature Triquarterly* 16 (1979), 46.
[3] Andrew Field, *Nabokov: His Life in Art* (Boston: Little, Brown, 1967), 317.
[4] Julia Bader, *Crystal Land: Artifice in Nabokov's English Novels* (Berkeley, Los Angeles, London: University of California Press, 1972), 31-56.
[5] Brian Boyd, *Vladimir Nabokov: The American Years* (Princeton: Princeton University Press, 1991), 455-456.

中非小说的结构模式,不可能是某个不可靠叙述者的产物,只会是作家本身的创造[1]。在上述三种观点中,"谢德派"基本占据上风,在学界取得了较广泛的认同。值得特别一提的是,纳博科夫研究最权威的学者博伊德最初在《纳博科夫的美国岁月》中是持上述观点的,但在对《微暗的火》进行了反复文本细读与深刻反思后,提出了另一种崭新而极富说服力的观点。在专著《纳博科夫〈微暗的火〉:艺术发现的魅力》中,博伊德借用英国哲学家波珀(Karl Raimund Popper)关于科学发现的逻辑,指出来自彼岸的谢德一家(谢德、希碧尔、海丝尔)的幽灵(shades of the Shades)书写了《微暗的火》这一强调读者发现之旅(readerly discovery)的文本(text)。在文本的肌质(texture)中,纳博科夫用"科学家的激情与艺术家的精确"表达了自己的人生哲学:人类仅是"世界中的世界中的世界"之一极,只有怀着对科学发现的热忱与挚爱,才能在美好世界的无限可能中发现无穷的奥秘。纳博科夫关于艺术与人生发现之旅的背后,还有一个更大的设计:超越人生的彼岸与世界的多重性。发现永无止境,对这个世界的发现或许能促使人类更深入地思考与探索未知的彼岸[2]。博伊德的新主张,概而言之是文本与世界一样具有无限复杂的属性,等待读者去发掘。而发现之旅是永远没有尽头的,就像世界只是众多维度中的一极,在其上必然存在让人永远无法企及的彼岸。上述四派(金波特派、谢德派、折中派、幽灵说)不同观点的交锋迄今仍未终结,到底谁才是虚构故事的作者

---

[1] Alfred Appel, Jr., "Nabokov's Puppet Show II," *The New Republic*, 156:3 (1967), 27 – 28. Ellen Pifer, *Nabokov and the Novel* (Cambridge, MA: Harvard University Press, 1980), 110 – 118.

[2] Brian Boyd, *Nabokov's Pale Fire: The Magic of Artistic Discovery* (Princeton: Princeton University Press, 1999), 247 – 262.

依然是一个悬而未决的谜。这或许正好验证了纳博科夫的论断：《微暗的火》本身即是一部要终结所有评论的文学评论[①]。

一、文本镶嵌的迷宫

《微暗的火》是一部刻意打破开始—发展—结局这一时间线性序列与因果关系的空间小说。整部小说的结构完全脱离了传统小说的概念。全书由四个部分组成，分别是前言（13－29）、诗人约翰·谢德所作的未完的999行长诗《微暗的火》（33－69）、自称查尔斯·金波特的传记作家对谢德长诗所作的逐行评论（73－301）以及索引（305－315）。这种匪夷所思的前无古人的结构创新，凸显了形式上迥然不同的文本的空间并置。众所周知的是，这一安排受到了作者译注《叶甫盖尼·奥涅金》的影响。谢德的诗作在全书中仅占36页，而金波特的前言、注释与索引则长达250多页，是其7倍之多。乍看上去，小说至少有两条故事线：一个故事围绕诗人谢德展开。谢德居住在新英格兰阿巴拉契亚州一个叫纽卫（New Wye）的小镇（13），在当地的沃兹密斯学院（Wordsmith College, 20）任教。他生前作了一首题为《微暗的火》的长诗，用英雄双韵体写成，包含4个诗篇、999行。诗人打算写最后第1000行时，被据悉是来追杀流亡至此的金波特的杀手格雷德斯枪杀（287－301）。小说的第二部分即谢德未完的诗稿。第二条线索围绕金波特展开。他是谢德的邻居，来自一个叫赞巴拉的遥远的北欧小国（74），是该国的国王，因国内革命而流亡到纽卫，遭到革命组织"影子"（Shadows）派出的枪手格雷德斯的追杀。谢德去世后，他隐居在美国中西部犹

[①] Vladimir E. Alexandrov, ed., *The Garland Companion to Vladimir Nabokov* (New York & London: Garland Publishing, Inc., 1995), 572.

他纳州（Utana）的赛达恩镇（Cedarn, 29）为谢德的长诗作评注。围绕这两条线索，产生了至少两个故事：化身为金波特的查尔斯国王（Charles Xavier Vseslav, 306）的赞巴拉传奇、谢德的悲剧人生及对死亡与彼岸的探索。它们之间彼此独立，相对完整，然而在整个小说中又有着不可割舍的千丝万缕的联系，通过谢德的长诗与金波特的注释构成一个整体。

金波特、查尔斯、赞巴拉与格雷德斯

小说中的第一层故事是化名金波特的查尔斯国王的赞巴拉传奇及其被格雷德斯追杀的经过。赞巴拉是毗邻俄罗斯与丹麦的北欧小国，国王阿尔方（Alfin the Vague, 101）执政于1910至1918年。他健忘而糊涂，但对机械设备尤其是飞行极为痴迷。1918年圣诞节因驾机进行飞行表演时撞在一处海滨荒地正在修建的饭店脚手架上而机毁人亡，时年其子查尔斯不到3岁，王位由母亲布兰达王后代管。1936年7月，布兰达因不明原因的血液病死亡后，查尔斯接任（101-104）。在他的统治下（1936—1958），国内一片兴旺繁荣景象。1958年5月，影子派发起革命，推翻查尔斯的统治，将他软禁在王宫的一处密室里。查尔斯利用童年与男伴奥莱格（Oleg）一起玩耍时偶然发现的房间内的秘密通道逃出王宫，在奥登（Oden）等人的安排与其他众多支持者假扮他的掩护下，逃出国境，经一番辗转，最后乘降落伞降落在美国巴尔的摩郊外，在同情者安排下化名为金波特，到纽卫镇的沃兹密斯学院教赞巴拉文。查尔斯的统治被推翻后，影子派成立了崇尚暴力的极端政权，他们四处搜寻前国王的下落，派出杀手追杀查尔斯。

化名金波特的查尔斯国王在纽卫镇成为谢德的同事与邻居。在他们一起相处的5个月里，金波特与谢德结成了"光辉的友谊"（101）。他与谢德常一起在黄昏散步，向诗人讲述自己赞巴拉国王的身世与逃离动乱的传奇经历，希望后者能在这些素材的基础上创作一部长诗（74－75，80－82）。他常常打探诗人的创作进度，偷窥他的创作过程。在诗歌即将完成时，杀手格雷德斯找到了金波特租住的格兹沃斯家，误将与他一起散步的谢德看作查尔斯国王枪杀。谢德死后，金波特从其遗孀希碧尔那里抢得手稿，躲开谢德研究者们的滋扰，经三个多月努力，为诗歌做了注释、前言与索引，并以《微暗的火》之名出版。

谢德与《微暗的火》

小说中的另一层故事是谢德自传体长诗中讲述的人生经历、他与希碧尔40年的婚姻生活、女儿海丝尔之死以及诗人对死亡与彼岸世界的探讨。

谢德是美国阿巴拉契亚州纽卫镇沃兹密斯学院的英国文学教授，研究蒲柏（Pope）的知名学者。他死后留下的长诗《微暗的火》引起评论界的激烈讨论。但据注释者金波特的说法，诗歌现存的手稿只有999行，未完成的第1000行应与第一行相同，构成首尾呼应的圆形结构。长诗共分四章，第一章和第二章相加500行，第三章与第四章相加也正好500行。第一章与第四章都是166行，而第二章与第三章都是334行。诗歌不仅结构上完美对应，内容上也遵循起、承、转、合的顺序。第一章叙述诗人站在窗前，由眼前景物展开联想，回顾了童年父母双亡、莫德姑妈辛苦将自己养大以及姑妈去世的不幸经历，并提到11岁那年因病痛袭击第一次体验到的死亡感受。第二章以诗人致力于探索死亡开始，回忆了莫德姑妈、与妻子希碧尔的相识相恋经过以及甜蜜的婚后生活。这一章里一个重要的内容是女儿海丝尔因相貌平平跟人约会遭弃后自溺身亡。第三章是诗人对死亡的进一步研究:他在来世预备学院讲授死亡,在克拉肖俱乐部讨论诗歌的意义,经历了人生的奥秘是"山峦而不是喷泉"(mountain, fountain, 62)的一处误印后的顿悟。第四章是诗人对人生顿悟后,对诗歌与艺术的反思。在第三章思考死亡时,谢德读到杂志上采访的一位夫人在濒死时曾看到一座又高又白的喷泉,谢德随即驱车前往,却发现杂志上的"喷泉"实为"山峦"的误印。他猛然顿悟,人生的要点是对位的论题,重要的不是文本,而是肌质,即文字或生活的细节在混沌世界里因命运与机缘而产生的相互联系。诗人自认为找到了艺术与生活的真谛,开始满怀激情地创作诗歌,面对人生。在写下诗的最后一行前,却因命运捉弄成为格雷德斯的枪下之魂。

文本的迷宫

纳博科夫的《微暗的火》于1962年出版。从整部小说的结构与时间安排看,金波特似乎毫无悬念是叙述者兼作者。在前言中,金波特签署的小说作于美国犹他纳州的赛达恩镇,完成日期是1959年10月19日(29)。他认为谢德的长诗作于同年7月2日到7月21日"他生命的最后20天里"(13)。从时间逻辑看,书中最后一部分的注释理所当然是金波特之作。金波特既是谢德整部长诗的注释者,也可能是他虚构了谢德的长诗与诗中的故事。金波特不仅为谢德的长诗写了前言与评注,在索引里可以看到,其中的许多诗行其实是金波特自己的改写,如关于赞巴拉国王的逃亡部分等(314)。而在前言部分,金波特更明确地指出,谢德的文本不是真实的,只有金波特的注释才能让其成为现实(28-29)。金波特的讲述努力使读者相信他,查尔斯·金波特,就是赞巴拉国王查尔斯二世,或"备受爱戴的查尔斯·察威尔国王"(Charles Xavier Vseslav the Beloved, 74, 306, 308),缩写为

C. X. K (275)。他称自己为"查尔斯二世即金波特"(308),"可怜的国王,可怜的金波特"(300)。他努力说服谢德将这些内容写进自己的诗作,告诉他"不要担心细节。只要你将它们写进诗行,关于赞巴拉的一切将会变成真实,赞巴拉的人们将会栩栩如生"(214)。

然而金波特的故事本身存在大量的漏洞与不可靠叙述。在故事结尾谈到将来的隐姓埋名生活时,金波特设想自己将创作一部剧本,讲述"一个疯子试图杀害臆想的国王,另一个疯子臆想自己就是国王,而一位德高望重的诗人碰巧撞到了枪口上,在两个臆想人物的冲突中烟消云散"(301)。刺杀赞巴拉国王查尔斯二世的疯子是格雷德斯,目击者们对格雷德斯暗杀行动所作的陈述,将他直指当地一所精神病院里一个名为杰克·格雷(Jack Grey)的罪犯,误将谢德看作了曾将自己送入监狱、当时是金波特房东的法官格兹沃斯(Goldsworth, 298-299)。换言之,格雷德斯其实是精神病人杰克·格雷。格雷德斯的姓氏"Jacob Gradus"颠倒,便是天才的镜子制造者博凯地区的苏达格(Sudarg of Bokay, 314)。金波特逃亡时,在山区湖中如"清澈的蓝色玻璃镜子"(limpid tintarron, 143, 314)水面上,看到了自己猩红色的影子。这种蓝色的玻璃tintarron,正是苏达格制作的,而格雷德斯本人则是影子派成员与玻璃厂工人。因此,Jacob Gradus便是Sudarg of Bokay,也是Jack Gray。格雷德斯的别名有Jack Degree, James de Grey, Jaques de Grey, d'Argus, Vinogradus, Leninggradus, Mr. Degré(77, 198, 201, 307)等。Gradus意为"程度,阶梯"(step, degree),是拉丁语 *A Gradus ad Parnassum* 的缩写,意为"通往帕那索斯山的阶梯"。Shade的意思则是"阴影,黑暗的程度(degree of darkness)"。格雷德斯的姓氏,按金波特的解释,包含"逐渐"(gradual,发展的程度)与"灰色"（gray）的意思，笼罩着一层"弑君的阴影"（79）。在赞巴拉文里，格雷德斯（grados）意为树（tree），如同《洛丽塔》中的黑兹太太（LO, 41），慢慢向上生长，而诗人谢德则惯常使用将树木移栽进诗篇的技法（93）。因此，Shade 与 Gradus 之间因 degree 而联系在一起。Gradus 完全可能只是 Shade 的创造之物，是小说结构中的一个步骤（step）或某种程度（degree）上的 Shade（灰色；阴影）。Gradus 是注释中的最后一个词语，可以视为艺术家谢德用来完成诗作的虚构之物①。

臆想自己是赞巴拉国王查尔斯二世的是金波特。在金波特任教的沃兹密斯学院，有一位叫波特金（Botkin）的俄语教授。帕顿教授（Pardon）曾问金波特：

> 印象中你来自俄罗斯。金波特是不是 Botkin 或 Botkine 的字母重组？
>
> （267）

赞巴拉是"相像者的国度"（265），而其语言则是"镜子般的语言"（the tongue of the mirror, 242）。不难理解，Kinbote 的镜像正是 Botkin。作家提醒读者注意以下细节："这位猥亵下流的注释者不是前国王，甚至不是金波特博士，而是那位俄国疯子波特金。"② 接下来的对话更有意思。金波特的回答是，伯顿教授的话使他想到了一位来自新赞巴拉（Nova Zembla, 267）的逃亡者。谢德接着问金波特："你不是说 kinbote 在赞巴拉语里是弑君者的意思吗？"金波特作了肯定的回答。索引部分对 Botkin 的解

---

① Julia Bader, *Crystal Land: Artifice in Nabokov's English Novels* (Berkeley, Los Angeles, London: University of California Press, 1972), 34.

② Brian Boyd, *Vladimir Nabokov: The American Years* (Princeton: Princeton University Press, 1991), 709.

释是一位俄裔美国学者,一种寄生在猛犸身上已经绝种的蝇蛆king-bot（306）或丹麦短剑（Bodkin）。谢德的妻子希碧尔在公开场所称金波特为"像国王般大的蝇蛆"（king-sized botfly），一位天才身上邪恶的寄生虫（172）。丹麦短剑则让人联想到"冰冻水滴形成的尖匕首"（stilettos of a frozen stillicide, 79），暗示着一场阴谋的暗杀行动，stillicide 的韵脚蕴含着弑君的阴影。而在俄语中，Botkin 是 nikto 的字母重组，意为"无名者"（nobody）①。对于逃亡中的国王来说，完全有理由用 Kinbote、Botkin 等匿名来隐藏自己的真实身份。小说中的弑君者是格雷德斯，金波特在山区湖中看到的影子是苏达格即格雷德斯。换言之，金波特与格雷德斯其实是同一人。因此，查尔斯就是金波特，就是格雷德斯，就是隐藏在幕后的俄国人波特金。

金波特是一位精神错乱的疯子（195, 238）。博伊德指出，金波特以及他的赞巴拉故事完全是一个自恋狂疯子的幻想。Kinbote 或 Botkin 有幻想狂的三大典型症状，即幻想自己是做出了丰功伟绩的名人（功名梦），处处被人迫害追杀（受迫害梦，PF, 98），以及极度自恋的性幻觉②。他虚构自己是赞巴拉国王，因国内政变而逃亡到美国小镇，在大学里从事教学。他爱慕谢德，嫉妒他的妻子希碧尔（索引中对希碧尔的解释只有两个单词"谢德的妻子"，313），对他的感情超出了常规的友谊。他不近女色，喜欢男伴奥莱格，是不折不扣的同性恋。他随时都有自杀

---

① Vladimir E. Alexandrov, ed., *The Garland Companion to Vladimir Nabokov* (New York & London: Garland Publishing, Inc., 1995), 574.

② Brian Boyd, *Vladimir Nabokov: The American Years* (Princeton: Princeton University Press, 1991), 433-435. 另见 Brian Boyd, *Nabokov's Pale Fire: The Magic of Artistic Discovery* (Princeton: Princeton University Press, 1999), 60.

的冲动，而精神病人 Jack Grey 被他想象成前来暗杀自己的格雷德斯。小说结尾金波特告白：

> 我相信上帝会帮我，让我摆脱想要效仿这部作品中另外两位人物的欲望。我会继续存在。我可以以别的伪装，别的形式，可我会想方设法地存在下去。
>
> （300）

金波特自己不会写诗，但他强迫谢德将自己的故事写进诗里，牵强地将谢德的诗篇联想为是自己作为赞巴拉国王的历险记，然而谢德的诗从形式与内容上都没有金波特与赞巴拉的影子。于是金波特抱怨道，诗人放弃了自己建议的诗名《单王》(*Solus Rex*)，却采用了《微暗的火》，他所讲述的赞巴拉故事"全都没有了"(296-297)。他迁怒于希碧尔破坏了他与谢德的友谊，称她是"家庭的审查者"（81）。诗人死后，金波特从遗孀希碧尔那里抢夺了未完的长诗，通过自己蹩脚的注释，试图将读者的注意力由诗人的人生引向赞巴拉传奇。

众所周知，小说标题《微暗的火》来自莎士比亚戏剧《雅典的泰门》第四幕第三场（79-80），表达的是盗窃与反射的主题：从某个更为明亮的光源盗窃了它的反射之物。太阳是吸取大海水分的窃贼，却赋予大地生命。月亮更是彻头彻尾的窃贼，它那微暗的火只是太阳光芒的反射。谢德为长诗取名《微暗的火》不仅因为它来自过去某首著名的诗（240），而且也因为它折射了小说的主题①。诗人如同太阳，他从自然中汲取养分，将丰富的人生写进不朽的诗篇。而金波特则如同月亮，盗窃了谢德艺术的光芒。金波特承认"无意间模仿了谢德批评文章里的散文风

---

① Pekka Tammi, *Problems of Nabokov's Poetics: A Narratological Analysis* (Helsinki: Suomalainen Tiedeakatemia, 1985), 205.

格"。他"从诗人炽热的轨道借用了一束透明的光线"（81），盗用了逝去的诗人的原稿（16-17,298-299）。他意识到自己只是虚构之物，是别人的影子，于是努力想借助谢德的作品而存在。书中有诸多线索表明谢德虚构了金波特与他的赞巴拉故事。格雷德斯、金波特、波特金其实是同一人，他们与谢德的生日一样，都是7月5日。小说中，金波特说"海丝尔·谢德在许多方面像我"（193）。他们都喜欢颠倒的镜像词汇（如将 spider 看成 redips，将 T. S. Eliot 读作 toilest, 193）。两人忧郁的气质，自杀的倾向，对死亡与彼岸的向往，不讨人喜欢的性格，都是类似的。而希碧尔·谢德则与自己的妻子王后迪莎长相相似（207）。如同希碧尔，迪莎这位"痛苦忧郁"的佩恩女公爵（Duchess of Payn, payn 音同 pain，"痛苦"之意，204）难以接近，她后来成为"某部小说中的人物"（212）。谢德在诗中反复书写的几行是：

> 我是那惨遭杀害的连雀的阴影
> 凶手是窗玻璃那片虚假的碧空
> 我是那污迹一团的灰绒毛——而我
> 曾经活在那映出的苍穹，展翅翱翔。
>
> （33）[①]

在索引中连雀（waxwing）的解释是"一种丝鸟类的鸟，谢德丝鸟"（shadei, 315），换言之，连雀就是谢德死后的化身。在谢德被杀后，金波特看到他躺在地上，张开的双眼毫无知觉地凝视着傍晚的碧空（295），仿佛死后的他回到了诗行的开头。上述证据似乎都表明，诗人谢德或他的灵魂将故事投射到镜子般的

[①] 译文选自梅绍武译《微暗的火》，上海：上海译文出版社，2008年，第23页。本书的部分译文出自该书。

人物金波特的身上，操纵他讲述了《微暗的火》。与明显疯狂的金波特不同，在整部小说中，谢德过着正常人的生活，对妻女疼爱有加。他冥思生死的哲理，热爱生活，赋予诗歌完美的结构，对感情与文字有着冷静而犀利的掌控。作为艺术家他完全有能力虚构其他人物的故事。金波特这位"弑君者"（格雷德斯），不过是寄生在诗人谢德身上的蝇蛆，诗人谢德是用 Kinbote、Gradus 或 Botkin 的面具，刺穿文字表面的疑团，为读者提供理解小说的线索。

二、空间的阅读

小说中的人物虚构了一个个故事，这些故事借用并反映了另外的故事与文本，它们彼此又相互排斥，消解了别的故事。塔弥指出，《微暗的火》是一部文本镶嵌的典型范例，具有复杂的中国盒子结构。"文本中的文本"是其结构原则。在主要的两个故事里，作者还嵌入了电视节目、报刊剪辑、文章、大量诗作（36，47-48，60-61，93，94，95，115，192，193，216，258，284）等其他类型的文本[①]。

整部小说中，金波特的叙述声音无疑是绝对主要的，但在他叙述的故事背后，读者却看到了谢德的影子。当读者紧紧跟随金波特的注释，先入为主地以为他讲述的是事实时，却发现他的讲述越来越自相矛盾。他的自恋、幻想狂与不可靠似乎进一步凸显出故事背后谢德的重要性。但如果读者想当然地认为是谢德假金

---

① Pekka Tammi, *Problems of Nabokov's Poetics: A Narratological Analysis* (Helsinki: Suomalainen Tiedeakatemia, 1985), 197-224. 另参见 Pekka Tammi, "Pale Fire," *The Garland Companion to Vladimir Nabokov*, ed., Vladimir E. Alexandrov (New York & London: Garland Publishing, Inc., 1995), 571-586.

波特之口讲述了自己的故事时，却发现仍有无法排解的困惑。一个显著的例子是，《微暗的火》这首长诗的原稿早已不在，它本身有许多地方已经被金波特篡改，读者能否认为他们看到的诗就是谢德所作？另一个明显的例子便是赞巴拉是否存在。在阅读过程中，读者会越来越强烈地感到赞巴拉不过是金波特的臆想之物。然而事情远非如此简单。谢德被枪杀的当天，《纽约时报》上刊载了一篇关于赞巴拉革命的短文（274），一份法文报纸上刊载了赞巴拉的新闻（149）。在谢德任教的沃兹密斯学院英文系办公室，传阅着一本刊有赞巴拉国皇宫的照片（24），学院图书馆的一本插图版百科全书里收录有一幅赞巴拉国王的照片，谢德及其同事们曾讨论过金波特与该幅照片的相似（265–269）。从纳博科夫的自传《说吧，记忆》里，读者不难找到真有赞巴拉这一地名的存在：Nova Zembla 或 Novaya Zembla（SM，39，93，234），它是位于俄罗斯大陆背面的无人小岛。赞巴拉到底是真还是幻？读者无从知晓。这一点作家的妻子薇拉也曾经指出过，她认为连金波特本人都无从知道赞巴拉是否存在[①]。谢德还是金波特？这实在是一个无解的困局，困局背后或许正是纳博科夫艺术欺骗的魅力：文本后面真正的主宰是作家纳博科夫（SO，69）。

  注释者金波特设置的层层障碍，谢德的诗篇与注释之间的关联与不谐，使读者无法从自始至终的阅读中简单地获得完整的信息。在看似连贯的诗行与注释中，作家设置了大量的文字陷阱，留下了无穷多的意义空白。小说的构思如此精密复杂，对哪怕最勤奋、最博识的读者也是巨大的挑战。读者只有在一次次反复的阅读中，在不断的细节积累中，方可逐渐形成一个朦胧可辨的整

[①] Vladimir E. Alexandrov, ed., *The Garland Companion to Vladimir Nabokov* (New York & London: Garland Publishing, Inc., 1995), 574.

体图案。如果套用纳博科夫著名的彩色螺旋理论，谢德的999行长诗或许是小说的正旋，而金波特谬误百出的注释则是它的反旋。正反旋之后隐藏的是读者可能从错综复杂的文字与意义反应参照网络里获取的整体综合认知的合旋。读者在看似无关的异质的意义网络中徜徉，在一次次积沙成塔、集腋成裘的发现之旅中，或许会推导或建构起一个逐渐明朗的整体图案。这种空间的阅读与不断的发现之旅，或许是读者将从《微暗的火》这部旷世奇书中真正获得的审美体悟：文本的不确定性本身便是阅读的乐趣。

在小说序言里，金波特已经告诫读者，《微暗的火》需要的是有别于传统阅读的空间阅读方式：

> 尽管这些注释依照常规惯例全部给放在诗文后面，不过我奉劝读者不妨先翻阅它们，然后再靠它们相助翻回头来读诗，当然在通读诗文过程中再把它们浏览一遍，并且也许在读完诗之后第三遍查阅这些注释，以便在脑海中完成全幅图景。

他建议，为了免除来回翻页的麻烦——

> 明智的办法就是要么把前面的诗文那部分玩意儿一页一页统统裁下来，别在一起，对照着注释看，要么干脆买两本这部作品，紧挨着放在一张舒适的桌子上面阅读。

（28）

尽管金波特的声明主要是想让读者相信他注释的真实性，他提到的阅读方式倒不失为阅读《微暗的火》时的一种理想选择。在反复的阅读中，读者会发现作家所设置的障碍越来越少。金波特的前40个注释里，有24个关联到别的注释，而剩下的92个注释中只有18个将读者的注意力引向其他注释。在这42个为读者设置的陷阱中,有37个出现在前80回注释里,只有5个出现在后面的51个注释里[1]。如果细心的读者成功解读了金波特前半部分的注释,便会在后续的阅读中获得更多的回报。在此意义上说,纳博科夫是具有明确读者意识的作家,对那些勤奋的读者,他将会异常慷慨。

《微暗的火》不仅是小说形式上前所未有的大胆创新,也是阅读方式的一次革命。作家在由序言、诗歌、注释、索引构成的小说中镶嵌了看似平行,实则相互印证、相互消解又相互关联的不同体裁、不同内容的叙事文本。层层故事与文本的镶嵌构成意义多元的空间形式小说,对它的解读需要读者在反复的细读中,通过文本间犬牙交错的联系,在上下文词语意义的反应参照网络里,偶尔获得顿悟,从混沌中发现对位主题后的秩序世界。

---

[1] Brian Walter, "Synthesizing Artistic Delight: The Lesson of *Pale Fire*," Zembla, 23 Oct. 2010, http://www.libraries.psu.edu/nabokov/walter.htm.

第四章

空间的主题——纳博科夫的彼岸世界

纳博科夫拒绝任何将其归类的做法:"我从不属于任何群体或协会,也没有任何宗教或流派对我产生过任何影响。"(SO, 3)他在各种场合里不遗余力地宣称其作品没有政治、道德、说教等目的:"我从不承认作家的职责是提升国家的道德水平,是从肥皂盒般宏伟的高度指明高尚的思想,粗制滥造二流的书籍以为社会提供第一时间的救助。"(LL, 376)类似的声明几乎出现在作家本人为小说所作的所有的前言与后记里。因此,在作品人物如亨伯特、谢德、克鲁格、费奥多、辛辛那提斯、瓦迪姆等的身上,我们发现的是他们对政治与道德说教无一例外的反感。这些声明以及作家笔下似乎生活在道德真空里的人物形象往往使读者产生误解,认为纳博科夫是一位脱离了道德趣味、只玩弄文字游戏、痴迷于编织文本迷宫的"为了艺术而艺术"的追求纯粹美学的作家,一位"什么也没说的魔法师"①。这一看法无疑是错误的。纳博科夫的作品并非只有形式与艺术,他在编织自己文本迷宫的同时,也在寻求主题的探讨与精神的追求。诚如博伊德所说:"纳博科夫艺术的真实故事是用独创的虚构形式来表达其哲学全部问题的故事"。② 纳博科夫的爱子德米特里指出,尽管作家强调艺术组合的魅力,其作品中对暴政、谋杀、虐童、社会与个人不公的谴责,以及对遭遇不幸命运的人的同情,表明他绝非价值真空的作家(EN, 95)。在其炫目的艺术形式之后,是对道德与形而上主题的深刻反思,他将形式与主题完美地结合在了一起。对此,作家本人也不忘提醒读者注意。在1971年的一次采访中,纳博科夫辩解道:"我相信有一天人们会对我进行重新评价,宣布我并不是一只轻佻的黄鹂鸟,而是严肃的伦理家,批判罪恶、攻击愚昧、嘲弄低俗与残忍,赋予仁爱、才华与自豪感以崇高的力量。"(SO, 193)在《文学讲稿》中,纳博科夫重申自己对人性至善无条件的信任(LL, 373)。纳博科夫的主题之一便是他作品里的多重空间,尤其是对拥有绝对自由的彼岸神秘世界的不懈追求。这一彼岸世界是纳博科夫小说一以贯之的关注焦点,包含人类可以凭借艺术想象超越人生以及诺斯替主义中人的灵魂能够借助灵知实现死后的升华等思想。本章将在分析纳博科夫多重空间主题的基础上,重点讨论他的彼岸世界概念。

第一节　纳博科夫的三重空间

20世纪80年代后,越来越多的评论家开始将注意力转向纳

---

① Brian Boyd, *Vladimir Nabokov: The Russian Years* (Princeton: Princeton University Press, 1990), 295.
② Ibid., 292.

博科夫作品中的主题探讨，而不再仅仅专注于其美学技巧。以彼岸为核心的多重世界成为学者们发现的其作品中的共同主题，对该主题的讨论由此成为纳博科夫研究的共识与出发点。

在过去几十年的纳博科夫研究中，许多学者都对纳博科夫小说中的多重世界进行过探讨。其中最有影响的当属亚历山大洛夫的《纳博科夫的彼岸世界》。他认为，将纳博科夫视为只关心美学形式的元小说家，其实是对他最大的误读。纳博科夫的创作表明，在其美学关切之下，有形而上学与伦理学的基础。他用"彼岸世界"来统一这三个维度，认为纳博科夫明显相信存在一个超验的、非物质的、永恒的、秩序井然的光明世界，它对尘世的一切产生影响（形而上学）；纳博科夫相信，尘世有恶的存在（伦理学）；而在美学上，他的作品具有艺术创作的主题以及个性化的形式与风格。亚历山大洛夫分析，形而上学、伦理学和美学关系紧密，大致组成了一个三角形，纳博科夫所有的作品都能在这三角形构成的"彼岸世界"中找到自己的位置，而博伊德是最早尝试将纳博科夫小说中的三重世界概念结合起来分析的批评家[1]。在《纳博科夫的〈阿达〉：意识之地》中博伊德指出，纳博科夫的作品中常见的模式是对空间、时间与意识的关注，尤其是对一个没有时间意识的彼岸世界的追求[2]。这一彼岸只是众多世界中的一个维度，是"世界中的世界中的世界"，"可能中的

---

[1] Vladimir E. Alexandrov, *Nabokov's Otherworld* (Princeton, New Jersey: Princeton University Press, 1991), 3-6.
[2] Brian Boyd, *Nabokov's Ada: The Place of Consciousness* (Ann Arbor: Ardis Publishers, 1985), 50-88.

可能中的可能"①。

约翰逊在《倒退的世界：纳博科夫的几部小说》中指出，纳博科夫小说背后对彼岸世界的关注已经是公认的事实了。人们往往认为纳博科夫小说中有两重世界：小说的世界与小说家的世界，即纳博科夫作品的美学宇宙观反映的是其个人宇宙观。事实上，反过来看也是成立的，即纳博科夫的美学宇宙观为其提供了个人的宇宙观。不管是《斩首之邀》中的辛辛那提斯，还是《庶出的标注》中的亚当·克鲁格都从身边各种事件的关联中，觉察到了另一个世界的存在，并在面临死亡时选择进入彼岸世界。将纳博科夫的小说美学宇宙观和个人宇宙观结合起来，就会发现一个常见的模式：纳博科夫小说中包含着一层层不断倒退的世界，兼有作家身份的小说人物渴望进入作家的世界，而作家同样希望回归更高层次的造物主世界。纳博科夫的小说世界总处在不断的倒退与回归中。约翰逊明确指出这一创作特点受到了新柏拉图主义与诺斯替主义的影响②。

杰纳迪·巴拉卜塔罗的文章《纳博科夫的三位一体》指出纳博科夫的小说不仅具有空间形式特征，还具有空间的主题③。巴拉卜塔罗认为：

> 在所有作品里，即便是其最短的小说中，他都出于

---

① D. Barton Johnson and Brian Boyd, "Prologue: The Otherworld," *Nabokov's World Vol. 1: The Shape of Nabokov's World*, eds. Jane Grayson, Arnold McMillin and Priscilla Meyer (New York: Palgrave, 2002), 24.

② D. Barton Johnson, *Worlds in Regression: Some Novels of Vladimir Nabokov* (Ann Arbor: Ardis, 1985), 2.

③ Gennady Barabtarlo, "Nabokov's Trinity (On the Movement of Nabokov's Themes)," *Nabokov and His Fiction: New Perspectives*, ed. Julian W. Connolly (Cambridge: Cambridge University Press, 1999), 109 – 138.

对五官所能感知的一切事物细节的热爱,试图抓住和描绘一个"外部世界"。在多数作品里,他还通过将人物放置在一个极端环境里来探究其心灵的"内部世界"……同时,在很多作品中,他考察了"外部世界"与"内部世界"的局限性,穿越这二者的边界,跨进一个(想象)"彼岸世界"……①

他宣称,纳博科夫最优秀的小说均是建立在从"外部空间"进入"内部空间"再进入"彼岸世界"这一空间模式之上的。作家将英、俄两种语言运用到极致,似作画般对细节进行了最精确、最诗意的描写,他在进行文体与结构创新的同时,探索隐藏在艺术欺骗中的、此界(hereabout)之上的彼岸(hereafter)的奥秘,其作品的美学与形而上关切构成了和谐的整体②。

佩卡·塔弥认为,贯穿在纳博科夫所有小说中的三个紧密关联的主题是:人类生活中潜在的各种关联、将这些关联模式书写入文本的美学问题以及通过文学创作获得的更高层次的审美彼岸体验③。即纳博科夫的小说中共同的图案与主题是生活的外部世界、书写的文本世界与审美的彼岸世界这三重空间。

托克尔分析了纳博科夫的世界观。她认为尽管纳博科夫小说中美学与艺术是主要因素,但作家审美狂喜理念中的"另外的存在方式"(other states of being)也包含了道德与形而上的范畴。

---

① Gennady Barabtarlo, "Nabokov's Trinity (On the Movement of Nabokov's Themes)," *Nabokov and His Fiction: New Perspectives*, ed. Julian W. Connolly (Cambridge: Cambridge University Press, 1999), 117.

② Gennady Barabtarlo, *Aerial View: Essays on Nabokov's Art and Metaphysics* (New York: Peter Lang, 1993), 1 – 3.

③ Pekka Tammi, *Problems of Nabokov's Poetics: A Narratological Analysis* (Helsinki: Suomalainen Tiedeakatemia, 1985), 25 – 26.

诗学、道德、形而上三个范畴构成了纳博科夫小说审美狂喜的主要内容，它们之间紧密关联，共同形成了纳博科夫的世界观。在此基础上，托克尔进一步分析了纳博科夫的政治观点①。

迈耶指出，二十多年的纳博科夫研究可以使我们形成一个共识：纳博科夫是一位视现实为对彼岸世界进行戏仿的传奇作家，在他的作品里，总有一个超越人类时空的彼岸世界存在于自然、命运与艺术之中，即它统一了自然、人类与艺术审美这三重空间②。

贝西娅用元文学（metaliterary）的纳博科夫、形而上的纳博科夫（metaphysical）与一个更高存在的纳博科夫来总结他的三重世界。这位用炫目的词语描写有血有肉生活的"三维作家"，通过充满强烈个体意识的"二维书页"，将自我升华至一个"四维"的神圣认知空间③。

多里宁（Aleksandr Dolinin）分析了纳博科夫多重世界中的五个层次：生存的、诺斯替主义的、美学的、诗学—修辞的、形而上学的④。

上述论述都有道理，而且均建立在充分的论证之上。为了更好地理解他们的观点，我们需要将注意力放在作家本人的论述与

---

① Leona Toker, "Nabokov's Worldview," *The Cambridge Companion to Nabokov*, ed., Julian W. Connolly (Cambridge: Cambridge University Press, 2005), 232-247.

② Priscilla Meyer, "Nabokov's Critics: A Review Article," *Modern Philology* 91: 3 (1994), 326.

③ David M. Bethea, "Style," *The Garland Companion to Vladimir Nabokov*, ed., Vladimir E. Alexandrov (New York & London: Garland Publishing, Inc., 1995), 697-698.

④ Jane Grayson, Arnold McMillin and Priscilla Meyer, eds., *Nabokov's World Vol. 1: The Shape of Nabokov's World* (New York: Palgrave, 2002), 10.

作品分析上。在本书的第二章里，我们已经阐明了纳博科夫在《固执己见》中对时间三个层次（没有意识的时间—有意识的时间—没有时间的意识）的认识，而这三个层次在作家的自传《说吧，记忆》中显然被其视为三个对应的空间概念（空间—时间—彼岸世界）。他所说的第一个层次，即没有意识的时间，是低等动物的时间，或"非人的时间"，对应于人类意识之外以空间意象数量总和参与时间流逝的外部世界。他的第二个层次，即人类有意识的时间，或"人的时间"，对应于受到人类意识关注、经过记忆与想象的艺术选择与加工而存在的空间意象。他的第三个层次，即没有时间的意识，或"超人的时间"，对应于超越人类意识的彼岸世界。因此，纳博科夫本人所论证的三个层次的时间其实分别以人类生活的外部世界、人类意识的艺术创作世界及超越人类的彼岸世界而存在，即以三重不同的空间存在。笔者认为，这才是纳博科夫本人及其作品对三个空间最权威、最贴切的界定。

第一层空间的外部世界在人类意识未予以关注、未加选择前，以空间意象存在于意识之外，被意识所忽略与舍弃，不以人的意志为转移在时间长河中流逝。这样的空间特征是现实世界的总体性、普遍性，平庸、低级，未加甄别与遴选，因而是作家本人所鄙视并抛弃的。在《固执己见》里，纳博科夫说道：

> 可以肯定存在着一个普通的现实，我们中的每一个人都可以觉察得到。这不是真正的现实，只不过是普遍的观点，常见的单调乏味，当下的评论……
>
> （SO, 118）

这些都不应是艺术家所关注的现实，他关注的应是艺术虚构的独特而生动的外部世界。

第二层空间是人类意识关注并在其上停留的外部世界。意识借助记忆与想象的作用,让某些空间意象以图片的形式静止在时间流逝里,因此具有艺术的性质,它们是独特的、生动的、鲜明的、无法复制,如图片般精确与惟妙惟肖。因此,从这个意义上讲,不难理解纳博科夫为什么反复强调一流的作家应拥抱细节与精确,文学作品要具有独一无二的感官冲击力。从形式主义[①]的概念看,即要异于普通和平庸,要使形象特异化、陌生化,从而具有更强的艺术性。作家陌生化的写作常常打破叙述的自然流动,刺激读者"看得更多"[②]。因此,纳博科夫说:

> 唯一真实的世界当然是那些看上去异常的现实。一旦个体的创造失去了主观体悟的质地,普通现实便开始腐烂发臭。
>
> (SO, 118)

意识对时间的否定与驻留作用,无疑使纳博科夫更关注人类共时化的存在而非历史的演进,因而其作品中呈现更多的是意象、文本、文字、艺术之间与众不同的组合与空间并置。这是审美层次上的艺术空间。在创作与审美的过程中,作家融入了自己的艺术实践、道德主题与对人物内心世界的揭示,实现了自己对外部世界的人文关怀。从这一分析看,托克尔认为纳博科夫的审美狂喜本身已包含了诗学、道德、形而上的关切,是非常有道理的。

第三层空间与第一层空间一样,也位于人类意识之外,不过

---

① 俄国形式主义对纳博科夫的影响可参见 Michael Glynn, *Vladimir Nabokov: Bergsonian and Russian Formalist Influences in His Novels* (New York: Palgrave MacMillan, 2007)。

② David M. Bethea, "Style," *The Garland Companion to Vladimir Nabokov*, ed. Vladimir E. Alexandrov (New York & London: Garland Publishing, Inc.,1995), 698.

不同的是，它不是人类意识所忽略和舍弃的世界，而是人类意识难以企及，超出人类时空的另一个世界。这个世界或许会尝试与人类进行交流，或许不以人的意志为转移而存在着，超出人类一切试图抵达它的努力。但凭借人类最疯狂、最大胆、最炽热的想象，我们或许能在它以图案、命运、无常或幽灵鬼怪等方式启示人类的蛛丝马迹中，或在死亡并脱离了这个世界之后感知其存在。

从纳博科夫本人的论述出发，我们自然不难在这三重空间中找到纳博科夫作品里那些最常见的主题：对细节的吹毛求疵，对精确的迷恋，对图案的孜孜以求，对平庸与普通的嗤之以鼻，对疯癫、死亡、命运无常的描写，尤为重要的是，对彼岸世界的不懈追求。为了到达神秘的彼岸，人类有两个选择，或以艺术的审美狂喜在艺术的最巅峰体验彼岸的愉悦，或以形而上的精神追求实现对人类黑暗世界的灵魂的超越。这二者，即通过艺术或死亡抵达美学意义或形而上的自由的彼岸，成为构成纳博科夫小说中彼岸世界的核心内容。

由上述分析可知，纳博科夫自己所说的三重空间应是外部物质世界、艺术想象世界与彼岸神秘世界。作家以自己的无比热忱与人文关切，用细腻的笔触描述外部世界的充足生活，揭示人物的内心世界与作家的道德关切，体现的是对外部物质世界的艺术塑造；而审美狂喜与死亡后的灵魂跃升则是人类抵达美学与形而上彼岸世界的两种途径。换言之，三重空间与彼岸的两种状态，这便是纳博科夫所追求的空间的主题。因为在第三章里已经讨论了纳博科夫空间艺术实践中的图案模式，本章将重点探讨纳博科夫的彼岸神秘世界这一空间主题，并结合其分析小说《斩首之邀》中的诺斯替主义。

第四章 空间的主题——纳博科夫的彼岸世界

第二节 纳博科夫的彼岸世界

纳博科夫的作品后面隐藏着神秘的形而上学的主题。在被问到"你相信上帝吗"的时候,纳博科夫回答:"我所知道的比我能用词汇表达的更多;如果不是我知道得更多,我甚至无法传达已表述的那些内容。"(SO, 45)他又借用《透明之物》中的主人公之口说:

> 彻底拒绝人类所能想象的一切宗教,面对彻底死亡时的彻底镇定。如果我能用一部书来解释这三层彻底,这本书无疑将成为新的圣经,而其作者将成为新宗教的创始人。幸运的是,出于自尊我不会写这样一本书……因为它将永远无法在一刹那间传达只在瞬间才能理解的事物。
>
> (TT, 84)

纳博科夫这一欲言又止的神秘主题便是其孜孜以求的彼岸世界。亚历山大洛夫指出,在其作品炫目的美学形式与文本游戏之后,有一个中心主题,即对"彼岸世界"的寻求。纳博科夫的彼岸(the Otherworld)或来世(the hereafter)概念承继自欧洲古典哲学如柏拉图主义、诺斯替主义、浪漫主义、俄国象征主义等,与白银时代文学息息相通,多里宁称之为作家的元主题(metatheme)[①]。最早使用该词的是纳博科夫的遗孀。在1979年出版的俄文版诗集序言里,薇拉·纳博科夫(Vera Nabokov)指出,*potustoronnost* 是贯穿纳博科夫所有创作的主题,它深入作家

[①] Jane Grayson, Arnold McMillin and Priscilla Meyer, eds., *Nabokov's World Vol. 1: The Shape of Nabokov's World* (New York: Palgrave, 2002), 10.

的灵魂深处，赋予了作家对生活无尽的爱，是作家绝不违背的原则[1]。纳博科娃进一步分析了该主题在《天赋》及作家各时期诗歌中的表现。纳博科夫本人也曾说，他的所有作品都具有一种"非此世界"的基调[2]。*Potustoronnost* 一词在俄语中的大意是坟墓之上的世界、另一边的世界、位于生死分界线另一边的状态或性质等，很难直译为英语。亚历山大洛夫用"彼岸世界"（otherworld）来翻译，并被后来的学者普遍接受。可能在纳博科娃之前论及过纳博科夫彼岸哲学的是流亡的俄罗斯批评家比茨利（P. M. Bitsilli），但他没有明确提及这一概念[3]。纳博科夫的彼岸世界既是文学创作所带来的艺术的审美狂喜（aesthetic bliss），更是诺斯替主义追求的死后灵魂绝对自由的精神世界。

纳博科夫的彼岸世界（there, the hereafter, the other world, the beyond, other states of being, the next dimension, etc.）并非是孤立的概念，而是与其美学上的实践密不可分的。换言之，纳博科夫的作品有着文本或审美意义上的艺术的彼岸世界。其令人炫目的美学技巧背后，是超越此在的、审美的彼岸世界。《说吧，记忆》中，纳博科夫谈到西林（即纳博科夫本人）的艺术创作时，漫不经心地写道：

> 他书中的修辞技巧潜流着真实的生命。有批评家将其比喻为"开向相邻世界的窗户"……
>
> （SM, 213）

简而言之，西林（纳博科夫）的艺术创作之后，存在着另

---

[1] Vladimir Alexandrov, *Nabokov's Otherworld* (Princeton: Princeton University Press, 1991) 3 - 4. 另见 Pekka Tammi, *Problems of Nabokov's Poetics: A Narratological Analysis* (Helsinki: Suomalainen Tiedeakatemia, 1985), 22。
[2] Andrew Field, *Nabokov: His Life in Part* (New York: Viking Press, 1977), 87.
[3] Jane Grayson, Arnold McMillin and Priscilla Meyer, eds., *Nabokov's World Vol. 1: The Shape of Nabokov's World* (New York: Palgrave, 2002), 20.

一个审美的彼岸世界。在整部自传中，作家以艺术的想象跨越人生的时间之狱，像爱丽丝漫游奇境般，穿梭于过去、现在、未来。他可以透视过去的自我，也可以如彼岸的精灵般预见未来的自我，人生成了可以按自己喜好在任意时间里播放的录影带。《固执己见》中，纳博科夫在为自己的流亡作家朋友霍达谢维奇（Khodasevich）所写的讣告里这样写道：

> 现在一切都结束了：他那金灿灿的遗赠之物在书架上指示着未来。采矿者已经前往另一个世界，也许来自那里的某个微弱的信息会传达至优秀诗人的耳膜，彼岸世界的新鲜呼吸渗透了我们的存在，为艺术注入了最具本质特征的神秘气息。
>
> （SO，227）

艺术家应该感谢某种未知的力量（unknown force）给他的启迪，从而使他能在脑海里将各种意象进行艺术的组合（SO，40）。纳博科夫肯定了某个高于我们生活的超验世界的艺术存在——艺术穿越时空的不朽魅力，即人类可以凭借艺术作品所具有的不朽生命抵达自由的彼岸世界。换言之，文本之上存在着审美的另一个世界，它已超越了或形而上或宗教的存在的范畴，这便是广为人知的、评论家们不遗余力地进行探讨的纳博科夫所追求的至高艺术境界：审美的狂喜。在小说《洛丽塔》的后记《一本叫〈洛丽塔〉的书》里，作家指出：

> 对我而言，一本小说存在的价值，不妨坦率地承认，在于它所带来的审美狂喜。这是一种不期然间在某个地方与另一种存在相遇的状态，这种存在模式是艺术的好奇、亲切、仁慈与狂喜。
>
> （LO，314-315）

纳博科夫强调，艺术给作家或读者带来的是超脱于生活的彼岸世界的体悟：审美的狂喜，即在艺术审美的巅峰，人类可以管窥彼岸世界的光辉。为此，亨伯特说没有洛丽塔（亨伯特视洛丽塔为艺术作品）的彼岸世界（hereafter）是不可接受的（LO, 230）。他告诉读者不要同情奎尔蒂，因为只有亨伯特·亨伯特才能使作品长存（LO, 309）。

《阿达》的主人公范与阿达凭借着他们留在小说书页上永久的文字超越了死亡，在艺术的彼岸世界里永生。《天赋》结尾处有一段费奥多想象中与诗人康切耶夫的对话。康切耶夫在谈到自己何时才能重回俄罗斯的问题时说：

> 我十分清楚，我将回到俄罗斯。首先是因为我带走了她的钥匙，其次不管是10年还是200年后，我将活在我的书中，或至少活在某个研究者的脚注中。……我渴望永恒，哪怕只是为了它尘世里的阴影。
>
> （GF, 362 - 363）

在小说《庶出的标志》末尾，作家由第三人称转为第一人称叙述，指出他在小说世界中让克鲁格永生是一个"文字的游戏"，克鲁格的死亡"只不过是［艺术］风格的问题"（BS, 210-211）。《微暗的火》中谢德的长诗充斥着对死亡、艺术与来世的反思，其核心主题是艺术家对死亡的想象与体验。尽管诗人在小说中死去，但他凭借金波特对自己长诗的注释实现了艺术风格的不朽。在长诗快结尾时，谢德声称艺术家的想象与意识可以超越宇宙，而宇宙不过是一行抑扬格的诗，由艺术家的思想重组赋予其意义：

> 我觉得唯有
>
> 通过我的艺术

> 在艺术组合的愉悦中
> 才能理解人生或至少部分人生
> 如果我的个人世界扫描准确
> 宇宙群星的诗行定也无比神圣
> 我猜想它不过是一行抑扬格的诗……
> 我确信无疑我们会继续存在
> 我的宝贝儿也会生活在某处。
>
> （PF, 68-69）

在我们存在的经验世界之上，存在着一个更高层次的精神与灵魂的彼岸世界，是纳博科夫小说追寻的同一主题。博伊德明确指出："纳博科夫的全部作品不仅探讨了彼岸（afterlife）存在的可能性，而且也探讨了冥界与此生之间沟通的可能性。"这种沟通往往是人类无法领悟的单向过程，即由彼岸的幽灵为人类提供各种暗示①。《说吧，记忆》的开篇指出存在不过是两个永恒黑洞间一束短暂的光亮，一个成熟的人应勇敢地接受生前与死后的两个黑洞，就像他勇敢地接受生死之间的奇异的景象（SM, 13），超越人类生死的必然是另一个世界的存在。在做了时间的魔毯比喻之后，纳博科夫进一步解释：

> 当我站在稀有的蝴蝶与它们觅食的植物之中，在一个随意挑选的地点，我便体会到了至高无上的永恒。这就是狂喜，狂喜背后是某个难以解释的东西。它就像一段短暂的真空吸入我所爱的一切。一种与太阳和石头融为一体的感觉……
>
> （SM, 103）

---

① Brian Boyd, *Nabokov's* Pale Fire: *The Magic of Artistic Discovery* (Princeton: Princeton University Press, 1999), 173, passim.

在《文学讲稿》中，纳博科夫指出："人生只是我们灵魂序列中的一站，个体的秘密并不会随着尘世的解体而消失。"作家的创造性工作与"布满云层的灰色的维纳斯天空中某个神秘之物（省略两页）"相似（LL, 377）。这神秘之物纳博科夫无法解释也无法言说，因而以省略代替。在《固执己见》最初的英文版本《终极证据》（*Conclusive Evidence*）初稿中，纳博科夫称，"我们对时间的感觉或许是来自另一个维度的气流。"[1]《阿达》里范·韦恩设想的是一个超越了特拉与安提特拉的艺术与精神的双重彼岸——永生的两个保证（Ada, 583）。《洛丽塔》里亨伯特在杀死奎尔蒂前告诉他"就我们所知，彼岸世界或许是一个极度疯狂的世界"（LO, 297）。《天赋》中费奥多反思的是彼岸世界与此世界的联系：人类只有在透过黑暗宇宙的窗户渗透进来的彼岸世界的气息里感知到它的存在（GF, 321-322）。同一本小说里，车尔尼雪夫斯基自称是"与彼岸世界抗争学会"的主席（Chairman of the Society for Struggle with the Other World, GF, 103）。《微暗的火》中谢德为了克服对死亡的恐惧寻求"来世预备学院"（Institute of Preparation for the Hereafter, IPH, PF, 52）的帮助。在他想象中有掌握着人类生存的众神，它们在超越了人类的彼岸世界里生活着（PF, 63）。小说中的故事与长诗，极有可能是诗人的女儿海丝尔·谢德的亡灵假金波特之口为诗人提供的灵感与源泉，而谢德本人却对来自冥府的海丝尔的提示一无所知。她是"家中的幽灵"，宁愿选择美丽的死亡也不活在丑陋的生活中（PF, 312）。金波特试图告诉诗人，在赞巴拉故事的素材后面，是海丝尔的幽灵，"我一定会告诉你我为什么，或毋宁说

---

[1] Brian Boyd, *Vladimir Nabokov: The Russian Years* (Princeton: Princeton University Press, 1990), 292.

究竟是谁,为你提供了主题"(PF,288)。他腋下夹着谢德诗歌的原稿,仿佛它来自某种无法描述的神秘力量。而孤独的游魂则化身为萤火虫为人们提供可解码的符号(PF,289)。《斩首之邀》中,辛辛那提斯由文学创作中单词之间结合产生的独特魅力联想开去,设想了一个与此世界迥然不同的另一个世界:

> 尽管我认识到了单词之间的联系,却难以实现它。然而这是我必须完成的任务,一项不属于此时此地的任务。不属于这里!可怕的"这儿",黑暗的地牢,囚禁着奋力怒号的心;"这儿"禁锢着我。然而总有光束穿透黑暗——我的理想世界存在着,一定存在着,"这儿"的拙劣复制品之上一定有一个原型。这个梦幻般蓝色的圆形世界慢慢展现在我眼前。
>
> (IB,93)

在"这里"(here)的世界里,没有人理解辛辛那提斯的语言,甚至没有他的同类存在(IB,95);而在那里(there)的理想世界里,灵魂得以自由地舒展,人们的眼神流露出无法模仿的理解,弱者不再受到欺侮,时间像彩绘的魔毯可以按人们的喜好折叠与重合;那里有人们曾经在这里漫游过的花园的原型,那里的一切都是完美的,都使人的灵魂感到欢愉(IB,94)[①]。作家在世时的最后一部小说《瞧这些小丑》里的主人公瓦迪姆认为,彼岸世界潜藏在黑暗半掩的门后(LATH,26)。他要思考的是"小溪、树枝以及彼岸(Beyond)的美"是否"都因最初的存在而产生"(LATH,16),而另一个超验的现实是与人类经验世界

[①] 约翰逊详细分析了《斩首之邀》中彼岸世界的含义。参见 D. Barton Johnson, "Spatial Modeling and Deixis: Nabokov's *Invitation to a Beheading*," *Poetics Today* 3:1 (1982), 81-98。

同时存在的"并列世界"（LATH，74）。普宁相信存在某个"鬼魂的民主国度"（a democracy of ghosts），这些亡灵组成了各种委员会，安排着活人的命运（PN，136）。小说中多次出现的松鼠其实是普宁死去的未婚妻米拉·贝乐钦（Mira Belochin）的灵魂转世，它总在普宁人生中的关键时刻出现①。塞巴斯蒂安·奈特的生活与现实世界无法合拍，他感到异常孤单，仿佛迈着虚无缥缈的步伐，穿过鬼魂游荡的草坪与熙熙攘攘的舞会与街道，来到一个充满温暖的空荡荡的地方，在那儿的黑暗中发现了与自己类似的生灵（RLSK，68-69）。他和女友克莱尔在林中漫步，期待着"在枯萎的落叶与旋花属植物丛中邂逅某个精灵"（RLSK，89）。主人公以来自彼岸的生灵的口吻说："彼岸世界或许能够完全有意识地生活在你所挑选的某个灵魂里，或任意多个灵魂里，而他们却对附体的你一无所知。"（RLSK，204-205）同样，在《庶出的标志》里，克鲁格想象中的彼岸世界（hereafter）或许是一个可以自主选择灵魂栖居之所的世界（BS，204）。《透明之物》是第一人称叙述者、作家 R. 的幽灵讲述的故事，是纳博科夫"最灵异的小说"②。R. 可以从另一个世界观察我们的宇宙，为迷茫的人类指引方向："我们［鬼怪们］最多能做的是为我们钟爱的人指明最佳的方向，不致伤害到别人；我们会以一阵轻风，或最轻柔间接的印记给他们以提示。"（TT，92）《眼睛》的叙述者斯莫洛夫（Smurov）在受到情人丈夫的羞辱后自杀，他死后的灵魂用"眼睛"观察着周围人对自己的评价。他认为，在死亡之后人的思想依然活跃，"它能在死后的世界疾驰"

---

① William Woodin Rowe, *Nabokov's Spectral Dimension* (Ann Arbor：Ardis，1981), 62. "Belochka" 在俄语中是"松鼠"的意思。

② Jane Grayson, Arnold McMillin and Priscilla Meyer, eds., *Nabokov's World Vol. 1: The Shape of Nabokov's World* (New York：Palgrave, 2002), 14.

(Eye,30-31,33)。纳博科夫最有名的短篇之一《韦恩姐妹》讲述了叙述者"我"及其同事D与韦恩姐妹辛西娅和西比尔的交往,通篇充斥着死去的韦恩姐妹的亡灵给"我"留下的暗示。故事最后一段每个单词首字母拼在一起是一首藏头诗,内容为韦恩姐妹的灵启:辛西娅留下的冰柱,来自西比尔的停车计时器(Icicles by Cynthia. Meter from me, Sybil.)。而冰柱与计时器是故事开始时"我"看到的景象①。

第三节 纳博科夫与诺斯替主义

彼岸世界的概念是诺斯替主义最核心的概念之一,而纳博科夫的小说显然具有明显的诺斯替主义主题。约翰逊指出,20世纪早期在俄罗斯颇具影响的象征主义其核心观点来自新柏拉图主义与诺斯替主义。尽管纳博科夫不遗余力地声明自己不受任何流派影响,但他在与威尔逊的通信中指出,作为时代的产物他深受时代的影响。纳博科夫不属于象征主义作家,但其诸多美学与哲学观点无疑受到了后者的影响,显然,诺斯替主义是纳博科夫彼岸世界这一重要概念的思想渊源之一②。在《倒退的世界:纳博科夫的几部小说》的第六章里,约翰逊简要分析了作为诺斯替主义者的作家纳博科夫③。托克尔认为,纳博科夫钟爱的神秘主义是一种诺斯替主义的信仰,即我们只能在物质世界管窥生命的片

---

① Vladimir Nabokov, *The Stories of Vladimir Nabokov* (New York: First Vintage International Edition, 1997), 631.
② D. Barton Johnson, *Worlds in Regression: Some Novels of Vladimir Nabokov* (Ann Arbor: Ardis, 1985), 2.
③ Ibid., 185-223.

段并只能在死亡后才能获得超验现实①。谢尔盖·达维多夫(Sergei Davydov)顺带提及了小说《斩首之邀》与诺斯替主义的关联②。贝西娅指出,纳博科夫小说中的正面人物通常都拥有神秘的诺斯(gnosis)③,如《天赋》中的费奥多、《斩首之邀》中的辛辛那提斯、《微暗的火》中的谢德、《庶出的标志》中的克鲁格、《光荣》中的马丁等。在《文学讲稿》中,纳博科夫解释自己对斯蒂文森的《化身博士》的喜爱源于诺斯替主义的信仰,尽管许多批评家都认为他是不入流的作家:"我越来越深刻地体会到,包裹我们的这层看似牢固的肉体不过是摇摇欲坠的无形之物,是迷雾般的透明。"而从《化身博士》中,他找到了"某些可以摆脱这层肉身的力量,它像一阵风掀开了阁楼的窗帘"(LL, 181)。杰基尔博士通过变形摆脱束缚自己肉身的诺斯替色彩的主题,是吸引纳博科夫的关键因素。

"诺斯替主义(Gnosticism)",来源于希腊语 gnostikos(gnostics,即 knower,拥有 gnosis 的人)。而诺斯(gnosis)这个词就是苏格拉底著名的"认识你自己"中的"认识"一词,它是一种神秘的、属灵的救恩知识,有别于实际的理知。因此,在我国学界,除了将其音译为"诺斯"外,公认的意译是"灵知",诺斯替主义即灵知主义④。

---

[1] Leona Toker, *Nabokov: The Mystery of Literary Structure* (Ithaca and London: Cornell University Press, 1989), 4.
[2] D. Barton Johnson, *Worlds in Regression: Some Novels of Vladimir Nabokov* (Ann Arbor: Ardis, 1985), 5.
[3] David M. Bethea, "Style," *The Garland Companion to Vladimir Nabokov*, ed. Vladimir E. Alexandrov (New York & London: Garland Publishing, Inc., 1995), 701.
[4] 汉斯·约纳斯等著,刘小枫选编,张新樟等译:《灵知主义与现代性》,上海:华东师范大学出版社,2005年,《编者前言》,第2页。

诺斯替主义是一种反宇宙论的世界观，即人的宇宙与神的世界之间的对立。它是盛行于公元二三世纪的一种宗教运动。这种宗教教派众多，教义繁芜，融合了东西方宗教的性质，被正统基督教视为异端。其思想的核心特征，是神与世界、世界与人之关系的极端二元论。神是绝对超越于宇宙的异乡者，既不创造也不统治世界，是宇宙世界的他者（the Other；the alien God）和对立面；这位超越的真神的光明世界是自足而遥远的；与此对应，宇宙则是一个黑暗的世界，就像一座巨大的监狱，由低级能量或掌权者（Archons）控制，他们对宇宙的专制性统治被称为"黑玛门尼"（heimarmene，即普遍命运）；而地球则是它最里层的牢房。至高神及其流溢而出的移涌（Aeons）组成神圣的领域——普累若麻（Pleroma，即英文 All，"全部"的意思）；由于最小移涌"索菲亚"（Sophia）的堕落，这个神圣领域发生了危机，神圣的同一瓦解了；其他移涌开始了拯救索菲亚的努力，这就是原型拯救（Archetypal Salvation），它与神圣领域的下降同时进行；下降的结果是造物匠上帝德穆革（Demiurge）的出现，他与其他低级能量的掌权者一起成为宇宙监狱的守卫者。造物匠上帝创造了数目众多的多重世界及其相应的主宰；除了人所居住的地球之外，这个多重世界一般有七重。它们并非来自至高神圣者的创造，而是来自造物匠上帝及其主宰们的拙劣作品，其创造的原则是无知。从而这多重世界并非希腊人所谓的充满和谐与秩序的宇宙，也非基督教上帝所创造的原初美好而后堕落的充满罪恶的世界。在神圣领域与多重世界之间，乃是索菲亚存在的领域。

世界的荒诞、上帝的邪恶、对上帝与暴政的否定、一个光明彼岸世界的存在，这些概念不难在纳博科夫的作品中找到佐证。《眼睛》中的叙述者称，世界是荒谬的，这再明显不过了（Eye，28-29）。作家本人也承认，在一个荒诞的世界里，我们将永远无从知晓生命的起源，或生命的意义，或空间与时间的本质，或自然的本质，或思想的本质（SO，45）。纳博科夫不相信邪恶而专制的造物匠上帝，他笔下的大多数人物都没有宗教信仰，也不信奉上帝。纳博科夫宣称宗教对他从来都没有吸引力（SM，220；SO，47），自己是"无法分割的一元论者"（SO，124），上帝（God）不过是条"好狗"（good dog）（SO，78），没有一位自由人会需要上帝（PF，36，116）。他要感谢的不是上帝，而是地狱（Hades，129）。《绝望》中的主人公赫尔曼说上帝（God）和魔鬼（Devil）的结合是一条"活生生的狗"（live dog，DS，46；SO，78），上帝是不存在的，是陌生人的童话故事，是历史长河中某个流氓想出的主意（DS，101）。普宁"不相信一个专制的上帝"（PN，136）。亨伯特眼里的上帝是"外来的上帝"（a loan God，LO，62）。范感谢的是木头而非上帝（Ada，33），阿达不说看在上帝的份儿上，而说"看在木头的份儿上"（God，Log，Ada，559）。纳博科夫毕生深恶痛绝如同上帝般专制的独裁者与集权制度，他嘲笑法西斯德国与苏俄的政治国家和集权制度，向往思想的自由，"我一生本能地厌恶思想的压制"（SO，64）。作家创作《庶出的标志》与《斩首之邀》这两部小说的目的之一就是嘲弄法西斯德国与苏俄集权政治（SO，156）。克鲁格与辛辛那提斯都是暴君制度的受害者与反抗者，他们生活在独裁统治的世界里，仿佛黑暗世界里的透明物体，渴求着灵魂的自由。事实上，对集权的厌恶与鄙弃散布在纳博科夫所有的小说里。"尽管我不属于任何政治派别，但我一如既往地厌恶和鄙视独裁统治、政治国家以及一切形式的压迫。"（SO，47）

人的异在于这个世界和借着诺斯而得拯救，是诺斯替主义的人类学终极主题。居住在宇宙中的人分别由肉体（flesh）、魂（soul）与灵（spirit）组成。人的肉体不可救药，由魂赋予其生气;而魂来自宇宙星层中的各个层面,肉与魂均成为宇宙的一部分,臣服于黑玛门尼。包围在魂中的是灵,即"普纽玛"(pneuma)或"火花"(spark)。这是由超越的神界降落并散布于世界上的神圣火花和光明种子。造物匠上帝造人的目的就是要把人的灵禁锢在肉与魂中。如同大宇宙受多重世界的包围那样,人的小宇宙中的灵也由宇宙中的层层衣袍包裹,处于肉与魂之中,对自己没有意识,是一种"无知"的状态。他的解放只有通过获得来自神圣上界的光明使者唤醒内在的属灵"知识"(即诺斯)才能实现。来自光明世界的使者冲破黑暗世界的重重阻隔,瞒过造物匠上帝和众掌权者,把人的灵从麻痹无知的状态中唤醒,将来自彼岸的拯救知识传授给他。而灵则借着这种知识,将禁锢着自己的肉与魂的衣袍一层层扔掉,逐渐上升,最后与神圣的质料合而为一。随着灵(普纽玛,或火花)收集过程的完成,这个世界将由于失去光明的元素而慢慢走向终结。因此,人的拯救不仅仅涉及属灵人自身的拯救,而且还包括对整个宇宙系统的超越和消解,从而达到回归神圣彼岸的整体性的目的,即人通过"谋杀上帝,以便自己拯救自己"[①],从而达到拯救世界的最终目的。属灵的人才是真正的人。通过唤醒内在的"诺斯",他们认识了这个世界、认识了自己、认识了真正的超越的神,从而在死后不断进行着灵的攀升,逐渐摆脱宇宙命运和规律(这是造物匠上帝及其主宰们借以统治宇宙的方式)的束缚和羁绊,获得最后的解放,回到真正的故乡[②]。

诺斯替主义中人的异在于世界及人类凭借灵知实现灵魂的跃

[①] 汉斯·约纳斯等著,刘小枫选编,张新樟等译:《灵知主义与现代性》,上海:华东师范大学出版社,2005年,《编者前言》,第2页。
[②] 同上,第43页。

升与拯救的思想，显而易见是纳博科夫小说中一个常见的主题，而约纳斯在《诺斯替宗教》里谈到的诺斯替主义人类学的主题与意象，如流放、死亡、囚禁、麻木、昏睡、沉醉、孤苦、恐惧、思乡、异乡人、彼岸世界、旅途、光明与黑暗等，则在纳博科夫的小说中有着具体的表现。纳博科夫本人一生都过着流亡的生活，对于异乡的孤独有着深入骨髓的体悟。在苏俄革命取得胜利后，他逃离了俄罗斯，在法西斯德国甚嚣尘上之时，他逃离了柏林，在德国占领法国之前，他逃离了欧洲，来到了真正意义上的思想自由的第二故乡美国（SO, 10）。他对故乡俄罗斯及其语言的眷恋深深镌刻在自己的作品中。即使在后期生活稳定下来后他也不愿定居于某处，因为逝去的俄罗斯已无法复制（SO, 13, 27），而儿时的记忆是他脑海中长存的最炽热的爱（SO, 13）。从俄语完全转向英语写作则是"异常的痛苦"，就像爆炸中失去七八个手指后重新开始学习抓握（SO, 54）。自传《说吧，记忆》探讨的是纳博科夫一直关注的主题，即面对死亡与流放生涯时，如何寻求思想的解放与灵魂的不朽。这些无疑有着诺斯替主义的色彩与影子。囚笼与监狱的意象是纳博科夫小说中最为常见的场景之一。《说吧，记忆》中纳博科夫将人生比喻为没有出口的囚笼，被生死两端的黑暗所限定（SM, 14）。《斩首之邀》中的辛辛那提斯的活动场所是建在悬崖边的圆形城堡式监狱。《庶出的标志》中的克鲁格，因为与暴君社会的异见而被独裁者帕杜卡投入监狱。《洛丽塔》中的亨伯特在监狱里写成了小说《洛丽塔》并最终死在监狱里。《天赋》里的车尔尼雪夫斯基则在流放的途中死于监狱。《微暗的火》中沃兹密斯学院的教室与办公室位于"监狱般"的谢德楼里（PF, 92）。这些小说中的许多人物与周遭的环境和社会格格不入，如同来自异乡。辛辛那提斯与克鲁格只是其中最明显的两个例子。在《塞巴斯蒂安·奈特的真实生活》里，主人公意识到自己在此世界的孤独，"他内心的律动远比别的灵魂丰富"，他的思想与情感比周遭的人至少多一个维度，就像玻璃中的水晶，邪恶的圆圈中的球体（RLSK, 66）。在他看来，人类生活的世界就像是监狱的行刑室，从不让囚徒安稳入睡。大多数人在世上浑浑噩噩地生活着，就像生活在梦里。然而奈特保持着异常的清醒，忙碌地进行着灵魂的探索（RLSK, 67）。与辛辛那提斯和克鲁格一样，他的生活与晦暗的现实世界无法合拍，他感到异常孤单，仿佛黑暗之中的透明物，只有在彼岸自由世界才能找到自己的同类（RLSK, 68-69）。孤独、恐惧、沉睡、梦、旅行、死亡与幽灵般的意象在《洛丽塔》《阿达》《微暗的火》《天赋》《普宁》《眼睛》《透明之物》《斩首之邀》《庶出的标志》以及自传《说吧，记忆》等作品中一次次反复出现。亨伯特、谢德、范·韦恩试图借助艺术实现死后自己对尘世的超越，费奥多设想父亲死后的灵魂给自己以启迪，斯莫洛夫、珀森、辛辛那提斯与克鲁格借着死亡抵达更美好的彼岸世界。《天赋》中车尔尼雪夫斯基临死前灵魂得到了解脱："对于我们喜欢居家的感官而言，随着肉体的解体导致的将来对周围环境的理解，最容易联想到的形象就是灵魂从肉体的眼眶中解放出来，我们变成了一只完全自由的眼睛。"（GF, 322）克鲁格想象着人类死亡后将面对的是"一种慢节奏的芭蕾，它们像用粉笔画出的透明滴虫波浪般舞动的线条欢迎你的到来"（BS, 183），死亡不过是"风格的问题"（BS, 211），在灵知的感召下，人类的死亡最终可以获得永恒（BS, 210）。普宁说：

> 我不知道以前是否有人注意到生命的主要特点之一就是支离破碎。如果没有一层肉体的包裹，我们都会死。只有将他与周围的环境分开，人类才存在。头颅是空间旅行者的头盔。待在里面吧，否则你就灭亡。死亡

是褫夺，是圣祭与大地融为一体，也许很美妙，那却是
纤弱自我的终结。

（PN, 20）

《劳拉的原型》中怀尔德憎恨包裹自己的肉身，他要进行一项前所未有的实验，用意志（will）与思想的入定（trance）来体验自我毁灭后的无比愉悦。他尝试在思想的迷醉中从脚趾头开始抹除肉体的存在，将自我消除的死亡看作人类最大的惊喜与艺术的创造，充满了甜蜜与狂喜（Laura, 127, 139, 145, 149, 171, 213, 215, passim）。而在另一个世界（another world, Laura, 189）则会有至高的灵（supreme spirit）、极乐世界（Nirvana）、神圣的本质（divine essence）、至高之神（supreme god, Laura, 215）在恭候他。《光荣》中的马丁热爱旅行，总渴望在旅途上，旅行从未让他觉得疲惫，只会带来极度的兴奋（GL, 50）；他在人群里总感到无比的孤独，周围的人不了解他，不知道他从哪里来，在想什么（GL, 49）。来自彼岸的信息与灵知只有那些受到启示的灵魂才能体悟。《透明之物》中珀森对灵知的存在深信不疑：

我们意识到它存在于木头中，就像我们意识到木头存在于树中，树存在于森林中，而森林是杰克所建立的世界的一部分一样。我们通过某种熟知却叫不上名字的中介意识到它的存在。

（TT, 7-8）

《庶出的标志》的主人公克鲁格认为："死亡要么是在瞬间获得了完美的知识（类似构成圆形地牢的石头与常春藤瞬间解体，从前囚犯只能满足于地牢的两个微小开口在视觉上合而为一，而现在由于没了围墙，他可以观察整个环形的景致）或彻底失去了一切，无名之辈 *nichto*。"（BS, 153）人类在意识延伸最

远端的想象，在接近疯狂、极乐、无比的孤独等极端情形下，或许可以体会从彼岸世界传递来的属灵信息。《微暗的火》中谢德在自己的长诗里认为人生是高于人类世界的生命所安排的"有机联系的图案"，这些生命是谁并不重要，他们没有向我们传递声音和亮光，但却高高在上地暗中操纵着人类的命运（PF，63）。他们是命运的建筑师，也是命运的艺术设计师（PF，261）。小说充满了诗人对死亡与彼岸世界的思考，而莫德姑妈与海丝尔的幽灵则使其诗行、人生与身边的事物弥漫着灵异的氛围。《天赋》结尾处费奥多认为他与济娜的命运冥冥中被一个来自更高世界的生灵所安排。正是父亲死后的灵魂从另一个世界指引他找到了自己的真爱济娜与俄罗斯文学之路（GF，374-378）。在雨后的彩虹中，他看到了父亲在天堂的影子（GF，89）。纳博科夫笔下这些众多天赋异禀的、不属于此世界的异乡人主人公们凭借着通过艺术①或肉体的死亡所获得的灵知，最终实现了对尘世的超越，回归了灵魂自由的彼岸故乡。

第四节　《斩首之邀》中的诺斯替主义

小说《斩首之邀》完成于1934年，并于1935至1936年以V. 西林的笔名在巴黎的俄罗斯移民杂志《当代纪事》上连载，1938年由同一城市的书籍之家出版社出版。1959年出版了由纳博科夫本人与儿子合译的英文版，是纳博科夫小说中第一部被译为英文的作品②。小说标题可能受到韦伯（Carl Maria von Weber）

---

① 纳博科夫笔下许多人物都是艺术家或学者：亨伯特、谢德、阿达、辛辛那提斯、费奥多、普宁、克鲁格、奈特等。
② Alfred Appel, Jr., *Nabokov's Dark Cinema* (New York: Oxford University Press, 1974), 185.

的音乐回旋曲《共舞》 (*Invitation to the Waltz*) 和波德莱尔 (Charles Baudelaire) 的《遨游》(*L'invitation au voyage*, *Invitation to the Voyage*) 的影响①。

《斩首之邀》是纳博科夫众多作品中最令人着迷和困惑的一部小说,也是引起批评家们广泛关注的一部小说。早期的评论家往往将该小说与卡夫卡的《审判》和《城堡》进行风格上的比较;或者认为它具有与乔治·奥威尔的《动物庄园》和扎米亚京的《我们》类似的反乌托邦主题②。稍后一些的学者则集中于讨论其中的反极权主义思想③。另外,不少学者也从该书所具有的元小说特征、书中的意象与讽喻、小说的艺术结构、它与文学传统迥异的先锋派意识等众多角度出发对其进行全方位的探讨。可以毫不夸张地说,在纳博科夫所有小说中,被阐释与评论最多的还是他的《斩首之邀》④。

对于批评家们的众说纷纭,纳博科夫以他惯有的幽默在小说的前言里写道,尽管人们充满热情地将他与各种各样的作家进行

---

① Alfred Appel, *Jr*., *Nabokov's Dark Cinema* (New York: Oxford University Press, 1974), 176.
② 反乌托邦 (Dystopia) 又称"敌托邦"或"废托邦"。它是文学,尤其是科幻作品中的一种体裁与流派。它形成和发展于 20 世纪。反乌托邦主义反映的是反面的理想社会。在这种社会中,物质文明泛滥并高于精神文明,理性超越了客观规律,人们把空想作为现实目标执着追求,而忽视人类个体本应是最终的关怀对象,从而导致某种非理性的"疯狂"。
③ Dick Penner, "*Invitation to a Beheading*: Nabokov's Absurdist Initiation," *Critique*, Vol. 20 Iss. 3 (1979) 27. 纳博科夫本人承认了《斩首之邀》与《城堡》的相似 (SO, 80),以及该书的反乌托邦精神 (SO, 66) 和戏仿主题 (SO, 76)。
④ Timothy Langen, "The Ins and Outs of *Invitation to a Beheading*," *Nabokov Studies*, Vol. 8 (2004), 59 – 70.

比较，在创作《斩首之邀》时，对他产生过影响的唯一作家，"就是那位忧郁、夸张、智慧、诙谐、神秘、非常可爱的皮埃尔·德拉朗德（Pierre Delalande），不过这个名字是我杜撰出来的"[1]。他以这种极端的警告方式，来与批评家们进行猫捉老鼠的游戏。尽管如此，批评家对这部小说还是热情不减。在20世纪末，出了两本颇具影响的研究《斩首之邀》的论文集和专著[2]。纳博科夫本人对该书同样非常重视，他曾在1966年的一次访谈中说道，在自己所有的小说中，他最喜欢的是《洛丽塔》，而最看重的却是《斩首之邀》（SO, 92）。他补充道，尽管自己的创作像蜗牛背着房子爬行那样缓慢，但《斩首之邀》的初稿却是例外，它是自己在"极度兴奋和灵感的持续迸发"状态下花两周时间写就的（SO, 68），是作家最具梦幻气质、最有诗意的小说，而主人公辛辛那提斯，则直接被作家称誉为"诗人"（SO, 76）。它是"虚无中的小提琴"（violin in a void, LO, xxiii）。可以这么说，《斩首之邀》是纳博科夫众多小说中一颗璀璨的明珠，它具有卡夫卡式的风格和马尔克斯的丰富想象，有着让人在无助与绝望中哑然失笑的幽默笔调，有精致的结构与精心设计的语言，也有对极权社会的无情嘲讽和对人生意义与自由的强烈追求。

然而，对于这样一部重要的作品，我国学界似乎对它没有引

---

[1] 有意思的是，这一杜撰的作家也出现在小说《天赋》里（GF, 321-322）。

[2] 论文集为Julian W. Connolly, ed., *Nabokov's* Invitation to a Beheading: *A Critical Companion* (Illinois: Northwestern University Press, 1998)，专著为Gavriel Shapiro, *Delicate Markers: Subtexts in Vladimir Nabokov's* Invitation to a Beheading (New York: Peter Lang Publishing, Inc., 1998)。

起足够的重视。尽管目前我们已经有了两种该小说的译本①,但笔者搜索了学术期刊网,发现绝大多数文章都集中于讨论《洛丽塔》,而对《斩首之邀》,则只有寥寥可数的几篇介绍性文字,且均发表在不太知名的刊物上。正因为如此,本节将试图结合所了解的西方研究《斩首之邀》的动态,从世界观、人类学与象征性语言的使用三方面探讨该小说中的诺斯替主义主题。

一、诺斯替主义的世界观

《斩首之邀》一书中的诺斯替主义主题是显而易见的②。亚历山大洛夫指出,《斩首之邀》表现的是类诺斯替(quasi-Gnostic)的双重世界的对立③,即它表达了诺斯替主义反宇宙论的世界观:人被扔进一个充满敌意的世界中,它就像一座监狱,由邪恶的暴君德穆革和其掌权者们层层控制。

小说的情节极为简单:主人公辛辛那提斯因为犯了"属诺斯替教的堕落行为"(gnostic turpitude, 55)这一弥天大罪而被判斩首。故事一开始,作者交代了在法庭上向辛辛那提斯宣读死刑判决的情景,之后他被押入一座要塞的监狱里等待行刑日的到

---

① 一本为崔洪国、蒋立珠译的《纳博科夫全集(二):斩首的邀请》,长春:时代文艺出版社,1999年。另一本为陈安全译的《斩首之邀》,上海:上海译文出版社,2006年。本节中出现的页码未特别标注的地方均引自后者。

② 关于这一点,学者们如 Julian Moynahan, Sergei Davydov, D. Barton Johnson, Ludmila A. Foster 等有过较为简单的分析。参见 J. Lamar Howard, *Heretical Reading: Freedom as Question and Process in Postmodern American Novel and Technological Pedagogy* (Austin: The University of Texas, 2005), 32。

③ Vladimir E. Alexandrov, "The Otherworld," *The Garland Companion to Vladimir Nabokov*, ed., Vladimir E. Alexandrov (New York & London: Garland Publishing, Inc., 1995), 570.

来，最后几页则是他被斩首的经过。全书20章，前18章每章讲述主人公在监狱中被囚禁的一天的生活，而第19天的斩首则用两章讲述。

刽子手皮埃尔是要塞的实际主宰和邪恶世界的暴君，他手下的监狱看守（狱长罗得里格、狱卒罗迪恩、律师罗曼）担负着阻止辛辛那提斯逃跑的任务。他们读音相似的名字和共同的阴谋，使他们显得更加缺乏人性，成为皮埃尔阴谋游戏里理想的木偶。辛辛那提斯的妻子马思、母亲塞西莉亚和狱长的小女儿埃米则先后抛弃了他。在辛辛那提斯眼里，这个世界是一个"可怕"而"醉醺醺的"（73），由一群"幽灵、豺狼、拙劣的仿品"构成的"疯狂的机构"（23，26），是"蹩脚的工匠之作"（73），关注的只是"无生命的东西"（62），到处充满了虚伪、邪恶、灾难、恐怖、疯狂和错误（53，73）。辛辛那提斯因为一个莫名其妙的罪名被捕，关进一个只有一位囚犯的要塞里痛苦地等待斩首之日的来临；在等待的19天里，他目睹了身边发生的一出出滑稽表演。刚被关进狱室里，狱卒罗迪恩就进来请他共跳一曲华尔兹；走廊处站着的卫兵戴着狗一样的面具；狱长的使命是在他逗留的十多天里，尽可能为他提供舒适的服务；律师罗曼因为丢了一件宝贵的东西，即袖子上的一粒纽扣而惶惶不安，他所代表的法律只是个荒诞的幌子；妻子是个荡妇，生下的儿女不知是谁的种，她靠出卖色相进监狱探视他，要求他不要把自己牵扯进所谓的罪行里；母亲生了他，却连自己也不知道孩子的父亲到底是谁；小埃米以性和婚姻来引诱他，她帮助他逃离监狱的行动只是将他引入了监狱长的家；市政官员们以盛大的灯火仪式庆祝他行将被斩首；而公众们则怀着对刽子手的崇拜和观看一场盛大表演的狂热期待斩首之日的来临。在这出疯狂的演出里，皮埃尔是邪恶的德穆革，他是主人公眼里的"玩偶专家"（92）、"跳梁小丑"（93）、"马戏团团长"（94）、"斗牛犬"（95）。辛辛那提斯关进监狱不久，他就以狱友的伪装试图接近他，为他进行各种滑稽的小丑表演，与他下棋，跟他聊性与快感；为了给他虚假的逃跑幻想，又和狱长一起策划挖地道，通向辛辛那提斯的狱室。在市政官员、狱守和公众看来，皮埃尔是一出斩首剧完美演出中的主角与大师（175），是他们的偶像（180），他不辞辛劳与囚犯建立所谓友好的、可以相互信赖的关系，因而受到所有人的顶礼膜拜，他的职业和举止被笼罩了一层神秘的光环。皮埃尔及其手下的狱守以及辛辛那提斯身边的亲人和朋友，共同组成了一个多重的邪恶世界，将他吞噬、淹没；他们的共同任务是阻止辛辛那提斯获得如何逃离现世的知识，并用虚假的友好与逃跑的幻想来欺骗和折磨他，让他无法知道自己确切的行刑日，在漫长而痛苦的等待中绝望，从而顺从于他们既定的道德的、律法的、物质的有序世界。

二、诺斯替主义的人类学

人的异在于这个世界和借着诺斯而得拯救是诺斯替主义的人类学主题。《斩首之邀》讲述的正是主人公辛辛那提斯反抗尘世的禁锢，抛弃肉与魂的重重枷锁，寻求灵的自由的过程，这一过程体现的是诺斯替主义中常见的现世与神界的二元对立。

以皮埃尔为代表的掌权者们，运用自己的权力，将拥有诺斯的辛辛那提斯从精神和肉体上层层禁锢起来。在肉体上，他们限制他的人身自由，将他囚禁在一个矗立于陡峭悬崖边的要塞里，并断绝了他企图逃跑的一切可能。他们口口声声为他提供法律、道德与秩序世界所能允许的一切福利，让他衣食无忧；然而，他们眼里的辛辛那提斯只不过是与监狱里的蜘蛛、桌椅、床一样没有生命的东西。第七天，当狱长罗得里格来到狱室时，他"只关注无生命的东西是否干净整齐,有生命的东西则任其自行设法应对"(62)。狱卒罗迪恩每天来为他送饭和打扫房间时,从不关心他是否存在,唯一关心的是喂饱囚室里的蜘蛛。皮埃尔先生对"灵魂"一词极为厌恶,他向辛辛那提斯鼓吹的艺术快感与精神享受,只不过是一种身体的自然物理反应而已。他们认为,一位被判死刑的囚犯只要物质上得到了满足,精神的需求可以忽略不计。一旦辛辛那提斯向他们打听行刑的具体日期,他们总是顾左右而言他,以此增加他的精神痛苦。他们以乔装的友谊、脆弱的爱情、伪善的母子亲情、性欲与快感的诱惑和帮助其逃跑的虚假承诺,让他承受一个又一个的打击。也正是在不断的肉体与精神折磨中,属灵的辛辛那提斯认识到了这个世界的虚假与荒诞,借着来自光明使者的启示,开始了抛弃肉与魂的重重束缚,向灵的彼岸攀升的过程。

综观全书,细心的读者不难发现,在所有人物中,代表着知识的图书管理员被作者赋予了某种神界光明使者的身份。他给辛辛那提斯送来了书,帮助他在孤独与痛苦中思考,找到些许慰藉。他是唯一当面揭穿皮埃尔谎言的人:皮埃尔先生为了取乐辛辛那提斯,玩起了拙劣的扑克游戏;当他抽出一张牌问罗得里格它是否就是后者脑海里所想的那张时,罗得里格违心而讨好地说是,而图书管理员则面无表情地说"不对"(68)。他的身上,除了书尘,还"附着一层超然的人性"(151),从某种程度上讲,"只裹着一层人皮"(152)。

借着光明使者的唤醒,辛辛那提斯最终意识到:

> 一切都欺骗了我——所有的表演,所有的哀怜——一位轻浮少女的各种承诺,一位母亲的眼泪,墙上的敲击声,一位邻囚的友情,最后还有那些像致命皮疹一样爆发出来的群山。一切在尘埃落定的过程中全都欺骗了

我，一切。这就是今生的终结，我真不该在它的界限之内寻求救助。我会去寻求救助的确是件怪事。……

(177)

于是，在行刑日到来的时候，他毫不畏惧地，像一位冷眼旁观者那样慷慨赴死。他的头被砍下了，而他的灵则在头颅被砍下的一刻走开去，"在浮尘之中，在飘动的景色中，辛辛那提斯正朝着一个方向走去，根据声音判断，那里有他的亲人"（194）。他的灵终于抛弃了尘世，一步步挣脱了肉与魂的重重束缚，朝着有他真正亲人的光明神攀升，与他融为一体。而与此同时，当我们回头再看小说的时候，发现以皮埃尔为代表的世界却已经先后解体：蜘蛛不过是个玩具（182），囚室里的桌椅断了，天花板的泥灰往下掉，墙开始裂缝，所有的地面都在塌陷（182－183），要塞显出破落之相，远远望去杂乱无章，仿佛什么东西松了，悬在半空（188），马思家的墙皮与屋顶开始剥落（189），街上的军官雕像仅剩下齐臀的两条腿（190），太阳出了毛病，天空在晃动（191），看客们变得透明而模糊，全都不断汹涌四散（194）。在辛辛那提斯头脑里上演的这个世界的假面舞会（186）在觉醒的那一刻，全都消失解体了。这一切，不正如约纳斯在《诺斯替宗教》一书中所说：灵一旦掌握了关于道路的知识（即灵离开世界的途径），便会在人死后把肉与魂的层层衣袍一件件抛弃，剥光所有外在的累赘，与超越的神结合在一起[①]。

[①] 汉斯·约纳斯著，张新樟译：《诺斯替宗教》，上海：上海三联书店，2006年，第37－41，43页。

三、诺斯替主义的象征

诺斯替主义的象征,如异乡人,彼岸世界,死亡,光明与黑暗,堕落、下沉、囚禁,麻木、昏睡、沉醉,孤苦、恐惧、思乡都在小说中有具体的体现。

小说中的主人公辛辛那提斯无疑是异于这个世界的。他是"灵魂彼此透明"世界里的"不透明的物体",就像一个孤零零的黑色障碍物,别人的目光看不透他(11)。他的一举一动与周围的世界格格不入。就因为他的与众不同,他的"难以探测"、"不透明"和"闭塞"(55),不像普通人那样接受既定的道德律法,才会被控以一种罕见的"属诺斯替教的堕落行为"之罪行,入狱等死。属灵的辛辛那提斯是来自光明世界的,不属于这儿。他是外来者,是不熟悉、不可理解的;而这个世界对作为异乡人的他来说,同样也是不可理喻的。在这里,他找不到亲情、友情、爱情,经历的是一次又一次的被骗。他就像一位远离家乡的游子,生活在这个充满危险的陌生世界里,孤苦、恐惧、思乡成了他命运的一部分。于是,他在心中不断呼喊"痛苦至极!辛辛那提斯,痛苦至极!纯粹的痛苦"(34),在给马思的信里他写道,"我过的是一种极其痛苦的生活"(72)。令人羞愧而无济于事的恐惧时刻笼罩着他(182)。然而,他的痛苦与恐惧,却无法寄望于别人的分担,无论是马思、埃米还是塞西莉亚都无法理解他的处境。在这个广袤而沉默的世界里,他是那么的无足轻重,而世界对他的渴求从来都漠不关心。人世间每天上演着各种荒诞剧,作为个人的辛辛那提斯在其中的命运根本就没人过问,这构成了他在此世界中极度的孤独感。思念回归神圣的故乡成了辛辛那提斯唯一的精神寄托。

小说从头到尾都是在一种单调的节奏里进行的。每天以白天开始,以黑夜结束。在一个个白昼与黑夜的交替中,辛辛那提斯生活的全部内容就是昏睡与等待死亡。他游离在现实、梦境与睡眠之间,"在我的梦中,世界活起来了,变得极为迷人地崇高、自由和微妙,以后再吸入这种虚伪生活的灰尘会觉得无法忍受……梦其实是一种半现实"。而真实生活是一种"半睡眠"的"邪恶的昏昏欲睡"(73)状态。他有着噩梦般的经历,周围的世界似乎在复制着他的梦境:死胡同般的监狱要塞,陷阱式的门廊,解体的房间,一个个消失的物体,莫名其妙的人物,模糊不清的儿时记忆,先后上演的一出出假面舞会。在日复一日的昏睡与噩梦中,辛辛那提斯渴望着灵的醒来,但又意识到,没有外界的帮助,这一理想是不可能实现的:

> 把我包围起来的是某种讨厌的幽灵,而不是人。它们千方百计地折磨我……从理论上讲,人希望醒来。但是没有外界的帮助,我无法醒过来,然而我又很害怕这种帮助。我的灵魂已经变懒了,而且已经习惯了裹得很紧的衣服。
>
> (23)

他的灵被这个世界与自己的肉与魂层层包裹,因为习惯而变得麻木了,沉沉地昏睡着,唯有来自光明世界的使者才能将其从沉睡中唤醒。

在小说中,作者还有意识地安排了各种隐喻式的表达。要塞里的多面体走廊、八位主要的人物都在暗示着锁住人灵魂的八重世界。主人公看上去模棱两可的双重存在仿佛在提醒读者注意肉体与灵魂的二元对立。如在第166页他写道:"辛辛那提斯站起来,开始奔跑,一头往墙上撞去——但是真正的辛辛那提斯仍旧坐在桌旁……"小说结尾处主人公被砍头时,竟然分裂成两个,肉体的辛辛那提斯赴死了，而灵魂的辛辛那提斯却怡然走开。刽子手皮埃尔则是诺斯替主义里完美的暴君德穆革形象。为了让辛辛那提斯沉沦在监狱般的现世里，一开始他以一副慈祥而善解人意的面孔出现，与他交朋友，为他解闷，诱使他吐露自己的心事；为了阻止辛辛那提斯的灵获得觉醒，他又试图以性与快感来迷惑他。在公众眼里，他有着神圣不可侵犯的权力，完美得如同圣经里的上帝。而这，却是诺斯替主义者加以鞭挞的对象。对此，纳博科夫在小说的扉页上就已经提醒过我们，他引述了自己臆造的作家德拉朗德《关于影子的演讲》中的两句话："就像一个疯子自以为是上帝一样，我们每个人都认为自己是会死的。"小说中那个自以为是上帝的疯子无疑是皮埃尔；而我们每个人都会死，但像辛辛那提斯一样，只要我们不沉睡在这个昏暗的世界里，一旦灵被唤醒，我们将会超越自己的肉体和邪恶的上帝。

尽管纳博科夫在小说中仅有一次提到"诺斯替"一词，但从小说开始到结束，他一直没有忘记为读者提供诺斯替主义解读的线索。普通读者也许会觉得小说压抑、晦涩、枯燥乏味，但如果我们抓住了诺斯替主义主题这一主线，便会猛然觉得作者在这部并不算长的小说里那奇特巧妙的构思、意蕴丰富的语言、举止怪异的人物是多么令人着迷。他清晰地向我们勾勒出了一幅世界与人、肉体与灵魂对立的画面。黑暗而虚伪的世界在以皮埃尔为代表的掌权者们控制下，将以辛辛那提斯为代表的人从肉体与精神上禁锢在一个孤独的监狱里。而人凭借来自神界使者的帮助，唤醒了内在的属灵知识，回归自己更美好的光明世界。虽然这种斗争具有某种超验主义的味道，但它却在另一个层面上反映了人类在黑暗的世界里反抗正统与极权，追求精神自由的积极努力。

结束语

　　纳博科夫这位20世纪最后一位最多才多艺的传奇作家早已在美国经典作家之列牢牢占有一席之地，而其作品如同永远发掘不尽的宝藏，吸引着一批批读者与批评家前赴后继乐此不疲地前往探寻。近一个世纪的纳博科夫研究见证了其无穷的魅力与诱人的前景，不断壮大的研究队伍与持续拓展的广博领域昭示了纳氏研究的巨大生命力。今天，在美国的各大高校与研究机构，在欧洲的英、德、法、俄、瑞士，在东亚的日本与韩国，在伊朗的德黑兰，纳博科夫的拥趸不计其数，一波又一波纳博科夫热潮形成了一道道蔚为壮观的风景。与此趋势相适应，纳博科夫研究在我国学术界也日益受到重视，但与国际上纳博科夫受追捧的火热程度比较，尚处于初步发展阶段。

　　纳博科夫是一位有着众多面孔的谜一般的作家。他学识渊博，兴趣广泛，既是天才的艺术家，又是声名卓著的科学家。他的文学实践跨越了国家与语言的界限。在20世纪以来的经典作家之中，他是极为少见的能同时用英、俄、法三种语言进行文学创作的天才。他的爱好与兴趣跨越了艺术与科学，涵盖了蝴蝶研究、文学创作与翻译、国际象棋、绘画、电影、网球、足球、音乐甚至拳击。在文学创作上，纳博科夫有着深厚的欧洲与美国文化的底蕴，柏拉图主义、诺斯替主义、浪漫主义、俄国象征主义、形式主义、现代主义、后现代主义、消费主义与媚俗文化，都可以在其作品中找到注脚。他带着一位天才人物身上特有的傲气，高高在上、冷嘲热讽，无所顾忌地评论名家、揶揄俗人、捉弄读者与评论家。然而在孤傲倔强的纳博科夫之后，还有另一个坚韧、睿智、幽默的纳博科夫。一次次背井离乡与死亡的威胁，亲人的离世，家国的丧失，从衣食无忧的贵族生活到颠沛流离、居无定所的流亡生涯的巨大落差，作家坎坷曲折的传奇人生与姗姗来迟的声名，这些非但没有消磨他的信念与意志，反而让他更为坚强、诙谐而圆熟。他带着对生活最炽热的爱，用艺术的美与科学的真拥抱世界。纳博科夫的作品构思精巧严密，结构雕琢考究，文体华美优雅，字字如珠玑美玉，将语言的音、形、意之美传达至极致，无怪乎不少人错以为他是遁入艺术与美学世界，在个体构建的小世界里自娱自乐的唯我主义者。然而在其令人眼花缭乱的形式实验背后，明眼人毫不费力就能发现作者对时间、空间、意识、艺术、人生、死亡等重大命题的深邃而系统的哲思。可以毫不夸张地说，纳博科夫本身就是一个谜，你永远只能说他不是什么，或者说他同时是什么，却无法将其简单地归入某个类别、某个团体或某个流派。李小均在其博士论文里指出，西方对纳博科夫的研究聚焦在三个问题上：作为俄罗斯作家的纳博科夫对作为美国作家的纳博科夫；作为现代主义者的纳博科夫对作为后现代主义者的纳博科夫；作为审美主义者的纳博科夫对作为道德形而上学的纳博科夫[1]。尽管这一结论在今天看来已经远不能覆盖西方纳博科夫研究的全貌，但它从一个侧面反映了评论界对纳博科夫这位同时拥有众多面孔的谜一般天才作家的痴迷与纠结

---

[1] 李小均：《纳博科夫研究——那双眼睛，那个微笑》，上海：复旦大学，2005年，第15页。

态度。

在这样的背景下回归本书的选题与思路或许更能形容笔者面对这样一位作家时的忐忑与不安。抛开个人的喜爱与崇拜不谈，阅读纳博科夫那一部部艰深晦涩的小说杰作与浩如烟海的批评文献与书籍所带来的困难与挑战，在即便行文几近尾声时让人回想起来仍不寒而栗。笔者坦承，以今天大多数人的才情与智商，要达到纳氏的人生高度几乎是难以实现的梦想。他的人生、他的文本、他的思想，超越了国界，超越了时代，让大多数人徒望其项背。因此，文中的瑕疵与不足，折射的只能是笔者的浅陋无知，无关乎高高在上的纳博科夫。他的小说犹如取之不尽的艺术宝库，为探宝人提供了难以穷尽的欢愉。他拒绝单一与归纳，又为分析其作品带来了挑战与无奈。

20世纪末以来学术界刮起的空间转向之风，已为分析文学作品提供了另一种有力的武器：空间叙事理论。这是一门开放的显学，与纳博科夫的多样化的艺术实践之路契合。更为有意思的是，纳博科夫小说形式上的空间实践，他对时间的空间化认知以及对世界多维性的思考，均表明空间是纳博科夫小说中举足轻重的论题。随着时代的发展，空间叙事理论愈显生机无限。如今从跨媒体、跨艺术的视角研讨书写的叙事文学渐渐形成声势浩大的潮流，其中一个重要的分支是考察传统上作为空间的视觉艺术表现在作为时间的叙事文学中的表现，即"视觉表现之书写表现"的视觉书写。纳博科夫是一位有意识地自觉实践视觉书写的作家，其每部作品中都有电影与绘画的因素。电影与绘画被作家嵌在小说里，水乳交融，使其作品宛如用画笔或图片书写的文字。毋庸置疑，纳博科夫是一位空间艺术大师，他用空间的方式书写着空间的主题，空间化的时间、视觉书写、空间形式与空间的主题，是其作品中显而易见的特征与命题。在空间叙事理论的视阈中，重新审视纳博科夫的小说，即为本书所采用的基本思路与方法。

纳博科夫对时间的反思是深邃而系统的，他的小说植根于线性时间不过是幻觉的基础之上。作家不相信时间的流逝，试图重新建构时间与空间的关系。在客观时间与主观意识之间，他选择了后者。在意识观照之下，他颠覆了宇宙大过个体的普遍认识，借助艺术家的记忆与想象，在时间长河中驻留了永恒的个人瞬间。对纳博科夫而言，记忆是艺术加工的过程，它在瞬息万变、纷繁复杂的充足而富裕人生图景中，攫取那些不变的瞬间意象，将它们编织在五彩缤纷的魔毯上。过去、现在、未来的线性因果关系，因为记忆与想象的介入被彻底颠覆了，现在不复恒定而客观地存在，它在记忆中随时变成过去，而未来则只是等待意识选择加工的庞大素材。在过去、现在、未来的时间螺旋运动中，永远凝固在意识之域的是那"玻璃小球中的彩色螺旋"。个体意识超越了客观时间，成为对抗流逝与生死的艺术武器。将意识放大来认识世界，为人类揭示的将是世界的丰富与多元。在意识的彩色螺旋运动中，纳博科夫认识到，没有意识的时间是低等动物的世界，有意识的时间是人类的世界，而没有时间的意识则属于更高的彼岸。换言之，在人类世界之外，尚有更高与更低的别的世界存在，人类不过是"世界中的世界中的世界"。然而在此模式中，由于意识总伴生于时间之牢，人生的意义或在于"向彼而生"，彼岸自足而神秘地预示着希望，可望而难以企及。怀着对彼岸的憧憬与敬畏，人类退居充满艺术惊奇的丰盈世界，选择诗意地栖居在五彩缤纷的现世里，凭借艺术的记忆与想象对抗死亡与时间的流逝。纳博科夫将自己对时间系统而复杂的空间化认知辐射在小说世界里，而其最长的小说《阿达》就作家本意而言，则是一部讲述时间的爱情故事。小说中收录的长篇论文《时间的肌质》借范·韦恩之口系统地表达了作家对时间的反思，故事中范与阿达四次聚散离合的情节以及章节的安排等则是对记忆的魔毯、玻璃小球中的彩色螺旋、无时性与彼岸等时间概念的具体呈现。

纳博科夫的优越家庭背景使他从小浸淫在艺术与科学的世界里。蝴蝶研究，专业的网球、象棋与绘画训练，多语言的环境与大量涉猎欧美诸国的文学作品，欧洲各地的广泛游历，这些上个世纪之交许多人奢望的东西成为伴随纳博科夫从小成长的内容。在创作中，纳博科夫自觉而有意识地将它们融入自己的作品。他的小说借助绘画与电影，尤其突出文字书写的视觉效果。纳博科夫从小对色彩有着异乎常人的直觉与敏感，在各种场合宣称自己天生就是画家，其作品犹如一出出视觉盛宴，呈现出万花筒般千变万化的微妙色彩。他对古往今来欧美列国各种流派的画家、画作了然于心。每部小说中都有绘画的因素，它们描绘场景，渲染氛围，塑造人物，衬托主题，是小说不可分割的组成部分。在这些小说里，作家还试图通过画中现实告诉读者，现实其实往往复制了绘画，是艺术的虚构。他将笔尖视作画笔，用文字的色彩与颜料在纸张的画布上纵情挥洒才智，是人类少有的忠实践行"诗如画"信条的文字的画家。纳博科夫从小热爱电影，对电影发展的脉络、流派与技法十分熟悉，他的每部小说中都有电影的元素，它们被作家水乳交融地贯穿在作品的场景设置、情节结构与人物塑造中。纳博科夫的小说仿佛是一部电影的类型片大全——西部片、黑帮片、侦探片、言情片、黑色喜剧、无声电影等，无一不是作家小说中借鉴与戏仿的对象。电影摄影技法，如快慢镜头、长焦近景、摇镜头、画面切换、蒙太奇、光影与色彩变换等，则是作品中经常使用的方法。纳博科夫对视觉艺术的熟悉与自觉运用，其小说中对视觉效果的强调与渲染，无不表明他是文学界中罕见的重视视觉书写的作家。

通过创新小说形式,纳博科夫颠覆了文本的线性叙事与读者的审美期待。他强调复杂的细节意象网络背后的整体空间图案。在其小说中,作家对细节的苛求到了吹毛求疵的地步,这些细节之网如同同时并存的诸多现实,它们并行发展,独立存在,没有事实上的因果关系。在自然、命运与艺术的巧合与欺骗中,它们经艺术家宇宙同步的意识,瞬间结成了有机联系的空间整体图案。孤立分散的细节世界不是纳博科夫眼中的现实,艺术家瞬间将这些细节联系起来的意识才使它们变成现实。换言之,现实只能是意识对外部细节的艺术加工,是艺术的现实。纳博科夫的小说创作如同一张大网,在文字的蛛网中作家处处镶嵌自己的人生与艺术细节,它们共同构成了作家更为清晰的整体艺术图景。纳博科夫的小说颠覆了传统历时的线性叙事结构,追求细节网络中的共时整体结构,读者对小说的最佳理解方式因而必然也是共时的整体。如同欣赏绘画,这些作品当如一幅整体的画面同时映现在读者的意识里。对细节的苛求、对线性序列与因果关系的颠覆、对同存性与作家书写过程的强调、对空间迷宫式镶嵌结构的热衷,这些无疑是空间形式的典型范例。无怪乎空间叙事理论的创始人弗兰克会宣称,纳博科夫的小说形式本质上是空间而非时间的。以小说《洛丽塔》为例,作家曾将其比喻为自己与英语语言的一场热恋,小说中的头韵与谐音、重复、双关、混成词、字母重组、首音误置、析字、用典、轭式搭配、矛盾修饰、同音同源词等诸多文字游戏,为读者呈现一出语言的盛宴。而在《微暗的火》中,作家对结构的创新达到极致,由序言、长诗、注释、索引所构成的作品完全颠覆了对小说的传统认知,而诗歌与注释作者之间相互矛盾而又微妙关联的不可靠叙述,使作品形成了一层层你中有我、我中有你的空间镶嵌的迷宫。可以说,《微暗的火》是小说空间结构的伟大创新，诚如金波特在序言中指出的那样，它需要的是读者的回溯综合与反复的空间阅读。从空间叙事理论强调的读者心理建构的角度看，纳博科夫无比重视读者的反应，他是自始至终具有自觉读者意识的作家。在他看来，读者也分三六九等，肤浅而粗鄙的读者成为作家嘲弄取笑的对象，而对勤奋认真的读者，作家准备了慷慨的礼物。他心目中的理想读者，是作家的化身，是他的家人与同道，他们能在反复阅读的基础上，从上下文反应参照的细节网络中，建构起完整的空间图案。在空间的阅读中，他们与作家共同完成了小说的创作与欣赏过程。

尽管纳博科夫一次又一次声明，他的小说中没有任何社会、道德、政治、教化的主题，透过其艺术实践，人们仍能发现作家孜孜以求的空间主题。20世纪90年代以来几乎所有评论家都注意到纳博科夫小说中一个核心脉络是对多重世界中的彼岸的追求。其作品中的多重空间，从作家本人的论述看，应包括作为普遍现实存在的外部物质世界、经意识加工的艺术想象世界与超越意识的彼岸神秘世界。作家以炽热的爱去拥抱丰盈充足的外部物质世界，体现了其艺术审美的人文与道德关切，而审美狂喜与死亡后的灵魂跃升则是人类抵达美学与形而上彼岸世界的两种途径。换言之，三重空间与彼岸的两种状态，便是纳博科夫所追求的空间的主题。纳博科夫的彼岸世界深受神秘宗教诺斯替主义的影响，它是一种反宇宙论的世界观，强调人的宇宙与神的世界之间的对立，嘲弄世界的荒诞与上帝的邪恶，反抗暴政，向往光明的彼岸。它具有人文关切的人类学主题，认为人异在于这个世界，只有凭借诺斯才能到达彼岸，得到拯救。诺斯替主义的宇宙观、人类学与象征性语言的使用集中地体现在作家最重视的小说《斩首之邀》中。对彼岸与空间主题的探讨，必将帮助我们更好地认识纳博科夫小说中那些最常见的主题:疯癫、反常、流亡、生死、囚禁、思乡、彼岸、旅途、幽灵鬼怪与灵异现象等。

  无法否认,在庞大的纳博科夫研究者队伍中,要找到一个新的突破点是多么艰难。与此同样艰难的是对作品的细读、理解与翻译时的左右为难。在处处游戏与陷阱中,研究者往往只能战战兢兢不揣浅陋,硬着头皮前行,不求甚解但求快乐或许是最好的心态。然而令人欣慰的是,冷傲的纳博科夫同样是一位慷慨的施予者,他将文学的宝藏深埋在文字的土壤里,期待着读者的发现之旅。困难与挑战还有很多,多种语言的障碍、知识结构上的力有不逮、人生经历的缺失,这些注定使研究者在分析其作品时更多只能采纳有所为有所不为的做法,而这,正是本书作者所要强调的。本书在系统地阅读纳博科夫18部长篇小说的基础上,运用空间叙事理论解读纳博科夫的小说,不失为一种新的突破。空间化的时间、视觉书写、空间的形式与主题,这些构成了纳博科夫小说中空间叙事的主要内容。回顾全文,如果读者脑海中赫然耸立的是一位作为空间艺术大师的纳博科夫,笔者必当甚感欣慰。

参考文献

巴尔. 叙述学：叙事理论导论［M］. 谭君强, 译. 北京：中国社会科学出版社, 1995.

弗兰克, 等. 现代小说中的空间形式［M］. 秦林芳, 编译. 北京：北京大学出版社, 1991.

金元浦. 文学解释学［M］. 长春：东北师范大学出版社, 1997.

克朗. 文化地理学［M］. 杨淑华, 宋慧敏, 译. 南京：南京大学出版社, 2005.

李小均. 纳博科夫研究——那双眼睛, 那个微笑［D］. 上海：复旦大学, 2005.

刘孝存, 曹国瑞. 小说结构学［M］. 北京：光明日报出版社, 1989.

龙迪勇. 叙事学研究的空间转向［J］. 江西社会科学, 2006（10）：61－72.

陆扬. 空间理论和文学空间［J］. 外国文学研究, 2004（4）：31－37.

马振方. 小说艺术论［M］. 北京：北京大学出版社, 1999.

纳博科夫. 洛丽塔［M］. 主万, 译. 上海：上海译文出版社, 2005.

纳博科夫. 纳博科夫小说全集（二）：斩首的邀请［M］. 崔洪国, 蒋立珠, 译. 长春：时代文艺出版社, 1999.

纳博科夫. 微暗的火［M］. 梅绍武, 译. 上海：上海译文出版社, 2008.

纳博科夫. 眼睛［M］. 蒲隆, 译. 上海：上海译文出版社, 2008.

纳博科夫. 斩首之邀［M］. 陈安全, 译. 上海：上海译文出版社, 2006.

热奈特. 叙事话语·新叙事话语［M］. 王文融, 译. 北京：中国社会科学出版社，1990.

谭少茹. 纳博科夫文学思想研究［D］. 济南：山东师范大学，2007.

汪小玲. 纳博科夫小说艺术研究［M］. 上海：上海外语教育出版社，2008.

王青松. 纳博科夫小说：追逐人生的主题［M］. 上海：东方出版中心，2010.

王霞. 越界的想象——纳博科夫文学创作中的越界现象研究［M］. 上海：上海大学出版社，2007.

肖谊. 论弗拉基米尔·纳博科夫美国小说的元虚构性质［D］. 上海：华东师范大学，2006.

约纳斯，等. 灵知主义与现代性［M］. 刘小枫，选编. 张新樟，等译. 上海：华东师范大学出版社，2005.

詹树魁. 符拉迪米尔·纳博科夫：从现代主义到后现代主义［D］. 厦门：厦门大学，2003.

赵君. 艺术彼在世界里的审美狂喜［D］. 广州：暨南大学，2006.

Alexandrov, Vladimir E. *Nabokov's Otherworld*［M］. Princeton：Princeton University Press, 1991.

Alexandrov, Vladimir E. *The Garland Companion to Vladimir Nabokov*［M］. New York, London：Garland Publishing, Inc., 1995.

Appel, Alfred. Jr. *Nabokov's Dark Cinema*［M］. New York：Oxford University Press, 1974.

Appel, Alfred. Jr., Charles Newman. *Nabokov: Criticism, Reminiscences, Translations and Tributes*［M］. Evanston：Northwestern University Press, 1970.

Appel, Alfred. "*Ada*: An Erotic Masterpiece That Explores the Nature of Time"［J］. *The New York Times*. May 4, 1969.

Appel, Alfred. "Nabokov's Puppet Show, Part II"［J］. *The New Republic* 156：3 (January 1967). 25 - 29.

Bader, Julia. *Crystal Land: Artifice in Nabokov's English Novels*［M］. Berkeley, Los Angeles, London：University of California Press, 1972.

Barabtarlo, Gennady. *Aerial View: Essays on Nabokov's Art and Metaphysics*

[M]. New York: Peter Lang, 1993.

Barabtarlo, Gennady. *Phantom of Fact: A Guide to Nabokov's* Pnin [M]. Ann Arbor: Ardis, 1989.

Barbetti, Claire. "Ekphrastic Medieval Visions: A New Discussion in Ekphrasis and Interarts Theory" [D]. Duquesne University, 2009. AAT3380045.

Begnal, Michael H. "Past, Present, Future, Death: Nabokov's 'Ada'" [J]. *College Literature.* Vol. 9 No. 2 (Spring 1982). 133 – 139.

Blackwell, Stephen H. *The Quill and the Scalpel: Nabokov's Art and the Worlds of Science* [M]. Columbus: The Ohio State University Press, 2009.

Blackwell, Stephen H. *Zina's Paradox: The Figured Reader in Nabokov's* Gift [M]. New York: Peter Lang Publishing, Inc., 2000.

Blot, Jean. *Nabokov* [M]. Paris: Seuil, 1995.

Booth, Wayne C. *A Rhetoric of Irony* [M]. Chicago: The University of Chicago Press, 1974.

Boyd, Brian. *Nabokov's Ada: The Place of Consciousness* [M]. Ann Arbor: Ardis Publishers, 1985.

Boyd, Brian. *Nabokov's* Pale Fire: *The Magic of Artistic Discovery* [M]. Princeton: Princeton University Press, 1999.

Boyd, Brian. *Vladimir Nabokov: The American Years* [M]. Princeton: Princeton University Press, 1991.

Boyd, Brian. *Vladimir Nabokov: The Russian Years* [M]. Princeton: Princeton University Press, 1990.

Boyd, Brian. "Nabokov, Time and Timelessness: A Reply to Martin Hägglund" [J]. *New Literary History* 37: 2 (Spring 2006). 469 – 478.

Brenner, Conrad. "Nabokov: The Art of the Perverse" [J]. *New Republic* 138 (23 June 1958). 18 – 21.

Cancogni, Annapaola. *The Mirage in the Mirror: Nabokov's* Ada *and Its French Pre-Texts* [M]. New York, London: Garland Publishing, Inc., 1985.

Clancy, Laurie. *The Novels of Vladimir Nabokov* [M]. London, Basingstoke:

MacMillan, 1984.

Clark, Beverly Lyon. *Reflections of Fantasy: The Mirror-Worlds of Carroll, Nabokov and Pynchon* [M]. New York: Peter Lang, 1986.

Connolly, Julian W. ed. *The Cambridge Companion to Nabokov* [M]. Cambridge: Cambridge University Press, 2005.

Connolly, Julian W. *Nabokov and His Fiction: New Perspectives* [M]. Cambridge: Cambridge University Press, 1999.

Connolly, Julian W. *Nabokov's Early Fiction: Patterns of Self and Other* [M]. Cambridge: Cambridge University Press, 1992.

Connolly, Julian W. *Nabokov's* Invitation to a Beheading: *A Critical Companion* [M]. Evanston: Northwestern University Press, 1998.

Connolly, Julian W. "Black and White and Dead All Over: Color Imagery in Nabokov's Prose" [J]. *Nabokov Studies* 10 (2006). 53 – 66.

Cornwell, Neil [M]. *Vladimir Nabokov*. Plymouth: Northcote House Publishers, 1999.

Cotugno, Marianne. "Space and Memory in Vladimir Nabokov's Fiction" [D]. The Pennsylvania State University, 2002. University Microfilms International.

Dembo, J. S. *Nabokov: The Man and His Work* [M]. Madison, Milwaukee, London: The University of Wisconsin Press, 1967.

Diment, Galya. *Pniniad: Vladimir Nabokov and Marc Szeftel* [M]. Seattle: University of Washington Press, 1997.

Durantaye, Leland de la. *Style is Matter: The Moral Art of Vladimir Nabokov* [M]. Ithaca and London: Cornell University Press, 2010.

Edelnant, Jay Alan. "Nabokov's Black Rainbow: An Analysis of the Rhetorical Function of the Color Image in *Ada or Ardor: A Family Chronicle*" [D]. Dissertation. Evanston, Illinois. Northwestern University, 1979. AAT7927331.

Field, Andrew. *Nabokov: His Life in Art* [M]. Boston: Little, Brown, 1967.

Field, Andrew. *Nabokov: His Life in Part* [M]. New York: The Viking Press, 1977.

Field, Andrew. *VN: The Life and Art of Vladimir Nabokov* [M]. New York: Crown Publishers, Inc., 1977.

Foster, John Burt, Jr. *Nabokov's Art of Memory and European Modernism* [M]. Princeton: Princeton University Press, 1993.

Frank, Joseph. *The Idea of Spatial Form* [M]. New Brunswick: Rutgers University Press, 1991.

Gibian, George, Stephen Jan Parker. *The Achievements of Vladimir Nabokov* [M]. Ithaca: Center for International Studies, Cornell University, 1984.

Glynn, Michael. *Vladimir Nabokov: Bergsonian and Russian Formalist Influences in His Novels* [M]. New York: Palgrave MacMillan, 2007.

Grabes, H. *Fictitious Biographies: Vladimir Nabokov's English Novels* [M]. Paris: Mouton & Co. B. V., Publishers, The Hague, 1977.

Grayson, Jane, Arnold McMillin, Priscilla Meyer. *Nabokov's World Volume 2: Reading Nabokov* [M]. New York: Palgrave, 2002.

Grayson, Jane, Arnold McMillin, Priscilla Meyer. *Nabokov's World Vol. 1: The Shape of Nabokov's World* [M]. New York: Palgrave, 2002.

Grayson, Jane. *Illustrated Lives: Vladimir Nabokov* [M]. London: Penguin Books, 2001.

Grishakova, Marina. *The Models of Space, Time and Vision in V. Nabokov's Fiction: Narrative Strategies and Cultural Frames* [M]. Tartu, Estonia: Tartu University Press, 2006.

Hayles, N. Katherine. "Making a Virtue of Necessity: Pattern and Freedom in Nabokov's *Ada*" [J]. *Contemporary Literature*. Vol. 23 No. 1 (Winter 1982). 32 – 51.

Hedling, Erik, Ulla-Britta Lagerroth. *Cultural Functions of Intermedial Exploration* [M]. Amsterdam, New York: Rodopi B. V., 2002.

Heffernan, James A. W. "Ekphrasis and Representation" [J]. *New Literary History*. Vol. 22 No. 2 (Spring 1991). 297 – 316.

Herman, David, et al. *Routledge Encyclopedia of Narrative Theory* [M].

London, New York: Routledge, 2005.

Holabird, Jean. *Vladimir Nabokov: Alphabet in Color* [M]. Corte Madera: Gingko Press, 2005.

Howard, J. Lamar. *Heretical Reading: Freedom as Question and Process in Postmodern American Novel and Technological Pedagogy* [M]. Austin: Austin: The University of Texas at Austin, 2005.

Hughes, Daniel. "Review: Nabokov: Spiral and Glass" [J]. *NOVEL: A Forum on Fiction* [J]. Vol. 1 No. 2 (Winter 1968). 178 – 185.

Hägglund, Martin. "Chronophilia: Nabokov and the Time of Desire" [J]. *New Literary History* 37: 2 (Spring 2006). 447 – 467.

Hägglund, Martin. "Nabokov's Afterlife: A Reply to Brian Boyd" [J]. *New Literary History* 37: 2 (Spring 2006). 479 – 481.

Johnson, D. Barton. "Spatial Modeling and Deixis: Nabokov's *Invitation to a Beheading*" [J]. *Poetics Today* 3: 1 (1982). 81 – 98.

Johnson, D. Barton. *Worlds in Regression: Some Novels of Vladimir Nabokov* [M]. Ann Arbor: Ardis, 1985.

Johnson, D. Barton. "The Labyrinth of Incest in Nabokov's *Ada*" [J]. *Comparative Literature*. Vol. 38 No. 3 (Summer 1986). 224 – 255.

Juliar, Michael. *Vladimir Nabokov: A Descriptive Bibliography* [M]. New York: Garland, 1986.

Karges, Joann. *Nabokov's Lepidoptera: Genres and Genera* [M]. Ann Arbor: Ardis, 1985.

Karlinsky, Simon. "Vladimir Nabokov's Novel *Dar* as a Work of Literary Criticism" [J]. *Slavic and East European Journal* 7 (1963). 284 – 290.

Karlinsky, Simon. *The Nabokov-Wilson Letters* [M]. New York, Hagerstown, San Francisco, London: Harper & Row, Publishers, 1979.

Kellman, Steven G., Irving Marlin. *Torpid Smoke: The Stories of Vladimir Nabokov* [M]. Amsterdam, Atlanta, GA: Rodopi B. V., 2000.

Kermode, Frank. "Aesthetic Bliss" [J]. *Encounter* 14 (June 1960). 81 – 86.

Kermode, Frank. "Zemblances" [J]. *New Statesman.* November 9 (1962). 671-672.

Lam, Melissa. *Disenfranchised From America: Reinventing Language and Love in Nabokov and Pynchon* [M]. Lanham, Boulder, New York, Toronto, Plymouth: University Press of America, 2009.

Langen, Timothy. "The Ins and Outs of *Invitation to a Beheading*" [J]. *Nabokov Studies.* Vol. 8 (2004). 59-70.

Larmour, David H. J. *Discourse and Ideology in Nabokov's Prose* [M]. London, New York: Routledge, 2002.

Lee, L. L. *Vladimir Nabokov* [M]. Boston: Twayne Publishers, 1976.

Leving, Yuri. "Filming Nabokov: On the Visual Poetics of the Text" [J]. *Russian Studies in Literature.* Vol. 40 No. 3 (Summer 2004). 6-31.

Long, Michael. *Marvell, Nabokov: Childhood and Arcadia* [M]. Oxford: Clarendon Press, 1984.

Louria, Yvette. "Nabokov and Proust: The Challenge of Time" [J]. *Books Abroad.* Vol. 48 No. 3 (Summer 1974). 469-476.

Lyons, Bonnie, Bill Oliver. "An Interview with Bobbie Ann Mason" [J]. *Contemporary Literature.* Vol. 32 No. 4 (Winter 1991). 449-470.

Maar, Michael. *Speak, Nabokov* [M]. London, New York: Verso, 2009.

Maddox, Lucy. *Nabokov's Novels in English* [M]. Athens: The University of Georgia Press, 1983.

Mason, Bobbie Ann. *Nabokov's Garden: A Guide to "Ada"* [M]. Ann Arbor: Ardis, 1974.

McCarthy, Mary. "A Bolt from the Blue" [J]. *New Republic* 146 (June 1962). 21-27.

Mckay, Melanie. "Spatial Form and Simultaneity in Nabokov's Fiction" [D]. Tulane University, 1982. University Microfilms International, 1983.

Meyer, Priscilla. *Find What the Sailor Has Hidden: Vladimir Nabokov's Pale Fire* [M]. Middletown: Wesleyan University Press, 1989.

Meyer, Priscilla. "Nabokov's Critics: A Review Article" [J]. *Modern Philology*. 91: 3 (1994). 326-338.

Milbauer, Asher Z. *Transcending Exile: Conrad, Nabokov, I. B. Singer* [M]. Miami: Florida International University Press, 1985.

Mitchell, W. J. T. "Spatial Form in Literature: Toward a General Theory" [J]. *Critical Inquiry* 6 (Spring 1980). 539-567.

Morris, Paul D. *Vladimir Nabokov: Poetry and the Lyric Voice* [M]. Toronto, Buffalo, London: University of Toronto Press, 2010.

Morton, Donald E. *Vladimir Nabokov* [M]. New York: Frederick Ungar Publishing Co., 1974.

Nabokov, Dmitri, Matthew J. Bruccoli. *Vladimir Nabokov: Selected Letters 1940—1977* [M]. San Diego, New York, London: Harcourt Brace Jovanovich, 1989.

Nabokov, Vladimir. *Ada or Ardor: A Family Chronicle* [M]. New York, Toronto: McGraw-Hill Book Company, 1969.

Nabokov, Vladimir. *Bend Sinister* [M]. London: Weidenfeld and Nicolson, 1960.

Nabokov, Vladimir. *Despair* [M]. New York: First Vintage International Edition, 1989.

Nabokov, Vladimir. *Glory* [M]. New York, Toronto: McGraw-Hill International, Inc., 1971.

Nabokov, Vladimir. *Invitation to a Beheading* [M]. New York: G. P. Putnam's Sons, 1959.

Nabokov, Vladimir. *Laughter in the Dark* [M]. New York: A New Directions Book, 1966.

Nabokov, Vladimir. *Lectures on Don Quixote* [M]. ed. Fredson Bowers. Introduction by Guy Davenport. San Diego: Harcourt Brace Jovanovich: Bruccoli Clark, 1983.

Nabokov, Vladimir. *Lectures on Literature* [M]. ed. Fredson Bowers. Introduced by John Updike. A Harvest/HBJ Book, 1980.

Nabokov, Vladimir. *Lectures on Russian Literature* [M]. ed. with an introduction by Fredson Bowers, New York and London: Harcourt Brace Jovanovich, Publishers, 1981.

Nabokov, Vladimir. *Look at the Harlequins* [M]. New York, St. Louis, San Francisco, Toronto: McGraw-Hill Book Company, 1974.

Nabokov, Vladimir. *Mary* [M]. New York, Toronto: McGraw-Hill International, Inc., 1970

Nabokov, Vladimir. *Nikolai Gogol* [M]. New York: New Directions Publishing Corporation, 1961.

Nabokov, Vladimir. *Pale Fire* [M]. New York: First Vintage International Edition, 1989.

Nabokov, Vladimir. *Pnin* [M]. New York: First Vintage International Edition, 1989.

Nabokov, Vladimir. *Poems and Problems* [M]. New York: McGraw-Hill, 1985.

Nabokov, Vladimir. *Speak, Memory* [M]. New York: Pyramid Books, 1966.

Nabokov, Vladimir. *Strong Opinions* [M]. New York, St. Louis, San Francisco, Toronto: McGraw-Hill Book Company, 1973.

Nabokov, Vladimir. *The Annotated Lolita* [M]. ed., Alfred Appel, Jr. New York: First Vintage Books Edition, 1991.

Nabokov, Vladimir. *The Defense* [M]. New York: Capricorn Books, 1970.

Nabokov, Vladimir. *The Enchanter* [M]. New York: First Vintage International Edition, 1991.

Nabokov, Vladimir. *The Eye* [M]. New York: Phaedra Publishers, Inc., 1965.

Nabokov, Vladimir. *The Gift* [M]. New York: G. P. Putnam's Sons, 1963.

Nabokov, Vladimir. *The Man from the USSR and Other Plays* [M]. San Diego, New York, London: Harcourt Brace Jovanovich, Publishers, 1984.

Nabokov, Vladimir. *The Original of Laura* [M]. New York: Alfred A. Knopf, 2008.

Nabokov, Vladimir. *The Real Life of Sebastian Knight* [M]. Norfolk, Conn.:

New Directions, 1959.

Nabokov, Vladimir. *The Stories of Vladimir Nabokov* [M]. New York: First Vintage International Edition, 1997.

Nabokov, Vladimir. *The Waltz Invention* [M]. New York: Phaedra, 1966.

Nabokov, Vladimir. *Transparent Things* [M]. New York: First Vintage International Edition, 1989.

Nabokov, Vladimir. *King, Queen, Knave* [M]. New York: First Vintage International Edition, 1989.

Nabokov, Vladimir. *Lolita: A Screenplay* [M]. New York: First Vintage International Edition, 1997.

Naiman, Eric. *Nabokov, Perversely* [M]. Ithaca, London: Cornell University Press, 2010.

Naumann, Marina Turkevich. *Blue Evenings in Berlin: Nabokov's Short Stories of the 1920s* [M]. New York: New York University Press, 1978.

Nicol, Charles, Gennady Barabtarlo. *A Small Alpine Form: Studies in Nabokov's Short Fiction* [M]. New York & London: Garland Publishing Inc., 1993.

Norman, Will. "Review of The Models of Space, Time and Vision in V. Nabokov's Fiction" [J]. *The Slavonic and East European Review*. London Oct. 2007. Vol. 85 Issu. 4. 784-785.

Olson, Karin Barbara Ingeborg. " 'More' 'There' Than 'Here': The Special Space and Time of Nabokov's Fiction" [D]. The University of Michigan, 1989. University Microfilms International.

Page, Norman. *Nabokov: The Critical Heritage* [M]. London, Boston, Melbourne, Henley: Routledge & Kegan Paul, 1982.

Paine, Sylvia. *Beckett, Nabokov, Nin: Motives and Modernism* [M]. Port Washington, London: Kennikat Press, 1981.

Parker, Stephen Jan. *Understanding Vladimir Nabokov* [M]. Columbia University of South Carolina Press, 1987.

Penner, Dick. "*Invitation to a Beheading*: Nabokov's Absurdist Initiation" [J].

Critique, 20: 3 (1979). 27-39.

Pifer, Ellen. *Nabokov and the Novel* [M]. Cambridge, MA: Harvard University Press, 1980.

Pifer, Ellen. *Vladimir Nabokov's* Lolita: *A Casebook* [M]. Oxford, New York: Oxford University Press, 2003.

Proffer, Carl R. *Keys to* Lolita [M]. Bloomington: Indiana University Press, 1968.

Proffer, Carl R. *A Book of Things about Vladimir Nabokov* [M]. Ann Arbor: Ardis, 1974.

Quennell, Peter. *Vladimir Nabokov: A Tribute* [M]. New York: William Morrow and Company, Inc., 1980.

Rampton, David. *Vladimir Nabokov: A Critical Study of the Novels* [M]. Cambridge: Cambridge University Press, 1984.

Rivers, J. E., Charles Nicol. *Nabokov's Fifth Arc: Nabokov and Others on His Life's Work* [M]. Austin: University of Texas Press, 1982.

Roth, Phyllis, A. *Critical Essays on Vladimir Nabokov*. Boston: G. K. Hall & Co., 1984.

Rowe, William Woodin. *Nabokov and Others: Patterns in Russian Literature* [M]. Ann Arbor: Ardis, 1979.

Rowe, William Woodin. *Nabokov's Deceptive World* [M]. New York: New York University Press, 1971.

Rowe, William Woodin. *Nabokov's Spectral Dimension* [M]. Ann Arbor: Ardis, 1981.

Schiff, Stacy. *Véra* [M]. New York: Random House, 1999.

Shapiro, Gavriel. *Delicate Markers: Subtexts in Vladimir Nabokov's* Invitation to a Beheading [M]. New York: Peter Lang Publishing, Inc., 1998.

Shapiro, Gavriel. *Nabokov at Cornell* [M]. Ithaca, London: Cornell University Press, 2003.

Shapiro, Gavriel. *The Sublime Artist's Studio: Nabokov and Painting* [M].

Evanston, Illinois: Northwestern University Press, 2009.

Shrayer, Maxim D. *The World of Nabokov's Stories* [M]. Austin: University of Texas Press, 1999.

Shuman, Samuel. "Hyperlinks, Chiasmus, Vermeer and St. Augustine: Models of Reading *Ada*" [J]. *Nabokov Studies*, Vol. 6 (2000/2001). 125 – 127.

Sinclair, Marianne. *Hollywood Lolitas: The Nymphet Syndrome in the Movies* [M]. New York: Henry Holt and Company, 1988.

Smitten, J. R., Ann Daghistany. *Spatial Form in Narrative* [M]. Ithaca and London: Cornell University Press, 1981.

Stark, John O. *The Literature of Exhaustion: Borges, Nabokov, and Barth* [M]. Durham: Duke University Press, 1974.

Stegner, Page. *Escape into Aesthetics: The Art of Vladimir Nabokov* [M]. New York: Dial Press, 1966.

Stewart, Jack. "Ekphrasis and Lamination in Byatt's *Babel Tower*" [J]. *Style*. Vol. 43 No. 4 (Winter 2009). 494 – 516.

Strehle, Susan. "Pynchon's Debt to Nabokov" [J]. *Contemporary Literature*. Vol. 24 No. 1 (Spring 1983). 30 – 50.

Stuart, Dabney. *Nabokov: The Dimensions of Parody* [M]. Baton Rouge, London: Louisiana State University Press, 1978.

Swanson, Roy Arthur. "Nabokov's *Ada* as Science Fiction" [J]. *Science Fiction Studies*. Vol. 2 No. 1 (March 1975). 76 – 88.

Tammi, Pekka. *Problems of Nabokov's Poetics: A Narratological Analysis* [M]. Helsinki: Suomalainen Tiedeakatemia, 1985.

Thibault, Paul J. *Social Semiotics as Praxis: Text, Social Meaning Making, and Nabokov's Ada* [M]. Minneapolis: University of Minnesota Press, 1991.

Toker, Leona. *Nabokov: The Mystery of Literary Structures* [M]. Ithaca, London: Cornell University Press, 1989.

Updike, John. "Grandmaster Nabokov" [J]. *New Republic* 151 (26 September 1964). 15 – 18.

Vickers, Graham. *Chasing Lolita* [M]. Chicago: Chicago Review Press, 2008.

Vries, Gerard de, D. Barton Johnson. *Vladimir Nabokov and the Art of Painting* [M]. Amsterdan: Amsterdam University Press, 2006.

Wood, Michael. *The Magician's Doubts: Nabokov and the Risks of Fiction* [M]. Princeton: Princeton University Press, 1994.

Wyllie, Barbara. *Nabokov at the Movies: Film Perspectives in Fiction* [M]. Jefferson, London: McFarland & Company, Inc. , Publishers, 2003.

Wyllie, Barbara. "Review of *The Models of Space, Time and Vision in V. Nabokov's Fiction*" [J]. *Partial Answers: Journal of Literature and the History of Ideas*. Vol. 7 No. 1 (January 2009). 155–158.

Zoran, Gabriel. "Towards a Theory of Space in Narrative" [J]. *Poetics Today*. Vol. 5: 2 (1984). 309–335.

Zunshine, Lisa. *Nabokov at the Limits: Redrawing Critical Boundaries* [M]. New York, London: Garland Publishing, Inc. , 1999.

http://en. wikipedia. org/w/index. php? title = The_Original_of_Laura&printable = yes.

http://en. wikipedia. org/wiki/Film_noir.

http://en. wikipedia. org/wiki/Screwball_comedy_film.

http://en. wikipedia. org/wiki/Slapstick.

http://en. wikipedia. org/wiki/Vladimir_Nabokov#cite_note–27.

http://giftconcordance. pbworks. com.

http://marxclub. files. wordpress. com/2010/06/arnolfini–portrait. jpg.

http://revel. unice. fr/cycnos/sommaire. html? id = 1276.

http://revel. unice. fr/cycnos/sommaire. html? id = 1441.

http://revel. unice. fr/cycnos/sommaire. html? id = 880.

http://vr. theatre. ntu. edu. tw/fineart/painter–wt/vaneyck/vaneyck. htm.

http://web. archive. org/web/20061020211340/http://www. michaelchabon. com/archives/2005/03/it_changed_my_1. html.

http://www. ada. auckland. ac. nz/.

http://www.ada.auckland.ac.nz/.

http://www.amazon.com/Finding-God-Physics-Einsteins-Relative/dp/0933900198.

http://www.dezimmer.net/LolitaUSA/LoUSpre.htm.

http://www.dezimmer.net/ReAda/AdaTimeline.htm.

http://www.dezimmer.net/ReAda/AntiterraGeography.htm.

http://www.dichtung-digital.org/2004/1-Ryan.htm.

http://www.fifthestate.co.uk/2008/01/q-and-a-with-jeffrey-eugenides/.

http://www.gingkopress.com/07-art/vladimir-nabokov-alphabet.html.

http://www.libraries.psu.edu/nabokov/bibada.htm.

http://www.libraries.psu.edu/nabokov/dzbutt6.htm.

http://www.libraries.psu.edu/nabokov/zembla.htm.

http://www.nabokovmuseum.org/en/.

http://www.randomhouse.com/modernlibrary/100bestnonfiction.html.

http://www.slate.com/id/2000072/entry/1002666/.

http://www.time.com/time/specials/packages/completelist/0,29569,1951793,00.html.

http://zh.wikipedia.org/zh-cn/%E8%A7%86%E8%A7%89%E8%89%BA%E6%9C%AF.